译文经典

反抗者
L'Homme révolté

Albert Camus

〔法〕加缪 著

沈志明 译

上海译文出版社

彼得·保罗·鲁本斯所作《被缚的普罗米修斯》(1611/1612—1618)
现藏于费城艺术博物馆

摄影家伊齐为加缪拍摄的照片

献给让·格雷尼埃[①]

---

① 让·格雷尼埃(1898—1971),法国作家、评论家。加缪的恩师:指导加缪出色完成高中哲学毕业论文,引导加缪参加文艺社团和办报,推荐年轻的加缪加入法国共产党。之后,一直关心和指点加缪创作,几乎伴随加缪一生写作生涯。加缪非常感激和敬重这位老师,每当取得成绩都会想起他、提起他。这份感恩之情令世人感动,成为千百万读者喜欢加缪的原因之一。

我公开把自己的心献给沉重而苦难的大地,常常在神圣的夜晚向大地承诺忠诚的爱,至死不渝;我无所畏惧地背负天命的重负,却毫不蔑视其任何谜团。因此,我用死亡的纽带把自己与大地拴在一起。

——引自荷尔德林[①]《恩培多克勒之死》[②]

---

① 荷尔德林(1770—1843),德国诗人。诗作有《自由颂歌》、《人类颂歌》、《为祖国而死》,以及描写1770年希腊人民反抗土耳其压迫者斗争的书信小说《许佩里昂》。
② 恩培多克勒(前490—前430),古希腊哲学家,研究修辞学第一人,兼著名医生。他认为万物由"四根"(四种元素:火、水、土、气)所组成,所谓生灭,无非是元素的结合与分离,并认为"爱"和"憎"是万物运动与变化的原因,"爱"使元素结合,"憎"使元素分离。著有《论自然》和《论净化》,现仅存若干片断。——转引自《辞海》缩印本第1598页。

译者题记《反抗者》至理名言摘抄

上帝唯一的托辞,就是上帝并不存在。(司汤达语)
假如没有上帝,一切皆许可。(陀思妥耶夫斯基语)
上帝一无所用,既然上帝一无所需。(尼采语)
没有世人的上帝并不甚于没有上帝的世人。(黑格尔语)

一个需要不正当手段的目的,不是一个正当的目的。(马克思语)
一个社会光知道刽子手是最好的捍卫手段,该是多么可悲呀。(马克思语)
凡是现实的,就是合理的。(黑格尔语)
重要的不是永恒的生命,而是永恒的活力。(尼采语)
自我解放的人还应当自我净化心灵。(尼采语)
没有法则,就没有自由。(尼采语)
没有对话,就没有世人。(苏格拉底语)
旧事物的消灭,意味着未来的生育。(别林斯基语)
我们是无意识的群体,被阳光稍为澄清的仅是表面而已。(弗洛伊德语)
我个人只不过是一掬之水,会从我的指缝流走。(加缪语)
一个人的失败不能怪环境,要怪他自己。(加缪语)

无产阶级只有解放全人类,才能解放自己。(马克思语)
如果不是所有人都获救,独自一人获救有啥意思?(陀思妥耶夫斯基语)

目 录

译者绪论 …………………………………… 001

作者导言 …………………………………… 001

Ⅰ 反抗者 …………………………………… 001

Ⅱ 形而上悖逆 ……………………………… 013
 该隐的儿子们 …………………………… 016
 绝对否定 ………………………………… 028
  一个文学家 …………………………… 029
  浪荡公子造反 ………………………… 043
 拒绝拯救 ………………………………… 054
 绝对肯定 ………………………………… 062
  独善其身者 …………………………… 063
  尼采与虚无主义 ……………………… 067

造反的诗歌 ································ 086
  洛特雷阿蒙与平庸 ······················ 088
  超现实主义与革命 ······················ 096
虚无主义与历史 ································ 111

Ⅲ 历史性造反 ································ 116
弑君者们 ································ 123
  新福音书 ································ 126
  处死国王 ································ 130
  德行的宗教 ································ 135
  恐怖时代 ································ 139
弑神灭教 ································ 150
个体恐怖主义 ································ 168
  摒弃德行 ································ 170
  三个着魔者 ································ 174
  厚德的凶手 ································ 188
  什加列夫主义 ································ 199
国家恐怖主义与非理性恐怖 ···················· 203
国家恐怖主义与理性恐怖 ······················ 215
  资产阶级的预言 ······················ 216
  革命的预言 ································ 227
  预言的失败 ································ 242
  终极目的之王国 ······················ 261

  全体性与审讯 ………………………………… 270
  造反与革命 …………………………………… 283

IV 悖逆与艺术 …………………………………… 292
  小说与悖逆 …………………………………… 298
  悖逆与风格 …………………………………… 311
  创造与革命 …………………………………… 316

V 地中海思想 …………………………………… 323
  造反与谋杀 …………………………………… 323
    虚无主义谋杀 ……………………………… 327
    历史性谋杀 ………………………………… 331
  限度与过度 …………………………………… 340
    地中海思想 ………………………………… 344
  超越虚无主义 ………………………………… 350

补编 ……………………………………………… 357
  评说反抗 ……………………………………… 357
  凶手的时代 …………………………………… 375
  为《反抗者》辩护 …………………………… 396
  点评《为〈反抗者〉辩护》 ………………… 414
  寄语《现代》主编 …………………………… 419

译者绪论
——加缪荒诞存在价值观道德观和历史观

《反抗者》这本散论企图阐明什么？拒绝什么？加缪明确指出三阐明一不拒：以不可为而出发，以自身的方式，阐明一种为抵消不可为而为的奋斗，阐明一种基本价值，阐明生存以及使人生存的意志，却不拒绝任何现实的东西，正如黑格尔所言："凡是现实的，就是合理的。"什么现实？西方国家的现实，加缪一再宣称：反抗的问题只有在西方国家之内才具有确切的意义，他说："造反的问题只有在我们西方社会范围内才有意义。因为造反的历史，在西方世界，是与基督教历史不可分割的。比如，法国大革命（1789）把软弱而善良的路易十六当众砍头，等于宣告上帝死亡，却被视为法国历史上最伟大的胜利，因为国王向来身兼教士，是上帝在人间的代表。"反观中国古代历史，皇帝被奉为真命天子，一切宗教必须受皇帝管辖：皇帝即上帝，所以中国至今一向没有国教，而西方各国皆有国教，神圣不可侵犯。

因此，加缪在本散论中一再强调，"造反有理"说只适用于西方文化，即在希腊、罗马等地中海文明的基础上形成的基督教文化，不适用异域文化。诸如希腊的奴隶，文艺复兴时期的雇佣兵，法国摄政时期的巴黎资产者，1900年代俄罗斯知识分子，抑或现代工人，可能有各种不同的造反理由，他们相逢相识，为承认其造反的合法性而相向而行。换言之，反抗的问题似乎只在欧洲思想之内才具备特定的意义。总之，世界各大洲各有自己的文化、历史和国情，各自的人生观、道德观和历史观必有差异，只可互相借鉴，不可照搬照抄。作为译者的读者，我们只能批判吸收其有益的元素，是为诚也。

有鉴于此，加缪将造反者置于神圣不可触及之前或之后，在圣宠的世界，致力于讨还人类秩序，这意味着一切答案都要符合人性，即合情合理的规定。从此刻起，一切诘问，一切言论，皆属反抗，而在神圣领域，一切言论皆为感恩行为。对人类精神而言，只可能有两个世界，即神威的世界和造反的世界，或用基督教语言来说，圣宠的世界和悖逆的世界。因此，《反抗者》提出的并非道德程式也非教义，只不过肯定某种道德是可能实现的，尽管代价昂贵。作者认为，通过一系列推理，可以为这种肯定正名，即找得到证明合理的东西去对抗虚无主义和凶杀。总之，《反抗者》旨在围绕自杀和荒诞概念对谋杀和反抗、造反、革命及其形而上悖逆进行颇为成熟的思考。

加缪在本散论中把从古至今的圣贤智者聚集在一起，不对他们及其著作感兴趣，而是从中发现他们的结论所具有的共同点。他指出："我感兴趣的，主要不在于发现种种荒诞，而是荒诞所产生的结果。"继而从荒诞感获得荒诞概念。荒诞感是活泼鲜亮的，就是说，要么活该死亡，要么名扬四海。

一 反抗、造反、革命与形而上悖逆

何谓反抗者？加缪指出，所谓反抗者，起步时，是个体反抗者。他首先说"不"，是拒绝而非弃绝，但他也是个说"是"的人。这个"不"，意味着一条边界线的存在，否则就越出自己的权限了。说到底，边界线奠定权限。这样，反抗者既肯定边界线，又掌握一切并将其维系在边界以内，就是他自我肯定拥有某种价值。于是向这个世界说"不"，向其本质的荒诞性说"不"，向威胁世人的抽象概念说"不"，向别人为我们准备的死亡文化说"不"。

反抗者诉求什么？诉求相对的自由与相对的反抗权利。其实，反抗者根本不诉求完全自由，与之相反，谴责完全自由，并非质疑无限权力，而且允许高高在上者践踏被禁止的界线。反抗者远非诉求普遍独立性，而要求大家承认，只要有人存在的地方，自由有其自由的限制，此限制恰恰就是此人有反抗的权利。反抗之不妥协性的深远道理就在于此。但反抗者以另一种名义肯定完全自由不可能性的同时，要为自身索求相对自由，条件是守本分："以人的身材高度对话比站在孤零零山峰上独自一人发布极权宗教福音的代价要低得多"，加缪如是说。

因此，反抗的问题跟个体概念的衍变紧密联系在一起，世俗中人，在人的观念中不断觉醒的同时，对自己的权利具有广泛的意识，故而反抗是有识之士的特性。加缪凭自己一生经历，逐渐发现悖逆天理、去神化能体现反抗的作用，于是下结论："世人通过去神化逐步肯定自己，但永无止境。"个体反抗毕竟想要有自己的自由。

何谓个体反抗？西西弗就是个体反抗的典型，他以否认诸神和推举岩石这一至高无上的忠诚来诲人警世，在没有救世主的尘世上，正如伊壁鸠鲁所言："我们等待复等待，消耗自己的生命，必将操劳过度而死亡。"西西弗身负重荷，早已把生死置之度外，他推举的岩石，每个细粒都披着一道道矿物的光芒，与他本人融合一体了，心里非常充实。这种拼搏本身就是反抗："他反抗，故他存在"，因为西西弗已成为物质，返回元素了："实有就是石头"，"就是没有痛苦"，甚至变成"奇特的快感"，即"石头的幸福"，伊壁鸠鲁的结论是："应当想像西西弗是幸福的。"西西弗式的个人反抗特征："人生一半在欲语还休，扭头不看和沉默寡言中度过"，加缪如是说，并加添道："一个沉默多于说话的人是一个更有价值的人。"

上天真福者们必定认为，西西弗的"我反抗，故我存在"是在刷存在感，确切说是在刷荒诞存在感，因为人的生命"要么上天，要么入地"。概率论者对未来现实许下的诺言越大，人的生命价值就越小，极而言之，一文不值。他们的至福最大源泉是观赏古罗马皇帝们在地狱备受煎熬的场面,这种至福,很遗憾,也是正直的世人们去观看砍头处决的那种快乐,用鲁迅的话来说,用馒头蘸砍头鲜血的乐趣。

那么,反抗的本原究竟是什么?其实,反抗的本原仅限于拒绝屈辱,并且不要求别人受屈辱,甚至肯接受为之承受痛苦,只要正直得到尊重就行。总之,加缪接受或至少参照施蒂纳①代表作《独善其身者及其特性》(1845)的主题思想,现概括如下:个体是一切价值、一切思想、一切行为的起源。什么上帝、人类、人民、真理、自由,不过是抽象的概念而已。利己主义否定所有其他利益,而最好的利己主义莫过于有利于个体自身的利己主义:只顾自己不顾别人。因为,大写的"我"是"独善其身"者,即世人取之不尽的虚无。这一绝对个体主义的原则是该书的主题之一:"独善其身者"就是辩证思想的一个极端,即虚无的另一端,可理解为"存在",所以大写的"我"是存在的主题。

《西西弗神话》的主题恰好涉及荒诞与死亡的关系,恰好涉及以慢性自杀来解释荒诞的一切手段。其深层思想则是形而上悖逆所引起的悲观主义丝毫不会引起对世人必然的绝望,恰好相反,因为可以把荒诞哲学与顾及人类完善的政治思想联系

---

① 施蒂纳(1806—1856),德国哲学家,批判费尔巴哈的人类中心论(人类学),主张无政府主义的个人主义,受到马克思和恩格斯严厉批判,参见《德意志意识形态》。

反抗者 | 005

在一起，并突显其乐观主义。在形而上范畴内，需要某个原则，一定要有这个原则的存在。赫拉克利特与尼采深信生命是一场游戏，却很难知道游戏规则。加缪的荒诞存在哲学旨在找到这种游戏的一种规则。

反抗者肯定自身反抗的内涵价值之后，使他能够超越自我而潜入他人。这既非否定的，亦非相对的，而且本真的。西西弗，第一位个体反抗者，自己惩罚自己；普罗米修斯，第一位造反者，拒绝惩罚的正当性，背离宙斯，窃取火种，投奔凡人，向世人奉献火种之后，与世人一起生活和奋斗。他的存在成为"我造反，故我们存在"。这时，反抗者从词源上讲，就是一百八十度转弯，就是从简单的反抗，经过衍变，升华至造反，起了质的变化，一下子投入"要么得到一切，要么失去一切"。在自己反抗的衍变中意识到一种价值，跃入造反境界，成为"得到一切"的造反者而顶天立地，被世人认同和接受；失败了，"失去一切"，被钉在高加索的山崖上，让恶鹰折磨，痛苦三千年之久。这说明，造反失败，被统治者的力量降服，不得不接受死亡。简言之，造反者获得生与死的自由和权利，这可是关乎人生价值呀。

反抗者为了反抗而反抗，而造反者并非为造反而造反，后者不诉求生命，却诉求生命的缘由，因为挑战死亡，归根结底是诉求生命的意义，并为建立行为规则和一统性而奋斗。"我造反，故我们存在"：造反者一旦出击，就把世界切割为两半，以人与人身份认同的名义揭竿而起，随后又牺牲身份认同而在血泊中认可差异。造反者深陷于苦难和压迫，他唯一的存在寓于这种同一性：我寓于"我们存在"。反之，"如果我们不存在，我也不存在"，从而陷入孤独之中。

造反者，悖逆者也。何谓悖逆者呢？悖逆者，悖逆天理和世道者也：悖逆上帝、诸神及天理，同时悖逆人神主宰的世道。所以造反者在思考造反不可思议的意图以及死亡本身时叹道："唉，故我们孤独无援。"在神圣的世界，之所以没有造反的问题，是因为确实找不出任何形而上的问题，所有的问题都一次性解决了，即被形而上神话取代了，不再有疑问，只有答复，以及永恒的诠释："《圣经》。"但世人一旦置身于神圣事物之外，就产生疑问和反叛了。悖逆者，即被神道抛弃者也，致力于人道诉求：一切答案皆属人道。人的思想有两个世界：圣神的世界（或用基督教的语言来说，圣宠的世界）和反叛的人世。其中之一个世界的消失等同于另一个世界的出现，也就是"要么得到一切，要么失去一切"，以其最严格要求落实到位，必须选择，无妥协之余地。

何谓形而上悖逆？形而上悖逆是把上帝与部分悖逆的世人等量齐观，应当承认此时的上帝处于跟世人相同的受辱遭遇，上帝徒有虚名的权力等同于我们浮生若梦的状况，屈服于我们质疑问难的压力，轮到上帝俯就悖逆的那部分世人，无望永世稳定，因为上帝也是荒诞的。此话大逆不道，悖逆天理，却导致加缪挤入尼采、司汤达和陀思妥耶夫斯基等悖逆者之行列。

同样，世上的造反派一直陷入二律背反的两难境地：出师无名又后退无路。在加缪看来，历史上斯巴达克思造反是一场典型的荒诞造反：斯巴达克思率领部队从西西里一路打杀，节节胜利，直捣罗马城下，吓得罗马人惊慌失措，准备付出高昂代价。罗马城被攻克指日可待。出乎城内外所有人意料，大军首领转念自问，圣城一旦拿下，何以替代？找不到取而代之的正义神灵哪！于是，茫然不知所措，一念之间，最终决定不战而退，干脆反方向一路返回西西里。没过多久，代表道德原则的克拉苏将军率领罗马大军将其全部歼灭。

何谓革命？加缪的定义是："革命在原则上是唯一合情合理和前后一致的行为"，"革命死心塌地服务于人身上决不卑躬屈膝的那个部分，是革命者主宰自己时代的一种尝试。革命就是把一个政府完全转移到另一个政府"。比如，1793年1月31日把享有神权的国王路易十六送上断头台，等于"把上帝送上断头台"，加缪如是说。大革命山岳派领袖之一韦涅约[①]回答国王："不，陛下，这不是造反，而是革命"，韦涅约还说过："革命就像农神，吞食自己的孩子们"，不久轮到他被送上断头

[①] 韦涅约（1753—1793），大革命山岳派领袖之一，被判上断头台。他的名言是："革命就像农神，吞食自己的孩子们。"

台，历史没有记载他临死前是否惊慌。反正，路易十六吓得屁滚尿流，而宣告他死刑的圣茹斯特①轮到自己走向断头台时泰然自若。因为，圣氏深信革命者只有一种胜利，那就是永恒的胜利，尽管是他永远不可企及的胜利。总之，圣茹斯特是最具悲剧性的革命家，他说："所有凿出来的石头都是为构建自由，你们可以用同样的石头为自己建造一座神庙或一座坟墓。"圣茹斯特为自己凿出革命的大道理，却为自己建造了一座断头台。

那么，革命与造反有何区别？加缪认为，二十世纪革命声称依靠经济，但革命首先是一种政治和意识形态，按功能而言，革命不能避免恐怖以及对现实采取暴力。革命一概从绝对出发，造反则相反，基于现实以持久的战斗向真理行进。前者力图从上往下自我完成，后者则试图从下往上自我完善。两者本质不同之处在于革命从思想过渡到历史实践中，而造反则从个体经验过渡到思想。造反的历史，即使是集体的历史，始终是无所作为地介入历史，又是暧昧不明的抗议史，既不触动体制又不触及法理。造反的天地是相对的天地，一再重复说一切皆有可能，并且在某种界限之内，还得为可能的事情作出牺牲；革命则是一种企图心尝试，按一种思想促成行动，按理论框架塑造世界。

因此，革命只是形而上悖逆合乎逻辑的连续，继续不断进

---

① 圣茹斯特（1767—1794），法国大革命时期国民公会议员，1794年7月24日被捕，次日被处决。

行绝望而浴血的斗争。革命思想根据不可避免的逻辑摒弃上帝而选择历史。选择历史就是选择革命，而革命始于思想，并将其注入历史经验之中。造反运动的历史，即使集体造反的历史，始终是介入事件无门的历史，既不介入体制又不顾及缘由，是一种不明不白的抗议史。而革命则企图根据一种道德观来规范行为，在革命思想的框架下改造世界。加缪经过这番推理之后，得出以下结论："造反导致一些人死亡，而革命则既毁灭世人，也毁灭原则。"可以这么说，历史尚未有过大写的革命。最终的革命只能有一种：看似完成环转的运行，就在政府组成的当口儿已经成为新一轮的翻倒转移。因为，政府与革命，从直接意义上讲，是互不相容的，而"政府只在反对其他政府时才是革命的"，加缪如是说，他在别处还说过："人类历史，在某种意义上，是世人接连不断造反的总和。"

然而，造反和革命都是一次性的，造反一开始便是短命的，革命却一劳永逸，直到完成筋斗运动重新开始新的倒转，即完成从造反到革命终止，开始新的倒飞筋斗。由此，加缪得出完全相反的结论："世人的历史只是不断造反的总和"，他同时指出："一切革命的永恒未完成至少会以负面的方式使我们了解适用于造反价值本身的特性。"从不断造反到不断革命，这就是加缪的荒诞革命论，实际上是托洛茨基不断革命论的翻版。因为托氏名声太臭，在《反抗者》极少提及，但明眼人萨特一针见血训斥他："你骨子里是个托洛茨基分子。"

二 加缪荒诞存在思想来源

加缪批判继承克尔恺郭尔和谢斯托夫,尽管他的荒诞存在思想主要来源于他们的存在主义,但他断然否认他自己是存在主义者,因为他的荒诞存在哲学与存在主义截然不同。他认为存在主义哲学家们通过奇特的推理,在理性的残垣断壁上,从荒诞出发,在对人性封闭和限制的天地里,把压迫他们的东西神圣化,在剥夺他们的东西中找出希望的依据。没有宗教本质的人都抱有这种强制的希望,而他,加缪是无神论者。

何谓荒诞?"荒诞,是悟者的形而上状态,不是通向上帝的,即荒诞是与上帝不搭界的罪孽",加缪如此与谢斯托夫得出相反的定义。谢氏在其《钥匙的权力》中指出:"唯一真正的出路恰恰处在人类判断没有出路的地方。否则我们需要上帝干吗?我们转向上帝只是为了得到不可能得到的东西,至于可以得到的,世人求助于同类。这就是一切存在的基本荒诞性。"于是谢斯托夫下结论:"这就是上帝,还是拜托上帝为上策。"无神论者加缪则说"这就是荒诞",进而得出独特的结论:"若有荒诞,必在人间。"克尔恺郭尔警世晓喻:"假如世人没有永恒的意识,假如一切事物的内部只有一种野蛮和沸腾的力量,在莫名其妙的情欲旋涡中产生万事万物,伟大的和渺小的,假如永远填不满的无底洞隐藏在事物的背后,那么人生不

反抗者 | 011

是绝望又是什么呢？"加缪认为克氏的呐喊阻挡不住荒诞人，因为荒诞人不像驴子那样充满美丽的幻梦，荒诞人不会迁就自欺欺人的谎言，更乐意心平气和地接受"绝望"：这就是荒诞。有神论者克尔恺郭尔的绝望观被无神话者加缪反其道而照单全收，辩证地全盘接受。由此产生加缪的荒诞概念。

何谓加缪荒诞概念的本质？首先，加缪断定荒诞概念是本质的，精神上一种显而易见的事实是：一个人始终是自己真情实况的受难者，一旦被承认，就难以摆脱。人一旦意识到荒诞就永远与荒诞绑在一起了，一个人没有希望并意识到没有希望，就不属于未来了。这就是荒诞概念的本质，实属天意；而世人竭力逃脱自己创造的世界，这是一种荒诞精神，也属天意。

何谓荒诞精神？荒诞精神在于世人对荒诞既不那么理性，又不那么非理性，而且是既不可理喻，又界限分明。荒诞确认自身具有清醒理性的界限，界于跳跃之间，就是抱有希望存在于跳跃前的微妙时刻，善于在令人眩晕的山脊上站稳。

那么，荒诞人如何生活处世呢？荒诞人严以律己，仅仅凭借他知道的东西生活处世，眼见为实，随遇而安，不让任何不可靠的东西掺和。人家对他说，没有任何东西是可靠的。他回答，至少此话是可靠的。于是，他与这份可靠性打交道：他渴望知道是否义无反顾地生活，若遇困难，勇敢面对，决不绝望。

如上所述，对存在论学者而言，否定是他们的上帝。换言之，上帝只靠否定人类理性才得以支撑。而非理性主题，恰如存在哲学者们所设计的那样，就是自乱阵脚的理性，就是自我否定的同时自我解脱的理性。于是世人陷入自由的二律背反：两者择一，要么我们不是自由的，这样，万能的上帝要对邪恶负责了；要么我们是自由和负责的，这样，上帝就不是万能的了。对该悖论的不可置辩性，一切学派的微妙论证没有一丝一毫的增加和减少。存在主义哲学仅在于承认和认同荒诞，但如此悖论的不可置辩性，一切学派的微妙论证没有一丝一毫的增加和减少。存在主义哲学仅在于承认和认同荒诞，但如此立足的荒诞要求被承认却不被认同，故而存在哲学不等于荒诞哲学，因为存在思想在投向上帝的那一刻便变为荒诞，立足的荒诞要求被承认却不被认同，以致变得踌躇满志。而大写的荒诞是不可以踌躇满志的，荒诞是确认其极限的清醒理性。不妨进一步分析两者南辕北辙的形态：

谢斯托夫认为，上帝之伟大，令人摸不着头脑；上帝的证据在于精通人情世故，结论是，证实荒诞等于认同荒诞。于是，谢氏把荒诞观与道德及理性对立起来，妄称荒诞就是真理和救世，进而陶醉于非理性，痴迷于使命感，使荒诞背离了洞若观火的精神，以致断言：理性徒劳无益。加缪虽然认同谢斯托夫的推理，却不接受他的结论，因为既有非理性，就有理性哪。两者之间必有跳跃或逃脱。他说，这种跳跃使我们看清荒诞的本质。加缪的另一位思想导师克尔恺郭尔本人也跳跃了，他年轻时敬畏基督教，晚年却回归上帝：荒诞成了"智力牺牲品"，他的结论是："信仰者在失败中取得胜利"，十足的阿Q精神。

那么，加缪本人又是如何看待理性的呢？他对理性的态度是："我即使承认理性的限度，也不会因此而否定理性，因为我承认理性的相对威力。"在他看来，荒诞只在平衡中才有价值，而绝对否定理性，徒劳无益；理性有自己的范畴，在人类自身的范畴里是有效的。这正是人类经验的范畴。总之，荒诞人既承认斗争，又不藐视理性，尽管同时也接受非理性。既然绝望既非事实，而是状态，"未来"便是先验的了。加缪的结论是："未来是不信上帝的世人唯一的超验性。"然而，一切哲学皆为行动！每个人都想得到所有人的承认，正如为生存不断斗争直到被所有人承认，这种被所有人承认的斗争将标志历史的终结。人类的全部历史是漫长的殊死斗争，为的是争夺普世威望和绝对权力。

总之，我们可以用三位高人相同意义的话来归纳加缪荒诞存在思想的核心依据："上帝唯一的托辞，就是上帝并不存在"（司汤达语）；"上帝一无所用，既然上帝一无所需"（尼采语）；"假如没有上帝，一切皆许可"（陀思妥耶夫斯基语）。三句话一个意思：上帝死了，可以理解为：假如没有永生，就没有赏与罚，也没有善与恶。他的结论："没有永生就没有德行，没有德行就没有法律，没有法律就可以无法无天。"陀氏一句话真正开创了现代虚无主义的造反历史，而虚无主义蕴含着绝望和否定。另外，既然上帝和永生均不存在，就该许可新人成为上帝，既然"一切皆许可"，后果势必随之而来，造反走向行动。加缪的结论是："一切哲学皆行动！"其实，加缪真正的哲学出发点，说穿了，与绝大多数法国思想家，比如萨特一样，也是"我思故我在"，不过理解有所不同罢了。加缪因为肯定反抗是一切行动的活力和动力，得出的结论便是："我思故我在即反抗"。

三 加缪荒诞存在历史观和价值观

加缪荒诞存在世界观和历史观是怎样形成的？加缪亲身见证和体验的两次世界大战皆由欧洲发起。他二十岁时，希特勒上台，接着西班牙内战，墨索里尼上台；1939年战争爆发时，法国被德军占领四年之久，他从事地下斗争四年，贡献卓然。他的自身教育就是这样完成的。最后由原子弹烟火宣告大战结束。他这一代人投入没完没了的体验，靠的是叛逆的力量，因为这一代人什么都不信了，却大家都认为自己有理。至于社会的传统道德，这代人觉得它一直就是，要么自暴自弃，要么异常虚伪。"我们这代人就生活在虚无主义之中"，加缪如是说。虚无主义的思想和行为既像大写的历史服从于一种君主式辩证法,又像大家一起迈向一个终极目标。虚无主义者的思想和行为遵循黑格尔原理:"人天生为了大写的历史,而不是大写的历史天生为了人。"政治和伦理的现实主义,曾经和现在,引领着世界的命运。自从尼采声称上帝死亡之后,用大写的鲜血不停地书写欧洲人傲慢的悲剧。一切错误思想与鲜血同归于尽,就是这个地球的正义。但问题在于始终用他人的鲜血同归于尽之后构成的正义,就是说正义建立在他人的泪水和血泪之上。

在二十世纪的喧嚣和狂暴中,每种意识为了自身存在,都想要别的意识消亡,这种势不两立的悲剧是荒诞的,在诸多意识形态之一种消亡时,胜利的意识形态并不因此得到更多的承认,既然不可能让不再存在的意识承认获胜的意识了。两难推测必然是荒诞的,加缪说:"必然要付出昂贵的代价,弄不好非把一个人活煮了不可。"黑格尔神化拿破仑之后,把自己也神化了。虚无主义尽管竭力全盘否定,却始终实现不了。正因为实现不了全盘否定,反倒适用于世界。哲学,即使奴性的,也会遭受自身的滑铁卢,然而任何东西都扼制不住人心对神性的渴求。这说明,一切若符合逻辑,一切皆事出有因。加缪赞同魏德尔的观点:"虚无主义应定位为唯理论的蒙昧主义。"这种虚无主义却把主义高高置于物质之上,这样的学理变成了教理和盲信。墨索里尼和希特勒把这种虚无主义推至极端,把国家建立在这样的概念之上,任何东西都没有意义,历史只是阴差阳错。因此,道德的二律背反根据介质价值也不清自清,善不可与真分离，不然就成为恶的本原；善也不能绝对与其同化，不然就自我否定了。说实话，这种价值一旦被造反揭示，终究不能凌驾于生命与历史之上，并不甚于历史和生命凌驾于道德价值之上。

何谓荒诞存在历史观？加缪下的定义是：道德观念加伦理哲学。他指出："我们革命最坚定的纪念碑是哲学。"二十世纪革命任意地把两个不可分割的概念分离了，为了达到征服超限度的目的，绝对自由嘲笑正义，而绝对正义否定自由。这两个概念为了富有成效必须彼此之间找到各自的限度：生存状况若不正义，就没有人肯认可其自由；同样，生存状况若不自由，就没有人肯认可其正义。不过，历史依然可以恢复自由这个唯一不朽的价值：人为自由而死，死得其所，因为死者不认为自己完全死了。这里道出"自在存在"与"自为存在"之间本质与价值的历史辩证法。可见加缪认同历史辩证法，却不认同历史唯物主义，因为他受黑格尔客观唯心主义影响太深，因为黑格尔认为历史只为上帝而存在：历史作为一个整体只能在于历史和世界之外的观察者眼里方始存在。而他，加缪，是无神论者，深信尼采名言"上帝死了"，所以理论上他是自相矛盾的。假如自由本身就是价值，那么只要目的是好的，就可以不择手段吗？历史思维听凭悬而未决，怎么或谁能为"目的"正名？造反者回答：手段。荒诞剔除价值判断，而价值判断恰恰跟客观事实本身紧密相连，故而荒诞存在本身就是荒诞的，这

反抗者 | 017

也正是荒诞存在的历史价值。

西方的历史价值观主要是,通过效力意志,即权力意志或统治意志,体现出来的。这是把效力置于价值顶峰的哲理,是死亡哲学。不妨重复和补充一下西方哲学的根子是"我思故我在",加缪挑明说,"我思故我在"即反抗,而反抗即价值,因为反抗是首要真理,唯有反抗才有创造,而创造又是首要价值。上帝死了,为上帝牺牲毫无价值。

既然任何向我们推荐的东西都不能使我们获益,既然我们整个社会或因怯懦或因残忍都注定大开杀戒,并在欧洲的舞台上耸人听闻地大行其道,那么必须在我们自己以及他人身上准确找到活下去的理由,找到为反对凶杀而斗争的理由。反抗者既是这种成果的体验者,也要千方百计超越这种体验。这才是具有反抗精神的道德观一大进步:促使世人反思世界充满荒诞和表面无谓。悲剧属于个体自选,而造反的衍变一开始就意识到属于集体,属于所有人的冒险;与所有人分享"人的实在",自己若与集体有距离就会备感痛苦,个人的苦恼就会变成集体的瘟疫。只有世人配得上为世人作出牺牲,这是共谋互动和同舟共济的道德观。

可是历史唯物主义辩证法是无情的:尼采主义,即个人权力意志的理论,是注定要纳入集体权力意志之中,没有世界这个帝国就没有一切。尼采明白,人道主义不过是取消最高赦罪的基督教,但没有想到,社会主义(此处系指初期纳粹主义)

解放学说必须运用虚无主义必然的逻辑,将尼采的梦想作为己任,造就超等人类。好在历史是公正的,纳粹只不过是短命的所谓继承者,是虚无主义狂暴性和戏剧性的结尾。其实,此类先例早已有之,法国大革命暴发不久,圣茹斯特下了大赌注:"借以审判国王的意图必将与借以建立共和国的意图相同",进而干脆提出:"专制君主是罪恶,甚至就是罪恶本身","任何人都不可能清白无辜地统治"。他在论述为创造而杀戮的必要性时干脆说:"断头台即自由",不杀不立。他自己的悲剧下场出于高大上的理由,却缘起更深远的需要。这似乎说明有史以来的哲学认为价值是行动结束时夺取的,如果价值是可以被夺取的话。上帝通过国王们参与历史,而世人把上帝的历史代表杀掉,国王不复存在,象征这段历史去神圣化以及把基督去躯壳化。圣茹斯特说:"道德比暴君们更强大","道德一旦形成,必定狼吞虎咽","要么德行,要么恐怖","必须使自由变得冷酷无情"。此外加缪引用孟德斯鸠和别林斯基的话,前者说:"法律就其本质而言,是注定要被践踏的。"后者指出:"历史要么全盘理性,要么毫无理性,这是必然的"。反抗的功利主义在于世人选择人类秩序去对抗上帝秩序,这是反抗运动过渡到形而上悖逆的社会存在逻辑。俄罗斯恐怖主义分子看到自己的同志们在苦役犯监狱受鞭笞,以自杀进行抗议,这份慷慨精神充分说明"人是自身的目的,唯一的目的"(加缪语)。反过来说:"上帝是'我'的一种异化"(施蒂纳语)。这就是荒

反抗者 | 019

诞人，对他而言，只有一种道德可以认可，就是须臾不离上帝的道德，因为是自律的，而荒诞人恰恰生活于上帝之外。

加缪认为，人的这种荒诞是指非理性与非弄清楚不可的愿望之间的冲突，这种非弄个水落石出不可的呼唤响彻人心最深处。荒诞从被承认之日起，就是一种激情，最撕心裂肺的激情。但，全部问题在于人是否能靠激情生活，还在于是否能接受激情的深层法则，即激情在振奋人心的同时也在焚毁人心。行为的后果使行为合乎情理或使行为一笔勾销，所有的道德都建立在这个理论上，并随时准备付出代价，但不承认罪责："一个人的失败不能怪环境，要怪他自己"，加缪如是说。

最后涉及荒诞存在终极性问题，何谓荒诞存在的价值观？荒诞存在哲学是唯一不说谎的思想，却是一种不结果的思想。在荒诞世界里，观念的价值或生命的价值是根据不结果的程度来衡量的，不同的存在有不同的价值，关键在于选择。加缪步克尔恺郭尔的后尘，论述的逻辑充斥二律背反，诸如："要么上帝和时间，要么十字架或枪杆子"，"要么不得不与时间共存亡，要么为一种更伟大的人生而摆脱时间"，"要么什么都要，要么什么都不要"，总之，人是自身的目的，要想做有价值的人，就在人生中进行奋斗。征服者谈论战胜和征服，实际上人生最大的价值在于"征服自我"，战胜自己是荒诞存在的人生终极价值。

四　加缪荒诞存在思想撞击马克思主义否定超现实主义

"历史上有些哲学一经诠释就被曲解了",加缪如是说,这句话也非常适合加缪本人,比如他称赞马克思纠正了尼采,选择了只对历史说"是",不再对全体创造物说"是"。加缪先前肯定马克思在尼采之前就提出无阶级社会,但后来又怀疑和曲解共产主义社会这个未来。

加缪如何评价和曲解马克思学说呢?他承认马克思是很有文化修养的人,坚持认为欧洲各种文明之间有深厚的一致性,揭示了比经济学更为广阔的自然连续性,而冷战时期的俄罗斯共产主义(即斯大林主义)否定文明的贡献,否定科学和艺术,更否定异端天才,因为要摆脱历史,《真理报》年复一年、月复一月修改历史,连马克思和列宁的著作都不再版了。总体而言,加缪基本肯定马克思学说,却否定列宁之后的俄罗斯共产主义。加缪认为,马克思既是资产阶级预言家,又是革命预言家。但随着社会和经济的发展,马克思成为"资本主义最大的敌人",曾经雄辩地颂扬资产阶级(参见加缪青年时的床头书《共产党宣言》),后来成为反资本主义的始作俑者,认为旧资本主义已经过时,另一种秩序必将建立。马克思肯定唯物主义这一武器使理性获胜,理论也同样可以造就武器,"思想的运行只是现实运行的反映，被转移到人的大脑而已"。加缪看似正面评价马克思学说，认为是科学论断，但笔锋一转，更倾向于贝尔迪亚也夫对此论断的攻击："无法转移"，因为"辩证法与唯物主义不可能协调一致，唯有思想才有辩证法"。这是加缪骨子里黑格尔客观唯心主义在作怪（萨特曾嘲笑加缪不读黑格尔原著），进而干脆否定马克思的辩证唯物主义和历史唯物主义。马克思独创之处恰恰在于肯定历史既是辩证的，又是经济的，加缪并不否定这个说法，但更赞同黑格尔的论断：历史既是物质的又是精神的，况且历史正因为是精神的才能是物质，反之亦然。但马克思否认把精神视为末端实体，从而肯定历史唯物主义。加缪不承认历史唯物主义，犯下根本性错误，但这是思想认识问题，即世界观问题，甚至可以说学术问题。

冷战时期，占据法国意识形态统治地位的法国共产党给他戴上反马克思主义的帽子是不公平的。事实上，四十年代末五十年代初，法共披着马克思主义的外衣，政治上和意识形态上，已经完全晚期斯大林主义化了。作为法共同路人的加缪挺身而出，独树一帜，运用马克思学说批判横行一时的日丹诺夫①主义（他不敢点明斯大林主义），是了不起的事情。比如当时苏联意识形态部门一概否定和批判西方一大批科学发明创

---

① 日丹诺夫（1896—1948），苏联领导人之一，1915 年加入布尔什维克党，1930 年起历任联共（布）委员、中央书记、政治局委员。1944 年起任主管意识形态工作的党中央书记。著有关于哲学、文学和艺术问题的著作多种。

造，诸如否定物理的不定性原则，否定狭义相对论，否定量子理论（尽管在实践中利用从量子理论引申出来的原子科学），批判海森伯，批判波尔，批判爱因斯坦等等。另一方面则打着马克思科学社会主义旗号大肆宣扬李森科①等一大批伪科学。

然而，很不幸，加缪政治正确却走向反面，亲身体验了一次自己的荒诞存在理念，即更加怀疑马克思历史唯物主义和辩证唯物主义，更加怀疑马克思对未来的科学预言，更坚定认为马克思的梦想不科学，说什么"唯有语言是力求科学的"。一口一个乌托邦，嘲讽马克思学说三大来源之一法国空想社会主义骨干傅立叶的空想："沙漠变成沃土，海水可以饮用，并且味道甘美，春天永驻。"可惜加缪英年遇难早逝，要是他再活十几年，即活到七十年代，沙特阿拉伯等国已把海水变成饮用水，而且味道甘美，含有更多的矿物质，同时也开始实现把沙漠变成沃土，同时期以色列等国开始实现大面积蔬菜水果大棚种植，已是春天永驻。半个多世纪过去了，现实证明，正如加缪经常引用黑格尔的话："现实的，就是合理的。"他错误地认为历史唯物主义的任务仅在于对现时的社会进行批判，对未来的社会只能做一些假设，才不至于使科学思想出差错，什么都要眼见为实，甚至说："推测要付出昂贵的代价，弄不好非把一个人

---

① 李森科（1898—1976），苏联生物学家和遗传学家，谴责经典遗传学，否定孟德尔［（1822—1884），奥地利遗传学家奠基人，创立非获得性状遗传］把遗传政治化，从而臭名昭著。

反抗者 | 023

活煮了不可。"请允许我们再引用一次加缪对未来悲观的名言。

那么在政治上,加缪受谁的影响最深呢?毫无疑问是巴枯宁①,他自己说过:"我有点像巴枯宁。"这始于错误评价伟大的巴黎公社领导力量。众所周知,1871年3月1日巴黎工人举行武装起义,建立人类历史上第一个无产阶级政权是在由马克思主导的第一国际发动和领导下进行的,但实际参加武装起义的领导骨干却是蒲鲁东派、巴枯宁(已被马克思赶出第一国际)派、拉萨尔派和工联派,一个马克思派骨干都没有参加。在法国人眼里,正如加缪的观点,巴枯宁和蒲鲁东尤其功不可没,尽管大多数法国人尤其学术界赞同马克思批判蒲鲁东一书《哲学的贫困》,但依然认为他们,尤其蒲鲁东,是有历史贡献的人物,巴黎就有以蒲鲁东命名的大街和以巴枯宁命名的小巷。

众所周知,马克思跟无政府主义者巴枯宁进行了无情的斗争,斥责巴枯宁的同伙聂察耶夫是"兵痞共产主义者的典型",因为他们刻意创立一种教派,希望有朝一日从中涌现一个新的救世主,聂氏高调指出:"革命与反革命之间的斗争,只有一条路:或死亡于斯,或新生于斯。"为了革命,可以把爱情和友谊彻底抛弃,并更露骨地指出"为了让人变成神必须使受害者堕落为刽子手"。巴枯宁却赞道:"聂察耶夫倒是真正的为革命服务,是唯一的善。"因为这符合巴枯

---

① 巴枯宁(1814—1876),俄罗斯著名革命家,无政府主义理论家。

宁的主张,"为了创造一个坚不可摧的社团",不得不以马基雅维利①的权术为基础,并采用耶稣会那套办法:"对肉体施加暴力,对灵魂灌输谎言。"马克思叹道:"一个社会光知道刽子手是最好的捍卫手段,该是多么可悲呀!"

好在加缪高度赞扬列宁领导的十月革命胜利后建立的第一个社会主义国家,他始终认为把俄罗斯共产主义与德国法西斯主义的宗旨等量齐观是错误的,后者表现为由刽子手自己颂扬刽子手,是"灭绝人性的非理性野蛮";前者有最深刻的本原,旨在解放全人类的同时临时性控制所有人。加缪正确指出:"二十世纪法西斯革命不配称为革命而俄国十月革命毕竟是一场真正的革命。"区别在于前者从虚无主义遗产中选择了把非理性奉为圭臬,唯独神化非理性,而列宁领导的十月革命把马克思的预言理性化,寄予与日俱增的信仰。马克思预言的要义在于革命胜利之后等级消失了,阶级斗争却依然存在。加缪加添道:"我们不得不承认马克思的伟大意图:只有解放全人类才能解放自己。"他一向高度评价列宁以及列宁主义,青年时代的两本床头书之一《国家与革命》一直是他革命思想的源泉之一。他甚至赞成认为列宁在许多方面发展了马克思学说,从而创立了列宁主义,特别同意认为列宁最大的贡献是突破马克思的预言:"在欧洲大陆各国连片建立统一的国家",而是在俄

---

① 马基雅维利(1469—1527),意大利政治家、外交家和历史学家,其著名《君主论》主张不择手段建立统一和强大的君主国。

反抗者 | 025

罗斯一国首先建立社会主义国家，这几乎是法国左翼人士的共识。但苏联解体之后，越来越多的人重新相信马克思的预言，此乃后话，暂且不提。

加缪如何看待斯大林呢？他本人以及法兰西人民始终没有全盘否定斯大林。举个象征性例子：柏林墙倒塌，苏联解体不久，就把斯大林格勒改名为伏尔加格勒，一直沿用至今。巴黎有个著名的地铁站名为斯大林格勒，当年跟风暂时改为伏尔加格勒（是用塑料印刷纸覆盖的），但一年多以后就恢复原名，至今仍是斯大林格勒。笔者见证了这一幕，但感觉到德国人对戈尔巴乔夫评价很高，法国人却不太买账。这很能体现加缪的性格。

超现实主义，经过其造反运动，之所以意义重大，不仅因为企图传承兰波唯一值得怜爱的一面，而且发现了洛特雷阿蒙（真名伊齐斯·迪卡斯）的手稿《马尔陀萝之歌》。超现实主义从论述通灵者的信件及其涵盖的方法，得出造反的苦行规律；揭示了生存的意志与毁灭的欲望之间的斗争，是与非之间的斗争，他们在造反的每个阶段都一再证实这种斗争。阿拉贡说："我们是造反专家。"他指出作为覆灭精神的机器，超现实主义首先锻造了"达达"运动和贫血浪荡（即始于1916年的达达主义）的代表人物雅里，是形而上浪荡公子的化身，与其说他是个天才，不如说是个怪才。超现实主义反对一神论，首先确认自身建立在世上绝对无罪的理念之上，必须向世人归还

"能使世人拥有像上帝一词那样的全部威力"。他们拒绝一切规定性，只接受个体的决定及欲望。拒绝一切至上，只接受无意识至上。无所为而为之的行为理念使绝对自由的诉求如愿以偿。超现实主义者先走向革命之后认为需要马克思主义，"先皈依而后读马列圣贤"。他们的不懈努力旨在与马克思主义协调一致。对他们而言，共产主义是美丽的神话，令人神往。艾吕雅写道："革命如同爱情，是真正的生活。"他跟阿拉贡一样，自己的创作从未受日丹诺夫主义的影响。

布勒东是多个《超现实主义宣言》的起草者，他主张调和马克思的"改造世界说"和兰波的"改变生活论"，然而认为马克思致力于征服世界的"全体性"，而兰波则致力于生活的"单一性"。布勒东，他选择了兰波，并进一步提出超现实主义不是行动，而是苦行和精神体验。布勒东所谓的超现实是指梦想与现实的融合，是理想与现实之间古老矛盾的升华。进一步解释了具体的非理性与客观的偶然性融合一体，所以精神恐怖主义与超现实主义一脉相承。这些看法和主张与其他超现实主义骨干们大同小异，也得到加缪的认可。

然而，布勒东所指的革命是"要么大写的一切，要么大写的全无"，主张用一种新的道德替代流行的道德，因为现世的道德是一切弊病的起因。此公一向特立独行，单枪匹马坚持到底。结果非但创建新道德的企图没有成功，所谓致力于使世人崇高起来也就无的放矢了，以致自我孤立，特立独行变成光杆司令，自己又偏偏堕落下去，众叛亲离之后，他陷入了专营"性爱"研究，远居异乡（美国），躲避战争，孤家寡人高谈性爱，然而这是叫人提心吊胆的伦理。

令人匪夷所思的是，加缪似乎认可以上的分析，不去理他就行了。但他笔锋一转猛烈攻击布勒东的狂言："手持左轮枪上街，随便朝人群开枪。"这句话出自1933年超现实主义团体编撰的一本书，名为《维奥莱特·诺齐埃尔》，因为此人杀死父母被处极刑，书中的一篇报导说，超现实主义领袖布勒东对死刑判决极度不满，狂怒之下道出这样的疯话，但布勒东很快公开道歉，并表示后悔不已。谁也没想到，差不多二十年之后，加缪翻出老账，毫无顾忌地对布勒东这位多年左派同路人进行人身攻击，很明显这是项庄舞剑，意在沛公，引起法共强烈不满，对加缪群起而攻之。众所周知，绝大多数超现实主义者，要么因绝望而自杀，要么走向革命，接受马克思主义，多数加入法国共产党。很明显，加缪借批判布勒东之名，攻击以阿拉贡为首的法共文艺工作者，但阿拉贡向来不把加缪放在眼里，根本不屑与这位阿尔及利亚出生的小子理论，以沉默表示自信，以无语回答很不专业的责难。

五 地中海精神与超越虚无主义

环地中海文明，就其宗教而言，源于公元前十九世纪祖先之一亚伯拉罕系,犹太教,基督教和伊斯兰教三大宗教覆盖这个区域,即一个祖宗三门后代,《圣经·旧约》的上帝善于调动世人的活力:世人完成悖逆智者生涯之后,必须皈依亚伯拉罕,其意为"多国之父",所以三教的信徒们将其视为圣人。然而,三教之间自盘古至今一直你死我活斗个不停,依旧各自坚持一神教而存在,并且始终保持一个共同点,即相信未来存在"末日审判",一个世人的德行或罪恶必将得到应有的回报或惩戒。

那么所谓地中海思想文化指的是什么呢?一言以蔽之,系指古希腊和古罗马以降的思想文化。古希腊文化认为造反是最坏的恶行,因为亵渎神明者反倒让基督教执意把猜忌之神从历史舞台赶走,把世人捧上了天。更有甚至,埃斯库罗斯借普罗米修斯之口说:"降临于我的任何灾难无一我预见不到的","我把世人从死亡的顽念中解脱出来","由于太爱世人而得罪宙斯"。虽然"时间本身也是一种自然现象"(歌德语),但尘世却充满血腥恶斗,悖逆神明是要掉脑袋的,所以世人必然要为自己的存在正名。加缪指出,人必须由其他人承认。一切意识就其本原而论,是渴望被其他意识承认的,渴望受到其他意识礼遇的,是他人孕育了我们。可是只有在社会中,我们得到的价值是高于动物价值的人类价值。因此,人类的基本关系是纯粹得天独厚的关系,一种永恒的斗争,为使一个人被另一个人承认是要付出死亡代价的。

基督徒以及形形式式的世俗激进主义者必然要征服自然,

而希腊文化则是顺应自然的。起初,当基督教文化与希腊文化融合之后,各教派蓬勃发展:世人与自然完美的平衡,对世界的顺应掀起全部的古代思想,使之辉煌灿烂,但后来却首先被基督教为了历史的利益而粉碎了。希腊堕落之后,统一的思想被割断,接着把分裂的思想留给了欧洲,迫使欧洲也随之堕落。那么基督徒与希腊人有什么区别呢?区别在于,对前者而言,自然被人控制以便服从历史;对后者来说,自然催人服从以便控制历史。人类只能在自然的群体内自我解放,革命一旦失去平衡,必然衰败。自古希腊以降,自然始终在演变中取得平衡。

历史绝对主义,尽管节节取胜,却始终不断与人性不可征服的诉求相抵牾,而地中海则保存着人性的秘密,因为那里智慧是炽热的阳光姐妹。因此,加缪偏爱造反精神,把造反者理想化,其中心思想在于"造反者拒绝神性"。他以造反者自居,"我们将选择依塔克岛"。相传古希腊荷马笔下的奥德赛的故事发生在这个岛上。特洛伊战争之后,希腊英雄奥德修斯在海上漂流十年,经历种种艰险,终于回到该岛,夫妻团圆。这是加缪心中的伊甸园:忠实的大地,大胆而素朴的思想,有自知之明的行动,世事洞明者的慷慨大度。在光明中,尘世依旧是我们最初也是最后的爱。加缪油然而生的情怀是:"我们的兄弟们跟我们在同一个天空下呼吸,正义生机勃勃。于是,奇特的欢乐油然而生,有助于生与死。从此,我们将拒绝把欢乐推延至未来,怀着曙光,在持久的战斗中,重新塑造这个时代的灵魂。"

哪位圣贤能体现地中海精神呢？加缪自问自答，体现地中海精神的人，唯苏格拉底莫属，因为苏氏为现代人留下了榜样和得救之路。他指出，生活包含阴暗面和光明面，人不可自作主张支配一切，必须向世人证实其虚荣心，因为世人一旦通晓一切，终究会把一切都毁掉。事实上，苏格拉底死后，希腊社会开始衰退。现代的欧洲把许多苏格拉底扼杀了，因为象征唯有严于律己宽以待人的苏格拉底精神对我们的凶杀文明构成威胁。苏格拉底语重心长地说："没有对话，就没有世人。"古希腊和古罗马早已被繁殖力人格化了，所以把地中海与欧洲对立起来，确实是个徒劳无益的勾当：欧洲足以表明不可没有地中海，就像没有浮士德就没有海伦娜，反之，没有海伦娜也不会有浮士德，确实不假。

加缪认为，如果说历史的岁月不是由收获的时节构成，历史确实不过是稍纵即逝的影子，冷酷无情的阴影，人在其中就没份儿。谁献身于历史，等于献身于虚空，反转过来自己什么也不是。但是，谁献身于自己生命的岁月，献身于由自己捍卫的家族，献身于活人的尊严，此人就是献身于大地，并且从大地得到收获，便可重新播种和养活世人。加缪说："历史只是一种机遇，关键在于以审慎的反抗使机遇产出丰硕的成果。"

被卷入历史大旋涡中的加缪，以大人物自居，嘲笑他的政敌们为小人物：造反派一旦忘却其宽宏豪迈的根本，便听任自身被怨恨所感染，否定生命，奔向毁灭而让一群嘲笑造反的小人物得势，这些奴隶的杂种，加缪指出，现如今竟在欧洲所有的市场上待价而沽，不论什么奴役的活儿都肯干。一种新的造反派以限度和生命的名义成为神圣不可侵犯了。"我们正处于这个极端，让我们大家超越虚无主义，在其废墟上养精蓄锐准备复兴吧！"这就是加缪发出的号召。

然而，"懂得个中缘由者甚少"。"甚少"是几个？他们是谁？加缪在本散论结尾列举四个历史机遇，即暗喻抓住机遇而后超越虚无主义颇有建树者只有四位，明白人一听便猜得出，他们是尼采，马克思，列宁和托洛茨基。那么，加缪是否也算得上抓住了历史机遇呢？他自己没有明讲，也没有暗喻，但豪情满怀地说："我们怀着曙光，在持久的战斗中，我们重新塑造这个时代的灵魂以及一个不排外的欧洲。"因此，加缪似乎至少算得上一位"历史灵魂工程师"吧，是的，正如加缪所言，他已超越了自我，但并未超越虚无主义。很可惜，处于历史机遇的加缪荒诞存在反抗理论陷入为反抗而反抗的死胡同：荒诞的反抗变成反抗的荒诞。为此，他付出了代价，自我烦恼一生，最后以一起荒诞的死亡而告终。这是加缪的人生悲剧。好在他为世人留下一座文学艺术的丰碑，以其理论和创作的成就已被公认为挤入欧洲乃至世界文学大师行列。有关加缪文学艺术的杰出成就，我们将在《悖逆与艺术》——《加缪文学艺术散论集》的导言中详尽诠释和论述，请看下卷分解。

沈志明
二〇一七年仲夏于巴黎

作者导言

一向以来就有情欲性犯罪和逻辑性犯罪。刑法典以预谋加以区分，倒是相当方便。我们处于运筹预谋和完善犯罪的时代。这个时代的罪犯们不再是手无寸铁的儿童，他们以爱为辩解的理由来开脱。相反都是成年人，他们的托辞无可辩驳：这就是无所不用其极的哲学，甚至可以把杀人犯变成法官。

《呼啸山庄》(1847) 中的希斯克利夫[①]为拥有嘉瑟琳，没准会杀遍全球，但他不会想到说谋杀是合理的，抑或用某种妙计加以辩护。他完成谋杀之时，正是中止其全部信仰之日。这意味着爱的力量，是性格使然吧。爱的力量不同寻常，谋杀尚属例外，因突显其破坏性。然而，一旦不讲特性，人们赶紧给自己找个说法。罪行一旦被推理，恰似道理本身那样繁衍不息，变成三段论的各种格，正如呐喊那般孤独，也像科学那样通用：昨日受审判，今日成法规。

我们不必为此而动怒。本散论的意图是再一次接受当今现实，即逻辑犯罪，以及明确审视辩护理由：权当理解我们所处的时代一种努力吧。或许人们会认为，一个时代在五十年内使七千万人背井离乡、遭受奴役或惨遭杀害，只应并首先受到审判，然后需要理解其罪状。在那幼稚的时代，暴君铲平一个个城市，为了彰显其赫赫荣耀，绑在胜利者战车的被奴役者在欢庆的城市中列队游行，当着被召集的民众的面把敌对分子扔给兽类撕咬，面对如此率直的罪行，良心可能是坚定的，评判可能是明确的。然而，自由旗帜下的奴隶阵营，以人类爱心为由的屠杀或超人的风尚，在某种意义上，终究操纵不了评判。每当罪行被无辜的战利品掩饰，都是由我们时代固有的奇怪颠倒黑白所造成。于是，这种无辜竟被要求提供辩护的理由。因此，这部散论的抱负权充响应并审视这种奇特的挑战吧。

关键在于要知道无辜一旦起作用，是否会情不自胜地杀戮。我们只能在属于我们的时刻，在围绕着我们的人中间行动。我们将一无所知，只要不清楚是否有权杀死面对我们的他人，抑或是否有权同意他人被杀。既然现如今一切指向凶杀的行动，直接的或间接的，那我们就不能在弄清楚是否或为什么必须处死他人之前行动了。

因此，重要的还不在于追本溯源，而在于知道如何采取行动，既然当今世界就是这副样子。在主张否定的时代，审视自

---

① 系英国女作家爱米丽·勃朗特（1818—1848）的著名小说：主人公希斯克利夫原是该山庄老主人捡来的一个吉卜赛弃儿，长大后竟与主人的独生女儿嘉瑟琳相爱，因受其兄阻挠未遂而出走他乡。三年后致富归来，仍与已婚的嘉瑟琳热恋，而她面对无望的爱情郁郁寡欢而凄然去世。但仗势欺人的希斯克利夫虽无情整治了老主人一家，但并未感到丝毫幸福。在施加残忍的报复手段之后，便自我了断，去另一个世界与嘉瑟琳会合了。加缪试图通过这个故事说明英国工业革命初期反压迫反剥削与争自由争幸福之间的斗争，即开门见山点明"情欲性犯罪"和"逻辑性犯罪"并行不悖。

杀问题可能有益无害。在充斥意识形态的时代，很有必要规范凶杀问题。假如凶杀有其自身的道理，我们的时代和我们自己咎由自取。假如凶杀没有道理，我们便是陷于疯狂，没有别的出路，要么重整结果，要么改变方向。不管怎样，我们必须在本世纪（二十世纪）腥风血雨和嘈杂喧哗中明确给自己提出的问题。这不，我们与此问题休戚相关。三十年前，人们下决心拼杀之前，竭力否定，以至以死相许来否定。上帝偷奸耍滑，大家跟着弄虚作假而我本人呢，生不如死：自杀是症结。如今的意识形态只否定别人：唯有别人一手遮天。于是开戒杀人。每天清晨乔装打扮的凶手溜进单人囚室：谋杀成了症结。

两个推理相辅相成，更确切说，是与我们相关的，非常紧密相关，以至于不再让我们有选择的可能。然而，问题一个接一个选择我们，那就让我们被选择吧。本散论旨在围绕自杀和荒诞观念对谋杀和悖逆进行业已展开的思考。

然而，目前，这种思考只给我们提供一种观念，即荒诞观念。而荒诞观念转过来只给我们端上涉及谋杀的一种矛盾。荒诞感，一旦有人从中引申出一条行为准则，便至少使凶手变得满不在乎，故而可以下手了。假如人们什么也不相信了，假如任何东西都没意义了，假如我们不能肯定人们可以为焚尸炉拨弄火焰，正如献身照料麻风病人。玩世不恭和美德善行便成了偶然为之或任性而为。

于是人们决定无所作为,这至少等于接受他人凶杀,只保留调和地哀叹世人不完善的权利。人们还会想像以爱好悲怆音乐替代行动,在这种情况下,人的生命无非只是一个赌注。到头来人们自行采取一个行动,却不是无所为而为之的。为此,由于缺乏指导行动的优越价值,人们必然投向立刻生效的行动。根本不在乎真与假,好与坏,规则将是表现得最有效,即最有强力就行。这样,世界将不再以正义与非正义来区划,而以主子与奴才来划分了。因此,不管人们转向哪一边,以否定和虚无主义为核心,凶杀拥有其特权的地位。

有鉴于此,我们若主张采取荒诞姿态,就必须准备杀人,从而肆无忌惮迈向逻辑,进而我们必将认为忌惮是虚幻的。当然理应采取一些预防措施,但终究比人们想像的要少,凭经验判断得出来。不管怎样,借刀杀人总是可能的,习以为常嘛。所以,假如真正从中获益匪浅,一切就可一了百了。

然而,假如人们采取的姿态表明谋杀时而可能时而不可能,那么逻辑就不可能得逞。因为,荒诞分析以其重要的结果使凶杀行为变得无足轻重之后予以谴责。确实,荒诞推理最后的结论是唾弃自杀以及维系世人质疑与人世沉默之间的对峙。自杀意味着这种对峙的结束,而荒诞推理认定只有否定自身固有的前提才可认同。故而这样一个结论要么是逃避,要么是解脱。不过显而易见,与此同时,这种推理承认生命是唯一不可或缺的财富,既然生命恰好允许这种对峙。这不,没有对峙,荒诞筹码便会失去支撑。尽管说生命是荒诞的，意识却需要活龙活现。不肯明显弃绝爱好舒适安逸，怎能为自己保全上述荒诞推理的专有特惠呢？一旦这种特惠名正言顺地被承认，便成为天下人的特惠。人们若拒绝承认自杀是一种凶杀，那就不可能认同杀人与自杀是有相容性的。一个深信荒诞观念的智者或许承认命定性自杀，却不至于认同推理性杀。其实杀人与自杀是一码事，要么同时认同二者，要么同时否决二者。

同样，绝对虚无主义更容易倾向于认同逻辑性，同意自杀的合理性。我们的时代之所以轻易承认凶杀，自有其道理，是因为对生命的冷漠，恰好是虚无主义的标记。可能有过一些时期，求生的激情强烈得快爆炸了，也造成犯罪性过激行径。但，这些过激行为就像极度享乐所引起的创伤，不是那种单调的范畴，即不是靠一板一眼的逻辑建立的。按照这种逻辑，万物均衡相等，进而把我们当代抱有的自杀价值推至凶杀合法化的极端后果。同时，这种逻辑在集体自杀中发挥至顶点。最为罪恶昭彰的是1945年希特勒的世界末日。自我毁灭对那些疯子算不了什么，他们猫在洞穴里早已准备好死亡的压轴戏。重要的在于不是单独一人自我毁灭，而在于拉一帮人跟自己一起死亡。从某种意义上讲，孤独自杀的人还保存某种价值，因为很明显，他并不自以为有权支配其他人的生命。其证据在于他从未为了支配别人而运用可怖的强力以及利用赋予他决定死亡的自由：一切孤单的自杀若非出于怨恨，在某种程度上讲，倒是宽宏大度抑或蔑视人世。但以某种名义蔑视人世。世人之所以对自杀无动于衷，是因为自杀所包含的概念是世人并不具有的，抑或有可能使世人不至于无动于衷。人们以为一切随着自己毁灭了，飘走了，但从这种死亡本身重新产生一种价值，也许值得人们经历一番。因此，绝对否定还未被自杀汲尽抽干，只能被绝对毁灭，即自我和他人的绝对毁灭而汲尽抽干。至少，人们只能在趋向那种令人感到惬意的极限时才可体验得到。此时，自杀与杀人是同一范畴的两面，这种智慧的苦果，与其在有限的人生状况中承受，不如在天地共亡之时承应黑色狂热。

以同样的方式来讲，倘若抹煞自杀的理由，也就不可能认为杀人有理：我们不是半吊子虚无主义者。荒诞推理不可能同时既保全言者的生命又接受他人的牺牲。一旦承认绝对否定的不可能性，即以某种方式活下去，第一件不可否认的事情，就是他人的性命。这样，让我们以为凶杀向我们确保既可以凶杀又不可以凶杀，把我们抛入矛盾之中，让我们手无寸铁去阻止凶杀，或力不从心为其辩护：威胁者和被威胁者一股脑儿被卷入整整一个狂热的虚无主义时代，然而又被拖入孤独之中，尽管手握武器；义愤填膺，话语却卡在喉里。

然而，这个根本性矛盾不可能不与其他众多矛盾同时显现，只要有人声称继续处于荒诞之中而忽视其真正性质，这种性质本身就是体验过程,一个出发点,即笛卡儿怀疑论在人生中的相等物。①荒诞本身就是矛盾。

荒诞本质上就是矛盾,因为想要维持生命的同时排斥价值判断,而活下去本身就是一种价值判断。呼吸即判断。说什么生活是永久不息的选择肯定不对,但也不可想像缺失一切选择的生活,反倒很确实。从这个简单的观点来看,荒诞立场在行为中不可想像,将其表达出来也不可想像。弥合谈何容易。建立在无内涵基础上唯一的一致性态度就是沉默,假如沉默转过来也不意味着什么。完美的荒诞竭力默不作声,假如张口说话,那就是自鸣得意,抑或像我们将看到的,也自认昙花一现。这种自鸣得意,这种自我欣赏,显然标志着荒诞立场浓厚的模棱两可。从某种意义上,荒诞意欲表达世人处于自身的孤独中,则正是让世人面对镜子活着。于是初始的痛苦很可能转变为心情舒畅了。人们那么无微不至关切的疮疤最终居然令人赏心悦目了。

我们当中不乏大师向荒诞挺而走险,但到头来,用以衡量他们的伟大,则是他们拒绝因荒诞而踌躇满志,只保留荒诞所提出的苛求。他们摧毁一切,是为最大多数人,而非为最少数人。诚如尼采所言:"那些蓄意颠覆而非创造自己的人是我的敌人。"尼采,他也颠覆,但意在创造。他赞扬正直,痛斥"像

---

① 笛卡儿认为,在通过自明的事实树立确信以前,对一切公认的观念和意见必须怀疑。

猪一样"的享乐者。于是，为了避免自鸣得意，荒诞推理找到了弃绝：拒绝分散精力，走向赤贫，决意沉默，奇怪的悖逆苦行。兰波唱出"有趣儿的罪恶在街道泥泞中呐喊"之后，他跑到哈勒尔，只为了抱怨去那儿过无家可归的生活。对他而言，生活是"人人演出的闹剧"。但在弥留之际，则向自己亲姐妹喊话："我将入土，你呀，你却在阳光下行进！"

荒诞，被视为生活规律，故而是矛盾的。荒诞既然向我们提供不了可以使凶杀合理化的价值，还有什么好大惊小怪呢？况且又不可能把态势建立在幸运的感动基础上。荒诞感是别类情感中的一种。两次世界大战之间那么多思潮和行动被染上荒诞感色彩，仅仅证明其威力和合理。然而一种情感的强度带动不出其普世性。整整一个时代的错误在于从一种绝望的动情出发提出或自以为提出了行动的普世规律，其固有的运动，作为激情，就是超越自己。巨大的痛苦犹如巨大的幸福，可以出现于一种推理的初始，作为求情者出现，却不可复得，也不可保全于推理始末。因此，如果说重视荒诞感受性是合理的，如果说诊断在自身以及他人所发现的苦恼也是合理的，那么在荒诞感受性中以及由其假设的虚无主义中，除始发点之外，不可能发现被体验的批评，以及在生存层面上的怀疑论相等物。之后，必须打破镜子中的固定变幻，进入由荒诞自我超越所引起不可抗拒的运动。

镜子被打碎，没有任何东西能帮我们回答本世纪的问题。荒诞，如同怀疑论，翻天覆地，使我们陷入死胡同；但也恰似怀疑论，可以回归自身的同时，指引新的探索。于是推理以同样的方式继续进行。我呐喊，我什么也不信，一切皆荒诞；不，我可不能怀疑我的呐喊，至少我必须相信我的抗议吧。在荒诞体验中，我首先得到唯一不言自明的道理，就是造反。我被剥夺了一切善恶知识，被迫急于杀人或同意杀人，我可支配的只有这种不言自明的道理，还因我身陷苦恼之中而越发相信这个道理。造反产生于无理性背景，面对非正义以及不可理解的人生状况。但造反的盲目冲动诉求在混乱中建立秩序，在流逝消失者的核心中树立统一性。呐喊，诉求，想要中止丑闻，最终让至今不断呐喊的一切固定在海洋上。造反者操心的是改变。然而改变，就是行动，而行动明天将是杀人，而造反者并不知道凶杀是否合理合法。造反恰恰酝酿的是世人要求合法化的行动，所以造反者必须自找造反的理由，既然不可能从任何其他东西中找得到理由。因此，造反派必须自我审视，学习驾驭自己的行为。

造反，形而上的或历史性的，经历两个世纪，大可值得我们反思。历史学家，单独一个历史学家，便可声称详尽表述种种学说以及随之接踵而来的运动，至少应该可能从中找到一根导线。本书以下章节仅仅提供几个历史方位以及一种解读构想，这并非唯一可行的构想，况且远远说明不了一切；但可部分说明方向，而且几乎整体说明我们时代太过越轨了。本书所追忆的惊人历史是欧洲傲慢的历史。

无论如何，我们只有对造反的势态、奢望、征服调查清楚后才可提供造反的理由。在造反的业绩中也许含有荒诞不能向我们提供的行动规律，至少涵盖关于杀人的权利或义务方面的情况，说到底，使人抱有某种创新的希望。人是唯一能拒绝现有生活的生灵。问题在于要知道这种拒绝是否只能导致人毁灭他人及其本人，是否一切造反必须以普遍杀害为依据而一了百了，抑或相反，是否虽不奢望不可能的清白无辜，却可能发现一种合理犯罪的本原。

Ⅰ 反抗者

何谓反抗者?一个说"不"的人。但他,虽然拒绝,但是不放弃;他也是个说"是"的人,一开始行动就这么定了。一个奴隶,一辈子受命于人,突然判定无法接受一个新指令。这个"不"的涵义是什么?

其涵义,比如说:"事情拖得太久了","到此为止,行;过头了,不行","你们走得太远了",又如说:"有个界限,你们不可逾越。"总之,这个"不"确认了一条界线的存在。从反抗者这种情绪中重新界限的意识与别人"夸大"的意识是相同的,无非在把自己的权利拓展到一条界线的当口,另一个权利与其对峙,予以限制。这样,反抗行为的依据是,既断然拒绝某个被判定不可容忍的冒犯,又模糊断定某个不正当的权利,更确切说,反抗者朦胧感受到"拥有权利做……"。反抗在某种程度上、在某个方面,总觉得有理在先,否则就不反抗了。有鉴于此,反抗的奴隶既说"是"又说"不",他肯定界限的同时,肯定自己所怀疑的一切,并刻意将其保全在界限之内。反抗者固执地表明自己身上拥有某种东西"值得……",要求人们予以关切。他用某种方式表明,拥有不接受超出可忍受范围之外压迫的权利,以对抗压迫他的指令。

在一切反抗中,世人厌恶不速之客的同时,必定把自己身上某个部分完全而瞬时地附着进去,从而暗自引进某种价值判断,哪怕无所为而为之,也将其坚守于危难之中。至此,他至少缄口不语,沉溺于绝望,哪怕有人断定其中某种不公正的状况也被接受了。缄口不语,让人以为不作判断,一无所求,在某些情况下,确实毫无欲望。绝望,正如荒诞,是有判断的,一般情况下,什么都想要;个别情况下,什么也不想要。沉默昭昭在目。但一旦开口,即使说"不",也是有所求和作判断。造反者,从词源上讲,就是一百八十度转弯。之前,在主子鞭下行进,现在直面对峙。以更可取对抗更不可取。不是所有的价值都引起反抗,但造反的一切行动都不言而喻地援引一种价值,至少涉及一种价值吗?

从反抗运动中产生觉悟,不管多么朦胧:突显的感知是世人身心产生某种可识别自己身份的东西,哪怕是一时的。这种身份认同至此尚未切实感受到。起义行动前受到的一切扼杀,奴隶们痛苦地忍受着,甚至先前经常俯首帖耳忍受的命令比引起他们抗拒的命令更令人愤慨。奴隶们逆来顺受,也许把愤慨藏着掖着,既然缄口不语,考虑自己眼前利益胜于对自身权益的感悟。一旦失去耐心,急不可耐开始相反而行,那么相反的行动可能扩展到先前已经接受的一切。这种冲动几乎总是追溯既往的。奴隶,一旦拒绝主子侮辱性的命令,旋即抛弃自己的奴隶状态。造反行动使他们比单纯拒绝走得更远，甚至为他们的对手规定界限，现如今要求平等相待了。先是世人一种顽强的抗争，使其变成自我身份认同的完整世人，进而成为化身。他决意要求别人尊重他身上的这个部分，并视之为高于其他部分，声称对其珍惜胜于一切，甚至胜于生命。对他而言，这个部分是顶级财富。奴隶们先前处于苟且偷安之中，现在一下子跃入要么完胜，要么完败的境地（"既然如此……"）。觉悟随着造反而产生。

然而，显而易见，造反同时意识到尚且朦胧的完胜和宣告世人为完胜而牺牲的"完败"。造反者要的是"完胜"，把自己与善行完全身份认同，这种善行是突然意识到的，他决意任其在自己身上被承认被赞赏，否则就是完败，等于说最终被控制他们的强力降服。极而言之，他若必须被剥夺他们所谓的这种排他性的认可，比如他们的自由，那便是接受最后的垮台，即死亡。"宁站着死，不跪着活。"（伊巴露丽[①]名言）

根据优秀作者们的说法，价值"往往代表一种从行为到权利的过渡，从求之不得到求之可得的过渡（一般来说借助于通

---

① 伊巴露丽（1895—1989），西班牙共产党领导人，早年当过女佣。1920年参加创建西班牙共产党，历任西共中央领导人之一。1939年流亡苏联。1940年担任共产国际执委会委员。1942年任西班牙共产党总书记。曾任多年世界和平理事会副主席和国际妇联名誉主席。

常被向往的过渡）。"①向权利过渡，在造反中明显可见，正如我们已经看到的。同样还有从"或许必须如此"过渡到"我决意要求如此"。进而也许还会在今后共同的善行中产生个体超越的概念。"完胜"或"完败"的突然出现表明对个体这个概念本身进行质疑，尽管与流行的舆论相反，尽管发生于世人最严格的个性层面上。事实上，如果个体接受死亡，并在其造反活动中死亡，他以此表明为自己所崇敬的善行而牺牲，为超出自己命运的利益而牺牲。他之所以宁肯抓住死亡的机会而舍弃自己捍卫的权利，是因为他把自己捍卫的利益置于自身之上。因此，他以一种价值的名义而行动，尽管这种价值依然模糊。但至少感觉到了这种价值是他与所有人共享的。显而易见，一切造反行动所包含对共同价值的肯定倾向于超越个体范围的东西，使他摆脱可以想见的孤独，给他提供一个行动的理由。但重要的是已经注意到这种先于一切行动而存在的价值与纯粹有历史意义的哲学背道而驰，有史以来的哲学认为价值是行动结束时夺得的，假如价值是可以被夺取的话。对造反的分析至少导致猜想有人类天性存在，正如希腊人所思所想，与当代思想的公设恰好相反。如果本身没有任何永久性的东西要保护，为什么要造反？奴隶奋起造反同时为了所有的人，因为判定自身

---

① 引自法国哲学家安德烈·拉朗德（1867—1943）主编的《哲学的技术和评论词汇》（1902—1923）。

东西被主子否认了，不再属于他的了，但成了套语常谈之后，所有的人，甚至包括侮辱他压迫他的人倒成了一起整装待发的族群。受害者族群跟把受害者与刽子手融合在一起的族群便是相同的族群了，但刽子手并不知道。

有两种见解支撑这个推理。首先有人指出，造反运动本质上不是自私行为。没准会有一些自私的决定吧。不管怎么说，造反者既可反对谎言，也可反对压迫。另外，造反者从自己的决定出发，怀疑最由衷的冲动，毫无保留地豁出去，既然孤注一掷。造反者想必是为自己争取尊严，只要他认同出身的族群。

其次应当注意，造反不仅仅、不一定发生在被压迫者身上，一旦看到另一类人被压迫而受害时也可能造反。在这种情况下，他与别的个体产生身份认同。但必须明确指出，问题不在于心理认同，即个体凭想像感受到侵犯是针对他的那类花招。相反倒有可能是：当看到别人饱受冒犯时难以容忍，而自己受到冒犯却不造反。俄罗斯恐怖主义分子看到苦役犯监狱中自己的同志们受鞭笞，以自杀进行抗议突出说明那场广泛的运动。问题也不在于利益攸关的族群感受。事实上，我们视为敌手的人们备受不公正时，也可能感觉很气愤。只不过存在命运认同和立场选边。因此，个体决意捍卫的价值并不仅仅属于其个人。至少必须由所有的人构成这种价值。造反中，个人在他人身上超越，从这个观点看，世人的利害一致性是形而上的。

只不过当前这种互助性仅产生于锁链之间。

人们还能确指"被一切造反推想的价值正面可与完全负面的概念相比较",例如谢勒①对怨愤所下的这个定义。确实,造反运动比追回诉求,从字面上看,更为剧烈。悲愤被谢勒非常好地定义为自我毒害,封闭式长期萎靡不振的有害分泌物。相反,造反则是撬开生灵,并使之外泄,泄出的死水,变成滚滚浊浪。谢勒本人着重强调怨愤的消极面,同时指出怨愤在妇女心理学中占有重要地位,因为她们沉溺于欲望和占有。相反,追本穷源,造反有个本原:过盛活跃和丰沛精力。谢勒还正确指出:妒羡强烈渲染怨愤。然而人们妒羡自己没有的东西,而造反者却捍卫自己的东西。他不仅诉求自己没有的福利,抑或被别人剥夺的福利,只是追求让别人承认他拥有的某些东西,而且是被自己已经确认的东西,从几乎所有方面来看,比他可能妒羡的东西更为重要。造反并不是现实主义的,还是按谢勒的说法,怨愤,随着在一个强悍者或懦弱者身上滋生,变得野心勃勃或尖酸刻薄。反正在这两种情况下,人们都想成为与自己现状不同的人。怨愤始终是怨愤自己。造反者则与之相反,一开始活动,就拒绝别人触及他的现状。他为自身一部分的完整性而奋斗。起先,他并不追求征服,却强迫别人接受。

---

① 马克斯·谢勒(1874—1928),德国哲学家,其哲学观点与胡塞尔相近,却常与尼采的观点相悖,但对特图利安的《怨愤者》都很赞赏。

说到底，怨愤似乎事先就乐于看到其怨愤的对象所受到的痛苦。尼采和谢勒成功发现这种感知的绝妙例证出自特图利安①有关章节，作者告诉读者：天上的真福者们至福的最大源泉是观赏罗马帝国皇帝们在地狱备受煎熬的场面。这种至福也正是正直的人们去观看砍头处决的那种快乐。相反，反抗从其本原上讲，仅限于拒绝屈辱，也不要求别人受屈辱，甚至接受为屈辱承受痛苦，只要其正直得到尊重。

有鉴于此，人们不理解谢勒为何把反抗精神与怨愤不迭等量齐观。从人道主义层面上讲，他把世人的情爱当作非基督教形式处理，故而他对怨愤的批判也许适用于人道理想主义某些模糊的形式，抑或也许适用于恐怖术。然而，涉及世人不满自身状况而造反，他的批判出纰漏了，因为造反运动促使个体为捍卫全人类共同尊严而挺身而出。谢勒决意指出人道主义伴随着对人世的仇恨。人们泛泛地热爱人类，不一定要热爱特殊的人群，在某种情况上讲，这并不错，故而人们更好地理解谢勒，当人们发现，对他而言，边沁②和卢梭代表人道主义。但是，人与人的激情可以产生于利益计算之外的东西，抑或产生于对人类本性的信任，况且是理论上的信任。面对功利主义者和爱弥尔的家庭教师会产生一种逻辑，比如由陀思妥耶夫斯基

---

① 特图利安（155—225），拉丁文作家，著有《怨愤者》。加缪在其毕业论文《基督教形而上学和新柏拉图主义》中多有引述。
② 杰雷米·边沁（1748—1832），英国法学家、哲学家。

在伊凡·卡拉玛佐夫身上得以体现的逻辑，即从造反运动到形而上起义。谢勒心知肚明，把这种想法概括如下："世上，除了爱人类之外，没有足够的爱拿去浪费给其他生物。"即使这个命题是真实的，其假设的绝望令人眩晕，也还不至于受到蔑视吧。事实上，他这个说法误解了卡拉马佐夫肝肠欲断的特征。相反，伊凡的悲剧产生了太多无对象的爱。这种爱无处发泄，上帝又被否决了，于是决定以一种慷慨大度的共识名义转移给了人类。

尽管如此，我至今思考的造反运动，并非因为心灵贫乏和出于无效果的诉求而选择一种抽象的理想。人们要求世人身上仅仅对生灵有用的那个火热的部分受到重视，而不可归结为思想。是否等于说任何造反都不带有怨愤呢？不，我们在这个积怨重重的世纪见得相当多呀。但，我们应当从最广泛的角度理解这个概念，否则会曲解的，就此而言，造反从各个方面超越了怨愤。在《呼啸山庄》(1847) 中，希斯克利夫偏重爱情胜于上帝，要求入地狱，以便与自己心爱的女人团聚，这不仅是他受屈辱的青春时代在说话，而且流露着整个一生充满危险的遭际。类似的运动使埃克哈特大师①在一次异教传道出人意外的冲动中扬言他宁愿跟耶稣一起下地狱，也不愿带着耶稣上天堂。这等于是爱的流露。所以，反对谢勒的观点是可以的，但

---

① 埃克哈特大师 (1260—1327)，曾为德国莱茵河沿岸地区基督徒神秘主义运动大师。

不可过分强调贯穿造反运动过程中的肯定情感因素，因为肯定情感使之区别于怨愤。从表面上看，造反是负面的，既然创造不了任何东西，但从深处看，造反是正面的，既然造反揭示世人身上始终存在捍卫的东西。

最后，这种造反及其承载的价值难道不是相对的吗？确实，随着时代变迁和文化变异，造反的理由好像也时移势迁了。不言自明，印加帝国武士，中非原始人，或基督教原始宗教团体成员，他们之间不存在相同的造反理念。甚至也许极有可能证实造反的概念在这些确定的情况下是没有意义的。然而，一个希腊奴隶，一个农奴，一个意大利文艺复兴时期雇佣兵头目，一个摄政时期①的巴黎布尔乔亚，一个1900年代俄罗斯知识分子以及一个当代工人，他们大概一致认同造反的合理性，尽管他们可能有各不相同的造反理由。换言之，造反问题只有西方思想之内才具有确切的意义。也许还可能更进一步表明这层意思，如果注意到谢勒认为造反精神在非常不平等的社会很难表现出来，比如印度的种姓制度，抑或相反，在绝对平等的社会，也很难表达。社会中，唯有存在团体之间理论上的平等掩盖事实上的不平等时才有可能产生造反思想。因此，造反的问题只有在我们西方社会范围内才有意义。在这种情况

---

① 系指法国摄政时期（1715—1723），指奥尔良公爵摄政年代。

下，我们也许可以试图确认，造反精神与个人主义的发展相辅相成，倘若上述见解没有使我们警惕这个结论。

在明显的事实层面上，人们可能从谢勒的见解吸取的一切，事实上是通过政治自由的理论得出的，在我们的社会团体中，人对人的概念意识在增强，而从这种自由的实践来讲，没有达到相辅相成的满意度。事实上的自由并没有随着世人觉悟的提高而成比例的增加。从这种意见出发，人们可以推论这个观点：造反事关掌握情况者，因为他拥有对自己权益的意识。但，决不允许我们说，造反仅仅事关个体的权益。相反，通过上述的利害一致性，问题在于越来越意识到人类在自己的冒险中意识到自己。事实上，印加帝国的平民或印度的贱民不会向自己提出造反的问题，因为在传统中已经帮他们解决了，在他们自我提出问题之前，答案已经神圣不可触及。人们之所以在神圣的世界找不出造反的问题，是因为事实上找不到任何实在的提问法，所有的问题一次解决了。形而上被神话替代了。不再存在诘问了，只有永恒的答案和诠释，而答案和诠释倒可以是形而上的。然而，世人在进入神圣不可触及之境以前，并为了安然无恙从那里出来，抑或他一旦从那里出来，就成诘问和造反了。造反者处于神圣不可触及之前或之后，致力于讨还人类秩序，这意味着一切答案都要符合人性，就是说合情合理制定的。从此刻起，一切诘问，一切言论，皆属造反，而在神圣领域，一切言论皆为感恩行为。也许可以这么表述：对人类精神而言，只可能有两个世界，即神威的世界和造反的世界，抑或用基督教语言来说，圣宠的世界和悖逆的世界。当然喽，基督教起始有过形而上造反，但基督复活，宣告耶稣再降人间以及天主王国被解释为永生的许诺，这些答案使形而上悖逆变得毫无用处了。然而，事实上，一方消失等于另一方出现，尽管这种出现是以令人困惑的形式酿成的。于是，我们再一次面对"完胜"或"完败"。造反问题的现实应对性基于这样的现象：现今某些社会整体决意与神圣领域保持距离，因为我们生活在一个去神圣化的历史时期。诚然，世人并没有被归结为趋向造反。但当今历史以其抗争，迫使我们说造反是世人基本的生存层面之一，是我们的历史性现实。除非逃避现实，否则我们必须从造反中找到我们的价值。那么远离神圣领域及其绝对价值，能否找到行为准则呢？这就是造反提出的问题。

我们已经能够记载模糊的价值产生于造反所处的界限，现在要寻思这种价值是否在造反思想和行为价值的当代形式中得以再现，如果寻得到，就要落实其内容。但在追究之前，定要看清这个价值的基础就是造反本身。世人的利害一致性建立在造反运动上，而后者反过来只在此类互动关系中找到根据。届时我们便有权说，一切擅自否定或摧毁这种利害一致，旋即失去造反的名分，实际上与谋杀不谋而合了。造反思想的真正悲剧于是暴露无遗。

在此期间，造反精神率先推动思考，首当其冲即是浸透着世界荒诞性及其表象凋萎。在体验荒诞时，痛苦是个体的。造反运动一旦开始，造反意识便是集体的，成为大家的冒险。因此，具有奇特性思想的第一个进步便是承认与所有的人分享这种奇特性，承认人类现实就整体而言因与自己与世界有距离而痛苦。考验单独个体的苦难变成大众集体的瘟疫。在属于我们的每日考验中，造反所起的作用等同于在思想范畴的"我思故我在"所起的作用：不言自明嘛！但，这个明显的事实却使个体摆脱孤单，成为司空见惯的事情，为所有的人创立第一等价值。**我造反，故我们存在。**

Ⅱ 形而上悖逆[①]

形而上悖逆是指一个人挺身反抗其人生状况和整体造化的冲动，之所以形而上，是因为质疑世人和造化的终极目的。奴隶抵制其内心被强加的生存状况，形而上悖逆者则抵制作为人被强加的人生状况。叛逆的奴隶确认其内心存在某种东西，促使他无法接受主子对待他的方式，形而上悖逆者则宣称造化使他大失所望。就其二者而言，问题不仅在于纯粹而简单的否定。确实，在两种情况下，我们发现一种价值判断，借此名义，造反者拒绝认可其自身的人生状况。

请注意，奋起反抗主子的奴隶，并不在意否定作为生灵的主子，而将其当作主子加以否定。奴隶否定主子有权否定他，奴隶，他，擅自提出诉求。主子落到这般地步，甚至满足不了被自己所忽视的这种诉求。倘若世人不能参照某个共同的价值，即被所有人承认在每个人身上都有的价值，那么人与人彼此就无法理解了。叛逆者要求这个价值在自己身上得到承认，因为他猜想或知晓，没有这个原则，混乱和罪行就会横行于世。造反运动在他身上体现着光明和团结的诉求。最起码的造反，十分反常地，表现出对某些秩序的渴求。

上述描述每一行都适合形而上悖逆者，他在四分五裂的人世揭竿而起，呼吁世人团结。他以寓于自身的正义本原反对他在世上所看到比比皆是的非正义本原。起初别无他求，只想解决这个矛盾，确立正义的同一性统治，假如他能做到；抑或确立非正义的同一性统治，假如他被逼上绝路。其间，他揭露矛盾。而以死抗争矛盾所解决不了的人生状况，抑或以恶对抗被矛盾驱散的状况。形而上悖逆追求幸福圆满，对抗生与死的痛苦。如果说普及的死刑限定人生状况，在某种意义上，造反与之相向而行。同时，造反者既拒绝自身必死的状况，又拒绝承认迫使自己生活在这种状况的强力。因此，形而上悖逆者不一定是无神论者，正如人们所认为的那样，但必定是辱骂宗教的人，只不过以秩序的名义出言亵渎宗教，揭露上帝是死亡之父及其至高无上的丑事。

为了阐明这一点，不妨言归造反的奴隶：在抗争中，奴隶确定造反针对的主子确实存在，但同时也揭示在其依附中他也拥有主子的权力，并把自身的权力肯定下来，不断质疑时至今日主宰着他的权威性。就此而言，主子与奴隶倒真是难兄难弟：主子暂时的权势与奴隶的顺从是相对而言的。两股力量在较劲时互相肯定对方，直至双方对抗之时，方始消灭对方，于

---

① 如果说在《西西弗神话》中作者主要讲个体反抗及形而上反抗，在《反抗者》中则主要讲造反和革命及形而上悖逆——悖逆天理——上帝、诸神、人神（被神化的人）。

是其中一方泯灭，暂时消失。

同样，形而上悖逆者奋起反抗权势的同时又肯定其存在，那他只在质疑这种权势存在的那一刻才确认其存在。于是他把人这个至高无上的生灵拖入让人备受屈辱的冒险，这样，他空幻的权力与我们空幻的状况便是半斤八两了。形而上悖逆者把至高无上的生灵置于我们拒绝的力量之下，让他在不肯低头的世人面前低头，反过来迫使他融入与我们有关的荒诞存在，最终把他从超越时间的庇护所拉出来，促使他投入历史，远离永恒稳定，而这种稳定只能在与世人共为唇齿的情况下才可获得。悖逆者就这样确认在其层面上一切高人一等的存在至少都是矛盾百出的。

因此，形而上悖逆的历史不可以与无神论的历史混为一谈，从某个角度讲，倒与宗教感知的同代历史浑然一体。悖逆者挑战甚于否定，至少起初不废除上帝，只与其平等对话，但并非彬彬有礼面对，而是一种辩论，是由好战欲激起的争论。奴隶始于要求正义，终于想要权势。必须轮到他统治。反抗人生状况的起义有序地变成反抗上天的漫长远征，以便把国王当囚徒，先宣告废黜国王，后将判其死刑。世人造反最终变成形而上革命，一路进军，从表象到实干，从花花公子到革命者。上帝的宝座被掀翻，叛逆者必将承认在自身生存状况中徒然追求的正义、秩序、团结，现在要由他用自己的双手来创造。于是开创为建立世人帝国而进行绝望的奋斗，必要时不惜付出犯

反抗者 | 015

罪的代价。这一切不产生可怕的后果是不可能的，我们只不过见识了其中缘故而已。但，这些可怕的后果并不是源于造反本身，抑或这些后果的出现，至少只是因为造反者忘记其来历，疲倦于"是"与"否"之间严酷的拉锯，最终陷于否定一切或彻底屈服。形而上起义在最初的运行中向我们奉献的和奴隶造反所奉献的积极涵义不相上下。我们的任务将是审视造反这种涵义在其追求的事业中变成什么，并阐明造反者在忠于或不忠于其初衷时所引发的趋向。

该隐①的儿子们

形而上悖逆者，就本义而言，只在十八世纪末以结构严密的形式出现在思想史上。现代则在墙垣坍塌的巨响中开启。但从此，其结果接连不断展现，而且塑造了我们时代的历史，这种想法并不夸张。是否可以说形而上悖逆者在此前就没有意义了呢？其范例久远早已有之，既然我们的时代爱好自身富有普罗米修斯造反精神。然而，果真如此吗？

最初的神谱向我们指明普罗米修斯被铁链锁在地球尽头的

---

① 据《圣经》记载，该隐是亚当和夏娃的长子，上帝看中其弟的供品，该隐心生妒忌，下毒手杀死胞弟。上帝判罚他去大地流浪。后世把该隐视为杀人犯的代名词。

石柱上，因拒绝求饶而成为永远被驱逐的殉道者。埃斯库罗斯①还提升了这位英雄的高大形象，把他塑造得具有远见卓识："降临于我的任何灾难没有我预见不到的"，使他吼出对诸神的憎恨，把他投入"命定的绝望海洋"，末了将其献给闪电和霹雳："嗨！瞧见我忍受不公了吧！"

因此，不能说老祖宗不懂得形而上悖逆，早在撒旦②之前，他们已经树立起叛逆者痛苦而崇高的形象，向我们提供悖逆的睿智最伟大的神话。古希腊取之不尽的天才虽然塑造了大量依附和谦卑的神话，但也创造出揭竿而起的范例。毫无疑义，某些普罗米修斯式特征依然存活于我们当今造反历史中，比如与死亡作斗争："我把世人从死亡的顽念中解脱出来。"又如，救世主降临说："我们在他们身上培育了盲目的希望。"再如慈悲："由于太爱世人而得罪宙斯。"

然而，不能忘记《带来火种的普罗米修斯》，埃斯库罗斯三部曲悲剧的最后一部，宣告被宽恕的造反者王国。古希腊人毫无敌意。他们胆大包天，却始终坚持他们奉若圭臬的尺度。他们的叛逆不是针对造物主，而是针对宙斯，因为宙斯一向只不过是诸神之一，尽管是主神，但生命也是有限的。至于普罗米修斯，他是个半神，事关特有的清算，涉及对善的质疑，而

---

① 埃斯库罗斯（前390—前314），希腊雅典著名演说家、剧作家，加缪将其《被绑的普罗米修斯》改编后于1937年3月6日至7日在劳动剧场上演。
② 《圣经》记载的众魔之王。

并非有关善与恶之间的普遍斗争。

  这是因为古代人虽然相信命运，但首先相信的是自然，相信自己以参与而存在的自然。造自然的反等于造自己的反，以头击墙嘛。于是，唯一黏附的造反便是自杀。希腊人自身的命运是一种听天由命的盲目力量，正如人们遭遇自然的力量。对希腊人而言，过度的顶点是用棍击海：蛮人的疯狂。古希腊人一定也描绘"过度"，因为"过度"是客观存在，但予以地位的同时加以限制。阿喀琉斯①在帕特洛克罗斯②死后的挑战，以及悲剧英雄诅咒自己的命运而祈神降福，都未招致全盘否定神祇。俄狄浦斯心知肚明自己并非无辜③，身不由己成了罪人，也成了命运的一部分。他抱怨，却未吐出不可弥补之言。安提戈涅④本人之所以造反，是因为以传统的名义，让兄弟们在坟墓中安息，以便礼仪得以遵守。从某种意义上讲，安提戈涅涉及的是一种反动的造反。古希腊人的反思，这种两面派思想，几乎总在唱反调，在悲怆欲绝的曲调后面响彻俄狄浦斯永恒的诺言，尽管双目失明，穷困潦倒，但将承认一切皆善。"是"与"否"得以平衡，以至于柏拉图以卡利克莱斯⑤预示尼采式庸俗

---

① 阿喀琉斯，又译"阿基里斯"，古希腊神话英雄，传说中的神行太保，相传他除脚踵外，全身刀枪不入。
② 帕特洛克罗斯，又译"特洛克罗斯"，希腊神话另一位英雄，是阿喀琉斯的挚友，在特洛亚战争中被海克特杀死。
③ 隐喻俄狄浦斯有恋母情结。
④ 安提戈涅，底比斯王俄狄浦斯和伊俄卡斯忒的女儿，其兄死后，她的舅父克瑞恩国王下令暴尸荒野。她冒死前往埋葬其兄。
⑤ 卡利克莱斯，公元前五世纪雅典建筑师，相传先览祠由他设计。

典型，尼采甚至惊呼："让一位有优良天性的人出现吧……他逃脱了，践踏我们的规矩、我们的巫术、我们的咒语以及一切毫无例外违反自然的规律。我们的奴隶揭竿而起，显示自己当家做主了。"甚至彼时柏拉图道破自然一词，尽管他是摈弃规律的。

问题在于，形而上悖逆意味着对创世的简单化观点，是希腊人所不具备的。对他们而言，不是诸神为一方，世人为一方，而是世人走向诸神的一级级台阶。与罪行相对立的无辜观念，把一切归结为善与恶斗争的历史观念，都跟他们不搭界。在他们的世界里，过错甚于罪过，唯一的终极罪过就是"过度"。完全凭历史记载的世界恐怕是我们的世界，在这样的世界里，相反，不再有什么过错，只有罪过，首当其冲的则是"适度"。人们就这样弄明白残暴与宽容的奇怪混合，正是从希腊神话中所吸取的。希腊人从来没有把思想搞成壁垒森严的营地，与他们相比，这让我们备感自惭形秽。总之，造反只不过自以为反对某人。涉及人的上帝这一概念，即造物主，故而对一切事情负责，唯独对于人类抗议赋予其意义。可以说，造反的历史，在西方世界，是与基督教历史不可分割的，这么说并不离谱。确实要等到古代思想最后时刻才发现造反开始找到自身的语言，在某些过渡期的思想家学说中，最为深刻的思想家当属伊壁鸠鲁[①]和卢克莱修[②]。

[①] 伊壁鸠鲁（前341—前270），古希腊唯物主义哲学家。
[②] 卢克莱修（约前98—约前55），拉丁诗人和哲学家。

伊壁鸠鲁可怖的悲伤已经发出一种新的声音，这种悲伤大概来自对死亡的焦虑，希腊人的精神状态对此可并不陌生。但，这种悲伤所包含的悲怆情调予人以启示："人们可以确保与各种各样的东西相对抗。至于死亡，我们一概如同断垣残壁的城堡中居民们那般坐以待毙。"卢克莱修明确指出："这个广袤世界的实体是为死亡和毁灭保留的。"因此，为何不及时行乐呢？伊壁鸠鲁说："我们等待复等待，消耗自己的生命，必将操劳过度而死亡。"所以必须享乐。然而是多么奇怪的享乐呀！享乐竟然就是堵塞城堡，确保面包和净水，待在宁静的阴暗处。既然死亡威胁着我们，那就必须证明死亡根本算不了什么。恰如爱比克泰德①和马可·奥勒留②，伊壁鸠鲁把生死置之度外。"死亡于我们不足道，因为消释之物无法感知，而感觉不到的东西于我们毫无意义。"那么是虚无吗？不，人世一切皆为物质，死亡仅仅意味着返回元素。实有，就是石头。伊壁鸠鲁所谓奇特的快感主要在于没有痛苦，这就是石头的幸福。我们伟大的古典作家们都会有令人惊叹的感情冲动，为了逃脱命运，伊壁鸠鲁扼杀感受性，首先感受性的第一呼声正是希望：这位希腊哲学家对诸神的论说别无歧异。世人的一切不幸皆来自希望，因希望使他们脱离城堡的沉默，把等待拯救的他们抛

---

① 爱比克泰德（50—125 或 130），古罗马斯多葛派（即禁欲主义）哲学家，生活和执教于罗马，曾为奴隶，以牺牲一条腿获得解放，主子成全了他。
② 马可·奥勒留（121—180），罗马皇帝、哲学家，秉承斯多葛主义，著有《沉思录》留存于世。

到城根。这些不理智的举动并无其他结果,无非把精心包扎好的伤口重新打开而已。所以伊壁鸠鲁并不否定诸神,不过远离诸神罢了,但远离得使人眩晕,以至于心灵不再有其他出口,只能重新自囿门户。"享有真福和不朽的生灵没有麻烦,也不给任何人制造麻烦"。卢克莱修添枝加叶道:"无可争辩,诸神凭其天性就可在最深层的平安中享受长生不老,因为诸神根本没有我们的麻烦,早把麻烦摆脱得一干二净。"因此,让我们忘却诸神吧,永远不要再想了:"无论你们白天的思想,还是夜里的梦境都不会使你们心烦意乱了。"

此后,人们还会遇到造反这个永恒的主题,虽然有些重要的细微差别。一个既无奖赏又无惩罚的天神,一个耳背失聪的神明,是造反者们唯一的宗教想像。晚辈维尼[①]咒骂神明默不作声,而伊壁鸠鲁则断定,既然人必有一死,世人缄默比神明话语更好准备迎接天命。这位古怪的智者殚精竭虑在世人周围建立围墙,重修城堡,无情地窒息人类希望抑制不住的呼唤。于是,这一战略撤退一旦完成,仅在此时,伊壁鸠鲁,充当世人中间的一尊神,高唱凯歌,充分标示他的造反防御性:"噢,命运哪,我识破了你的圈套,堵死了你可能袭击我的所有道路。我们不会被你征服,也不会被任何坏势力征服。当不可避免的开拔钟声敲响,我们将蔑视那些死抓住生存不放的人们,

---

[①] 维尼(1797—1863),法国浪漫主义诗人、小说家、剧作家。

高唱美妙的歌曲：啊，我们尊严地度过了一生！"

卢克莱修是他那个时代唯一大刀阔斧推进这个逻辑的，并将其推入现代祈求。实质上，他没有对伊壁鸠鲁学说增添任何东西。他自己也摒弃任何超越感知的诠释原则。原子只是生灵的最后庇护所，生灵一旦回归原始元素，将追随永劫不复的死亡所具有又聋又瞎的永垂不朽，对卢克莱修就像对伊壁鸠鲁而言，象征着唯一可能的幸福。然而，他必须承认，原子不是自行聚合在一起的，而要认同一个更高的规律，最终还得听从他刻意否定的命运，为此他承认一种偶然的运行，叫做搭接结构，由此原子彼此相遇并纠缠在一起。我们已经要注意了：此处提出了现代的大问题，智者发现想使世人免于命运的主宰无异于将其任凭命运摆布。为此，现代智者竭力重新赋予世人一种命运，即历史命运。卢克莱修还达不到这一点，他憎恨命运和死亡，满足于陶醉的大地：原子偶然之间聚合成生命，同时生命偶然之间消散为原子。不过他的语汇倒是表明一种新鲜的感知。盲堡变成四周设防的兵营。Mania mundi（世界城根）是卢克莱修的辞语中关键用语之一。诚然，这个营地中的大事是窒息希望。然而，伊壁鸠鲁自成系统的克己演变成令人战栗的禁欲，不时还冠以诅咒。卢克莱修则认为虔诚说不定就是："不受任何事情干扰的智者能够正视一切。"但这样的智者却因世人遭受非正义而颤抖。在愤怒的驱使下，涉及罪行、无辜、犯罪和惩罚的新概念贯穿那首有关事物性质的伟大诗篇，其中讲述"宗教的第一桩罪行",即伊斐革尼娅①及其无辜被杀,指出神明的特点就是:"经常站到犯罪者一边,以冤枉的惩罚剥夺无辜者的生命。"卢克莱修之所以讥讽对另一个世界惩罚的恐惧,正如伊壁鸠鲁,并非处于防卫性造反的运作,而是出于进攻性推理:既然自今日起我们看得相当清楚善并未受到奖赏,为何恶要受到惩罚呢?

伊壁鸠鲁本人在卢克莱修的史诗中变成了不得的叛逆者,其实他并非如此。"在所有的人眼中,人类因循苟且于世,过着卑贱的生活,在宗教铁蹄下苟且偷生,高踞上天的宗教面孔显露无遗,以其狰狞的面目威胁着生命有限的世人,但有一个人,一个希腊人,第一人,敢于举起现世的眼睛敌视宗教,直起腰板与上天抗争……此后,轮到宗教被推翻,被踩在脚下,而我们,胜利将我们捧上天。"这段文字让人觉得这番新的亵渎神明之言与古代人的诅咒之间蛮有差别的。希腊的英雄们可以争取成为天神,但同时诸神早已存在了。于是问题在于晋级高升罢了。卢克莱修笔下的世人与之相反,是在举行一场革命。他否定不尽责且有罪过的诸神,同时自己取其位而代之。他走出壁垒森严的营地,以人类痛苦的名义向神明发起最初的进攻。在古代世界,杀害是不可解释的,而且不能抵偿的。在卢克莱修作品中,杀害世人已经只不过是对天神杀害的一种回

---

① 伊斐革尼娅,相传为希腊首领阿伽门农国王的女儿,国王出征讨伐特洛伊之际,想牺牲女儿以求神明保佑。

反抗者 | 023

答。卢克莱修叙事诗结尾呈现瘟疫控诉者的尸体堆满神殿一片不可思议的惨状,这决非偶然。

人的个体化神明概念就这样在伊壁鸠鲁和卢克莱修的同代人中慢慢被感知,否则新的用语就不可理解了。正是针对这种个体化的神明,造反才得以作为个人进行清算。个体化的天神一旦开始主宰,造反便接踵而来,张牙舞爪,毅然决然说不。随着该隐的到来,第一次造反与第一桩罪行相向而行。造反的历史,如同我们今日所经历的,该隐子孙们的历史远胜于普罗米修斯信徒们的历史。在这层意义上,《旧约》的上帝尤其调动造反活力。倒过来说,当人们像帕斯卡尔①那样,完成悖逆智者生涯之后,必须皈依亚伯拉罕、伊萨克以及雅各布的上帝②。最怀疑的灵魂向往最大的冉森派③。

从这个观点来看,《新约》可视为企图预先反驳天下所有的该隐,使天神的形象变得温和起来,在天神与世人之间降生一个说情者。基督来到世上解决两个主要问题:罪恶与死亡,恰好是造反者的问题。基督的解决办法在于首先背负两大问题的重责。这个神人也忍辱负重,吃尽苦头。罪恶与死亡却不再

---

① 帕斯卡尔(1623—1662),法国数学家、物理学家、笃信宗教的哲学家,散文大师,近代概率论奠基者。
② 三者皆为《圣经》中人物。亚伯拉罕系公元前十九世纪祖先之一,犹太教、基督教和伊斯兰教信徒都把他当作圣人。亚伯拉罕意为"多国之父"。
③ 冉森主义或称冉森教派教义,派别众多,道德准则非常严格,但维护个人思想和原则。

归咎于他,因为他痛心入骨,随后死亡。戈尔高达山①之夜在人类历史上之所以同样重要,是因为在那样黑暗的年代神明公然放弃自己的传统特权,心怀绝望,却一直生活在死亡的焦虑中:基督背负十字架,厉声责问上帝:"我的上帝,你为什么要抛弃我?"临终前竟然发出令人惧怕的怀疑。临终若有永恒希望的支持,会轻松些吧。神若想变成人,则必须陷入绝望。

诺斯替教派②的教义是古希腊文化与基督教教义相合作的成果,是对犹太教思想的反动,在两个世纪中,企图加剧这场运动。比如瓦朗坦③就想像出众多说情者,众所周知。但这个形而上的主保瞻礼节始源④与古希腊文化中的调停真言起着相同的作用。始源力求减少困苦的人和无情的神面对面时的荒诞性。这特别使马尔西雍⑤起到残忍而好战的第二神作用,这个造物主⑥创造了有限的世界和死亡。我们应当憎恨他,同时应当通过禁欲否定他的创造,直到采取戒除性行为而否定他的创造物。故而事关自豪而反叛的禁欲,只不过马尔西雍把造反改了道,走向低级别的神,以便更好颂扬高级别的神。诺斯替教派的教义起源于希腊,一直居中斡旋,倾向于把犹太教的遗产

---

① 位于以色列耶路撒冷附近,耶稣在此被钉在十字架上。
② 诺斯替,即真知者,其信徒最初多为基督教信徒,后来成为主教训谕信徒,神秘教派信徒、纯洁教派信徒等都是诺斯替教派信徒。
③ 瓦朗坦,公元二世纪希腊诺斯替,此处系指公元二世纪的信徒。
④ 诺斯替教派用语。
⑤ 马尔西雍,公元二世纪兴起的一个基督教派的领头人,其教派称为马尔西雍教派。
⑥ 柏拉图哲学用语,又称"创世神"。

反抗者 | 025

从基督教义中摧毁，也刻意预先避开奥古斯丁[①]学说，因为这个学派为一切造反提供论据。例如，巴西里德斯[②]认为，殉教者是造了孽的，基督本人也不例外，因为他们受苦受难嘛，古怪的思想，但力求从苦难中消除非正义。诺斯替教派的信徒们仅仅想借用给世人种种机会的古希腊启蒙概念替代无所不能而专横武断的圣宠。第二代诺斯替信徒中派别林立，表现出古希腊思想多元而执拗的努力，以便使基督教势力更便于世人接受，从而排除造反的理由，因为古希腊文化认为造反是最坏的恶行。然而，天主教会谴责这种拼搏，却在谴责的同时，导致造反者成倍增加。

沿着一个个世纪，该隐的种族节节取得胜利，可以这么说，《旧约》的上帝遇上意想不到的命运。说来离谱，亵渎神者反倒让基督教执意把猜忌之神从历史舞台赶走之后，又让其重新活灵活现回来了。他们天大的胆量之一，恰恰使基督本人归附他们的阵营，让基督的历史中止于十字架顶端以及临终前凄厉的呼喊声中。就这样，一个与仇恨之神势不两立的形象留存下来，这样的神更符合造反者们对创世的设想。直到陀思妥耶夫斯基和尼采，造反只针对某个残忍而任性的神明，这种神明偏爱牺牲 Abel（亚伯）[③]甚于牺牲该隐。毫无过硬的理由，却

---

① 奥古斯丁（354—430），古代基督教思想家，有众多教派，信奉奥古斯丁学说的人也不少。
② 巴西里德斯（活动于公元前二世纪），诺斯替教领袖，他创立的巴西里德斯派在埃及一直延续至公元四世纪。
③ Abel（亚伯），《圣经》里亚当和夏娃的次子。

借此挑起第一桩谋杀。陀思妥耶夫斯基凭着想像，尼采借着事实，过度延伸造反思想的范围，连爱神也不放过清算。尼采认为上帝在他同代人心目中已经死亡。他跟随前辈施蒂纳抨击对上帝的幻想，而上帝披着道德的外衣滞留在他那个时代的精神中。然而，直到他们那个年代，不信教的思想，比如说，仅限于否定基督的历史，按萨德的说法，"这部平庸的小说"，甚至在其否定中仍保留凶横上帝的传统。

与之相反，只要西方信奉基督教，《福音书》①便是天与地之间的媒介。造反每声孤零零的呐喊都体现着最为痛苦的映象。既然基督受过这么大的痛苦，而且是自愿的，那么任何苦难不再是非正义的了，每个痛苦都是不可或缺的了。从某种意义上说，基督教辛酸的直觉及其人心合情合理的悲观主义，对世人而言，普遍化的非正义跟完全的正义都同样使人满足。唯其一个无辜的神被牺牲，才能使无辜遭受长期而普遍的折磨具有正当性。唯有上帝的痛苦，即最大的苦难，才能减轻世人临终的痛苦。只要上至天下至地，一切毫无例外受苦受难，出奇的幸福才有可能降临。

然而，自从基督教走出连连获胜的时期，一直遭受理性的批判，因为基督的神性被否定了，痛苦重新变成世人命中注定的遭遇。窝囊的耶稣不过是个新添的无辜者，代理亚伯拉罕上

---

① 系指基督教《新约全书》中的《马太福音》、《马可福音》、《路加福音》、《约翰福音》，记载传说的耶稣生平事迹和教训。

反抗者 | 027

帝的人们耸人听闻地折磨着他。把主子与奴隶们分离的深渊重新打开，造反始终对着忌妒的上帝铁板面孔不断呼唤。不信教的思想家和艺术家早已准备这一新的决裂，字斟句酌地抨击道德观和基督神性。卡路①的艺术世界相当成功地表现特殊无赖们的世界，无赖们冷嘲热讽，起初窃笑，末了像莫里哀笔下的唐璜那样嘲讽，竟然无法无天。酝酿十八世纪末的动荡长达两个世纪，既是革命的，也是亵渎神明的，不信教的思想尽一切努力使基督成为一个无辜者，抑或一个傻瓜，以便将其归化于人世，不管他们做高尚的事，抑或可笑的事。总之，平台就这样将被扫清，对准虎视眈眈的上天发起大进攻。

绝对否定

历史上是萨德首次发动了严密连贯的攻势，他把截至梅利埃神甫②和伏尔泰不信教的思想论据汇集起来，构建了一架单一而巨大的战争机器。不言而喻，萨德的否定是最极端的。他从造反唯一得出的是绝对的"不"。他身陷囹圄二十七年，居然没有产生过妥协的想法。一般来说，如此漫长的囚禁会孕育

---

① 雅克·卡路（1592—1615），法国油画家、铜版画家。
② 梅利埃神甫，旧译梅叶神甫(1664—1729)，法国乡村神甫，却是无神论者，否认"第一推动力的存在"，也是唯物主义者，认为"只有物质才能推动物质"，意识是物质的产物，其名言有"砍去脑袋，意识也就随之消失"。

出奴仆或杀手，抑或两者兼于一人。如果说他的天性坚强得足以在牢房深处构建一种并非屈从者的伦理，那么多半将是主宰者的伦理。孤家寡人的伦理学是以权力为前提的。有鉴于此，萨德是个典范。这不，他受到社会的残酷对待，也残酷地回敬社会。他作为作家是其次的，尽管受到我们同代人某些喝彩叫好和轻率追捧。如今他如此直率地受到赞扬，究其原因，与文学已渺不相关了。

人们赞誉他为戴镣铐的哲学家，首位绝对否定的理论家。萨德确实当之无愧。他在牢底的梦想无边无垠，现实根本奈何不了他。狂怒中得到的智慧在锁链中失去，却变得清晰可辨了。萨德只有一种逻辑，即情感的逻辑。他没有创建什么哲学，而是个被迫害妄想症患者，沉迷于畸形怪胎的梦想。这种梦想只不过碰巧带有预言性罢了。萨德对自由的偏激诉求使他陷入备受奴役的帝国，他对生活的奢求遭禁之后，变得越来越疯狂，于是沉湎于摧毁世界的迷梦来求得满足。至少在这一点上，萨德是我们的同代人。不妨对他连续不断的否定进行一番探幽析微吧。

一个文学家

萨德是无神论者吗？他入狱前在《神父与垂死者对话》（1782）中说是的，人们也信了，但后来他疯狂亵渎神明，人们又将信将疑起来。圣奉①,这个萨德作品中最残忍的一个人物,决不否定上帝,只限于发展神秘学教派的理论,崇拜邪恶创世神,从中取其适当的推论。有人说,圣奉不是萨德。不错,想必不是吧。小说人物从来不是创造这个人物的小说家,倒是有可能所有的人物集于小说家一身。不过,萨德笔下所有的无神论者原则上确定上帝不存在,道理明摆着的,所以他认为,要是上帝存在,也意味着上帝麻木不仁,邪恶多端或凶狠残忍。萨德最有名望的作品是《茱斯蒂娜或美德的厄运》(1791),其结局展现了神明的愚蠢和仇恨。茱斯蒂娜在暴风雨中奔跑,而罪犯瓦瑟耶则发誓将改信异教,假如她幸免天雷的电击。霹雳②刺死茱斯蒂娜,瓦瑟耶获胜,于是世人的罪行将继续回报神明的罪行,从而产生一种不信教者的打赌,回驳帕斯卡尔的打赌③。

有鉴于此,萨德对上帝的看法至少是,上帝是个有罪的神明,践踏世人,否定世人。他认为,杀害是一种神明的象征,这在宗教史上颇为常见。那么为什么世人要行善积德?囚徒第一个反应便是跃入极端结论:既然上帝杀害并否定世人,就什

---

① 《茱利叶特或邪恶的幸福时刻》(1797)中的人物,根本不像无神论者那样否定上帝,也不像有神论那样为上帝洗刷罪名,而是认同上帝,尽管上帝沾染种种邪恶。
② 与希腊神话中朱庇特手执的闪电形小投枪是一个词,此处意为"天意"。
③ 帕斯卡尔晚年转向神学研究,劝人信教,跟人打赌曰:"信教者,有百利而无一害",故名"帕斯卡尔的打赌"。此处不信教者的打赌正好相反:"凡信教者,有百害而无一利。"

么也不能禁止世人否定并杀害同类。这种激愤的挑战完全不像1782年《对话》里尚可找到的那种心平气和的否定了。他既不平静也不幸福，而是疾呼"什么都不属于我，什么也不出于我"，于是他得出结论："不，不，善德和邪恶，全部混杂在棺材里了。"萨德认为，上帝的理念唯一可循的就是"上帝不可能原谅世人"。"原谅"一词，在这位高谈施虐的导师笔下已经很古怪了。但他不能原谅的正是他自己，每当产生一种思想，就被自己对世界的绝望看法完全驳倒，就被自己的囚徒状况完全驳倒。从此，萨德的推理就受到双重抗争的引导：反对世界秩序和反对他自己。由于这两种抗争无论在哪里都是矛盾的，在一个受迫害者迷乱的心里也不例外，他的推理始终都是模棱两可的或理所应得的，无论根据逻辑的明晰度，还是从怜悯的着力度加以研究，一概如此。

因此，他要否定世人及其伦理，因为上帝否定两者。但同时他将否定上帝，尽管上帝迄今一直为他作担保，并且跟他是同谋。以什么名义？一个身陷囹圄的人得以活下来，靠的是对世人的憎恨，他身上最强烈的本能就是性本能，所以用的是性本能的含义。萨德笔下的重要罪犯为自己的罪行找借口，说什么他们的性欲过度旺盛，自己无法控制。那么什么是性本能？所谓性本能，一则是本性呼唤，再则是占有欲的盲目冲动，要完全占有人体，甚至不惜把人体毁灭。萨德以本性的名义否认上帝，因为那个时代的意识形态资料给他提供了机械论的说辞，所以他把本性视为一种摧毁的力量。对他而言，本性即性也。萨德的逻辑把他引向一个无法无天的世界，唯一的主宰定是极度的性欲力量。那是令他陶醉的王国，使他发出最美好的呼唤："让地球上所有的妙人儿都来回应我们唯一的欲望吧！"萨德笔下的人物表明本性需要犯罪，先把本性摧毁而后创新本性，因此世人摧毁自身之时就会协助本性创新，他冗长的推理仅仅旨在建立囚犯萨德的绝对自由，他被压制得太公正了，恨不得把一切炸个稀巴烂。在这一点上，他与自己的时代作对：他诉求的自由并非关乎道德准则的自由，而是关乎本能的自由。

萨德大概梦想过某种全球共和国，通过宗教改革派的一名智者扎梅①向我们阐述其纲领；进而向我们指出，造反的方向之一，虽然是解放全世界，但只要造反运动加速进行，造反就越来越不能忍受制约。然而萨德全身心都与这个虔诚梦想格格不入。他不是人类的朋友，因为他憎恨博爱者。有时他谈及平等，那是一种数学概念：人与物是等价的，受害者均有可耻的平等。人一旦将其欲望推至极端，就必定要主宰一切，其真正的功成名遂寓于憎恨之中。萨德的共和国并不是把自由作为原则，而是把不信教作为原则。这位特殊的民主主义者写道："正义并不真正存在，而是一切激情的神化。"

---

① 扎梅（1588—1655），宗教改革派智者，巴黎王港修道院院长（1625—1655）。

《小客厅里的哲学》(1795)一书中，多尔芒塞①诵读一篇奇文，题为《法兰西人，你们若想成为共和派，就再努力一把！》②。这篇短文很有点名气，没有比这篇文字更能说明问题了，正如皮埃尔·克洛索夫斯基③正确指出，这篇短文向革命者指明，他们的共和国建国根基，是残杀享有神权的国王，这样就等同于1793年1月21日他们把上帝送上断头台，从此革命者们自我解禁，永远不必禁止自己犯罪，不必扼制作恶本能。君主政体在维护自身的同时，维护着关乎上帝的理念，用以建立法律。而共和政体自立门户，其道德风尚应当是没有戒律的。但，克洛索夫斯基硬是认为萨德怀有很深的亵渎神明情结，并认为这种对宗教的憎恶把萨德引向他所陈述的结论，这是很可疑的观点。更有可能的是萨德先下结论，而后发现了适当的论据，证明他向彼时政府提出的要求是正当的，即绝对允许他所主张的道德风尚。情欲的逻辑推翻了传统的推理秩序，把结论置于大小前提之前。萨德在上述短文中，运用一连串诡辩来证明诽谤、盗窃和杀害是合理的，并要求新城邦容忍这些行为，我们只要把这篇奇文拿来共赏一下，便足以叫人心悦诚服。

---

① 萨德作品。多尔芒塞是个最堕落、最危险的犬儒主义者，与德·圣安琪夫人对话，高谈色情哲学，讲述各种色情变态的情节。
② 这是一篇社会契约式的奇文，鼓吹色情的自由宣言。
③ 皮埃尔·克洛索夫斯基(1905—2001)，法国作家和艺术家，参见《萨德，我的同类》(1974)，门槛出版社。

然而，就在此处，萨德的思想最为深刻。他以彼时异乎寻常的洞察力，拒绝自由与德行那种华而不实的结合。自由，尤其当自由是囚徒的梦想时，不可能忍受限制。自由，要么是罪行，否则不再是自由了。在这个基本论点上，萨德从来没有改变过。此公所宣扬的，仅是些矛盾百出的东西，但有个论点却是始终前后一致，绝对一以贯之的，即有关死刑的观点。作为精明干练的业余杀手，作为性犯罪的理论家，他从来不肯忍受法定的罪行。"我被国家囚禁，眼睁睁等着上断头台，所遭受的痛苦百倍于所有可以想像的巴士底监狱。"萨德在这样的恐惧下，丧尽了在恐怖时代①那种公开表现为温和派的勇气，彼时还大度地为其贵族岳母求情，尽管正是她将其投入巴士底狱。几年之后，诺迪埃②也许不知不觉但简明扼要概括了萨德顽固捍卫的立场："在感情极度狂热下杀死一个人，是可以理解的。但在认真思考的冷静中以某个可尊敬的政府部门为借口，一个人杀死另一个人，这就令人难以理解了。"因此，杀人必偿命，这个想法一旦露头，像萨德这样的人是会拿来发挥的。君不见，萨德比我们当代人更讲道德。

然而，萨德对死刑的憎恨始于一味憎恨颇为相信自己美德的人们，抑或颇为相信自己事业美满的人们，因为他们竟敢惩

---

① 即从1793年5月至1794年7月法国大革命时期。
② 查理·诺迪埃（1780—1844），法国作家。他的文学尝试表明世人经常夹在两个世界之间不知所措：地球只是世人匆匆路过的地方，另一个世界是超现实的人们梦幻的世界，正是文学梦那样谵妄的世界。

罚别人，并且一劳永逸地惩罚别人，而他们自己本身就是罪犯。人总不能同时为自己选择犯罪又为别人选择惩罚吧。必须打开监狱，抑或证明自己的美德，但不可能拿出证据。人们一旦认可杀人，哪怕仅有一次，就势必将其普遍化。按本性行事的罪犯不可能站在法律一边而不被判罪。"你们若想成为共和派，就再努力一把！"意味着："认可犯罪的自由吧，这是唯一合理的自由，永远投入反叛吧，正如投入圣宠的怀抱！"因此，完全屈从于恶，便是走向一种可怖的禁欲，势必使共和国惊恐万状，而天性善良的共和国刚受到启蒙哪！这不，共和国的第一次骚乱就把萨德的《索多玛一百二十天》（1777）手稿焚烧了，可谓意味深长的巧合，所以势必揭露这种异端的自由，并重新将如此犯忌的鼓吹者禁锢起来。但同时，共和国给了他令人毛骨悚然的机会，迫使他把造反的逻辑推得更远。

全民共和国，对萨德而言，曾经是一个梦想，从来不是一种意图。政治上，他真正的立场是犬儒主义。他的《犯罪之友会社》公然声称拥护政府及其法律，却又随时准备违犯法律。于是，追随者纷纷投票支持保守派议员。萨德所思考的方略是以政权宽厚的中立为前提的。犯罪的共和国不可能是全民的，至少暂时不可能，必须佯装服从法律。然而，在一个唯有以杀害为规则的世界里，在罪恶的天空下，以犯罪之天性为名义，萨德实际上仅仅服从孜孜不倦的欲望法则。但自己无节制的欲望也等于接受别人的无节制欲望。允许摧毁意味着自己也可以被摧毁。因此，必须斗争和统治。这个世界的法则只不过是暴力的法则，其动力就是权力意志。

犯罪之友实际上只尊重两种权力：一种建立在以出身偶然性为基础上的权力，可见于萨德笔下的会社；另一种是被压迫者往上爬所获取的权力，他们耍尽无赖，暴发升迁，竟与不信教的达官显贵平起平坐，萨德将他们塑造为常见的人物。这一小撮强势人物，这些被纳入犯罪之友会社的人物，他们心知肚明自己拥有一切权力。谁若怀疑这种令人生畏的特权，哪怕须臾之间，也会立即被驱逐出这帮徒子徒孙的队伍，重新沦为受害者。结果，他们在道德上信奉某种布朗基主义①，听凭一小撮男女坚定地凌驾于一个盲从者阶层，因为他们掌握着一种离奇的学问。对他们而言，唯一的问题在于组织起来行使全部权力，将其欲望扩大得骇人听闻。

只要世界不认可犯罪法，他们就无法让全球刮目相待。萨德甚至从未相信过他的国家会同意额外努力而变成"共和政体"。假如犯罪和欲望不受全世界法律保护，假如他们不能主宰，哪怕在明确规定的领土上统治，那么他们不再是一统的道德典范，而是冲突的起因。一旦他们不再是法则，世人便回归一盘散沙，听天由命。所以必须按照新法律确切的标准，全盘

---

① 布朗基(1805—1881)，法国革命家，空想社会主义者。曾积极参加1830年七月革命和1840年二月革命，组织过四季社等秘密团体，领导过多次秘密起义。巴黎公社时期，因在狱中，缺席当选公社委员。

创造一个新世界。一统性诉求被造物主辜负之后，便竭尽全力在一片小天地里得以自我满足。强权法则从来没有耐心实现世界帝国，总是立即责无旁贷地划定其行使权力的地域，即使不得不用带刺的铁丝网周匝而围，并在四周建立观察塔楼。

萨德笔下的强权法则建起封闭的场所、壁垒森严的城堡和七道围墙，逃跑是不可能的，这里的性欲暨犯罪会社遵守铁面无情的规则，没有冲突。最放纵的反抗，自由的全面诉求，到头来都遭到多数派的制服。对萨德而言，人的解放在这些放荡堕落的地堡里业已完成，由邪恶政治局处理男男女女的生与死，因为他们一劳永逸地陷入了必然地狱。萨德的著作充斥这些得天独厚的场所描述，每每不信教的封建主们向聚在一起的受害者证明他们的绝对性无能和奴才相，重弹《索多玛一百二十天》中德·布朗吉公爵的老调，他向平头百姓说："你们已经是世上的死人了。"

萨德本人同样也寓居自由之塔，不过是在巴士底城堡监狱。绝对造反伴随他隐藏在污秽不堪的监狱堡垒，不管被迫害者还是迫害者，谁都无法从那里出去。为了缔造他的自由，萨德不得不筹划绝对避免不了的事。欲望的无限自由意味着否定他人和消灭怜悯，那势必扼杀心灵，导致"智力极差"；更有甚者，住处封闭和规章制度导致知识更加贫乏。在他虚构的传奇性城堡里，规章制度起着关键的作用，造就一片互不信任的天地。这有助于一切都在预料之中，以至于不让一丝意外的温情

反抗者 | 037

或怜悯来扰乱干好事干乐事的计划。奇怪的好事乐事，没错，倒是在执行戒律："每天上午十点起床……"并且乐在其中。然而，必须阻止这种快乐蜕变为依恋，必须加以限制，硬化快乐感。为此，还必须使快乐的对象永远不像人的表现。假如人是"一种绝对物质化的植物"，那么人只能当作物件所受到的对待，当作实验的物件所受到的对待。

萨德的共和国是用铁丝网周匝而围的，那里只有机械和机械师。规章制度是机械的使用说明书，机械的每个配件都有自己的位置。那些污秽不堪的女修院有其规章制度，是大量从宗教团体抄袭来的。不信教的人就这样争先恐后公开忏悔，但指标改变了："假如他的行为是纯洁的，那他就受谴责。"

有鉴于彼时的风尚，萨德就这样建立起一个个理想的会社。不过与其时代相反，他所构建的密码却是人之初性本恶。他以先驱自诩，一丝不苟地建造权力和仇恨的城邦，甚至于把他所征服的自由用数字表达出来。他用冷冰冰的账簿概括其哲学，记载如下："3月1日前屠杀十人；从3月1日起屠杀二十人；之后回落到十六人，共计四十六人。"

假如一切到此为止，萨德的功绩仅在于那些注定被埋没的先驱们。然而，城壕上的吊桥一旦拉起，那就必须在城堡里生活了。不管规章制度怎么严密细致，终究预见不了一切。还可能是破坏性的，而非建设性的。那些备受折磨的团体头头们在那里找不到他们所觊觎的满足。萨德经常提及"甜美的犯罪习惯"，然而，那里没有任何恰似甜美的东西，更恰当地说，有的是身戴镣铐者的狂怒。关于找乐子，确有其事，不过，最大限度的乐子，总伴随着最大限度的破坏。占有被扼杀的东西一旦与痛苦交配，定是完全自由的时刻；城堡的一切组织活动势必趋向这个时刻。然而，性犯罪消灭肉欲对象之时，肉欲享受也随即消失，因为性快乐只存在于消失的那个确切的时刻。于是，不得不屈尊俯就另一个对象之后，又一次将其害死，如此往复，害死无数个可能存在的对象。就这种，一幕幕凄惨的色情犯罪场景呈现在读者面前，萨德小说中这些场景的风貌一成不变，矛盾百出地给读者留下贞洁被玷污的丑恶记忆。

在这个天地里，两个肉体同声相应、同气相求，心花怒放地共享着巨大的快乐，这会带来什么？实属非现实的寻求逃避绝望，而最终仍陷于绝望，而且从奴役奔向奴役，从监狱奔向监狱。如果说唯有本性是真实的，如果说本性中唯有性欲和破坏是合理的，那么人的主宰本身并不足以满足对血的渴求，进而就会冒险跟全人类同归于尽了。依照萨德的公式，必须使自己成为本性的刽子手。但，这并不那么容易做得到的。簿记合上了，受害者也死光了，刽子手们留在孤寂的城堡里面面相觑，他们还会若有所失的。肉体遭摧残后化为元素，回归自然，生命又从中诞生。杀害本身尚未自行完成："杀害只夺去我们所打击的个体的第一个生命，还必须能够夺去他的第二个生命……"萨德暗算着扼杀造化："我痛恨自然……很想打乱自然

反抗者 | 039

的布局，阻碍自然的进程，阻止天体的运行，搅乱太空中飘浮的星球，破坏有助于自然的东西，保护损害自然的东西，总之，践踏大自然的作品，但，我做不到哇，无能为力呀！"他痴心妄想做个机械师，能把宇宙拆卸个稀巴烂，明明知道在星球的尘埃中生命仍将继续存在。扼杀造化是不可能的。谁也无法摧毁一切，总会有东西留存下来。"我无能为力呀……"萨德如是说，却突然感到无情而冰冷的宇宙是那么轻松自如，自己却陷入极度的哀怨之中，这里，萨德终于以悲情感动了我们，尽管他心里并不这么想。"我们也许可以攻击太阳，把太阳从宇宙中抢走，抑或把太阳用来焚烧世界，这没准也是罪恶吧，这……"是的，世界依然必须向前迈进，尽管刽子手们正用目光互相直逼着对方哩。

刽子手们一个个都是孤独的，仅有一条法则管辖他们，那就是权力法则。既然他们接受了权力法则，他们就是主子了。但，一旦权力法则反过来针对他们，那么他们再也无法摒弃了。一切权力皆趋向一统和寡断。杀戮还必须进行下去，将轮到主子们之间厮杀了。萨德隐约看到这个后果，却不退缩。一种恶癖的怪异禁欲主义少许揭示了反抗的末流层面。萨德不会争取加盟温情的、和解的世界。城堡的吊桥不会放下，他欣然接受人生毁灭。拒绝引起的暴力到达极端就会变成无条件地接受，这种接受不失为高尚。届时主子就会接受自己成为奴隶，也许甚至渴望成为奴隶。"对我而言，断头台也许就是肉欲享受的御座。"

这么说来,最大的毁灭与最大的肯定相吻合了。主子们互相拼争,为颂扬不信教而建立的业绩"布满不信教者的尸骸,他们都是登上各自天才的顶峰时被击倒的"(布朗肖[①]语)。最强势者将存活下来,将是孤独的个人,独善其身者,萨德为之歌功颂德的人,最终萨德本人是也!归根结底,他成了主宰,成了主子兼神祇。但,就在他登上胜利的顶点那一瞬,梦想破灭了。独善其身者返回为囚徒,可谓独善其身者是肆无忌惮的想像造就的,萨德与其相符。确实,他孤单一人囚禁在沾满鲜血的巴士底狱,整座监狱是围绕着尚未平息的肉体而建造的,但往后已没有对象了。他只是在梦想中凯旋,洋洋十几卷著作充斥肆虐残暴和玄学哲理,归结为一种不祥的苦行,一场从彻底的"不"至绝对的"是"的行进,最终认同死亡,把扼杀一切和消灭全民改头换面为集体自杀。

有人把萨德的模拟像拿来执行死刑,同样也是在想像中杀人。普罗米修斯的最终结局与俄南[②]同出一辙。萨德将以囚徒身份终结自己的一生,不过出狱后被囚在收容所里,在一群有幻觉的人中间临时搭建舞台演戏。世界秩序未满足他的,梦幻

[①] 莫里斯·布朗肖(1907—2003),法国评论家和小说家,此语出自《洛特雷阿蒙与萨德》(1949),子夜出版社。
[②] 参见《圣经·创世记》第三十八章:俄南(Onan)是犹大的第二个儿子,其长兄被耶和华处死后,犹大命令他跟长兄的妻子同房生子,为长兄传后。俄南佯装同房,但将精液射在地上。后人称 onanisme 为手淫。参见布朗肖著《洛特雷阿蒙与萨德》(1949),子夜出版社。

和创作给他提供了一种令人耻笑的平衡。作家，当然喽，可以无所顾忌。对他而言，至少界线已经冲破，可以坚持为所欲为了。仅此而言，萨德是个完美的文学家。他构筑了一个虚幻的世界，让自己萌生幻觉，并置身其间。萨德把"通过写作所实现的道德罪"置于一切之上。他无可置疑的功绩在于一针见血揭示造反的逻辑所带来的极端后果，而这种不祥的洞察力出自积压已久的狂热，尽管至少将其根源的真相置之度外了。这些后果就是：全盘封闭，普遍犯罪，犬儒主义的贵族政治和世界末日的旨意，以上后果在萨德去世许多年后将会死灰复燃。不过，他在津津乐道之后，似乎已作茧自缚，自陷绝境，只在文学中得以宣泄解脱罢了。奇怪的是，正是萨德把造反引向艺术之路，而浪漫主义介入后，将造反在艺术道路上推向更远。萨德写道："有些作家伤风败俗，非常危险，非常烈性，把他们可怖的思想体系付之以梓，其目的只是将他们的罪行整个儿在他们身后广为流传；届时他们虽然无法再犯罪，但他们该死的作品依然可以作恶多端，念及于此，他们带着这种甜美的想法进入坟墓时，颇感欣慰，因为死亡使他们放弃现存的一切时，将应尽的义务也同时埋葬了。"他自己也属于这类作家。他的造反作品正是这样见证着他渴望苟且偷生。即使他觊觎不着像该隐那样永垂不朽，他至少也可企盼形而上悖逆，并身不由己地证明形而上悖逆是最真实的悖逆反抗。

再说，萨德的后继者有义务颂扬他，尽管他的继承者并非全是作家。确实，他吃过苦受过难，为富人区和文学咖啡厅激扬想像力而死而后已。但不光如此。萨德居然在我们的时代获得成功，说明他的梦想与当代的感知力是相通的：诉求完全自由和动脑筋冷处理非人性化。把人贬抑为试验物，确定权力意志和物体人之间关系的规则，建立这种伤天害理的试验所需的封闭场所，等等，都将成为权力理论家们重新安排的课程，倘若他们硬要策划奴隶们的时代。

两个世纪以前，萨德在一个狭隘的范围内，以狂热自由的名义颂扬极权社会，尽管造反实际上并没有这种诉求。当代的历史和悲剧事实上是随着他而开始的。他一味相信，以犯罪自由为基础的社会想必可以与风化自由并行不悖，好像奴役有其限度似的。我们的时代则局限于将全民共和国的梦想和堕落的机制奇特地融为一体。归根结底，萨德之最恨是合法杀人，进而他发现本能杀人可加以利用，很想把这方面的发现记到自己的功劳簿上，硬想把罪行变成狂暴恶癖的果实，即所谓奇异而甜美的果实。当今这样的罪行只不过是警察品行的阴毒习性。在文学上倒是令人惊讶的礼品。

浪荡公子造反

——原名《魔王，路济弗尔与浪荡公子》

不妨再花点时间谈谈文学家。说真的，浪漫主义以其混世魔王般的造反只不过趋附想像的奇遇。与萨德如出一辙，浪漫主义者脱离古式造反，偏重恶和个体。在此阶段，造反强调挑战和拒绝的力量，却忘记造反的积极内容。既然上帝要求善寓于世人，那就必须把善搞得一钱不值，进而选择恶。因此，对死亡和非正义的憎恶至少将导致对恶和杀颂扬备至，即使不去实践恶和杀。

浪漫主义者偏爱的《失乐园》①中，撒旦的斗争和死神的斗争均为这种悲剧的象征。由于死神偕同罪神变成撒旦的儿子，其象征意义更为深刻。造反者由于且认为无罪，所以与恶斗争时摒弃善，从而重新孕育恶。浪漫主义英雄首先分不清善与恶，可以说把宗教上的善与恶混淆得一塌糊涂。例如，英国诗人威廉·布莱克著作中这是压倒一切的主题②。这类英雄是"命中注定的"，因为天命早把善与恶完全混淆了，所以世人是无法抗拒的。命定性排斥价值判断，代之以"就是这样的"，从而原谅一切，但不肯原谅造物主，因为造物主是唯一要对引起公愤的事实负责的。浪漫主义英雄也是"命中注定的"，因为随着他的力量日益壮大和才华不断增强，恶的威力在他身上也越发壮大。于是，一切权力，一切过分，却冠以"就是这样的"。让艺术家，尤其诗人，魔鬼附身，这个非常古老的想法在浪漫派作家身上找到了富

---

① 英国诗人约翰·弥尔顿(1608—1674)的代表作(1667)，由十二篇诗集成。
② 系指布莱克(1757—1827)的《天堂与地狱之婚姻》(1793)。

有挑衅性的表达。在这样的时代，甚至出现一种魔鬼帝国主义，旨在把一切归并于属下，直至把正统派的天才们归顺于麾下。布莱克觉察到："弥尔顿之所以谈到天使和上帝时下笔拘谨忌惮，而论及魔鬼和地狱时则写得大胆泼辣，正因为他是个真正的诗人，置身于魔鬼一边而不自知。"于是，诗人，天才，世人，以其最崇高的形象，与撒旦同时呐喊："永别了，希望，但怀有希望时，与恐惧诀别吧，与悔恨诀别吧！……恶呀，成为我的财富吧！"这是无辜受凌辱者的呐喊。

因此，浪漫主义英雄自认为因怀念行善不成而被迫作恶。撒旦奋起反对其造物主，因为后者使用暴力欺压他。弥尔顿笔下的撒旦指出："造物主理性上也讲平等，但实际上，借助暴力凌驾于平等者之上。"就这样，神明的暴力受到了明确的谴责，正如赫尔曼·梅尔维尔[①]指出："弥尔顿笔下的撒旦在道德上大大超越上帝，尽管遭受艰难困苦和逆境厄运，依然百折不挠：他优胜于那种对仇敌施以心狠手辣报复的人，因为后者处在稳操胜券的冷酷安全中。"所以，"离开上帝越远越好"，这样造反者就可以主宰与神明秩序相敌对的一切力量。因为，善是上帝出于某些不公正的意图而确立和使用的一切概念，所以，邪恶王子只能自选其道。无辜本身就把反叛者惹翻了，因

---

① 赫尔曼·梅尔维尔(1819—1891)，美国诗人和小说家，代表作《白鲸》，很受加缪推崇。

反抗者 | 045

为这意味着盲目受骗。"无辜触怒的黑色恶鬼"所挑起的人类不公跟神明不公不相上下。既然暴力是创世之根基,就干脆以暴还暴吧。绝望到极点总还是事出有因,即使造反处于满怀仇恨的无作为状态,在经历漫长磨难的过程中,善与恶的区别也就彻底消失了。

(撒旦)再也感受不出善事与恶行,
他失去了快乐,因为制造了不幸。

这是维尼笔下的撒旦。他的两行诗道出了虚无主义的特征,也批准了杀害。

确实,杀害很快变得和蔼可亲了。只需把中世纪雕刻家给画家所创作的路济弗尔与浪漫派的撒旦比较一番便了然于胸。"年轻忧郁和风流倜傥"的少年(维尼语)替换了长角的野兽。"不知天高地厚的潇洒美男子"(莱蒙托夫语)孤独而强势,忧伤而傲慢,若无其事地欺压他人。他的托辞是痛苦。弥尔顿笔下的撒旦说:"谁敢羡慕这样的人:地位虽最高却被判无休止最大份额的痛苦?"遭受如此之多的不公,遭受如此之久的痛苦,导致各种各样的过度。于是,反抗者给了自己几多方便。杀害总不至于推荐给造反者自己吧。但,杀害已纳入狂热之价值内涵,这对浪漫派而言是至高无上的。

狂热是无聊的反面：罗朗萨丘①梦想成为凶汉②。美妙优雅的感受性偏偏呼唤野蛮人的粗放狂热。拜伦式的英雄对爱情无能为力，抑或即使有性能力也不可能成功，只好苦于忧郁。他孤独、颓丧，其生存状况使他萎靡不振。他苦想感受生活，就必须采取一个短暂而凶险的行动，使自己极度兴奋起来。爱得情有独钟，决不再有第二次钟情，那就是爱得如火如荼，乱喊乱叫，然后自消自灭。此公只在稍纵即逝的瞬间活了一回，为了：

一颗被暴风雨裹挟折磨的心

与暴风雨建立短暂而鲜活的联姻。

——莱蒙托夫

致命的威胁笼罩我们的生存状况，使万物凋零。唯有呐喊方能活得下去，把亢奋充当真理。到了这般地步，世界末日论成为一种价值，把一切都混为一谈：爱情与死亡，良心与犯罪，一概鱼目混珠。在脱离轨道运行的世上，别无其他，只此一种生活，即陷入深渊的生活，用阿尔弗雷德·勒普瓦特万③

---

① 历史剧《罗朗萨丘》的主人公，法国浪漫主义诗人和剧作家缪塞（1810—1857）代表作之一。
② 原文：Han d'Islande 冰岛汉子。
③ 阿尔弗雷德·勒普瓦特万（1816—1848），法国作家，福楼拜青年时代好友和知己，莫泊桑的伯父。

的话来说,"狂怒得发抖却依恋着犯罪"的人们身临深渊打滚,为了在那里面咒骂造物主。于是,狂乱的陶醉以及达到极限时所犯下漂亮的罪行在一瞬间耗尽了一生的全部意义。浪漫主义好在并未宣扬本义上的罪恶,只是热衷于通过不法之徒的传统形象,比如善良的苦役犯①,又如慷慨的盗贼②,来阐释其诉求的深层运作。充满血腥的情节剧和黑色小说风靡一时。皮雷克塞库尔丛书的廉价吊起世人心中这类可怕的胃口,而另一些欲望则在灭绝集中营里得以满足。这些作品想必也是对当时社会的挑战。但,追本溯源,浪漫主义首先挑战的是道德法则和神明法理。有鉴于此,浪漫派的原始形象首先不是革命者,而在逻辑上,是浪荡公子。

所谓逻辑上,是指这种顽固的玩世不恭只能翻来覆去肯定不公正,甚至某种程度上巩固不公正,以此来为自己的行为辩护。在此阶段,痛苦只在治愈的条件下才可承受。造反者选择了对最坏的事情进行形而上思考,并将其表现在使人苦恼不堪的文学中,我们至今还未摆脱这种如入地狱的苦恼。"我感受到我的权力,同时也感受到我的镣铐。"(彼鲁斯·博雷尔③语)这类镣铐备受青睐。也许不必用镣铐来证明或行使权力,毕竟还没有把握拥有权力嘛。就拿博雷尔本人来说,他在阿尔及利

---

① 暗喻雨果代表作《悲惨世界》的主人公让·瓦尔让。
② 暗喻巴尔扎克代表作《高老头》和《幻灭》中的重要人物伏特冷。
③ 彼鲁斯·博雷尔(1809—1859),法国作家,绰号"人狼",激进共和派。

亚谋得一份官差，此公竟然以普罗米修斯自居，硬要关闭酒吧，硬要居民移风易俗。尽管如此，任何诗人，想要被接纳，就该挨骂。我们的文学至今仍感切肤之痛。马尔罗说："该死的诗人不复存在了！"是不多了吧！但其他诗人却是问心有愧呀！

夏尔·拉萨伊①亲自策划过一部哲理小说——《罗伯斯庇尔和耶稣·基督》，每晚总得大声说上几句亵渎神明的疯话，以资壮胆，否则睡不着觉。造反者以服丧装扮自己，登上舞台让人追捧。浪漫派把个体崇拜推向更远，是开创个人崇拜的鼻祖。这在当时很合乎逻辑。浪漫派造反从形态上寻找答案，不再对上帝的戒律或单一性抱希望，顽强集聚起来面对厄运，迫不及待地维护在注定死亡的世界上一切尚可维护的东西。形态把听天由命、被神明暴力摧垮的世人集聚在审美的统一性中。必将死亡的人在消逝之前至少辉煌一番，这种辉煌使浪漫派的造反者振振有词。所以，此种辉煌成了一个固定不变的基点，唯其可资对抗怀恨的上帝那一成不变的面目。僵硬的造反者顶住上帝的目光，毫不示弱。弥尔顿说："任何东西都改变不了这种始终不渝的精神，这种因良知受辱而产生的傲慢。"一切都在骚动，都在奔向虚无，然而被凌辱者仍执著不懈，至少维护

---

① 夏尔·拉萨伊（1806—1843），系法兰西青年团成员，或法国 1830 年革命后鼓吹民主的青年。

着自豪。雷蒙·格诺①发现浪漫派巴洛克风格一位艺术家的高论:"一切精神生活的目的就是成为上帝。"说真的,这位浪漫主义艺术家在他那个时代是有点超前的。当时,目的只不过与上帝平起平坐,只要保持自己的水平就行了。此公并不想摧毁上帝,不过凭借不断努力,拒绝屈从上帝罢了。浪荡是苦行的一种堕落形态。

浪荡公子以美学手段创造自己的单一性。但这是一种奇特的、否定的美学。按波德莱尔的说法,"在镜子面前生活和死亡",这就是浪荡公子的座右铭。确实,这一处世箴言是结构严密的,浪荡公子就其本义而论,是反对派,始终处于挑战中。至此,创造物与造物主是和谐一致的。一旦创造物与造物主决裂,那就听凭流逝的时刻和岁月摆布了,其感知性也被驱散了,所以必须重新掌握自己。于是,浪荡公子们团结起来,以拒绝为力量来铸造单一性。浪荡公子作为不守教规的个人必将与作为大人物的自己协调一致。所谓大人物的意思就是公众人物;而浪荡公子又只能以反对派的姿态出现,那就不得不寓于别人的面貌里确保自己的存在。他人即镜子。而镜子很快就模糊不清了,确实如此,因为人的注意力是有限的。注意力必须不断被唤醒,接受挑衅的考验。故而浪荡公子不得不始终不

---

① 雷蒙·格诺(1903—1976),法国作家,参与编撰《超现实主义革命》(1924—1929)、《文笔练习》(1947和1963)等。

断使人惊讶。他的天职在于别出心裁，他的完美在于竞相许诺。不断决裂，远离社会生活，独善其身，否定他人价值，强迫他人也要独具匠心。他把生命当赌注，从而享受不了生活。他玩命，直至死亡，要不然孑然一身，连镜子也不照：对浪荡公子来说，孑然一身等于什么也不是了。浪漫派之所以如此堂而皇之高谈孤独，只是因为孤独是他们真正的痛苦，无法忍受的痛苦。他们的造反植根于很深的层面，但从普雷沃神甫①的《克利夫兰》到达达主义者，中间经过1830年的狂热分子、波德莱尔和1880年的颓废派，一个多世纪的造反只不过廉价地满足于"标新立异"的大胆妄为。他们之所以善于众口一词高谈痛苦，是因为无望做到超越痛苦，只好人云亦云，戏谑模仿，本能地感受痛苦是他们唯一的托辞，是他们真正的贵族气派。

有鉴于此，雨果，身为法国贵族院议员，没有为浪漫主义遗产承担责任，却由波德莱尔和拉斯奈尔②这两个罪恶诗人担当。"这个世上一切都在暴露罪恶，"波德莱尔如是说，"报纸、高墙和人脸，无不渗出罪恶。"罪恶既成世界法则，至少让其具有雅致的面孔吧。拉斯奈尔，这个昭彰的罪犯绅士第一人，确实为此不遗余力了。波德莱尔欠严谨却有天才。他创造了恶之花，相比之下，罪恶只是一种较为稀罕的品种。恐怖本

---

① 普雷沃神甫(1697—1763)，法国作家，小说《曼侬·莱斯戈》是其代表作。
② 拉斯奈尔(1800—1836)，法国罪犯，因盗窃和两次谋杀被判死刑，上了断头台。著有《回忆录和启示》(1836)。

反抗者 | 051

身变得具有细腻感，成为凤之毛麟之角。"我不仅乐于成为牺牲品，而且不怨恨成为刽子手，以便用两种方式来'**感受**'革命。"更有甚者，波德莱尔的因循守旧在其作品中也有股罪恶的气息。他之所以选择迈斯特①作为思想导师，是因为迈斯特是坚持到底的保守派，而且把死亡和刽子手作为其学说的中心内容。波德莱尔若有所思地说："真正的圣徒是为了民众的利益而鞭打和杀戮民众的人。"他如愿以偿了：真正的圣徒族群开始遍及全球，以便奉行造反的奇异论断。然而，波德莱尔尽管拥有撒旦武器库，尽管欣赏萨德，尽管亵渎神明，却依然太倾向神学，成不了真正的造反者。他真正的悲剧，尽管使他成为他那个时代最伟大的诗人，却在别处。这里之所以提及波德莱尔，只是因为他是浪荡派最深刻的理论家，并为浪漫派造反的一个最终论断给出一些明确的说法。

的确，浪漫主义证明造反与浪荡派构成一体，其趋向之一是表象。浪荡派坦陈对某种道德的怀念寓于其传统的形式中。在名誉攸关的问题上，只不过名誉降级而已，但同时开创了一种美学，至今仍主宰于世，即孤独创造者的美学，正是这些孤独的创造者成了顽强的对手来对付受他们谴责的某个神祇。从浪漫主义开始，艺术家的任务不再只是创造一个世界，也不再只是为颂扬美而颂扬美，而是也要确立一种形态。这样的话，

---

① 约瑟夫·迈斯特(1753—1821)，法国政治家、作家和哲学家，君主立宪派政治思想家，反对法国大革命，拥护教皇政权。

艺术家就成为样板，就自命为榜样：艺术是艺术本身的寓意。于是，神师的时代开始了。每当浪荡公子们不再互相残杀或不再成为疯子，他们便奔前程了，以获取成就为后世做出样子。即使他们像维尼那样呐喊，一旦他们三缄其口，他们的沉默也会引起轰动。

然而，浪漫主义内部本身，也出现几个造反者，他们觉得这种形态乏善可陈，因而属于转型类，介于标新立异之士（或说话做作、衣着奇特的青年）和我们的革命冒险家之间。在《拉摩的侄儿》①和二十世纪的"征服者"②之间，拜伦与雪莱早已为自由斗得不可开交，尽管是公开论战，也招惹攻击，但那是另一种方式。造反逐渐离开表象世界，进入彻底介入的行为世界。1830年的法国大学生和俄国十二月党人应运而生，成为造反最纯粹的化身，起先体现单独的造反，然后通过牺牲，寻求联合的道路。但反过来看，崇尚世界末日和狂热生活又在我们的革命者心中油然而生。诉讼的排场，预审法官与被告的可怕交锋，审讯的演出，这一切有时让人猜想是在成全老一套的花招，尽管是悲剧性的成全。这不，浪漫主义造反者拒绝自己的生存状况，暂时强迫自己接受表象，逆来顺受，寄希望于赢得一个更具深切关怀的存在。

---

① 《拉摩的侄儿》(1762)是狄德罗(1713—1784)的名著，写于1762年，抄本流传。1890年才按原文出版。
② 暗喻马尔罗(1901—1976)《征服者》(1928)中的主人公们。

拒绝拯救

浪漫主义造反者虽说颂扬个体和罪恶,倒也不与世人为伍,只不过独善其身而已。风流浪荡,不管哪个派别,总归还是与上帝有关的浪荡派。而个体,作为创造物,则只能置于创造主的对立面。个体需要上帝,因为要跟上帝撒娇使性,尽管是可悲的那种撒娇使性。阿芒·胡格①说得在理,尽管这些作品充满尼采气息,上帝却依然未死。大肆鼓噪的入地狱罪,其本身只不过是与上帝开了个玩笑。与之相反,陀思妥耶夫斯基对造反的描绘则进了一步。伊凡·卡拉马佐夫站在世人一边,强调世人无罪。他断言,压伏世人的死刑是不公正的。至少,伊凡第一个行动远非为罪恶辩护,而是为其奉若神明的正义而辩护。因此,他们绝对不是否定上帝的存在,而是以某种道德价值驳斥上帝。浪漫主义造反者的野心是与上帝平等对话。于是,以恶报恶,以高傲应对残酷。例如,维尼的理想是以沉默对待沉默。这里确实事关上升到上帝的水平,这已经构成亵渎神明。但,始料不及的是这意味着质疑神明的权力和地位。这种亵渎神明其实是敬奉之举,因为对神明的一切亵渎归根结底

---

① 阿芒·胡格(生卒年不详),散论《小浪漫派》作者,载于期刊《南方手册》。

皆为参与圣事。

至于伊凡，则相反，语气变了。轮到上帝受审了，上帝受到居高临下的审判。假如恶对神明的创造不可或缺，那么这种创造是不可接受的。伊凡不再信赖神秘莫测的上帝，而信赖一个更高的原则：正义。他奠定了造反的基业，即以正义王国替代神宠王国的基业。借此机会，他开始抨击基督教。浪漫主义反抗者认为上帝是以恨为基准的，所以与上帝本体①决裂了，而伊凡鲜明地拒绝基督教奥义，所以拒绝以爱为基准的上帝。唯有人间的爱能使我们认可遭受不公正的玛尔特，以及每日工作十小时的工人，甚而至于儿童们无法辩护的死亡。伊凡说："假如儿童们的痛苦可以用来补足为获得真理所必需的苦难，从今以后我言必称不值得为此真理付出如此的代价。"他拒绝认可基督教传扬的苦难与真理的依附性。伊凡最深沉的呐喊，一言以蔽之："**即使**"，这声惊天动地的呐喊在造反者的脚下打开了万丈深渊，"即使我错了，我的愤怒也永不停止。"这就意味着即使上帝存在，即使基督教奥义涵盖真理，即使长老②佐西姆说得在理，伊凡也不接受这种以恶、以苦难、以横加于无辜者的死亡作为代价的真理。伊凡成为拒绝得救的化身。信仰虽然导致永垂不朽的生命，但意味着接受基督教奥义、接受恶，也意味着逆来顺受非正义。因漠视孩子们的苦难而缺乏信

---

① 康德哲学的重要概念，系指不可认知的"自在之物"是与现象对立的。
② 俄罗斯沙皇时代东正教会长老，或旧俄罗斯被视为先知的修道士或隐修教士。

反抗者 | 055

仰的人是得不到永生的。在这样的条件下，即使永垂不朽的生命存在，伊凡也会拒绝。他摈弃交易。他只接受无条件的圣宠，所以他本人提出自己的条件。造反要么得到一切，要么什么也得不到。"世间的一切认知抵不上儿童的眼泪。"①伊凡没说世无真理，却说假如有什么真理，只会是不可接受的。为什么？因为不正义嘛。反对真理的正义斗争由此首次提出，并永无休止。伊凡，孤家寡人，故道德家，以某种形而上堂·吉诃德式孤军奋战来自满自足。但还得等上几个五年吧，将来某个巨大的政治阴谋将力图把正义变为真理。

更有甚者，伊凡成了拒绝独自得救的化身。他与受苦人团结一致，因为他们而拒绝天国。确实，假如他信教，他有可能得救，但其他受苦人就会下地狱。苦难就会继续下去。对怀有真正同情心而痛苦的人来说，是不可能存在拯救的。伊凡将继续质疑上帝之过，加倍拒绝信教，恰似人们拒绝非正义和特权。更进一步说，不妨评论一番从"要么想得到一切，要么什么也甭想得到"至"要么大家都得救，要么谁也甭得救"。

这种极端的决心，以及这样的决心必须有的态度，本来对浪漫主义者来说已足够了。然而，顺便提醒一下，伊凡某种程度上就是陀思妥耶夫斯基，作者在伊凡身上体现得比在阿辽沙身上更加自如。伊凡虽然也屈服于浪荡风流，但实实在在也体

---

① 出自《圣经》中认知善恶之树。

验到自身的问题,在"是"与"否"之间受尽煎熬。从此,他自食其果。他若拒绝永生,还剩下什么?最起码的生命元素呗。尽管生命的意义给消除了,但生命依然存在。伊凡说:"我活着,不管合乎逻辑与否。"还说:"假如我不再信仰生命,假如我怀疑心爱的女子,假如我怀疑宇宙秩序,假如我确信一切只不过是地狱般的、极可恶的混乱,我依旧很想活下去。"故而伊凡活着,爱着,尽管"不知道为什么"。但活着,也是行动嘛。以什么名义?假如没有永生,那就既没有赏与罚,也没有善与恶。"窃以为,没有永生就没有德行。"他还说:"我只知道苦难尚存,世无罪人,万事关联,逝者如斯夫,万物皆平衡。"但是,假如没有德行,那就没有法律:"一切皆许可。"

就是这句"一切皆许可"真正开创了当代虚无主义造反的历史。浪漫主义造反并没有走得这么远,总之,浅尝辄止,说什么不是一切都许可的,但可以放肆地去做被禁止的事情。与之相反,对卡拉马佐夫兄弟而言,愤怒的逻辑会使造反自作自受,进而使造反陷入绝望的矛盾之中。两者基本不同之处在于,浪漫派允许自己做自得其乐又取悦于人的事情,而伊凡出于前后一贯性强迫自己作恶不行善。他不允许自己做善人。虚无主义不仅意味着绝望和否定,而且尤其蕴含绝望和否定的意志。此人诚惶诚恐维护着无辜者,在受苦的孩子面前颤抖,想"亲眼目睹"母鹿睡在狮子身旁,甚至受害者拥抱杀害者,但

反抗者 | 057

自从他拒绝认同神明的前后一贯性,并试图找到自己的规范,同一个他竟然承认了杀害的正当性。伊凡奋起反抗凶手上帝,但自从思考造反这刻起,却从中得出杀人法则。假如一切皆许可,儿子就可以杀老子,或至少忍受父亲被杀。对被判死刑者的生存状况进行一番深思之后,得出的结论是:一门心思为罪行辩护无罪。同时,伊凡却憎恨死刑,他谈及执行死刑时,恶狠狠地说:"他的脑袋落了地,居然是以神宠的名义。"但原则上又认可罪行。对杀人者全部宽恕,而对刽子手则一个不予饶恕。这一矛盾掐得伊凡·卡拉马佐夫喘不过气,对此萨德则相反,活得怡然自得。

的确,伊凡摆出推理的样子,好像永生并不存在,而他只限于说,即使永生存在,也加以拒绝。所以,为了抗议恶与死,他蓄意做出选择,主张德行并不比永生有更多的存在,进而主张任人杀死自己的父亲。他故意自选了二难推理:既有德行又不合逻辑,抑或既合乎逻辑又刑事犯罪。他的副身魔鬼行事堂而皇之,他在一旁吹耳边风:"你去完成一个合乎道德的行动,但不要相信德行,这样就会叫你恼火了,令你揪心了。"伊凡终于给自己提出了问题,也是唯一使我们感兴趣的问题:"在造反中,世人还能生活下去、支撑下去吗?"陀思妥耶夫斯基正是通过这个问题使造反精神取得了真正的进步。

伊凡让人猜出他的答案:世人只有把造反推进到底才能在造反中生活。什么是形而上造反的极端?那就是形而上革命。

这个世界的主宰在其合法性遭到质疑之后应当被推翻。人应占其位。"既然上帝和永生均不存在，就该许可新人成为上帝。"当上帝是什么意思？恰恰正是"一切皆许可"，就是拒绝一切其他法则，只承认自己的法则。如果不必要发挥居间推理，人们就可意识到，成为上帝，即认可罪行（也是陀思妥耶夫斯基笔下的知识分子特别喜爱的想法）。因此，伊凡个人的问题在于知道他是否忠于自己的逻辑，进而面对无辜者苦难而奋起抗议时，他是否认可自己父亲被杀而像人神那般无动于衷。大家知道伊凡的答案：他听凭杀死他父亲。太深刻了，不足以满足表象；太敏感了，不可以付诸行动，他只好听其自然。但他定会发疯的。人，若不懂怎么可能爱其同类，也不会懂怎么可能杀其同类。人，被夹在无法辩解的德行和不可接受的罪行之间，叩问无门，被怜悯消耗殆尽，对爱又无能为力，孑然一身而无法援救玩世不恭。这样的矛盾必将扼杀他这个至高无上的智者。他说："我有一套人世间的思想，却偏要弄明白不属于人世间的东西，有什么用呢？"然而，他偏偏只为不属于人世间的东西而活着，这种绝对的傲慢恰恰使他远离这个世界，因为他根本不爱这个世界。

这种灾难性的遭遇，尽管如此不堪，问题还是提出来了，后果势必随之而至：造反走向行动。陀思妥耶夫斯基早已在宗教裁判大法官的传说中指出这一动向，带有强烈的预言性。伊凡最终并没有把创世与创世主分隔开来，他说："我并不摒弃上帝,但扬弃创世说。"换言之,作为万物之父的上帝与其创造的一切是密不可分的。正因为如此,伊凡任凭杀死其父。故而他选择了对天性和生育的扼杀。况且,天父是无耻的,在伊凡和阿辽沙的天父之间,经常显现卡拉马佐夫老爸丑恶嘴脸的浮光掠影。因此,伊凡的篡夺计划停留于纯精神层面。关于创世说,他不想进行任何改革。但有鉴于创世已有现存局面,他需要取得精神跨越的权利,而且其他人跟他一样有这样的权利。相反,一旦造反精神既认可"一切皆许可"又接受"要么人人得救,要么无人得救",必将导致重新创业,以便确保世人的君主政权和神圣权。另外,一旦形而上革命从精神伸展到政治,一种崭新的伟业即将开始,其意义不可估量,但必须指出,这种伟业也降生于相同的虚无主义。陀思妥耶夫斯基预见并宣称:"假如阿辽沙得出结论说既没有上帝也没有永生,他马上变成无神论者和社会主义者。因为,社会主义,不仅仅是工人的问题,而尤其是无神论以及体现其当代性的问题,也是巴比伦通天塔的问题,这座通天塔不是靠上帝建成的,不是为了从大地通往天国而建造的,而是为了把天国一直拉到大地。"他还说:"这些问题(上帝和永生)与社会主义的问题是相同的,不过从另一个角度思考罢了。"

有鉴于此,阿辽沙确实可以动情地把伊凡视为"真正初出茅庐的小伙子"。而伊凡只不过竭力控制自己,但做不到哇。后继的其他人纷至沓来,更为认真严肃,一概从绝望的否定出发，强求建立世界帝国。正是宗教大裁判法官把基督投入监狱，并前来对他说，他的方法不好，因为普世幸福不能靠直接自由选择善或恶来获取，而要靠统治和统一世界来达到。必须先统治，然后征服。天国降临大地倒是确实的，但要靠人治，起初几个人，比如几任恺撒皇帝，最初的得志者，然后其他所有得志者，随着时间推移，屡屡得手。这种创世的一统是靠不择手段完成的，因为一切皆许可嘛。"宗教裁判大法官"衰老了，厌倦了，因为他的学识是辛辣尖刻的。他知道世人既怯懦更懒惰，喜爱和平与死亡胜于识别善恶的自由。他怜悯基督这个沉默的阶下囚，那是一种冷漠的怜悯，好在历史不停顿地揭穿其谎言。他强迫阶下囚说话和认错，从某种意义上讲，强迫阶下囚承认大法官们与恺撒们伟业的合法性。但阶下囚沉默不语。因此，他们的伟业舍他而继往开来，绵延不断，于是，将其杀戮，在世人的王国确保之际，其合法性最终得到确立。然而，"事情刚开始，尚远未完成，大地还将遭受大苦大难，但我们一定会达到目的。我们将变成恺撒，届时我再考虑普世幸福吧"。

于是乎，阶下囚被处死，宗教裁判大法官独统天下，聆听"深奥的思想"，领会"毁灭和死亡的精神"。他们高傲地拒绝天国的面包和自由，同时，给人间供应面包却不给自由。"从十字架下来吧，我们会信任你的。"他们的警察向戈尔高达山喊话。但囚犯不下来，甚至在垂死最受折磨的时刻，还向上帝抱怨自己已经被抛弃。所以证据不再存在了，但信仰和奥义犹存，尽管信仰和奥义遭到造反者们的摒弃，同时遭到裁判大法官们的嘲笑。一切皆许可，恶行的时代已经准备迎接这一天翻地覆的时刻。从保罗到斯大林，选择恺撒的教皇们已经为选择自己的恺撒们铺好道路。世界的一统天下与上帝一起实现之后，必将试图叛逆上帝而自我实现。

事情还不至于闹到如此地步。当下伊凡只向我们呈现造反者濒临深渊的颓丧面貌，无所作为，处于自己无辜的想法与杀人的意志之间心痛欲裂。他痛恨死刑，因为死刑是人生状况的写照，与此同时，他又走向犯罪。为了与世人为伍，他接受分担孤独。理性造反落实到他身上最终变成疯狂。

绝对肯定

世人一旦对上帝进行道德审判，心中已将上帝置于死地。那么什么是伦理道德的基础呢？人们以正义之名否定上帝，但，若没有上帝这个概念，何以理解正义之概念呢？莫非我们又陷入荒诞？这正是尼采直面的那种荒诞。为了更好超越荒诞，尼采将其逼至山穷水尽：伦理道德是上帝最后一副面孔，必须加以摧毁，然后予以重建。届时上帝不复存在，不再保障我们的生存；世人就不得不自己决定做什么，以便独善其身。

独善其身者

施蒂纳早就想在打倒上帝之前,摧毁寓于世人心中有关上帝的全部概念。但与尼采相反,施蒂纳的虚无主义倒是得到了满足,他在死胡同里大笑。尼采则一头撞到墙上,走投无路。自《独善其身者及其特性》①发表的 1845 年起,施蒂纳就开始清场算账。此公经常出入"自由人协会",与黑格尔左派(其中包括马克思)过从甚密,不仅清算上帝,一了百了,而且清算费尔巴哈的人类学,清算黑格尔的精神学及其历史体现——国家。他认为,所有这些偶像都产生于同一种"先天愚型"②,即对某些永恒思想的信仰。因此,他居然写道:"我不把我的事业建立在任何基础上。"诚然,罪孽是一种"蒙祸",而权利也是,我们都是权利的苦役犯。上帝是敌人。施蒂纳对神明竭尽亵渎之能事:"你把圣餐饼消化掉,跟上帝两清吧。"总之,上帝是"我"的一种异化,或更确切说,是"我在"的一种异

---

① 《独善其身者及其特性》(1845)的主题思想可概括如下:个体(个人)是一切价值、一切思想、一切行动的起源。什么上帝、人类、人民、真理、自由只不过是抽象的概念而已。利己主义否定所有其他利益,而最好的利己主义莫过于有利个体自身的利己主义:只顾自己,不顾别人。因为,大写的"我"是"独善其身者,即我们取之不尽的虚无"。这一绝对个体主义的原则是该书的主题:"独善其身者"就是辩证思想的一个极端,即虚无的另一端,可理解为"存在",而大写的"我"则是存在的主体。

② "mongolisme"此处意为"先天愚型",或"先天愚昧"。不应译为"蒙古主义"。历史上,蒙古人曾入侵欧洲,法语及其他西欧语中含有"野蛮入侵"的意思。下文提到"蒙祸"便是一语双关。

反抗者 | 063

化。苏格拉底、耶稣、笛卡儿、黑格尔,所有一切先知先觉先哲,他们的所作所为,从来只是创造花样翻新的方式来异化"我在"。施蒂纳一心想把这个"我"与费希特那个绝对的"我"区别开来,将其缩小到特立独行和短命易逝的人。"所有的称呼都命名不了他",因为他是"唯一的人",所谓"独善其身者"也。

施蒂纳认为,直至耶稣的世界史只不过是把现实理想化的一种漫长努力。这种努力通过古人所特有的思想及其净礼的仪式体现出来。从耶稣起,这个目的已经达到,另一种努力随即开始,与之相反,旨在实现理想。体现理想的狂热取代了瞻礼,日益席卷世界,继承基督教义的社会主义逐步扩展统治威望。然而,对"我在"这一独善其身的原则,世界史只是一部漫长的触犯史。因为"我在"是鲜活而具体的原则,胜利的原则,尽管有人一意孤行将其置于上帝、国家、社会、人类一个接一个抽象概念的桎梏之下。对施蒂纳而言,博爱是一种欺骗。各种无神论哲学虽然把崇拜国家和世人推至顶点,自身却只是一些"神学造反派"而已。他说:"我们的无神论者是真正虔诚的人。"历史长河中只有一种崇拜,即崇拜永恒。但这种崇拜是虚假的。惟有独善其身者是真实的,是永恒之敌,是一切事物之敌。确实,惟有独善其身者不为其统治欲服务。

自施蒂纳起,鼓动造反的否定运动不可抗拒地淹没了一切肯定，也扫除了神明的代替物，尽管精神意识仍被神明纠缠着。施蒂纳说："外在的彼世已被扫除，但内在的彼世却变成一片崭新的天空。"甚至是革命，尤其是革命，令这位造反者深恶痛绝。要当革命者，必须信仰某些东西，哪怕没有任何可信仰之处也要信仰点什么。"法国大革命导致一次反动，表明革命**实际上**是个什么东西。"屈从于人道不比服务于上帝更有价值。此外，博爱只是"共产主义者不成熟的看法"①，而一周六天中，兄弟们又成为奴隶。因此，在施蒂纳看来，只有一种自由，即"我的权力"；只有一个真理，即"灿烂的利己主义星辰"。

在这片沙漠中，一切重绽花朵。"只要思想和信仰的长夜仍在蔓延，一声无思想的欢叫，其意义即便巨大，也不能被理解。"漫漫长夜接近尽头，一片曙光即将升起，但不是革命的曙光，而是反叛的曙光。反叛本身是一种苦行，拒绝一切清福。反叛者只在自己的利己主义与他人的利己主义相吻合时，才与他人同声相应，同气相求。他真正的生活是幽居独处，悠然自得，尽兴于孑然一身。

个体主义就这样达到顶峰，否定了一切否定个体的东西，颂扬了一切激励个体并服务个体的东西。按施蒂纳的说法，什么是善？"善是我可以利用的东西。"什么是我合法受权可以做

---

① 直译应为："共产主义者周日休闲时的看法"。再者，法语中所谓博爱（la fraternité）原意为"兄弟手足之情"。

的?"可以做我能做的一切。"造反依旧导致为犯罪辩护。施蒂纳不仅企图为反抗辩护(在这方面,他的嫡系子弟以无政府恐怖主义形式老调重弹),而且明目张胆陶醉于他所打开的前景。"与神圣的事物决裂,或最好砸烂神圣的事物,就可变得普通寻常了。不是一场新的革命即将来临,而是一种罪恶,强烈的、傲慢的、无礼的、可耻的、无意的,伴随着天边的雷声在膨胀壮大,君不见天空愁云密布,黑魆魆沉默无语,正预示着不祥之兆吗?"这番话让人感到有些人在幸灾乐祸,他们策划于陋室,炮制着世界末日的舆论。不再有任何东西可以阻止这种尖刻而蛮横的逻辑,仅仅一个"我",只要自我幽禁和断根绝源而奋起反对一切抽象概念,就摇身一变为抽象和不可名状。从此不再有罪行和错误,进而不再有罪人了。我们全部完美无疵。既然每个"我"从本质上对国家对人民来讲都是罪犯,那让我们善于承认生活就是违犯。为了成为独善其身者,除非接受死亡,否则必须接受杀害。"您要是不肯亵渎,那您就不会像罪犯那般伟大。"不过,施蒂纳还是畏首畏尾,这不,他明确指出:"让他们痛快死亡吧。不要将他们折磨至死。"

然而,以杀人为正当性发布政令,等于向独善其身的人们下动员令和战争令。由此,杀害与某种集体自杀将不谋而合。这一点,施蒂纳不承认或根本看不出,不过在任何毁灭面前他决不会退缩。反抗精神最终在大混乱中得到最为辛辣的满足。

"你(德意志民族)被带到地球上。很快你的姐妹民族,以及其他民族,将跟随你行进;当所有的民族都跟着你走,人类将被埋葬,而在人类的坟墓上,'我'(大写的我),最后成为我唯一的主人,'我',人类的继承人,将仰天大笑。"总之,在世界的废墟上,王者个体的苍凉笑声表明了造反精神的最后胜利。不过,处在这样的绝境,要么死亡,要么重生,别无任何其他可能。施蒂纳及追随他的所有虚无主义造反者都醉心于毁灭,奔向极限边缘。发现沙漠之后,就不得不学会生存下去。于是尼采劳神拼命的探求由此开始了。

尼采与虚无主义

"我们否定上帝,否认上帝的责任,唯其如此,才能解救世界。"尼采言下之意,虚无主义似乎带有预言性。然而切不可把著作中的尼采作为临床医生置于首要地位,只要把他作为预言家的地位紧随其后即可,因为从他的著作中不可能取得任何东西,无非是他为之咬牙切齿的那种卑劣而平庸的冷酷。尼采思想的临时性、系统性,总之战略性,是不可置疑的。在他,虚无主义首度变成可切身感受的意识。外科医生和预言家有个共同点,那就是他们所思所为皆着眼于未来。而尼采所思从来只着眼于未来的某个世界末日,并非为之鼓吹,因为他推测出该世界末日终将呈现的面貌是龌龊的和预谋的,所以致力于避免此类世界末日,并将其改造成世界重生。他认可虚无主义,而且将其作为临床病例加以审视。尼采自称是欧洲第一个完全的虚无主义者。并非意趣使然,而是身世所驱,更有甚者,因为他太过伟大,拒绝不了自己时代的遗产。他论断自己以及他人,断定两者皆无能为力于信仰,一切信仰的原始基础已消失殆尽,就是说对生命的信仰已荡然无存。所谓"可以作为造反者而生存吗?"在他已变成另一个问题:"可以毫无信仰而生存吗?"他的回答是肯定的。不错,假如把缺失信仰变成一种方法论,假如虚无主义被推至极端后果,假如突然陷入沙漠而能随遇而安,那就可以在同样的原始冲动下感受痛苦和欢乐。

尼采并不怀疑方法论,而是否定既定的方法论,摧毁依然向他掩盖虚无主义的种种东西,摧毁掩饰上帝死了的偶像。"为了建立一座新圣殿,必须砸毁一座旧圣殿,这就是法则。"他确认,谁要成为善和恶的创造者,先必成为破坏者,砸烂价值。"因此,至恶便成为至善的一部分,但至善是创造者。"他以自己的方式写出他那个时代的《方法论》,缺乏他十分追捧的法国十七世纪那种自由性和准确性,但具备二十世纪特征的明晰性,那种不可思议的明晰性,故而他认为二十世纪是天才的世纪。这里我们所关注的,显而易见是指尼采的后期哲学,即从 1880 年至精神崩溃。本章节可视为对《权力意志》的评述。

有鉴于此，尼采第一步骤是顺应其切实知晓的事情。对他而言，无神论是不言而喻的，具有"建设性"和"彻底性"。照尼采的说法，他的最高天职，在于就无神论问题挑动一场危机和怂恿一项决定性判决。世界在盲目行进，没有合目的性①。故而上帝一无所用，既然上帝一无所需。假如上帝需要什么，那么世人由此承认恶的问题可列出传统公式，于是上帝必须有所承担，对"贬损生成的整体价值所造成的痛苦和不合逻辑性都要"有所承担。我们知道，尼采公然眼红司汤达的名言："上帝唯一的托辞，就是上帝并不存在。"世界既然丧失了神明的意志，也就丧失了统一性与合目的性。因此世界不可能被判决。对世界具有的价值所做的一切判决最终导致对生命的诽谤。这不，人们判断现存的事物是参照应存事物进行的：天上的王国，永恒的思想，或强制的精神。然而，应该存在的事物却并不存在。"当今时代的好处：什么都不是真的，什么都是允许的。"这些说法与其他成千种说辞交相呼应，不一而足，张扬的或讥讽的都有，不管怎么说，都足以证明尼采承受着虚无主义和造反的全部重负。他在关于"训练与选拔"颇为幼稚的论述中，甚至提出虚无主义推理的极端逻辑："问题：用什么手段获得伟大虚无主义的严密形态，以致这种有感染力的虚无主义可以用完全科学的意识

---

① 西方哲学术语。此处意为"归宿"，或"归宿性"。

来教导并实践自愿死亡？"

然而，传统上，虚无主义的价值被视为受遏制的，尼采占为己有，为其虚无主义所用。主要指道德。所谓道德行为，无论苏格拉底所阐明的，还是基督教所劝导的，其本身已是堕落的标记。这种道德行为欲以映象映照之人取代有血有肉之人，以纯属想像的和谐世界之名义，谴责情欲与呐喊之天下。如果说虚无主义无能为力于信仰，最严重的症状不在于无神论，而在于无能为力于相信现存的东西，无能为力于正视实现的东西，无能为力于体验出现的东西。这种虚弱残疾是一切唯心主义的基础。道德于世界无信仰可言。尼采认为，真正的道德与清醒的头脑密不可分。他对"诽谤世界的人们"是严厉的，因为他从诽谤中识破了世人逃避现实的可耻欲望，对他而言，传统道德仅仅是背德的一种特例。他指出："善者才需被正名。"又说："正是出于道德的理由，世人总有一天会停止行善。"

尼采的哲学无疑围绕造反的问题展开，确切说，始于一次造反行为。但，人们感觉得出那是尼采歪打正着的行为。在他，造反始于"上帝死了"，被视为一个既存事实，接着便把矛头转向一切旨在错误替代已消失神明的主张，这些主张虽使某个领域出乖露丑，没准丧失方向，却成为诸神唯一的温床。与某些基督教派批评家所想的相反，他没有制订过扼杀上帝的计划。尼采发现了上帝死于他那个时代的灵魂中。他第一个懂得兹事体大，毅然确定人的这种造反若不加以引导，就不可能导致新生。除此之外，一切其他态度，无论憾恨，还是成全，都会导致世界末日，因此，尼采没有建立什么造反哲学，而是创立一种有关造反的哲学。

尼采之所以特别抨击基督教，是因为仅仅将其作为道德来抨击。他一方面始终让基督本人不受伤害；另一方面，也让教会诸多厚颜无耻的方面未受触动。众所周知，他很内行地称赞耶稣会会士，曾写道："实际上，唯道德上帝备受驳斥。"并指出："你们说这是上帝出于本能的解体，不，上帝只是脱毛换皮而已。上帝脱去了自己的道德表皮。你们将看到上帝超越'善'与'恶'重新显现。"尼采一如托尔斯泰所见，基督并非造反者。基督学说的主旨是全盘接受恶，决不抵抗恶。不应该杀人，甚至旨在阻止杀人，但同意个人为世界包含的恶而受苦受难。这样，天国立即离我们近在咫尺。这里，天国只是一种心境，促使我们的行为与原则协调一致，可以赋予我们立竿见影的至福。尼采以为，基督的启示不是信仰，而是行善。有鉴于此，基督教的历史只不过是对基督启示的漫长背叛。《新约》已经变质，从保罗到主教会议都堕落了，而信仰的宗教仪式是让人忘记行善。

基督教给教主的启示造成怎样深度的变质呢？首先，审判的想法就与基督的教诲渺不相关，其次，惩罚与奖赏相关的概念，也跟基督的教导风马牛不相及。从此刻起，天性变成故事，而且是有意义的故事，由此产生了人的全体性①概念。从天神报喜到末日审判，人类别无他求，唯一的使命就是遵循事先写好的一个故事所明文规定的各项道德目的。唯一的区别在于尾声中人物以好人和坏人而分类。起初对基督唯一的审判还在于说人的生性罪孽并无大碍，而进入历史的基督教就把人的整体本性变成罪恶的源泉了。"基督本人否定什么呢？否定所有当前冠以基督名义的一切。"基督教则以为在与虚无主义作斗争，因为要给世界指引一个方向，但基督教本身也是虚无主义的，这不，把一个假想的意义强加于人生，就是阻挡发现人生的真正意义：任何一个教派皆为滚落在神人墓上的石头，千方百计强行阻止神人复活。尼采指出，上帝是因为基督而死的，正是基督教把神圣的事情世俗化了，这个结论虽然逆理悖论，却意味深长。必须说明，此处指的是历史有记载的基督教及其"根深蒂固又可鄙可耻的伪善性"。

相同的推理唆使尼采抗拒社会主义和形形色色的人道主义。社会主义只不过是蜕化变质的基督教。他确实相信历史的目的，势必促使意志力和想像力衰颓。因此，社会主义是虚无主义的，从此尼采赋予虚无主义这个词的确切含义。虚无主义不是什么也不相信的人，而是不相信现有一切的人。在这个意义上，形形色色的社会主义是基督教没落的劣等表现。基督主

---

① 康德哲学用语，意为"各个个体的总和性"。

张，赏与罚必须以历史为前提。然而，按照不可避免的逻辑，全部历史都是以归纳为赏与罚而告终的。由此产生了集体救世主降临说。同样，由于上帝死了，众生灵在上帝面前的平等归为简简单单的平等。此处，尼采依然把各种社会主义学说作为道德学说加以抨击。虚无主义，无论表现于宗教，还是表现于社会主义预言，都是我们最高价值的逻辑趋向结果。自由思想将摧毁这些道德，揭破其赖以生存的幻想，揭穿其必不可缺的交易，揭露其犯下的罪行，因为这些道德阻挡着清醒的智者完成自身的使命：把消极虚无主义改变为积极虚无主义。

摆脱了上帝和道德偶像的世上，世人没有了主子，好孤独哇。谁都不如尼采那般让人相信这样的一种自由是轻而易举的，这是他与浪漫主义者不同之处。这种野性的解放将他置于某些人的行列，用他自己的话来说，他们为一种新的苦恼和一种新的幸福而备受煎熬。然而起初，只有苦恼使他高声疾呼："哎呀！干脆让我发疯吧！……除非让我凌驾于法则，否则我就是最为上帝弃绝的人。"对于不能凌驾于法则的人来说，确实必须找到另一种法则，要么必然是精神错乱了。世人一旦不再相信上帝，不再相信永垂不朽的生命，就变得有"责任感了，对一切有生命的东西负责了，对一切诞生于痛苦又注定要为生命而痛苦的东西负责了"。应由世人自己，也唯有世人自己，找到秩序和法则，责无旁贷。这样，被上帝弃绝之人的时代便开始了，他们开始为证明无罪而精疲力竭地探求赦罪，同时不知所向地患上思乡病："最痛苦难熬、最撕心裂肺的问题是心中悬疑的问题，即能感受'何处是我家？'的问题。"

因为尼采是自由思想家，所以他知道思想自由不是一件舒舒服服的事情，而是一项伟业，必须志美行厉，通过呕心沥血的斗争方可造就。他心知肚明，若要置身于法则之上，摔落于法则之下的风险势必巨大。所以他懂得思想唯有接受新义务才可获得真正的解放。他的发现之要义在于说，如果永恒法则并非自由，那缺失法则就更非自由。如果任何东西都不真实，如果世界没有规则，那么禁忌便无从谈起。为了禁止一个行为，确实必须有一种价值和一个目的。不过与此同时，任何授权都得不到；为了选择另一个行为，也必须具备价值和目的。法则的绝对统治不是自由，但绝对不受约束也不是自由。所有可能的事情加在一起都产生不了自由，但被奴役状态却是不可能的事了。秩序混乱本身也是一种奴役。唯有在可能的事情和不可能的事情同时得以确定才有自由。没有法则就没有自由。假如命运没受到崇高价值的指引，假如偶然成为主宰，那便是在黑暗中行进，即是令盲人恐惧的自由。所以，尼采选择了"最大的依附"来界定"最伟大的解放"之含义。"假如我们不把上帝的死亡变成对我们自身重大的弃绝和永久的胜利，那么我们将不得不为这种丧失付出代价"。换言之，尼采认为，造反势必苦行。于是乎，他提出一种更为深刻的逻辑："假如什么都不是真的，那么什么都不允许了"，用来替代卡拉马佐夫的"假如什么都不是真的，那么一切都允许了"，否定现世唯有一事被禁，等于弃绝已许之事。再也没有人说得清什么是黑什么是白之处，光明成为黑暗，自由成为自监。

尼采自成系统地将其虚无主义推进死胡同，可以说他是以一种令人恐惧的快乐冲进死胡同的。他，目的明目张胆，把那个时代的人置于无法忍受的处境。他唯一的希望似乎要达到矛盾的极端。世人若不想丧命于将其窒息的死结中，就必须一刀斩断死结，并创造自身的价值。上帝死了，什么都不了了之，唯其准备一次复活才能使人感受得到。尼采指出："倘若发现不了寓于上帝的伟大，那就无法在任何地方发现了；要么必须否定上帝，要么必须创造上帝。"否定上帝，是围着上帝团团转的世界所肩负的使命，而上帝见证着世界奔向自杀。创造上帝伟大，是超人性的使命，世人甘心情愿为之献身。的确，创造只有在极度的孤独中才有可能，世人是心知肚明的，因为如此骇人听闻的努力只有处在精神最为贫困的情况才下决心做得出，必须有所作为，抑或必须豁出性命。于是，尼采向上帝喊话说，大地是他唯一面对的真情实况，必须对其忠贞不矢，而且不得不在大地上生活，并拯救自己的灵魂。但同时，他又教导世人说，无法无天生活在大地上是不可能的，因为生活恰恰是以法则为前提的。怎么无法无天地自由生活呢？世人必须解开这个谜，否则就会丧命。

反抗者 | 075

至少尼采没有回避解答这个谜，他的答案寓于危险性之中：达摩克利斯的舞姿一向只在悬剑下才比较优美。必须接受无法接受的事情，坚持无法坚持的事情。自从人们承认世界不追求任何目的，尼采便提议认可世界无罪，断定世界不从属于判断，因为人们不可以凭任何主观意图去判断世界，进而他建议，说一不二地，即全身心狂热地投入这个世界，去替代各种各样的价值判断。这样，从绝对的失望中迸发出无限的欢乐，从盲目的奴役中释放出无情的自由。获得自由，恰恰就是废除目的。成为无罪，一旦获得认可，就象征最大限度的自由。这不，自由智者喜爱必然的东西。现象的必然性，假如是绝对的、白璧无瑕的，那就不包含任何限制，这是尼采深邃的思想之所在。全体加入一种全体必然性，这是尼采对自由所下的悖理逆论。于是，"什么自由？"的问题被"为什么自由？"所代替。自由与英雄主义不谋而合。自由是伟人的苦行主义，"是拉得最满的弓"。

这种崇高的赞许，既有丰富的表达力，又有饱满的内在力，毫无保留地肯定了错误本身，肯定了痛苦、恶行和谋杀，肯定了生存中一切悬疑未决和稀奇古怪的事情。这样的赞许来自一种不可动摇的意志，决意在当今这副样子的世界上活着，该怎么活就怎么活下去："把自己看作是命中注定的，不想把自己变成另外的样子……"一言定鼎。尼采式的苦行，始于承认命定性，终于神化命定性。命运变得越发不可改变，进而越发值得崇拜。道德神明、怜悯、爱，统统是苦行者们千方百计补偿命定性的敌人。尼采决意不要赎救。脱胎换骨的欢快就是筋疲力尽的欢快。只不过个体受到伤害而已。世人因要求得到其固有存在而采取的造反行动湮没在个体对脱胎换骨的绝对屈从之中。amor fati（拉丁文：命运之爱）替代曾经的 odium fati（拉丁文：命运之恨）。"每个个体都与每个宇宙生灵协调配合，不管我们知情与否，不管我们愿意与否"。个体就这样消失在人类的命运和世界的永恒运动中。"存在过的一切都是永恒的，大海将其抛至滩涂。"

于是，尼采又回到思想的起源，回到前苏格拉底的观点。苏格拉底之前的先哲们取消了目的因①，让他们想像出来的原则永恒性完整无损地保存下来。唯有无目的力量才是永恒的，即所谓赫拉克利特的"游戏规则"②。尼采的全部努力在于论证脱胎换骨中始终存在法则以及必然性中也有游戏规则："儿童，意味着天真，忘却，重视，游戏，自转的轮子，乍学走步，说'是'的神圣天赋。"世界是神圣的，因为世界无动机，故而唯有艺术凭着同样的无动性方能理解世界。任何判断都阐述不了世界，然而艺术可以教会我们重视世界，就像世界在周

---

① 哲学术语，即最终的原因。
② 赫拉克利特又译"海格力斯"，希腊神话中最伟大的英雄，罗马神话中称赫丘利。力大无比，英勇无敌，完成十二项英雄事迹。孩提时代就扼杀两条毒蛇，长大成人后擒狮斩龙，驱妖牛除海怪，宛如游戏。甚至到世界尽头夺得金苹果，解放普罗米修斯，还下地府战胜死神。终因误穿染有毒血的衣裳，自焚身亡，逃不过命运的作弄。

反抗者 | 077

而复始的曲折中重复自己。在一样的滩涂上，原始的大海不知疲倦地吐露着一样的话语，抛掷着一样的生灵，即那些惊讶依旧活着的生灵。至少，谁若同意回归，赞同回归的一切事情，谁若人云亦云甚至甘当应声虫，谁就具有把世界神圣化的品质。

通过这种迂回的办法，人的神圣性确实最终被采纳。造反者先把上帝否定，旨在之后取而代之。尼采的启示在于，造反者只有放弃一切造反才能成为上帝，甚至放弃造反为修正这个世界而产生的诸神。"假如有个上帝，怎么忍受自己不是上帝呢？"不错，是有个上帝，那就是世界。为具备世界神圣性的性质，只需唯唯诺诺即可。"不必祈祷，感恩吧！"于是大地遍布人神。向世界说"是"，反复说"是"，这既是重新创造世界，也是重新创造自己，就这样变成伟大的艺术家，就脱胎换骨成创造者。尼采的启示，一言以蔽之：创造，但含义模糊。尼采一味鼓吹凡创造者皆固有的那种自私和苛刻。价值的蜕变仅仅在于以创造者的价值来替代审判官的价值，即尊重和热爱现存的一切。缺乏永恒性的神圣性确定着创造者的自由。狄俄尼索斯[①]，大地之神，因受肢解而永不停息地吼叫。但与此同时，他形象地表现出那种与痛苦相得益彰之美。尼采认为，对大地和狄俄尼索斯说"是"，如同对其痛苦说"是"。接受一切，既接受最高度的矛盾，同时又接受痛苦，这便主宰一切

[①] 狄俄尼索斯，希腊神话中的植物神，葡萄种植业和葡萄酿酒业的保护神，又称酒神，尼采将其称为大地之神，为土地不断瓜分耕耘而备感分娩之痛苦。

了。尼采认同为这个王国付出代价。唯有"因厌恶而受难"的大地是真实的。唯有她是神圣的。恰如恩培多克勒投身于埃特纳火山^①去寻找真理,恨不得钻进大地的五脏六腑,尼采则建议世人湮没无闻于宇宙之中,以便找到自己永恒的神圣性,最终成为狄俄尼索斯。《权力意志》就是这样结束全文的,正如帕斯卡尔的《思想录》以一次打赌来结束全书,所以《权力意志》常常令人想起《思想录》。世人尚未获得确信,却获得确信的意志,这并非一码事。尼采自己处在这样的极端也是摇摆不定的:"瞧,这就是你身上不可原谅之处。你握有权力却拒绝签字。"不过他会签字的。然而,狄俄尼索斯的名字仅仅使得寄给阿丽娅娜的情书永垂青史,因为他是在疯狂中写成的。

尼采所指的造反在某种意义上说,依然导致对恶的颂扬。不同之处在于这里的恶不再是一种冤仇相报,而是可能作为善的一个方面被人接受,更为肯定地说,作为一种命定性被人接受。因此,恶被接受旨在被超越,可以看作一种药剂。在尼采的思想中,关键仅仅在于生灵面对不可避免的事情时能豪迈地顺应。不过,众所周知他的后世,有哪家的政治会传承这个自称为最后反政治的德国人呢。他想像出一些艺术家式的

---

① 欧洲最高活火山,位于意大利的西西里岛东岸。

暴君①。但对芸芸众生来说，暴政要比艺术更为自然。尼采曾写道："宁愿要恺撒·波基亚②而不要帕西发尔③！"而尼采身上既有恺撒又有波基亚④，但缺乏他认为文艺复兴杰出的个体所具备的高贵心灵。他要求个体顺从人类的永恒性，要求个体湮没在时间的大循环之中，即把种族当作人类的一种特殊状况，让个体屈服于可鄙可憎的神明。尼采诚惶诚恐、战战兢兢谈论的生活已经堕落成一种适用于家庭的生物学。没有文化的老爷族群毛驴似的磕巴着权力意志，把尼采一向蔑视的"仇恨犹太人的丑行"窃为己任。

尼采所相信的勇气是与智力统一的，故而称之为力量。但后来真正属于他的，却由此而转化为反面：明目张胆的暴力。按照一位傲慢智者的判定：尼采把自由与孤独混淆了。不过，尼采所谓"正午和子夜之深沉孤独"却消失在被机械化的人群中，这样的人群最终潮水般踏遍欧洲。尼采是古典情趣的捍卫者，冷嘲热讽的保护人，素朴放纵的辩护士；他主张贵族政

---

① 比如加缪剧作《加里古拉》中古罗马皇帝加里古拉。
② 恺撒·波基亚(1476—1507)，罗马教皇亚历山大长子。十六岁成为罗马天主教主教，后弃教从戎，屡战建功，封为公爵，协助父亲使罗马教廷成为意大利最强盛的国家。
③ 帕西发尔是瓦格纳三幕剧《帕西发尔》(1877—1882)主人公。尚在山村少年时，帕西发尔就敢闯入妖巫园中盗取矛(相传此矛曾刺中绑在十字架上的耶稣)。数年后，他用此矛治愈了阿姆福尔塔斯的创伤，活活气死女神巫孔德里之后，又夺取被她盗走的圣杯(相传耶稣最后的晚餐所用的杯子)，并用来为跪拜着的阿姆福尔塔斯祝福。
④ 恺撒，此处系指古罗马皇帝，君主，专制者。波基亚为著名贵族姓氏，曾登基帝位。

治，深知贵族阶级必须奉行美德而不问为什么。倘若有人需要理由才诚实不欺，此人则不可信任；他狂热地推崇正直，用他的话说："这种正直已成为一种本能，一种激情。"他是"最高智慧的最高公正"死心塌地的仆人，因为"最高智慧的最高公正"把狂热崇拜视为死敌，尽管如此，他的祖国在他逝世三十三年后把他奉为谎言和暴力的教导者，先前他的献身精神曾使他创导的一些概念和美德受人赞美，而后来却被搞得可憎可恨。在思想史上，除马克思外，尼采所冒的风险是无人可比的，我们永远不会终止修正他所遭受的冤枉。想必大家知道，历史上有些哲学一经诠释就被曲解了。但，直到尼采和纳粹为止，一个独特的灵魂以高尚的情操和撕心的痛苦所阐明的一整套思想，在众目昭彰之下，竟然被诠解成一串串谎言加以炫耀或被图解为一堆堆可怖的集中营尸体用来示众，这真是史无前例。宣扬超等人导致有条不紊地生产劣等人。这样的现象势必要加以揭露，但也要予以阐释。如果说十九和二十世纪伟大的造反运动最后结果终究成为无情的奴役，难道不应舍弃造反而重新倾听尼采对他的时代所发出的绝望呐喊："我的良心和你们的良心莫非不再是相同的良心了？"

让我们首先承认我们永远不可能把尼采和罗森堡①混为一

---

① 阿尔弗雷德·罗森堡(1893—1946)，纳粹德国理论家和政客。1919 年加入纳粹后逐渐成为纳粹首席理论家，鼓吹种族主义。1930 年当上议员，1933 年担任纳粹党外事务部主任，1941 年成为东欧占领国帝国部长，1946 年被纽伦堡法庭判处死刑并处以绞刑。

反抗者 | 081

谈。我们应当成为尼采的辩护人。他事先揭露自己是不肖子孙，所谓"自我解放思想的人还应当自我净化心灵"。然而，问题至少要弄清楚他所设想的思想解放是否排斥心灵净化。造反运动使尼采折服，并支撑着他，其本身是有其法则和逻辑的，这些法则和逻辑也许可以用来解释人们给尼采哲学所披戴的血淋淋伪装。难道在尼采的著作中根本找不到任何能够用来解释规定性杀人的定义吗？杀手们只需否定意义而肯定字面，甚至只需肯定尚含意义的字面就行了。难道杀手们不能在尼采身上找到他们的托辞吗？回答应当是肯定的。人们一旦忽视尼采思想的系统性观点（不能肯定他自己始终坚守不渝），他的造反逻辑就会无边无际了。

人们也会注意到，杀人找到正当性不在于尼采拒绝偶像，而在于狂热使尼采的使命臻于完善。向一切说"是"意味着向杀人说"是"。况且有两种方式赞同杀人。奴隶要是向一切说"是"，就是向奴隶主的存在说"是"，也就是向自身的痛苦说"是"，耶稣教导不抵抗。奴隶主若向一切说"是"，那是向奴隶制度说"是"，向他人的痛苦说"是"，奴隶主就是暴君，并颂扬杀人。"你的生存条件特性是无休止说谎和无休止杀人，而你不会说谎，又不会杀人，因为你相信这是神圣而坚不可摧的法则，难道不可笑吗？"的确可笑，况且形而上悖逆的最初行为只是抗议人生的谎言和罪行。尼采式的"是"已把原始的"不"置于脑后，把造反本身也否定了，同时把拒绝现存世界的道德也否定了。尼采全心全意召唤一个具有基督灵魂的罗马皇帝恺撒，等于说他在思想上同时对奴隶和奴隶主说"是"。然而，最终对两者都说"是"，归根结底使两者之中的强者即奴隶主神圣化。恺撒注定会舍弃思想主宰而选择现实统治。"如何利用罪恶呢？"尼采如是自问，真不失为恪守其法的好导师。而恺撒势必回答：让罪恶成倍增加吧。于是尼采不幸地写道："人类每当把目标定得十分宏大，就会运用别的措施，比如不再把罪行判为罪行，哪怕所使用犯罪的手段可怕得骇人听闻。"尼采死于1900年，临近下个世纪，上述宏论即将成为致命性的。无可奈何呀，他神志清醒时徒然惊呼："谈论各种各样的背德行为很容易，但谁有力量承受得起呀？比如我将不能容忍食言或杀人，可我力不从心，我不用多久将萎靡不振，并为此而死去，这大概是我的命运吧。"人类经验的整体性一旦被认同接纳，就会有一批批人随之而来，他们远不会萎靡不振，而会变本加厉地说谎和杀人。尼采的责任在于依据方法论的高端论证，在思辨过程中时刻为蒙受耻辱的权利进行辩护，而陀思妥耶夫斯基有话在先，认为若将受耻辱的权利赋予世人，必定目睹世人趋之若鹜。尽管如此，尼采这种非所愿的责任越发任重而道远。

　　尼采如其自诩，确是虚无主义最敏锐的良心。他使造反精神迈出决定性的一步，正在于由否定理想跳跃为世俗化理想。既然世人得救不靠上帝来实现，那就应当到世上去完成。既然

反抗者　|　083

世界没有方向，世人一旦接受这个世界，就应当给世界一个方向，以便达到高级的人类社会。尼采诉求人类未来的方向："统辖地球的任务落到我们身上。"另外还说："必须为统治地球而斗争的时代来临了，这场斗争将以哲学的名义进行。"就这样他宣告了二十世纪。之所以如此宣告，是因为他已感到虚无主义内在逻辑的启示，心知肚明其最终结果之一就是帝国。故而他已为这样的帝国做了准备。

对世人而言，没有上帝的自由是存在的，正如尼采所想像的那样，就是说人是孤独的。当世界的车轮停止转动，当世人对现存的一切说"是"，自由正当午。然而现存的东西是变化的，必须对变化说"是"。阳光最终消逝，白日也依山尽了。于是，历史重新开始，而在历史的进程中，必须寻找自由：对历史必须说"是"。尼采主义，即个体权力意志的理论，是注定要纳入集体权力意志之中的。没有世界这个帝国就没有一切。所以想必尼采是痛恨自由思想家和人道主义者的。他对"精神自由"一词取其最极端的含义：个体精神的神圣性。不过，他不能阻止自由思想家跟他一样，也从上帝死了这个历史事实出发，即不能阻止两者殊途同归。尼采看得很清楚，人道主义只不过是取消最高赦罪的基督教，舍弃原始因而保留目的因罢了。但他没有意识到，社会主义解放学说必将运用虚无主义必然的逻辑，将以尼采本人的梦想为己任，造就超等人类。

哲学使理想世俗化。然而，暴君们随之而来，很快把各种哲学都世俗化了，因为哲学给了他们这种权利。尼采早在论及黑格尔时就预测到这种哲学拓殖，用他的话来说，黑格尔独树一帜，发明了一种泛神论，认定恶、误、苦再也不能作为论据来反对神明。"但，国家，即已经建立的种种权力利用了这一宏伟创举。"然而，尼采本人早已想像出一种体系，旋即认定恶再也不能作为论据来反对任何东西，而唯一的价值在于人的神圣性。这一宏伟创举也要求得到运作，在这方面，纳粹只不过是个短暂的继承者，是虚无主义狂暴性和戏剧性的结局。为此，有些人另有逻辑，别有雄心，引用马克思纠正了尼采，他们选择了只对历史说"是"，不再对全体创造物说"是"。尼采早先强迫造反者向宇宙跪拜，后来强迫造反者向历史跪拜。有什么可惊异的呢？尼采，至少在其超人理论中，马克思在他之前就提出无阶级社会，他们俩都以未来替代彼世。在这一点上，尼采背叛了古希腊人和耶稣的教导，认为他们都以现世替代彼世。

马克思跟尼采一样，善于战略思考，也跟尼采一样憎恨形式德行。这两种造反最终同样都投入现实的某个方向，然后融入马克思列宁主义，并体现这个社会等级，尼采早已提起过，他自己势必"替代神甫、教师、医生"。两者重大的差别在于，尼采在等待超人的同时，建议向未来的东西说"是"。对马克思而言，自然受人控制以便服从历史，而对尼采来说，自然让人服从以便控制历史。这正是区别基督徒与希腊人之所在。至少，尼采已预见到将要发生的事情："现代社会主义企图创造一种世俗耶稣会教义，企图把所有人都变成工具"，更有甚者，"人们追求的东西就是福利……之后便走向一种闻所未闻的精神奴役……精神专制在商人和贤者一切活动之上翱翔"。造反，经历了尼采哲学的熔炉，练就对自由疯狂的追求，导致生物专制主义或历史专制主义。绝对的"不"把施蒂纳推向神化罪恶的同时也神化个体。然而绝对的"是"却导致普及杀人的同时也普世了人本身。马克思列宁主义以不了解尼采某些德行为由，实际上为尼采承担了责任。于是，这位伟大的叛逆者亲手创立了必然王国的无情统治，并把自己监禁其间。他逃脱了上帝的监狱之后，首先念及的是建立历史和理性的监狱，进而完成对虚无主义的伪装和认同，而尼采则声称战胜了虚无主义。

造反的诗歌

形而上悖逆虽然拒绝肯定并限于绝对否定，但是一味追求表现。如果说它急于激赏现有的东西而放弃质疑一部分现实，那它迟早不得不这么做的。在两者之间，伊凡·卡拉马佐夫代表了听天由命，不过是从受苦的意义上来讲的。十九世纪末二十世纪初的造反的诗歌不断在两个极端之间摇摆：文学与权力意志，非理性与合理性，绝望的梦想与无情的行动。最末一次，这类诗人，尤其超现实主义者，向我们阐明从表现到行为的途径，粗枝大叶得骇人听闻。

霍桑①论及梅尔维尔时大概写道，他不信教，却不善于依仗不信教。同样，关于向天冲锋陷阵的诗人们，可以说他们虽想推翻一切，却同时宣示对某种秩序的绝望怀念。他们渴望通过一种极端的矛盾从无理性中抽出理性，并使非理性成为一种方法。他们是浪漫主义的重要继承者，硬要诗歌成为典范，声称最撕心裂肺的诗歌中找到真正的生活。他们把亵渎神圣化，把诗歌转化为体验和行为手段。确实直到他们，那些声称对事件对世人要有所作为的人们，至少在西方，以理性规范的名义已经尽力了。兰波之后的超现实主义则相反，企图在谵妄和颠覆中找到一种有建树的规律。兰波通过作品，仅仅通过作品，指明道路，以雷电闪光的方式让雷雨来泄露道路的边缘。超现实主义挖掘这条道路，为非理性造反的实用理论作出最终而张扬的表述，就在相同的时期，造反的思想通过另一条道路建立了对绝对理性的崇拜。不管怎样，洛特雷阿蒙和兰波，作为超现实主义启示者，告诉我们通过哪些表现非理性的欲望可以把造反者引到最为破坏自由的行为形式上来。

---

① 纳·霍桑(1814—1864)，美国小说家。

洛特雷阿蒙与平庸[1]

洛特雷阿蒙指明，造反者身上的表现欲也隐藏着平庸的意愿。在兰波和洛特雷阿蒙的案例中，造反者无论抬高自己，还是贬低自己，都决意让自己成为另一种人，哪怕挺身而出让人家承认现在的他就是真实的他。洛特雷阿蒙的亵渎言行和墨守成规同样表明上述不幸的矛盾，尽管这种矛盾得以解决在于他抱着没有任何价值的意愿。远非像人们普遍认为的那样，他的《马尔陀萝之歌》[2]是推翻自己旧作内容的诗，因为马尔陀萝向漫漫原始黑夜的呼唤依旧充满着毁灭一切的狂怒，而正是如此依然故我的狂怒表明了《马尔陀萝之歌》那种煞费苦心的平庸。

我们从洛特雷阿蒙的诗里了解到，反抗是青少年时期发生的，那些使用炸弹和诗歌的高尚恐怖主义者都是乳臭未干之辈；马尔陀萝之歌是颇具天才的初中生之杰作，所以他们的悲怆感人之处恰恰产生于一颗童心的矛盾，这颗勃起的童心既反对创造，也反对自身。恰如《彩画集》的作者兰波，被甩到世

---

[1] 本篇曾单独发表于《南方手册》第 307 期 (1951)。
[2] 《马尔陀萝之歌》(1869)是法国诗人洛特雷阿蒙(1846—1870)的一部散文诗，分六部分，即一至六唱，主要抒发对人生的憎恶和诅咒，语言辛辣偏激。一直到 1910 年法国作家瓦莱里·拉博(1881—1957)发现和激赏这部著作，指出诗人对世人的刻骨仇恨与对人生刻骨铭心的热爱十分相近，是用一个极端去表现另一个极端罢了。

界的极限,诗人洛特雷阿蒙首先宁愿选择世界末日和毁坏,而不接受很难接受的规律,正是这条规律成全了他,让他去了他所在的世界。

"我毛遂自荐是为了捍卫人类",洛特雷阿蒙说得很不直爽。难道马尔陀萝是慈悲天使吗?以某种方式来看,他是的,但首先慈悲他自己,为什么?有待探讨。然而,慈悲未然而受辱,既不可告人又隐而不言,使他走向奇特的极端。马尔陀萝,用他自己的话说,接受生命如同受到伤害,禁止以自杀来愈合伤痕。(原文如此!)他像兰波那样,是受苦受难而揭竿造反的人,但又神秘退却而说什么他是造自己的反,摆出造反者永恒的托词:热爱世人。

只不过,这位擅自站出来捍卫人类的人同时写道:"请给我指出一个善良的人。"这种没完没了的举动正是虚无主义反抗的举动。他们反抗对自己对世人的不公正。但在清醒的那一刻,他们意识到这种反抗的正当性,但同时感到自己无能为力,于是狂怒的否定油然而生,直到否定他们扬言捍卫的东西。与其不能建立公正来修正不公正,不如将其淹没在一种依然更为普遍的不公正中与之混搅一团,以致最后湮灭。"你们给我造成的伤害太大了,我给你们造成的伤害也太过巨大,所以我造成的伤害不是有意识的。"为了不憎恨自己,必须宣告自己无罪,这种胆量,单独的个人是永远不可能达到的,其障碍就是他了解自己。他们至少可以宣布所有人都无罪,尽管他

反抗者 | 089

们被视为有罪。于是，上帝就成罪人了。

因此，从浪漫主义到洛特雷阿蒙并没有真正的进步，除了笔调上有所长进。洛特雷阿蒙再一次复活了亚伯拉罕的神脸和撒旦的叛逆形象，不过有所完善罢了。他把神祇置于"人粪和黄金做成的宝座上"，神坐在上面，形容愚蠢傲慢，躯体披着用未洗被单充当的裹布，此神自称创物主。"蝰蛇面相的狰狞上帝。"人们有目共睹。"狡猾的强盗处处放火，烧死老人和小孩。"他烂醉如泥，滚到小溪里或去妓院，下三烂般寻欢作乐。上帝没有死，但已倒下。神明堕落了，马尔陀萝被描写成骑士，一个穿黑披风的传统骑士。他是大写的魔鬼。"至高神灵带着大仇大恨的狞笑使我变得丑陋无比，眼睛不应该是这样丑陋的见证。"他把一切都否定掉了："父亲、母亲、神明、爱情、理想，都被否定了，以便一味只想着自己。"这位英雄受着高傲的折磨，却拥有形而上风流之士的所有魅力："仙人般的玉脸，宇宙般的惆怅，自杀般的美丽。"马尔陀萝与浪漫主义的反抗者如出一辙，也对神明的公正绝望了，于是站到恶的一边，使人痛苦，而使人痛苦的同时，自己也痛苦，这就是纲领。《马尔陀萝之歌》可谓恶的名副其实连祷文。

在这个转折点上，人们甚至不再捍卫人这个创造物。相反，"用一切手段攻击人这个猛兽，而创物主……"这就是《马尔陀萝之歌》所宣称的宗旨。想到把上帝当作敌人而惶惶不可终日，又对伟大的罪人们深邃的孤寂如醉若狂："我单枪匹马反对人类"，马尔陀萝径直冲向天地万物及其造物主。《马尔陀萝之歌》颂扬"罪恶的神圣性"，宣布一系列不断增长的"光荣的罪恶"，以至《马尔陀萝之歌》第二部二十节竟然开启了有关罪恶和暴力名副其实的教学法。

如此激昂的热忱在那个时代不足为奇，根本不值得一提。洛特雷阿蒙真正的特式在别处[①]。浪漫主义者小心翼翼在人的孤独和神的冷漠之间维持着必然的对立，既然人之孤独的文学表现恰似孤立的古堡，或如纨绔子弟。但洛特雷阿蒙的作品叙述一种更为深刻的悲剧，很像诗人不能忍受这份孤独，继而挺身而出反对天地万物，恨不得摧毁天地万物的界限。他压根儿不想加固人类界筑有雉堞的炮楼，而一味混淆大自然各个领域。天地万物被他拉回到原始的涛涛汪洋，同时也消除了所有的问题，其中包括他认为令人毛骨悚然的灵魂永存问题。他并不想树立反抗者或纨绔子弟惊世骇俗的形象来面对天地万物，但他执意让世人与世界同归于尽，毁于一旦。他直捣分离人类和宇宙的分界线。完全的自由，尤其犯罪的自由，意味着摧毁人类界的分界线。憎恶所有人包括自己是不够的，还必须把人类界拉回到本能的动物界。人们发现洛特雷阿蒙的作品拒绝理性意识，这种回归本原是文明反叛自身的一种标记。

---

① 此处与原稿有所区别，是莫里斯·布朗肖慧眼发现第一唱中一小节被删除了，其重要性在于对拜伦主义的赞扬写得相当平庸，与后几唱中妖怪的滔滔雄辩部分相形见绌。删节部分后来另外单独发表。

反抗者 | 091

问题不再是意识通过顽强的努力来呈现,而是不再作为意识而存在。

《马尔陀萝之歌》所有的人物都是两栖类,因为马尔陀萝拒绝大地及其限界。植物区系由海带和海藻构成。马尔陀萝的古堡处在海水上。他的祖国是古老的海洋。而海洋,作为双重象征,既象征毁灭的地方又象征和谐的地方。他以自己的方式平息众生灵强烈的渴望,即对不复存在的渴望,因为众生灵注定要蔑视自己以及他人。《马尔陀萝之歌》就这样成为我们的《变形记》,其中古人的微笑被剃须刀割破嘴时的耻笑所代替,呈现强颜怪谲的幽默形象。这位古罗马的斗兽者掩盖不了人们决意从中发掘所有的含意,但他至少泄露一种毁灭的意志,而这种意志起源于反抗最为阴暗的内心深处。帕斯卡尔所谓"您要变得笨一些"对他来说是一种字面意义。好像洛特雷阿蒙不能忍受冷漠无情的明晰,有了清晰的头脑就必须凑合活下去。"我的主观性加上一个创造者,太让一颗头脑受不了啊。"于是他选择压缩生命和他的著作,就像墨鱼一溜烟似的在墨汁乌云中速游。作品精彩的段落是描写马尔陀萝在深海中与雌鲨交尾:"一次漫长、纯洁、狰狞的交尾";另一段叙事特别有意义,是说马尔陀萝变成章鱼袭击造物主。两段叙事清楚表明一种避世,想逃到生存限界之外,同时表明一次行凶,违反自然规律的痉挛行凶。

当一个和谐的国家终于实现了正义和激情的平衡,被这样的祖国抛弃的人们，他们依旧不喜欢孤独，宁可将就令人心酸的王国，那里由强势和狂徒本能主宰。这种挑战也是一种苦行修炼。第二唱中天使的斗争以其失败和腐烂而告终。于是天和地被回归并混入原始生命的液体深渊。就这样，《马尔陀萝之歌》中的人鲨"只不过获得双臂双腿端部的新变化，作为对某个不为人知的罪行施以赎罪性的惩罚"。在洛特雷阿蒙不为人知的生活中确实有过某种罪行或某种罪行的幻觉（是不是同性恋？）。《马尔陀萝之歌》的任何一个读者都会情不自禁地想到该书缺乏《斯塔夫罗金的忏悔》①。

《诗篇》②中虽然缺乏忏悔，却应当看到它富有加倍的赎罪神秘意志。我们将会看到，某些反抗形式特有的行为在于当非理性的冒险结束时恢复理智，在于不断混乱之后恢复秩序，在于自愿戴上比人们想解脱的锁链更加沉重的锁链，这样的行为在这部作品中被描写得如此刻意的简单化和如此玩世不恭，以致这种转化必定有某种意义：一种绝对肯定的理论接替鼓吹绝对否定的《马尔陀萝之歌》，一种刻意的因循守旧接替无情的造反。这一点，一清二楚。《诗篇》为《马尔陀萝之歌》做了最好的诠解，确实为我们做到家了。"绝望，大凡由带着偏见汲

---

① 1922年陀思妥耶夫斯基在法国首度出版时译名为《斯塔夫罗金的忏悔》。主人公斯塔夫罗金是个玩世不恭的混世魔王，但最后彻底忏悔了。
② 《诗篇》(1922)，诗人洛特雷阿蒙首先分两次发表前言，名为《为一本未来的书作序》。但正本诗篇却从未发表，而且始终没有找到手稿。这篇前言非常重要，诗人头脑十分清醒，对《马尔陀萝之歌》全盘否定。

取幻影般养料所造成的,会坚定地引导文人大量废除神明的法则和世俗的规范,会沉着地引向理论及实践的恶毒。"《诗篇》也揭露"作家的罪恶:他沿着虚无的斜坡滚下去,并带着欢乐的呼叫自轻自贱"。对待这种罪恶,《诗篇》开出的药方无非只是因循守旧:"既然多疑的诗歌达到如此程度的阴暗绝望和理论恶毒,就因为它根本是虚假的;以此理由来讨论其中的原则,本来就不该讨论的。"(致达拉塞①的信)

一言以蔽之,上述美妙的理由概括了唱诗班儿童的道义和军事教程的理论。但,因循守旧是可能中邪的,从而可能异常。人们赞扬作恶之鹰战胜希望之龙时,会翻来覆去地说,歌颂只是希望而已,然后信笔写下:"光荣的希望啊,我以庆典的声音和庄严将您召回!"但还须以理服人。安慰世人,待之以手足,回归孔子、菩萨、苏格拉底、耶稣基督,这些"饿着肚子奔波于乡村的道德家"(从历史观点看,未必可靠),依然是绝望的设想。由此,以邪恶为中心的美德和规矩生活具有怀旧的气息。这不,洛特雷阿蒙拒绝祈祷,基督对他而言只不过是个道德家。他向世人建议的,更确切讲向他自己建议的,是不可知认和责无旁贷。非常不幸,一个如此美好的纲领却意味着摒弃、夜晚的甜蜜、没有辛酸的心灵、从容不迫的反思。洛特雷阿蒙突然写下:"我只得到降生于世的恩惠,别无其他,委实

---

① 加缪笔误,此处 Darassé(达拉塞)应为 Darasse(达拉斯),全名 Jean Darasse(让·达拉斯),洛特雷阿蒙的父亲,银行家。

令人感动。"但他又加添一句:"一个公正的智者认为我得到恩惠是完整的",此话听起来令人揣测他是咬紧牙齿说的。然而,在生与死面前不存在智者。造反者跟着洛特雷阿蒙逃亡荒漠。不过,这种因循守旧的荒漠跟哈拉尔①一样凄凉。喜好绝对,使它草木不生;沉迷毁灭,更使它彻底毁灭。正如马尔陀萝追求彻底的造反,洛特雷阿蒙出于相同的理由宣告绝对的平庸。良心的呼唤,洛特雷阿蒙千方百计将其窒息于原始的海洋,想方设法将其混入野兽的号叫;在别的时候,他企图迷恋数学来排解良心的呼唤,而此刻他又想运用沮丧的因循守旧来加以窒息。于是反抗者试图以充耳不闻向窝在反抗底部的生命发出呼唤。问题在于活得无所适从,或拒绝成为什么,或接受成为不管什么都行,就像芳达西奥②想成为那个婚姻失败的有钱人。这两种情况都涉及幻想的遵循惯例。平庸也可算是一种态度。

因循守旧是造反的虚无主义诱惑之一,因为反抗主宰着我们一大部分思想史。我们的思想史表明造反者是如何付诸行动的,如果他数典忘祖,就经受不住最强大的因循守旧引诱,所以这部思想史把二十世纪解释得一清二楚。洛特雷阿蒙通常作为纯造反的领唱者受到尊敬,却相反宣示偏爱在人

---

① 埃塞俄比亚最大省份的名称,也是该省首府的名称,位于该国东南部。
② 《芳达西奥》(1834),缪塞的二幕喜剧。主人公芳达西奥为逃避债务,化装成弄臣,混迹巴伐利亚国王宫廷,逐渐对伊尔莎白公主产生感情,成功地拆散她与愚蠢可笑的德·芒图王子的婚姻,但始终难以从无聊和怀旧中自拔。

间遍地开花的思想奴役。《诗篇》仅仅是《为一本未来的书作序》而已,大家都在梦想这部未来的书,想必是文学造反的理想成果。但如今,按当局的命令,这本书已发行几百万册。毫无疑问,天才离不开平庸。但问题不是别人的平庸;人们徒然自荐去迎合平庸,而是平庸自己去找创造者,哪怕必要时动用警察的手段。对创造者而言,问题在于他自己的平庸有待完全创造出来。每个天才既奇特又平庸。如果他仅仅是两者之一,那他什么也不是。关于造反,我们应当记住这一点。造反有其纨绔子弟,也有其仆从,但不承认有其合法的儿孙。

超现实主义与革命

论及至此,几乎与兰波不相干了。关于他的话都说完了,但很不幸,还得多说几句。我们将简明指出,兰波只是在他的作品中是个造反诗人,而这个简明的说法与我们的主题有关。他的一生远非可以拿来抄作神话作辩护,只不过表明对最糟糕的虚无主义一种认同,客观地读一读他写自哈拉尔的来信就足以证明。兰波曾因否认自己的天才而被奉若神明,好像这种否认意味着一种超人的美德。虽然这把我们当代人的托词驳得体无完肤,但应当反过来说,唯有天才方可定为美德的前提,并非以不认同天才为前提。兰波的伟大不在于他在查尔维尔①的早年呐喊,也不在于他在哈拉尔的非法交易。他的伟大爆发光彩的时刻恰逢他赋予造反最为准确的语言,一种非约定俗成且格外准确的语言。他同时道出他的成功和焦虑,缺乏生命的世界和不能回避的世界,呼唤不可能的事和拥抱严峻的现实,对道德的抗拒和对义务不可抗拒的怀念。在这样的时刻,他身心布满天光和地暗,既侮辱美又敬重美,他是一个不可制约的矛盾,由一组二重唱和轮唱形成,他是造反诗人,也是最伟大的。兰波两部伟大作品的构思先后次序无关紧要。不管怎样,两部作品构思之间的距离太短,而构思这种来自一生经历的绝对可靠性,凡是艺术家都十分清楚。兰波带着这种绝对可靠性同步酝酿《地狱的一季》和《彩画集》。他虽然先后写出这两部作品,但孕育之苦却是同步的。这种使他致命的矛盾就是他真正的天才。

然而,兰波避开了矛盾,从而背叛了尚未呱呱落地的天才胎儿,此人的美德何在?兰波的沉默在他不是一种新的造反方式。至少自从哈拉尔信件发表以来,我们再不可予以肯定。他这种脱胎换骨的变化没准是神秘莫测的。不过,平庸也有神秘莫测的,例如有些非常出色的姑娘婚后蜕变成赚钱的机器,庸俗不堪。围绕兰波营造的神话意味着、显示着《地狱的一季》之后不可能再写出什么东西了。那么,才华横溢的诗人和才思

---

① 澳大利亚昆士兰州中南部的城镇,是兰波(1854—1891)出生地,兰波后死于马赛。

无穷的创作者有什么不可能的呢?继《莫比·迪克》①、《诉讼》、《查拉图特拉》②之后,还想得出什么?可以呀,这些伟大的作品之后,又产生了伟大的作品,教诲着、整治着世人,见证着世人身上最自豪的东西,直至创作者去世才得以完成。有谁不为兰波写不出比《地狱的一季》更伟大的作品而惋惜呢?他撒手搁笔难道不令人大失所望吗?

埃塞俄比亚起码像座修道院,难道基督把兰波的嘴巴堵上了吗?如果审视一番从哈拉尔的来信,这个魔鬼诗人一味读的是金钱,说什么他想把钱拿去"好好投资",并且"按时回报得益"③,如此看来,这位基督恰似当今坐在银行出纳高台中央宝椅上的那个人。在困苦中高歌的人,辱骂上帝辱骂美的人,抗拒正义抗拒希望的人,对罪恶的氛围堂而皇之奋不顾身的人,这样的人摇身一变只想与一个"有前途"的人联婚。占星家,通灵者,连监牢都拒收的死不悔改苦役犯,不信诸神的混世魔王,这些类别的人集于兰波一身,他肚子上的腰带里始终装着八公斤黄金,却抱怨正是他的腰带让他患上痢疾。难道这就是向青年人推荐的神话英雄吗?这么多青年,他们,却不唾

---

① 即《白鲸》(1851),赫尔曼·梅尔维尔(1819—1891)的杰作,北美浪漫主义文学的代表作之一。
② 《查拉图特拉》全名《查拉图特拉如是说》(1883—1885),尼采所著的哲学散文诗。
③ 应当指出哈拉尔信札的调门是可以解释为由收信人所定下的。但感觉不出有说谎的企图。不过以前兰波在信中连蛛丝马迹都未露出。——原注

弃这个世界，仅仅想到兰波的腰带都会羞愧难当。为了维持神话，必须无视这些信件。应该理解为何对其很少评论。这些信件是冒天下之大不韪的，正如真理有时也是如此。伟大而奇妙的诗人，彼时最伟大的诗人，闪闪发光的诗神，这就是兰波。但他不是人神，不是愤世嫉俗的榜样，不是人们刻意向我们推荐的诗僧。兰波这个人只在医院病床上找回他的伟大，就在病入膏肓的时刻，即使是平庸的心灵也变得感人肺腑："我多么不幸哪，真是不幸到极点……我身上有钱，却硬是守护不了！"悲恸时刻的大声疾呼幸运地使兰波参与平常人的衡量尺度，无意间与崇高吻合："不，不，现在我反抗死亡啦！"年轻的兰波面临深渊复活了，昔日的反抗也随之复活，彼时诅咒生命只不过是对死亡的绝望。于是资产阶级的掮客又与悲愤的少年会合，但与我们曾钟爱有加的少年兰波会合时却充满恐惧和辛酸，末了不免随俗，不知珍惜幸福的寻常百姓皆同归而殊途。仅在此时，他的激情和真相才开始显现。

再说，哈拉尔确已在作品中露出苗头，但以最终弃世的形式显露："多么美好哇，在沙滩上，酩酊大醉睡一觉。"此处，一切造反者所固有的摧毁狂热采纳了最司空见惯的套路。罪行之可怖，正如兰波所想像的王子不知疲倦地杀戮臣民的罪行，再加上长期放浪形骸，这些都是超现实主义者重蹈覆辙的造反题材。但最终，虚无主义的意气消沉占了上风；斗争以及罪恶本身使得已经精疲力竭的灵魂备感厌烦。不客气地说，通灵者为了不忘却而喝酒,末了喝得酩酊大醉,沉睡过去,这在我们当中不乏其例。他睡觉,在沙滩上,或在亚丁湾。人们顺应世界的秩序,不再是积极的,而是消极的,即使这种秩序是堕落的。兰波的沉默也为帝国的沉默做了准备,唯独没有为斗争做准备,因为帝国的沉默笼罩了一切逆来顺受的精神。这个突然屈从于金钱的灵魂宣告各种要求,起先就是过分的要求,后来干脆提出为警察服务的要求。一无是处,这是厌倦自己各种反抗的才子所发出的呐喊。这里涉及某种精神自杀,此类精神毕竟不如超现实主义者的精神令人尊重,但后果却严重得多。对啦,超现实主义,经过其伟大的造反运动,之所以意义重大,仅仅因为企图传承兰波唯一值得怜爱的一面。超现实主义从论述通灵者的信件及其涵盖的方法,得出造反的苦行规律,揭示了生存的意志与毁灭的欲望之间的斗争、非与是之间的斗争,我们在造反的每个阶段都一再证实这种斗争。由于所有这些原因,与其围绕兰波的作品翻来覆去评论个没完,不如到兰波的那些继承人那里重新找到他和追随他。

超现实主义,就其最初的意图而言,一言以蔽之:挑战一切,永无止境,涵盖绝对抗争、桀骜不驯、惯常颠覆、幽默诙谐、崇拜荒诞;干脆地、断然地、寻衅地抗拒一切限定。"我们是造反的专家。"按阿拉贡的说法,作为覆灭精神的机器,超现实主义首先锻造于"达达"运动①和贫血浪荡。应当指出,达达主义源于浪漫主义,而浪漫主义的起因本身培育了词无涵义和矛盾。"真正的达达分子是反对达达的。大家都是达达主义的导师。"抑或"什么是善?什么是丑?什么叫做伟大、强壮、虚弱……没听说过!没听说过!"他们作为沙龙虚无主义者,是受到要挟的,被迫低三下四地提供最严格的正统观念。然而,在超现实主义中确有炫耀反潮流的东西,恰恰是兰波的遗产,布勒东是这样概括的:"难道我们应该丢下一切希望吗?"

向缺失的生命大声疾呼是以对现世的彻底拒绝为武器的,正如布勒东说得相当精彩:"我既然无法决定强加于我的命运,又因不公正的对待而高度意识到受伤害,就要警惕把自己的一生拿去适应世间任何可笑可怜的生存状况。"按布勒东的观点,精神既找不到机会固定于现世,也找不到机会寄托于世外。超现实主义决意回应这种心神不定的焦虑,有一种"精神呐喊转身过来反对自己,并且毅然决然把自己身心的桎梏绝望地捣碎"。他呼吁抵制死亡和抗衡不稳定生存状况的"短暂"。因此,超现实主义处于听凭焦躁摆布的境况,生活在某种受伤的狂怒状态;同时,它刻苦磨砺,昂昂不妥协,以此树立起一种道德风范。超现实主义,从其根源来看,是无秩序的福音,

---

① 系指达达主义(1916)的代表人物雅里,是形而上浪荡公子的化身,与其说他是个天才,不如说是个怪才。——原注

反抗者 | 101

偏偏承担创立秩序的职责。但它首先只想到破坏,以写诅咒方面的诗歌下手,继以物质的榔头重击。指控现实世界合乎逻辑地变成指控创作。

超现实主义的反一神论是经过深思熟虑的,自成系统的。它首先确认自身建立在世人绝对无罪的理念之上,必须向世人归还"能使世人拥有像上帝一词那般的全部威力"。正如在造反的全部历史中,绝对无罪的理念皆由绝望突发而生,然后慢慢转变为疯狂的惩罚。超现实主义者一方面竭力鼓吹世人无罪;另一方面则以为可以颂扬谋杀和自杀。他们谈到自杀,认为不失为一种了断的办法,克雷维尔①认为这种办法"最有可能是公平正确的和一了百了的",后来他自己也像里戈②和瓦歇③一样自杀身亡。后来,阿拉贡虽然挺身痛斥有关自杀的胡说八道,但颂扬毁灭和不急于和其他人参与其事,毕竟没给任何人带来荣誉。在这一点上,超现实主义从其厌恶的"文学"留下最差的才艺,证实里戈令人震惊的呐喊:"你们大家都是诗人,而我呢,我在死亡那边。"

超现实主义者并未因此而止步,选择维奥莱特·诺齐埃尔④

---

① 雷纳·克雷维尔(1900—1935),法国作家,超现实主义干将。此话引自克雷维尔有关自杀的超现实主义调查,载于1925年1月15日《超现实主义革命》第二期。
② 雅克·里戈(1898—1929),法国作家,达达主义骨干。于1929年自杀。
③ 雅克·瓦歇(1887—1919),法国作家、诗人,超现实主义者,于1919年自杀。
④ 维奥莱特·诺齐埃尔因杀死父母被处以极刑,为此超现实主义团体编撰一本书,名为《维奥莱特·诺齐埃尔》,于1933年出版。

或普通法的匿名罪犯作为主人公，面对罪行本身，居然确认主人公无罪，甚至竟敢声称最简单的超现实主义行为就是手持左轮枪上街，随便朝人群开枪。此话出于布勒东，1933年后他不得不后悔不已。有人拒绝一切规定性，只接受个体的决定及其欲望；拒绝一切至上，只接受无意识至上，对这些人来说，确实会既反叛社会，也抗拒理性。无所为而为的行为理论使绝对自由的诉求如愿以偿。说到底，这种自由概括为孤家寡人的行为又何尝不可，雅里如是为之定义："一旦我取得彻底自由，我将杀死所有的人，然后我自己告别人生。"从本质上说，桎梏被否定后，非理性占据上风。这种对谋杀的辩护词实际上意味着什么呢？除非一个在无意义无荣誉的世界上，只有生存的欲望是合情合理的，不管生存在何种形式之下？生命的冲动，无意识的突发，非理性的呐喊，是唯一纯而又纯的真情实况，都应当得到青睐了。因此，一切与欲望相对应的，主要指社会，都应当无情加以摧毁。于是，人们明白了安德烈·布勒东有关萨德的指示："诚然，此处世人只会在罪恶中同意与本性相融合，还有待于了解是否见得就是最疯狂最无可争议的情爱方式之一。"明显感受得出来，此话涉及无对象之情爱，是那种心痛欲裂之情爱。然而，这种既空洞又贪婪的情爱，这种疯狂的占有欲，恰恰是社会不可避免要阻止的。所以，布勒东尽管对这样的声明尚感为难，却依然赞扬背叛，依然声称暴力是唯一恰当的表达方式，这也是超现实主义者千方百计想证明的。

反抗者 | 103

然而，社会不光是由人组成的，它也是机构团体啊。超现实主义者出身太好，不至于为杀死大家而来到世上，按他们生活态度的逻辑来讲，最终会认为欲为解放，必先推翻社会。他们选定服务于自己时代的革命。超现实主义者从瓦尔波尔①和萨德到转向爱尔维修②和马克思，这种转向的实验对象倒是前后一致的。但让人明显感觉到不是对马克思主义的研究使他们走向革命。通过研究马克思主义最终走向革命的共产党人屈指可数，通常先归依而后读圣贤。相反，超现实主义不懈的努力旨在把导致走向革命的需求与马克思主义协调一致。可以毫不离谱地说超现实主义者最终走向马克思主义正是因为他们最恨当今的马克思主义。人们了解到超现实主义需求的实质性和崇高性，并对其痛苦有同病相怜之感，便有些不好意思向安德烈·布勒东提醒他的运动原则上是要建立"铁面无情的权威"和专制体制，煽动政治狂热，拒绝自由辩论和鼓吹死刑的必要性。人们惊异于那个时代稀奇古怪的语汇，比如"挖墙脚"、"眼线"等等这类警察革命的语汇。这些狂热分子"非要闹一场革命不可"，不管什么革命，只要让他们脱离生活其间的小店主和苟且偷安的社会就行。无望得到最好的，宁可遭受最坏的。就此而言，他们是虚无主义者。他们没有意识到他们当中

---

① 有两个瓦尔波尔：罗伯特·瓦尔波尔(1676—1745)，美国政治家；霍拉斯·瓦尔波尔(1715—1797)，英国政治家。此处不知指哪一位。
② 爱尔维修(1715—1771)，法国哲学家，《百科全书》编撰者之一，代表作有《精神论》和《论人》。

此后忠于马克思主义的人们，同时对原来的虚无主义忠贞不贰。超现实主义顽固不化地期望对语言真正的摧毁不在于非连贯性或自动创作，而在于口号。阿拉贡徒然揭露口号是"不光彩的实用主义态度"，在揭露口号中他最终找到道德的彻底解放，即使这种解放与另一种奴役相符合。当时对这个问题思考最深入的人是皮埃尔·纳维尔[①]，他探索过革命行为和超现实主义行为的共同点，深刻地将其定位于悲观主义，就是说"企图伴随世人直至其死亡紧随不舍，以求这种死亡变得有用于世"。这是奥古斯丁主义和马基雅维利主义的混合，确可给二十世纪革命下定义，对当时虚无主义的表述不可能更为大胆的了。超现实主义的叛徒们忠于虚无主义的大部分原则，在某种意义上讲，他们想一死了之。安德烈·布勒东及其他一些人之所以最后与马克思主义决裂，那是因为他们身上拥有超出虚无主义的一些东西，即对反抗的根源有着更为纯粹的第二种忠诚：他们不想一死了之。

诚然，超现实主义者曾想倡导唯物主义。"在波将金号巡洋舰[②]造反之初，我们乐意承认这块可怕的肥肉。"但，对于这块肥肉，超现实主义者不像马克思主义者那样有一种情谊，哪

[①] 皮埃尔·纳维尔（1904—1950），法国作家，托洛斯基派超现实主义者，《超现实主义革命》（1933）杂志双主编之一。
[②] 属俄罗斯帝国黑海舰队，于1905年爆发兵变，导致俄国革命，推翻沙皇制度，建立民主主义临时政府。导演爱森斯坦以此为主题，制作电影，题为《战舰波将金号》。

怕思想上的友情。这具腐尸只不过用形象表现现实世界，其实是现实自身孕育了造反，而造反的对象正是现实世界本身。造反虽可为一切辩护，却说明不了任何东西。在超现实主义者看来，革命并不是人们以行动日复一日实现的目的，而是绝对的神话，令人快慰的神话。革命"如同爱情，是真正的生活"，艾吕雅如是说，他想像不到他的朋友卡郎德拉①不得不死于这样的革命生活。超现实主义者要的是"天才的共产主义"，别无他求。这些奇怪的马克思主义者声称自己揭竿而起，并颂扬英雄的个体。"历史受制于由个体怯懦所决定的法则。"安德烈·布勒东既要革命又要爱情，可是革命和爱情两者是不相容的。革命在于热爱一个尚未形成的人。然而人们一旦爱上一个活人，如果是真正的爱，那就不可能接受为革命去死。事实上，革命对安德烈·布勒东而言，只不过是造反的一个特例，而对于马克思主义者来说，乃至一般就一切政治思想而言，唯其相反才是真实的。布勒东并不追求以行动实现幸福的公民国家，而使历史臻于完善的正是后者。超现实主义的基本命题之一是无拯救论。革命的成功不在于赋予世人以幸福，所谓"可恶透顶的人间清福"。相反，按布勒东的思路，革命应当净化和揭示悲惨的人间状况。世界革命以及随之引起的种种可怕的牺牲

---

① 扎维斯·卡郎德拉（1902—1950），捷克超现实主义团体成员，斯大林体制下的托洛茨基派批评家，被判极刑，处死于布拉格。布勒东要求法共党员艾吕雅干预，营救卡郎德拉。艾吕雅公开回应："我太过忙于干预鸣冤的无辜者而无暇顾及叫嚣犯罪的罪犯。"（参见法共党刊《行动》1950 年 6 月 19 日）

只会带来一种好处:"阻止以社会状况极其人为的脆弱性来掩盖人间状况的现实脆弱性。"很简单,在布勒东看来,这一进步过分了。换言之,革命应当为人的内心苦行服务,而每个人都能使现实改观为神奇,所谓"人的想像力光辉灿烂的回报"。神奇在安德烈·布勒东的心目中所占的位置,正如理性在黑格尔著作中的位置。因此,简直难以想像会有与马克思主义政治哲学更为全面的对立。阿尔托[①]称之为革命的阿米埃尔们[②],曾经历长期的彷徨,这就不难得到解释了。超现实主义者与马克思的区别更大于某些反动分子,如约瑟夫·德·梅斯特尔之流。像德·梅斯特尔那样的反动分子们利用生存悲剧来抗拒革命,就是说为了维持某种历史局面。马克思主义者利用生存悲剧来证明革命是合理的,就是说为了创立另一种历史局面。两者都把人类悲剧用来为各自的实用主义目的服务。而布勒东,他呢,他利用革命来消费悲剧,实际上,他拿革命服务于超现实主义的冒险,不管他的期刊名称是什么。

超现实主义和马克思主义彻底决裂终于得到解释,如果人们想到,马克思主义要求非理性屈从,而超现实主义者则揭竿而起至死捍卫非理性。马克思主义力求征服全体性,而超现实主义如同一切精神体验,力求单一性。全体性可以要求非理性

[①] 安图安·阿尔托(1896—1948),法国作家,早期加入超现实主义运动。
[②] 亨利-弗雷德里克·阿米埃尔(1821—1881),瑞士作家,早先迷恋十九世纪德国唯心主义哲学,如黑格尔等,后来深陷唯心主义泛神论,曾有过一定影响,吸引不少追随者。

屈从，倘若理性足以征服世界帝国。但单一性的欲望更加咄咄逼人，不满足于一切皆理性，特别想要理性和非理性在同一条底线上调和一致。不存在以残缺为前提的单一性。

安德烈·布勒东认为，全体性只能是通向单一性道路上的一个阶段，也许是必要的阶段，但肯定是不足够的。在此，我们又一次遇到这个命题："要么大写的一切，要么大写的全无。"超现实主义倾向于一般概念，而布勒东对马克思的指责虽是奇怪的，却是深刻的，他的指责恰恰在于认为马克思学说不是一般概念。超现实主义者想要调和马克思的"改造世界"说和兰波的"改变生活"说。但马克思致力于征服世界的"全体性"，而兰波则致力于生活的单一性。然而一切全体性都是限制性的，这就不合常情了。最后这两种公式使超现实主义集团分裂了。布勒东选择了兰波，进一步指出超现实主义不是行动，而是苦行和精神体验。他把构成其运动根深蒂固的独特性放到首位，这对思考造反、思考恢复神圣的事物和征服单一性都是弥足珍贵的。他越深挖这种独特性，就越无法挽回地与其政治伙伴分道扬镳，同时与他最初几个诉愿渐行渐远。

果不其然，安德烈·布勒东在超现实的诉求方面从来没有改变主张，所谓超现实，系指梦想与现实的融合，是理想与现实之间古老矛盾的升华。众所周知超现实主义的解答：具体的非理性，客观的偶然性。诗歌是对"崇高之巅"的一种征服，唯一可能的征服。"从精神某个点上俯视：生命与死亡，现实与想像，过去与未来……终止被对审的感知。"那么这个崇高之巅究竟是什么呢？大概是标志"黑格尔体系的彻底流产"？这是悬崖顶峰之探求，神秘主义者深谙此道。其实，这里涉及无神论神秘主义，以求平息和表明造反者对绝对的渴望。超现实主义固有的敌人是理性主义。况且，布勒东思想提供了一种西方思想奇特的景观，即不断被偏爱地用来损害同一性和矛盾性。这恰恰在于用欲望和爱情之火来熔化诸矛盾，从而推倒死亡之墙。巫术、原始或朴素文明、炼丹术、火花或白夜之辩术，皆为引向单一性和点金术之路上一个个神奇的阶段。超现实主义，即使没有改变世界，也给世界提供了几个奇怪的神话，来为尼采作部分的辩护，因为它宣告古希腊人复活了。我仅仅说部分地为尼采辩护，因为这里指的是阴暗面的希腊，即神秘的希腊和妖神的希腊。最后，正如尼采的实验以领受中午为荣而终结，超现实主义的实验则以颂扬子夜并以顽固而焦躁的崇拜暴风雨而达到顶点。布勒东，用他自己的话来说，懂得了"不管怎样，生命是被授予的"。然而，他的参与不可能是充分光明的参与，而我们却需要正大光明的参与。他说："我身上太过多北方的东西，不足以成为充分参与的人。"

然而，布勒东经常反躬自问，减缩否定面，澄清造反的积极诉求。他没有选择沉默，宁愿选择磨砺，仅仅保持"道德催

反抗者 | 109

告"，按巴塔耶①的说法，是这种"道德催告"激励最初的超现实主义："要用一种新的道德替代流行的道德，因为当今的道德是我们一切弊病的起因。"他创建新道德的企图没有成功，迄今也无人获得成功。但他一直希望能成功做到。布勒东倒是一直想使世人崇高起来，而世人却偏偏固执地堕落下去，甚至以超现实主义某些原则的名义堕落，面对这个时代的丑恶，他感到不得不建议暂时回归传统道德。言下之意，或许是暂停一下吧。但，这是虚无主义的暂停和造反的真正进步。总之，布勒东虽感到创建道德和价值观的必要性，却根本做不到，所以他选择性爱②，这是大家相当清楚的。他生活在一个狗苟蝇营的时代，这是不可能被忘掉的，唯有他单枪匹马深刻谈论性爱。而性爱是叫人提心吊胆的伦理，权充远居异乡的温馨故乡。诚然，此处还缺乏一种衡量标准。超现实主义既不是一种政治，也不是一种宗教，也许只不过是一种难以为继的智慧。但正好证明世上没有令人安逸的智慧："我们想要、我们将获得我们生命的彼岸"，这是布勒东发出的令人赞叹的呼唤。正当理智转为行动之后使其大军浩浩荡荡在世上后浪推前浪之际，布勒东则踌躇满志于群星灿烂的夜晚，也许这晴朗的夜晚确实预示尚未晓亮的曙光，并宣示我们的文艺复兴诗人勒内·夏尔③的清晨。

---

① 乔治·巴塔耶(1897—1962)，法国著名文学评论家。
② 布勒东晚年沉湎性爱研究，包括色情和性虐诗。
③ 勒内·夏尔(1907—1988)，法国诗人，是加缪的挚友，也是他最为推崇的同代诗人。

虚无主义与历史

形而上悖逆和虚无主义经过一百五十年后[1]又顽固回潮，戴着不同的面具，尽管是同一副憔悴的面孔，即世人抗议的面孔。他们尽管一个个奋起反对生存状况及其造物主，却肯定造物的孤独和一切道德的虚无。然而，人人都在千方百计创建一个纯世俗的天国，由他们选择的规则来主宰。他们作为造物主的敌手，合乎逻辑地要由他们来重新创造属于自己的世界。其中有些人，刚创世不久，除有欲望和权力的规则，一律拒绝其他规则，直奔自杀或疯狂，高唱世界末日。另一些人，执意以自己的力量建立他们的规则，选择了炫耀、表象或平庸，抑或杀害和毁坏。然而，萨德和浪漫派，卡拉马佐夫或尼采，他们之所以进入死亡的世界，只是因为他们渴望真正的生活，以至于物极必反，撕心裂肺地呼唤规则、秩序和道德，呐喊声响彻这个疯狂的世界。他们一旦舍弃造反的重负，舍弃逃避造反引发的紧张，舍弃选择专制和奴役的方便，他们诉求的结局就是有害的或扼杀自由的了。

世人的反叛形式虽是崇高的和悲剧性的，却只是甚至只能

---

[1] 系指从十八世纪下半叶的萨德到二十世纪上半叶的布勒东。

是对死亡的一种漫长抵制和对普世死刑所决定的生存状况的一种愤怒抵制。我们所遇到的各种情况中，每次抵制都是针对创世过程中出现的不和谐、不透明、不延续的种种事情。因此，基本上，问题在于一种无休止的单一性诉求：拒绝死亡，渴望延续和透明，是所有疯狂行为的原动力，无论其疯狂行为是崇高的或是幼稚的。难道仅仅是怯懦的、个人的拒绝死亡吗？不，既然许多这样的叛逆者已经达到他们崇高的诉求而付出必要的代价。造反者不诉求生命，但诉求生命的缘由，进而拒绝死亡带来的后果。假如什么都延续不下去，假如什么也证明不了其合理性，那么死亡就失去意义。挑战死亡归根结底是诉求生命的意义，为建立规则和一统性而斗争。

在这方面，抵制恶行，因处于形而上造反的核心而意味深长。并非孩子的痛苦本身令人气愤，而是这种痛苦得不到合理的辩解而情何以堪。有时候，痛苦，放逐，幽禁，毕竟还是被人接受的，因为医学或情理说服了我们。在反抗者眼里，世上的痛苦，正如幸福的时刻，所缺少的，正是说明缘由的原则。抵制恶行，首先依旧是一种单一性诉求。造反者不知疲倦地诉求明确的生命和清晰的透明，以此来反对死刑犯的世界和生存状况的致命性不透明，不知不觉地探求一种道德或一种神圣的东西。造反是一项苦行，尽管是盲目的。在这种情况下，造反者之所以亵渎神明，是希望有新的神明。造反者因起初的宗教活动受到最深度打击而动摇了，不过那是绝望的宗教活动。并非造反本身崇高，而是造反所诉求的东西高尚，即使造反所得到东西可耻可鄙。

至少应当善于认可造反所得到的，哪怕是可耻可鄙的东西。每次造反挑战全盘拒绝现存秩序，挑战绝对的"不"，造反就格杀勿论，每次造反盲目接受现存秩序，并高喊绝对的"是"，造反也格杀勿论。对创造者的恨很可能转为对创造的恨，抑或转为对现存秩序的爱，而且是排他性和挑衅性的爱。但在这两种情况下，造反导致杀害，并失去被称为造反的权利。人们可以用两种方式成为虚无主义者，但不论哪种方式都是绝对无节制的。看来，有的造反者一心想死，有的却一心想让人死。但，他们是一丘之貉，都焦灼地渴望真正的生活，都感到活得窝囊，宁要普世的非正义，也不要被肢解的正义。愤怒到如此程度，理智变成狂怒。人心本能的造反一代一代逐步走向极大的觉醒，假如确实如此，那我已看到富有盲目胆量的造反也逐渐增强，直到超限度时，便决意以形而上的扼杀来回答普遍的杀害。

我们已经确认，"即使"①，是用来标志形而上造反的关键时机的，在任何情况下，以绝对破坏而告终。今日光照世界的不是造反及其崇高性，而是虚无主义。我们应当描述的是虚无主义的后果，但不忘其根源的真相。即使上帝存在，伊凡面临

---

① 系指"即使"上帝存在，"即使"上帝不存在，"即使"上帝死了……

反抗者 | 113

世人所爱的不公正，也不会向上帝投诚。然而，对这种不公正的漫长反思，一把更灼人的火焰，把"即使你存在"改成"你不配存在"，之后再改成"你并不存在"。受害者从辨认出自己的无辜中寻找力量和近期犯罪的原因。他们对自己的永垂不朽已经死心，确认自己将受到判决，于是决定置上帝于死地。要说当代人的悲剧已经开始，此言虚与委蛇，但要说当代人的悲剧已经终结，也是不实之词。相反，谋害上帝标志着一场悲剧的最高潮，这场戏却始于古代社会的终结，其最后的台词尚未引起反响。从此刻起，世人决定舍弃神宠，决定自食其力生活。从萨德至今的进步在于对封闭的地区进行日益开拓，由摆脱了上帝的世人按自己的规则战战兢兢地当家做主。面对神明，世人已经愈来愈把壁垒森严的地盘界线向外扩展，直到把全世界变成一座要塞，用来抵御失势而流亡的上帝。世人造反到了头便把自己封闭起来，其最大的自由仅仅在于建造自身罪行的监狱，从萨德悲剧性的城堡到集中营，一概如此。然而，戒严渐渐普及化，对自由的诉求也普及到全体大众，进而势必建立唯一的王国，即正义王国，与神宠的王国相对立，最终在神权社会的断垣残壁上重新组合人类共同体。扼杀上帝和建立教会，正是造反持久而矛盾的运动。绝对自由终究成为一座绝对义务的监狱，成为一种集体的苦行，成为一部寿终正寝的历史。十九世纪是造反的世纪，以造反进入二十世纪，而二十世纪则是正义和道德的世纪：人人拍拍自己的胸脯——扪心自问。造反派的道德学家尚弗尔①已经给出公式："必须先公正后慷慨，就像先有衬衫后配花边。"所以人们将扬弃奢侈性道德而认可创建者粗粝刺耳的伦理。

这种努力坎坷不平地通向全球帝国和普世规则，我们现在必须提及了。是时候了；造反摈弃一切奴役，旨在归并一切创造。我们早已看到，每次失败都预示着好胜的政治解决指日可待。今后，造反者怀着道德虚无主义，从后天获得的品质中，只保留权力意志；原则上，只想获得自身的存在，面对上帝保持自己的本色，但造反者却忘本了，按照精神帝国主义的法则，向世界帝国挺进，一路杀过去，越杀越眼红，无止境杀下去。造反者把上帝从天国驱除，但形而上悖逆的思想却明目张胆与革命运动接合，对自由非理性的诉求却自相矛盾地拿理性当作武器，在造反者看来，唯有征服权是纯属人类的。上帝死了，世人留下，就是说，历史长存，故而必须理解历史，创造历史。这么说吧，寓于造反的虚无主义吞没了创造力，只不过补充指出，可以不择手段创造历史。于是，世人明白从今往后要孤独地身处地球，在迈向世人帝国的征途上，要把理性的罪行与非理性的罪行结合在一起。造反者在思考造反不可思议的意图以及死亡本身时叹道："唉，我们孤独无援"，以资补充**"我造反，故我们存在"**。

---

① 尚弗尔(1741—1794)，法国道德家、伦理学家。加缪很喜欢尚弗尔，有专文论述。

Ⅲ 历史性造反

自由,"这个写在暴风雨战车上的可怕名词"①,植根于一切革命的本原。对叛逆者而言,没有自由,正义是不可想像的。然而,某个时候来到,正义强求终止自由。于是,或大或小的恐怖成全着革命。每次造反皆为无辜的恋旧和向往存在的呐喊。但恋念有朝一日拿起武器,便承担全部罪责,即杀害和暴力。奴性卑怯的造反,弑君式的革命以及二十世纪的造反和革命就这样接受了越来越巨大的罪责,因为造反和革命企图实现越来越全面的解放。这个矛盾变得昭然若揭,阻止着我们的革命者,像我们的制宪会议成员在演讲时充满希望地显露和颜悦色,那么矛盾是不可避免的吗?是显示造反的价值抑或违背造反的价值呢?这是摆在革命面前的问题,如同涉及形而上悖逆的问题。确实,革命只是形而上悖逆合乎逻辑的连续,我们将在分析革命运动时继续不懈进行绝望而浴血的努力,使世人在面对否定他的东西时肯定他自己。革命精神就这样捍卫这部分不愿低头屈服的世人,压根儿千方百计让这些不屈不挠的人们主宰他们的时代。革命思想根据显然不可避免的逻辑摒弃上帝而选择历史。

理论上，革命这个词保留其天文学的含义：环转运行，从一个政府到另一个政府翻倒转移。改变所有制却不改变相应的政府不成其为一场革命，而是一次改良。任何经济革命，无论通过流血的或和平的手段，同时都是政治革命。由此，革命已经区别于造反运动了。"不，陛下，这不是造反，而是革命。"这句名言突显其根本区别，确切的意思："肯定产生一个新的政府。"起初的造反运动戛然中止，只不过证明缺乏前后一致性。相反，革命始于思想。确切地说，革命将其思想注入历史经验中，而造反仅仅是由个体经验导往思想运动。造反运动的历史，即使集体的历史，始终是介入事件无门，既不介入体制又不介入原由，是一种不明不白的抗议史，而革命则企图根据一种思想来规范行为，在理论的框架下塑造世界。所以，造反造成一些人死亡，而革命则既毁灭世人，也毁灭原则。出于同样的理由，可以这么说，历史上尚未有过大写的革命。最终的革命只能有一种：看似完成环转的运行就在政府组成的当口儿已经成为新一轮的翻倒转移。瓦尔莱[2]为首的无政府主义者看得非常清楚：政府与革命，从直接意义上讲，是互不相容的。普鲁东说："政府可以是革命的，这个说法是矛盾的，理由十分

---

[1] 引自《狂热崇拜》(1833)，笔名奥内迪，真名栋岱 (1811—1875)，法兰西青年团成员。
[2] 让-弗朗索瓦·瓦尔莱 (1764—1837)，大革命时期宣传家和民众演说家，罗伯斯庇尔的对手。著有《爆发》(1794)，被视为无政府主义最早的抨击文献之一。

简单,因为政府就是政府嘛。"经验现成摆着,不妨补充一句,政府只在反对其他政府时才是革命的。大部分时间,革命政府不得不成为战争的政府。革命越广泛,所下的战争赌注就越巨大。1789年产生的社会决意为欧洲而战,诞生于1917年的战争为统治全球而战。就这样,总体的革命最终诉求建立世界帝国。我们将看到为何如此。

在大功告成之前,如果会意外成功,人类历史,在某种意义上,是世人接连不断造反的总和。换言之,在空间找到明显表现的转移运动只不过在时间中相似的翻转移动。十九世纪人们虔诚地称之为人类逐渐解放的事情好像从外部显现的,恰似一连串不间断延续,既超越自身,又试图从思想中找到其形式,但尚未达到最终的革命,即把天地间的一切稳定下来的革命。并非实在的解放,而是肤浅的审视得出结论是,人凭自身肯定自己,越来越广泛的肯定,但始终是未完成的肯定。确实,倘若有一劳永逸的革命,就不复有历史了。那就会有幸福美满的统一和心满意足的死亡。这就是为什么所有的革命者最终一概追求世界统一,孜孜不倦以求,仿佛他们相信历史会大功告成。

二十世纪革命的特点,第一次公开宣告可以实现阿纳沙西斯·克鲁[①]的古老梦想:人类统一,并实现历史圆满告终。由

[①] 阿纳沙西斯·克鲁(1755—1794),德国莱茵男爵,于1776年旅居巴黎,法国国民公会议员,雅各宾派左翼头目埃贝尔派的干将,最后上了断头台。

于造反运动导致"要么得到一切,要么什么也得不到",由于形而上悖逆追求世界统一,二十世纪革命运动达到其逻辑最明显的结果,手拿武器要求历史性集权。于是,造反被责令成为革命,否则就是过眼烟云,抑或陈旧失效。对造反者而言,问题不再像施蒂纳那样把自己神化,抑或摆出形态独自得救,而在于像尼采那样神化人类,肩负超人的理想,以便按照伊凡·卡拉马佐夫的愿望拯救天下众生。群魔首次登台亮相就点明彼时的一个秘密:理性与权力意志的同一性。上帝死亡,必须以人的力量改变和组织世界。光是诅咒的力量不够了,必须拿起武器,夺得集权。革命,甚至是,尤其是,声称是唯物主义的革命,只不过是超限度的形而上十字军。难道集权就是统一吗?这正是本散论应当回答的问题。人们仅仅看得出这种分析的意图不在于描述已经重复上百次的革命现象,也不在于再次历数伟大革命历史的或经济的原因。问题在于从几个革命现象中认出逻辑连续,重新获得形而上悖逆的例证以及恒定的主题。

　　大部分革命通过杀害确立其形式和标新立异。所有的,或几乎所有的革命都会杀人。另外有几次革命执行弑君和消灭宗教。我们的实际主题因谈论形而上悖逆的历史而始于萨德,所以一开始就点出弑君,而他的同代人攻击神的化身,尚不敢扼杀永恒的本原。不过此前,人类历史也向我们表明相当于造反的原始运动,即奴隶造反。

反抗者 | 119

远离有道德准则的天国，在残酷的地球上，有一个人挺身而出反对另一个人，那是奴隶对奴隶主造反的地方。结果只不过杀死一个人。于是奴隶骚乱，扎克雷起义①，丐帮混战，粗野汉造反，都突显一条等价原则，以命抵命，但不管多么胆大包天，不管多么装神捣鬼，总是在革命精神最纯粹形式中重新找得到，比方说1905年的俄罗斯恐怖主义。

基督纪元前几十年，古代社会末期的斯巴达克思②造反在这方面具有典型性。首先要提到的是有关斗士的造反，他们专门被用来与人角斗，注定杀人或被杀，仅仅为了取悦奴隶主。这场造反起初七十人，最后成为七万起义者队伍，粉碎罗马最精良的军团，北上意大利，挺进永恒的城市罗马。然而，正如安德烈·普鲁多莫③指出："这个罗马社会没有任何新的准则。"斯巴达克思发出的宣告只限于向奴隶们许诺"平等的权利"。这个有权利的段落，我们在论及造反原始运动时已经分析过了，其实在造反这个层面上人们可能找到的唯一逻辑收获。不屈服的人抛弃奴性，宣示与主子平等，决意轮到自己当主子了。

斯巴达克思的造反不断表明这种诉求的原则。奴隶大军解

---

① 扎克雷起义，系指1358年法国农民起义。
② 斯巴达克思（？—前71），古罗马奴隶大起义领袖。
③ 安德烈·普鲁多莫（1907—1968），无政府主义者和反法西斯主义者，书商。此言引自其《斯巴达克思的悲剧》，另著有《西班牙往何处去》（1938）和《极端自由主义的奋斗》。

放奴隶，立刻使他们先前的奴隶主沦为他们的奴隶。根据一种传说，不太可靠的，奴隶军队甚至组织好几百个罗马公民进行角斗，并把奴隶们安置在观礼台上，让他们看得欣喜若狂和激动万分。然而，杀人带不来任何东西，只会引起杀更多的人。要使一条原理取胜，就必须取消一条原理。斯巴达克思梦想的太阳城只会在永恒的罗马废墟上升起，在废掉罗马诸神及其机构的基础上升起。斯巴达克思的军队确实进军前往围困罗马，吓得罗马惊慌失措，准备为其罪行付出代价。然而，在这决定性的时刻，神圣的城墙举目在望，奴隶大军却戛然止步，随即后撤，仿佛面对诸神的本原、机制和城邦而退避三舍。圣城一旦摧毁，何以替代？除对正义的原始渴望之外，这种受伤而变得疯狂的爱至此已经使这些不幸者挺胸站立了吗？事实上，斯巴达克思的造反重拾在他之前奴隶造反的纲领。但这个纲领概括为分享土地和废除奴隶制，没有直接触及城邦诸神。不管怎样，奴隶大军撤退了，不战而退，经过一番奇怪的运作，决定随即撤回到奴隶造反原来的地方，以相反的方向重蹈先前节节胜利跋涉的长途，毅然决定回到西西里：仿佛这些一无所有的人今后孤独无援了，在等待他们的伟大任务面前被解除了武装，面对要袭击的天国灰心丧气了，从而返回他们的历史最纯粹最温暖之处，返回他们最初喊杀的土壤，那里死亡多么容易多么完好。

于是失败和殉难开始了。最后一次战役之前，斯巴达克思

反抗者 | 121

把一个罗马公民绑在十字架上，让手下人明白什么命运等待着他们。在战斗中，他通过一种疯狂的运作，使人不由自主地想见一种象征，他不断试图与指挥罗马军团的克拉苏①短兵相接，与此刻象征所有罗马奴隶主的人进行肉搏拼死；他乐于死亡，但要在高度平等的格斗中死亡。但他接近不了克拉苏：代表道德原则的一方置于远处，罗马将军另处一隅。斯巴达克思将如他所希望的那样死去，但死在雇佣兵刀下，死在像他一样的奴隶们刀下。这帮奴隶把自己的连同斯巴达克思的自由一起扼杀了。因为单独一个罗马公民被处死在十字架上，克拉苏把几千个奴隶处死在十字架上。在那么多正义的造反之后，六千个十字架竖在从卡普亚到罗马的大道两旁，向奴隶群体表明在列强的世界上不存在对等，奴隶主们用自己鲜血付出的代价是以重利盘剥的。

　　基督也遭受十字架极刑。可以想像奴隶遭受这一严惩之后若干年，基督选择相同的严惩，只是为了把受屈辱的人与大写的主子无情面孔之间可怕的距离缩短一点而已。基督代为求情，却轮到他遭受最为极端的不公正，却为的是造反不把世界分割为两半，为了使痛苦感动上苍，从而免受世人的咒骂。之后，革命精神刻意肯定天与地分离，开创把神明去神化，除掉神明在地球上的代表，谁会为之惊讶呢？1793年，从某种意义

---

① 克拉苏（前114—前53），罗马帝国将军、政治家，公元前71年打败斯巴达克思。

上讲，结束了造反的时代，开创了革命的时代，是在一架断头台上开始的。

本散论对基督教内部的造反精神不感兴趣，十六世纪欧洲的宗教改革运动也不在其列，改革运动之前，针对教权的众多造反更不包括在内。但至少可以说宗教改革为宗教雅各宾主义作了准备，在某种意义上可视为1789年法国大革命的起点。

弑君者们

早在1793年1月21日以前，早在十九世纪多次弑君以前，已经有人杀死君主。拉瓦亚克①，达米安②及其竞争者们决意危及国王本人，而非伤及本原。他们翘首企望另一个国王或根本不要。他们想像不到王位可以永远空着。1789年处在现代连接点上，因为那个时代的人特别想推翻神权本原，进而让否定和造反的力量进入历史，因为这股力量早已在之前几个世纪种种思想斗争中形成了。弑君者们于是把经过推理的弑神与传统的弑暴者拼合起来了，而所谓不信教的思想，即哲学家和法学家的思想，为这场革命充当了杠杆。然而，君主们参与其

---
① 弗朗索瓦·拉瓦亚克（1578—1610），刺杀亨利四世的凶手。
② 达米安，法国王室侍从，狂热分子，1757年1月5日用匕首刺伤路易十五，被判处五马分尸。

反抗者 | 123

间，逐渐使政治权势强加于宗教权势，从而削弱其合化性的本原本身。为使这种勾当成为可能并具合法性，首先需要的是，教会在宗教裁决所的活动虽然得到茁壮成长，却与教会世俗势力没完没了发生纠葛，故而肩负着无限的责任；教会站在主子们一边，却承担着使人蒙受痛苦的责任。米什莱①没有看走眼，他在革命史诗中只想看到两个伟大的角色：基督教和大革命。对他而言，1789年确实可用圣宠与正义的斗争来诠释。尽管米什莱以及他那个纵欲的世纪爱好伟大的实体，但他从中依然看出革命危机的深刻原因。

旧制度②下，君主政体如果说在政府管理中不总是肆意妄为，在道德准则上则远非如此，而是无可争辩的任性专横。君主政体是君权神赋，就是说不必任何求助就获得合法性。然而，这种合法性经常受到异议，尤其受到议会质疑。但行使这种合法性的人对其尊重有加，视为公理加以宣扬。众所周知，路易十四对此本原坚定不移。查理一世坚守这一神授君权，以至认为不必公平正直地对待否认君权的人们。博絮埃③为之张目，向国王们宣示："你们是诸神。"国王诸多风貌之一种，他就是神赋管理世俗事务的使者，故而代表正义。他一如上帝，

---

① 米什莱（1798—1876），法国著名历史学家，著有《法国历史》（1833—1844）七卷本，自法兰西起源至路易十一逝世，《法国历史》续集（1855—1867）自路易十一至路易十六，更重要的是《法国大革命历史》（1847—1853）。
② 系指法国1789年前的王朝政体。
③ 博絮埃（1627—1704），法国十七世纪天主教教士、演说家、古典主义作家，以宣扬绝对王权的论著而闻名。

是饱受贫困和不公的人们最亲近的救助者。众民，对付压迫他们的人，原则上可以求助国王。"要是国王知道就好了，要是沙皇知道就好了……"这确实是法兰西和俄罗斯人民在苦难的时期所表露的情绪。确实不假，至少在法国，君主政体一旦知情，经常试图为保护平民群体而制止达官贵人和资产者的压迫。难道这就是正义吗？否。从绝对观点上讲，要看那个时代的作家是谁喽。如果可以求助国王，原则上讲，就不会求助谁去反对国王。要是国王愿意，随时都可施舍、援助和救助。乐趣是恩宠的标志之一。具有神权政治形态的君主政体是坚持将恩宠置于正义之上的政府，始终由其拥有最后决定权。与之相反，萨瓦①的代理教士没有什么独特之处，无非把上帝置于正义之上，从而以略带天真的庄严打开当代历史。

确实，绝对自由思想自从质疑上帝存在以来，就把正义的问题推至首位。只不过，彼时的正义与平等相混淆了。上帝摇摇欲坠，正义获得自由而自我肯定，就会给上帝最后一击，其表现是，直接攻击上帝在世上的代表。以天然权利对抗神赋权利，迫使两者合而为一长达三年之久，即从 1789 至 1792 年，就这样把神权给摧毁掉了。圣宠作为最后一招是不会妥协的，可以在某些方面让步，而在关键点上决不退让。但这不够。据米什莱所述，路易十六身在狱中仍旧想当国王。在法国某处出

---

① 法国东南部一个地名，该区山多人稀。此处意为贫穷地区。

现新的行为准则，被击败的本原已经永远陷入监狱的四壁之内，唯有生存和信仰的力量能有所作为。正义与恩宠有共同之处，唯其如此，才执意成为一体和绝对主宰。两者一旦发生冲突，定是殊死之争。缺少法学家风度的丹东①说："我们不能审判国王，我们要把他杀掉。"这不，既然否定上帝，就必须杀掉国王。好像是圣茹斯特把路易十六处以死刑的，他大声疾呼："确定被告可能会死的原则，就是确定审判被告的社会赖以生存的原则。"此言证明是哲学家们要杀国王：国王应该以社会契约的名义去死。卢梭当然并无此意。这篇分析的开头应指明卢梭曾坚定宣称："天底下没有任何东西值得以人类鲜血为代价去买得。"这就界线分明了。但这一点尚需阐明。

新福音书

《社会契约论》首先是探讨权力合法性的，论述权利的，而不是论述法律行为的。"让我们一开始就排除一切法律行为，因为与问题毫不相干"，卢梭在《有关不平等之演讲》中如是说。但毕竟不是收集社会学观察报告的小册子，他的探讨涉及行为准则，故而探讨本身已经是质疑问难了。书中推测，假定起源于神赋传统合法性并没有被认可。有鉴于

---

① 丹东（1759—1794），法国大革命政治家，山岳派领袖之一，与罗伯斯庇尔、马拉并称"大革命三杰"，其名言为"勇敢，勇敢，再勇敢"。

此，这种传统的合法性预告另一种合法性以及其他的行为准则。《社会契约论》也是一部教理书，笔调和言语都是教条化的。由于1789年胜利完成英国和美国革命，卢梭把霍布斯①著作中的契约理论推向其逻辑极限。《社会契约论》大大扩充了，并以教条式陈述，形成新的宗教，其上帝就是理性，与天然混为一体，其世俗代表不再是国王，而是在普世夙志中受尊重的人民。

书中叩击传统秩序十分明显，从第一章起，卢梭便致力于论证确立人民地位的公民条约先于奠定王国的民众和国王公约。直到卢梭为止，一直是上帝支配国王，再由国王支配民众。自从《社会契约论》，民众自己支配自己先于支配国王。至于上帝，暂时不在话下。从政治顺序上看，我们从中看出它与牛顿革命等量齐观。因此，权力不再具有肆意妄为的源头，而需要得到普遍认同。换言之，不再是现在这个样子，而是应该那个样子。按卢梭的说法，幸亏现在这个样子与应该的那个样子是不可分离的。人民至上，"唯其如此，人民才始终是应该成为的那个整体"。面对这个预期理由②，完全可以说，彼时执意引用的理由却并没有很好论述。显而易见，随着《社会契约论》问世，我们见证一种神秘主义的诞生，普世夙志被公设为

---

① 托马斯·霍布斯（1588—1679），英国政治哲学家，宣扬唯物主义哲学。
② 此处是个逻辑学用词，又称"窃取论点"或"丐词"，是在证明中以本身尚待判断作为论据的一种逻辑错误。

上帝本身。卢梭说:"我们每个人把本人及其全部力量一并置于普世夙志之最高统辖之下,抱团接纳每个成员就像整体之中不可分割的一部分。"

这种政治性人物,一旦成为统辖者也被定位为神人。况且此人具备所有神权属性。神人不会犯错误,的确,至上者不可能滥用权力。"在理性法则下,没有原委,什么也不会发生。"神人是完全自由的,如果说绝对自由确实是对自身而言的自由,有鉴于此,卢梭宣称反对政治团体的性质,因为至上者强加于他不能触犯的法律。神人也是不可剥夺的,不可分割的,说到底,甚至力求解决神学的大问题,即神人的全能与无辜之间的矛盾。普世意志确实是强制的,其势力也是无限的。但,加强于拒绝服从者的惩戒只不过是另一种方式"迫使其成为自由"。卢梭把至上与其起源分开,终于把普世意志与民众意志加以区分,这是神化业已告成。这可以从卢梭的前提逻辑地推断出来。如果说人天生善良,如果说人的本性与理性相辅相成,而一切观念学皆与心理学相反相成,那么人必将表现出人性的善良,唯一的条件是他自由地、自然地表现自己。因此,他不再可能反悔其决定,此后他的决定就笼罩在他头顶上了。普世意志首先是普世理性的表现,是毫不含糊的。新的上帝诞生了。

这就是为什么人们最常看到《社会契约论》中"绝对"、"神圣"、"不可侵犯"这些词。如此定义的政体,其法律就是神圣的戒律，只不过是现世基督教民族的基督奥体替代产品。况且，《社会契约论》以描绘一种世俗宗教而告终，使卢梭成为现代社会的先驱，而这样的现代社会不仅排除反对派，而且排斥中立。事实上，卢梭确实是现代创立信奉世俗信仰的第一人，也是首当其冲第一人为世俗社会判死刑辩护，并为庶民绝对服从至上者统治正名。有悖常理的辩护，但坚决确定必须学会去死，倘若至上者下命令，必要的话，应当违心地承认上方正确。这种神秘概念可以解释圣茹斯特何以从被捕到上断头台一直保持沉默。这种概念经过适当的发挥，也可用来说明斯大林时代审判那些慷慨激昂的被告。

此时，我们处于一种宗教的初期，见证其殉道者、苦修者以及圣徒。为了判断《社会契约论》，这部福音书所造成的影响必须了解受 1789 年种种公告影响所产生的调门儿。福歇[①]面对陈列在巴士底狱的骸骨，惊呼："真相大白的日子已经来到……枯骨听到法兰西自由之声站立起来了，为反对世世代代的压迫和死亡作证，预言人性和民族生存将得到新生。"接着便预卜："我们正当中年，暴君们烂醉如泥。"这是信仰令人赞叹和宽宏大量的时刻，了不起的民众在凡尔赛推翻了断头台和车轮刑[②]的时刻。1905 年同样的情景发生在俄罗斯：圣彼得堡

---

① 克洛德·福歇（1744—1793），法国卡尔瓦多斯主教，拥护《教士的公民组织法》，反对奴隶制度，属温和革命派，真理之友社创始人，与山岳派议员一起上断头台。
② 一种将犯人打断四肢后绑在轮子上任其死去的刑罚。

反抗者 | 129

苏维埃举行游行，举着要求废除死刑的标语。断头台显得像宗教和非正义祭坛：这是新信仰决不容忍的，但某个时刻会到来，信仰一旦变成教条，便构筑自己的祭坛，要求无条件顶礼膜拜。于是断头台再次出现，尽管有理性的祭坛、自由、誓言和理性的狂欢，新信仰的弥撒必将在血泊中举行。不管怎样，为了让1789年标记"神圣人类"（韦涅约语）和"人类耶稣基督"（克鲁兹①语）统治的开端，必须让被废黜的国王消失。杀掉身兼教士的国王就是认可新的时代，即一直延续至今的时代。

处死国王

圣茹斯特把卢梭思想载入史册。在起诉国王时，他的论证要义在于说国王并非不可侵犯，应当受到国民公会的审判，而不由法庭审判。他的论据得益于卢梭。法庭不能成为国王和主权者之间的法官。普世意志不可以在普通法官面前引用，是凌驾于一切东西之上的。这种意志的不可侵犯性和超验性于是被公布于众。相反，众所周知，起诉的重大主题正是王室成员不可侵犯性。1793年，特赦与正义之间的斗争得以最具挑衅性地彰显，彼时两种超验性概念的对立是你死我活的。再说，圣茹

---

① 克鲁兹（1755—1794），法国国民公会议员，原籍德国，反教会狂热分子。

斯特完全意识到赌注之重大:"借以审判国王的意图必将与借以建立共和国的意图相同。"

因此,圣茹斯特的著名演说具备神学论著的全部格调。"路易是我们中间的局外人",这位少年控告人如是说。如果说一个契约,无论天赋的或世俗的,依然可以把国王与其臣民联结在一起,那就会有互相的义务;国民意志不可以充当绝对法官去宣告绝对判决。所以必须论证国民与国王之间毫无关系。为了证明国民自身就是永恒的实在,必须指明王权本身就是永恒的罪过。圣茹斯特进而当作公理指出:凡是国王皆为叛乱者或篡权者。他背叛国民,篡夺国民的绝对统治权。专制君主并非国王,"专制君主是罪恶",不是一种罪恶,而是罪恶本身,圣茹斯特如是说,等于说是绝对亵渎。"任何人都不能清清白白统治。"圣茹斯特此言确切,同时也很极端,其含义太过被引申,抑或至少被预料到其中含义。圣茹斯特本人说此话时,还不知道此话是适用于他自己。

一切国王皆为罪人,照此说来,世人想当国王,他注定死亡。圣茹斯特后来论证道:人民的主权是"神圣的东西"。公民之间是不可侵犯的,是神圣的,只能受到法律的约束,因为法律是他们共同意志的体现。路易,唯一不可享受这种特别的不可侵犯性以及法律援助,这不,他被排除于契约之外了。他不属于普世意志范畴,既然相反,凭其存在本身便是这种全能意志的亵渎者。他不是"公民",因为成为"公民"是参与新兴神权的唯一方式。"国王在一个法国人身旁算得了什么呢？"他活该受审判呗，仅此而已。

然而，谁来诠释这种意志和宣布判决呢？国民议会，从其来源，就掌握着体现这种意志的代表团，受主教会议启示，具有新的神权性质。之后还会由国民来批准判决吗？众所周知，国民议会中的君权主义者经过努力终于在这一点上得到支撑。国王的生命就这样摆脱了资产阶级法学家们的逻辑，从而至少可以交给国民自发的激情和同情来处理了。但，圣茹斯特依然一味将其逻辑贯彻到底，依然运用由卢梭发明的普世意志与大众意志相对立的办法。当大众宽恕了，普世意志却不认账。即使国民也不能勾销暴政的罪行。受害者，在法律上，能不能收回其控告呢？我们不是按法律而是按神学行事。国王之罪同时也是对最高秩序之亵渎。人犯下罪后，被宽恕、被惩罚或被遗忘。但王权之罪是永久的，与国王本人联系在一起，与其存在联结在一起。基督本人，即使宽恕罪人，也不能赦罪假神。假神们应当消失抑或获胜。国民，倘若今天宽恕，明白又原封不动获罪，即使罪犯国王在监狱宁静中安睡。所以只有一条出路："以国王之死为被杀的国民报仇。"

圣茹斯特的演说一味致力于把国王的出路一个接一个堵死，唯其不堵通向断头台的道路。假如《社会契约论》的前提被接受，的确这个事例逻辑上是不可避免的。在此之后，最终"国王们都逃到沙漠里，再由天理收回他们的权利"。国民公会徒然投票通过一项保留性提案，声称不会预判是由公会审判路易十六还是会宣布一项担保措施。公会就这样躲避自己固有的行为准则，企图以令人发指的虚伪去掩盖其奠定新的专制主义的真实勾当。雅克·鲁①至少已经明白彼时的真相，称路易至少已经明白彼时的真相，称路易十六为末代，以此指明，在经济层面业已完成的真正革命，正在哲学层面上完成，而这场革命已是诸神的黄昏。1789 年神学在其本原上受到攻击，1793 年被处死于自己的化身中。布里苏②说得在理："我们的革命最坚实的纪念碑是哲学。"在旺代③发生的宗教战争再次证明他言之有理。

1793 年 1 月 21 日，随着身兼教士的国王被杀害，人们意味深长地称之为路易十六的激情也就一了百了也。诚然，把一个软弱而善良的人当众杀害描述为我们历史的伟大时刻，毕竟是个令人恶心的丑闻。这个断头台尚未标志一个顶峰，相去甚远呐。对国王的审判，就其理由和后果来看，至少算得上我们当代历史的转折点，象征着这段历史的去神化，以及基督上帝去躯壳化。截至此时，上帝通过国王们参与历史。然而，世人把上帝的历史性代表杀掉，国王便不复存在了。因此只剩下上

---

① 雅克·鲁 (1752—1794)，拥护《教士的公民组织法》的教士，激进派领袖之一，在监狱中以自杀告终。
② 布里苏 (1754—1793)，山岳派成员，黑人朋友社团创始人之一，被送上断头台。
③ 法国濒临大西洋的一个省份。1793 年曾发生著名的西部保王党打着宗教的旗号，以旺代为根据地反对共和国的叛乱。

反抗者 | 133

帝的假象,被打发到行为准则的天国去了,那便是康德、雅可比①和费希特②笔下的上帝了。

革命者们可以依仗《福音书》的名声。实际上,他们给基督教以可怕的打击,导致后者还未恢复元气。处决国王,随之而来的自杀或疯狂所引起的惊厥场景,真的好像完全是在意识到大功告成的情况下进行的,不言自明嘛。路易十六好像有时怀疑他的天赋神权,尽管他执拗地拒绝有损于信仰的一切法律草案。然而,一旦他猜到或明白自己的命运,他好像自我认同神权使命,通过话语表明出来了,以便说清楚:谋害他本人就是针对国王基督,神权的化身,而非世人受惊的肉体。在圣殿骑士团驻扎的寺院,他的枕边书就是《模仿》。此公尽管感知力平庸,在生命最后的时刻却表现得温存完美,对外部世界的一切漠然置之,凄厉的击鼓声淹没了他的话语,离开他希望听到自己说话的国民太远了。末了,他孤零零地在断头台一时昏厥,这一切让人遥想,死的不是卡佩③,而是天赋神权的路易,以及从某种意义上讲,伴随着他的世俗基督政体。为了更好地肯定这种神圣联系,他的忏悔神甫在他吓瘫时,把他扶住,提醒他说"他很像"受苦的神明。于是路易十六重振精

---

① 弗里德里希·海因里希·雅可比(1741—1819),德国著名唯心主义哲学家。
② 约翰·戈特利布·费希特(1762—1814),德国哲学家。
③ 卡佩王朝(987—1328),卡佩王朝君主制度由卡佩家族创始,直到1789年法国大革命才灭亡。

神，重操神明的话语，说道："我必将尝尽艰辛，受尽凌辱。"然后颤抖着任凭刽子手肮脏的手带走了。

德行的宗教

如此这般处决旧至尊的宗教，现如今应当建立新至尊的权力了：教堂已关闭，这就驱使其千方百计建造庙堂。诸神的血一下子溅到路易十六的神甫身上，从而宣告新的洗礼。约瑟夫·德·迈斯特形容大写的革命为撒旦般的魔鬼。然而米什莱则让人们懂得为什么和在何种意义上，是他更为接近真相：称革命为炼狱①。在这条隧道里，一个时代盲目地投身了进去，为了发现一片新的光明，一种新的幸福以及真神的面。但这尊新神将是谁呢？不妨依旧请教一下圣茹斯特吧。

1789年尚未肯定人之神权，却肯定了国民神权，因为国民意志与天性以及理性意志相一致。普世意志若得以自由表达，只能是理性的普通表达。国民若是自由的话，就无往而不胜。国王死了，旧专制政体的链条断裂了，国民从而可以在任何时候任何地方表达己见，过去、现在、将来说的，一概为真理。国民是上帝的意志，是必须请示的神谕，这时才知晓世界永久秩序需要什么。Vox populi, vox natusae（人民之声便是天然

---

① 天主教教义中，人死后升天堂前在炼狱中暂时受罚，直至罪愆炼尽为止。

反抗者 | 135

之声)。大写的真理、大写的正义、大写的理性,这些永恒的行为准则指导着我们的行为,喏,这就是新的上帝。成群的姑娘热烈欢迎大写的理性同时所崇拜至高无上的尊者只不过是个旧神,即去世俗的化身,突然与世俗割断联系的神,酷似气球,被抛回重大行为准则空洞的天空。哲学家以及律师的上帝一旦失去其代表以及所有的说情者,只剩下示范表演的价值了。新神确实很虚弱,卢梭虽然宣扬容忍,却深信必须将无神论者判以死刑。为了持久崇敬一条定理,光信仰是不够的,还必须有警察,但只应以后去实现。1793年,新的信仰尚未损害,倘若相信圣茹斯特的说法,按理性治国足矣。据他所说,治理的艺术反正只会产生恶魔,因为到他为止,谁都不愿意按天理治国。恶魔的时代与暴力的时代一并终结:"人心从天性走向暴力,再从暴力走向道德。"因此,道德只不过经过几个世纪的异化之后重新出现的天然造就。只需"顺其自然和人心"给世人制定法律,世人就将中止不幸和贪腐。全民普选,作为新法律的基础,势必导致一种全民道德:"我们的目的在于创建一种事物秩序,如同修建通往行善的普世斜坡。"

理性的宗教十分自然地建立起法律的共和国。普世意志通过其代表们按系统化编成的法典表达出来。"国民闹革命,立法机构建立共和国。"轮到"永垂不朽的、无动于衷的以及摆脱世人轻率冒失的"机构来管理所有人的生活,在普世的和谐中，不可能产生矛盾，因为所有人都服从法律，也就是服从他们自己。圣茹斯特说："脱离法律，一切皆徒劳无果，一切归于死亡。"这等于是罗马共和国，形式正规的、严守教法的共和国。众所周知，圣茹斯特及其同代人对古罗马推崇之至。这个颓废的年轻人居住兰斯，在室中一待就是几个小时，关上百叶窗，四壁挂着白穗黑吊帘，梦想着斯巴达共和国。他作为猥亵长诗《奥尔冈》的作者，备感需要节俭和德行。圣茹斯特在自己设计的私立学校，决不给十六岁以下的孩子吃肉，梦想着塑造一个素食而革命的民族。他惊呼："自罗马人以降，世界是空虚的。"但英雄时代指日可待：卡东、布鲁图斯、斯凯伏拉①很可能重新出世。拉丁语道德家们的华丽辞藻再次争奇斗艳。"恶习，德行，腐败"，这些词语一而再再而三地出现在彼时的雄辩术中，更有甚者，在圣茹斯特的演说中，华丽雄辩的辞藻越来越累赘。理由很简单，孟德斯鸠早有先见之明，这座美丽的建筑不可或缺的是德行。法国大革命声称在绝对纯粹的原则上构建历史，同时开辟历史现时代和形式道德新纪元。

果不其然，问题来了，德行究竟是什么？按彼时的资产阶级哲学家的说法，这叫顺应天然。但在贝尔纳丹·德·圣皮埃

---

① 卡东（前234—前149），罗马政治家；布鲁图斯（前85—前42），罗马政治家；斯凯伏拉（公元6世纪），罗马传奇英雄。

反抗者 | 137

尔①著作中人们所遇到的天然，其本身是顺应先定德行的。天然也是一种抽象原则。而在政治上则是顺应表达普世意志的法律。圣茹斯特说："道德比暴君们更强大。"这不，道德刚杀掉路易十六嘛。因此，一切违背法律并非被假设为不可能的法律不完善，而是不服从法律的公民缺乏德行。所以说，共和国不仅是参议院，正如圣茹斯特着重指出，而且是美德。每次道德腐败，同时也是政治腐败。彼时设立的无限镇压原则正是来自其学说本身。圣茹斯特欲求普世牧歌，想必是真诚的。他确实梦寐以求构建一个禁欲的共和国，一个和睦相处的人间之道，经营从容自如而清心寡欲的生计，接受年迈贤哲的监督，并且事先早已给这些圣贤授予三色肩带和白色翎饰。大家也知道，大革命一开始，圣茹斯特与罗伯斯庇尔同时间宣称反对死刑。他只要求杀人犯一辈子穿黑衣服。他期望的正义并非千方百计"挖掘被告有罪，而是找出他的弱点"，这一点是了不起的。他也梦想过一种宽恕的共和国，也会认同即使罪之树是坚硬的，其根还是柔软的。至少发自内心的呼唤之一："折腾老百姓是件可怕的事情。"是的，很可怕。不过，有一颗心虽能感受得到可怕，却又能屈从某些行为准则，到头来还是老百姓受苦受难。

---

① 贝尔纳丹·德·圣皮埃尔（1737—1814），法国作家，著有《自然研究》（1784—1788）、《保尔和薇吉妮》（1788）等。

"道德一旦形成，必定狼吞虎咽。"不妨把圣茹斯特此话意译出来：人皆无清白无辜。一旦法律不再允许协和治国，一旦行为准则本应建立的统一被解体，谁之过？乱党乱国集团也。谁是乱党乱国分子呢？就是那帮人，他们以自己的活动来否定不可或缺的统一。叛逆集团分裂至尊主权，故而是亵渎者和有罪者。必须将其打倒，但只打倒叛逆集团。要是有许多这样的集团呢？统统打倒，决不宽容。圣茹斯特惊呼："要么德行，要么恐怖。"必须使自由变得冷酷无情，于是国民公会拟定的宪法草案提及死刑。绝对德行是不可能的，宽恕的共和国被一种铁面无情的逻辑引向断头台共和国。孟德斯鸠已经揭露这种逻辑，斥之为社会堕落的原因之一，指出权力滥用会更加严重，倘若法律不预先彰明较著。圣茹斯特的纯法律尚未顾及这条古老得像历史一般的真理：法律就其本质而言，是注定要被践踏的。

恐怖时代[①]

圣茹斯特，这个萨德的同代人，最终走向为罪行辩护，尽管是从不同的行为准则出发的。圣茹斯特必是反萨德的。如果说萨德伯爵的公式可能是："要么打开监狱，要么证明您的德

[①] 系指法国大革命从 1793 年 5 月到 1794 年 7 月充满恐怖行为的时期。La Terreur 不应译为"大写的恐怖"，而应专指这个恐怖时代。

反抗者 | 139

行"，国民公会议员圣茹斯特的公式则是："要么证明您的德行，要么请您进监狱。"然而两者都承认恐怖主义为合法，就浪荡公子而言，是个体恐怖行为，就德行传教士而言，则是国家恐怖行为。绝对的善或绝对的恶，如果必须按逻辑推断，两者均需要相同的狂暴行为。诚然，圣茹斯特所谓的案件有模棱两可之处。1792年他给维兰·多比尼[①]的信中写下一些失去理智的东西，一个有迫害狂的被迫害妄想症患者相信了这种说教，最终抽搐着供认："布鲁图斯[②]若不杀人，他必将自杀。"一个如此一贯严肃的人物，一个如此故意冷酷的人物，一个有逻辑性又沉着冷静的人物，任由别人想像他的种种精神失常和思想混乱。圣茹斯特创造了一种严肃，以致把近两个世纪的历史搞成一部令人生厌的黑色小说。他说："高居政府之首却爱寻开心的人趋向于暴政。"令人错愕的格言！尤其当人们想到头脑简单的专制非难就会叫人付出何等代价，不管怎样，那是酝酿学究气的恺撒时代。圣茹斯特做出榜样，他凭语气就一锤定音。这种一串不容置辩的断言，这种公理式和说教式的风格，把他描绘得活灵活现，胜过最真实的肖像。格言警句隆隆作响，犹如民族的智慧本身，构建科学的定义接连不断地下达，好似冷漠而明确的戒律。"行为准则应当恰如其分，法律应

[①] 维兰·多比尼 (1734—1801)，罗伯斯庇尔派大法官，被流放于法属圭亚那。
[②] 布鲁图斯 (活动于公元前6世纪)，罗马传奇人物，推动罗马帝国灭亡，发动人民起义，推翻君主政体 (前509年？)，传统上被认为是第一个执政官。前文提到的布鲁图斯，全名为马尔库斯·尤利乌斯·布鲁图斯，是其后代。

当铁面无情，惩罚应当无可挽回。"这正是断头台风格。

逻辑上如此僵硬却意味着一种深沉的激情。此处如同别处，我们再次发现对统一的激情。一切造反皆以统一为前提。1789年的造反要求祖国统一。圣茹斯特对理想城邦梦寐以求，因为理想城邦的风俗习惯不管怎么说是与法律相一致的，使人的清白无辜绽放异彩，使人的本性相得益彰。假如乱党乱国派万一阻碍这个梦想，激情就会使逻辑夸张。于是人们想像不到，既然存在乱党乱国派，行为准则或许有误，导致他们成为罪犯，因为行为准则始终不可触犯。"现在是所有人回归道德而贵族回归恐怖时代的时候了。"然而不光是贵族乱党分子，还应该算上共和派以及一般而言所有批评立法议会和国民公会的叛乱分子。他们也是罪人，既然他们威胁统一。于是，圣茹斯特宣布二十世纪专制政治的重大行为准则："爱国者，总体上支持共和者也，谁要是零星对抗共和国，谁就是叛徒。"批评者，叛徒也；谁不公然支持共和国，谁就是可疑分子。理性和个体自由表达不能系统构建统一，就必须铲除异己分子的肉体加以解决。于是铡刀成为推理者，其职能就是否决："一个被法庭判死刑的骗子说什么他要抵抗压迫，因为他要抵制断头台！"圣茹斯特的愤慨令人难以理解，既然简而言之到他为止，断头台恰恰只是压迫最显著的象征之一。他大讲一通处世之道之后，从这种逻辑狂热中指出：断头台即自由。他信誓旦旦，敢说理性统一，城邦和谐。他净化共和国，净化一词很确

反抗者 | 141

切；他清除有悖于普世意志以及普遍理性的种种毛病。马拉[①]以另一种风格惊呼："有人质疑我博爱者的称号。啊！多么不公正！君不见我决意砍下一小部分人的脑袋，为的是保住一大部分，不是吗？"一小部分，即一个乱党乱国派别？没准如此吧，一切历史行为都要付出这种代价。不过，马拉最终还是计算了一下，要求二十七万三千个人头落地。但他败坏了手术的治疗表象，竟狂呼："用热烙铁给他们打上记号，剁掉他们的拇指，割去他们的舌头。"博爱者就这样用最单调的语汇写作，夜以继日，论述为创造而杀戮的必要性。九月的夜晚，他依然在地窖的蜡烛光下奋笔疾书，而屠杀者们在我们监狱的大院里搭建观众座台，男人在右边，女人在左边，供他们观赏屠杀我们的贵族，以示博爱者高雅的风范。

我们切勿，哪怕一秒钟，混淆高大身影的圣茹斯特和可鄙的马拉，正如米什莱恰如其分地指出，马拉是卢梭的模仿者。但，出于高尚的理由，由于更深远的需要，圣茹斯特的悲剧在于时不时与马拉一唱一和。处决乱党乱国派一批又一批，即少数派一批又一批被处决，最后没准断头台是为全民意志服务了。不过，圣茹斯特至少一直为普世意志而运作，既然它是为德行而运作的。"一场像我们所进行的革命，不是一次诉讼，而是一声惊雷在坏人头上炸开了。"善良的雷劈，洁白如闪电，

[①] 让-保尔·马拉（1743—1793），法国政治家，医生，新闻工作者，法国"大革命三杰"之一。

又恰如伸张正义的闪电。甚至追求享乐者，尤其这帮吃喝玩乐者，一概是反革命。圣茹斯特曾说过，幸福这个概念，在欧洲是崭新的（说实话，所谓崭新的，尤对圣茹斯特而言罢了，因为在他，历史止于布鲁图斯），他发现有些人"对幸福有着可憎可怖的概念，把幸福与乐趣混为一谈"。对这类人，也应严加惩处。到头来也谈不上什么多数和少数了。失去的天堂以及始终被企盼的普世清白天堂渐行渐远了；在充满内战乃至全国性战争的厮杀声的大地上，圣茹斯特一反自己制定的行为准则，身不由己地发布政令宣告：祖国遭危难，人人皆有罪；发布《牧月22日法令》：关于外国捣乱分子的系列报告；发表演讲（1794年4月15日），关于设立警察的必要性。三者标志着上述转折的各个阶段。此公权势显赫一时，竟把放下武器视为伤天害理，认为只要某处尚存主子与奴才，他必定接受把1793年宪法束之高阁，并同意实行专断独裁。他为罗伯斯庇尔辩护的演讲中否定声誉名望以及与世长存，一味参照援引抽象的天意。他同时承认德行当作他的宗教，因为德行只为历史和现时，并不要求其他回报，所以应该不惜一切代价树立自身固有的主宰。他不喜欢"残忍而恶劣"的权力，据他说，权力若无规则，便走向压迫。但，规则即德行，规则来自国民；国民若衰败虚弱，规则就模糊不清，压迫就日见猖獗。如此说来，有罪的是国民，而并非权力，因为权力的原则应该是清白无辜的。如此极端、如此血腥的矛盾只能通过一种更加极端的逻辑加以解决，并在沉默和死亡中最后接受这些行为准则。至少圣茹斯特一直在这种要求的层面上坚守。想必他在这个终点上找到了他的伟大，这个独立的生命存在于世纪相传中，弥散在他曾激情澎湃高谈过的天意中。

很久以来，他确实预感到他的苛求从他的角度意味着一种完全的馈赠，并且毫无保留，用他自己的话来说，在世界上闹革命的人们，"那些行善的人们"，只有在坟墓中才能安眠。他确信自己的行为准则应该处于德行和国民幸福的最高点方可圆满，也许瞥见他的苛求难以实现，事先早已断绝后路，公开宣称他对国民绝望之时，便是他用匕首自杀之日。然而，他终于绝望了，既然对恐怖本身产生怀疑了："革命被冻结，所有的行为准则都被削弱了，只剩下被阴谋戴上红帽子了。实施恐怖促使罪行麻木，就像烈性酒使味觉器官麻木一样。"德行本身"在无政府时期与罪行结合在一起"。他早就说过，所有的罪行都来自暴政，因为专制政治占据所有罪行之首位。面临罪行坚持不懈的顽抗，革命本身快速趋向专制政治，也变得有罪了。因此无法减少犯罪，也就无法减少乱党乱国分子和及时行乐的可怕思想，于是不得不对这样的国民绝望了，更不得不对国民严加控制了。然而总不能无为而治吧。于是不得不容忍恶行抑或助纣为虐，不得不承认行为准则出错了抑或认同国民和世人一概有罪。彼时，圣茹斯特神秘而英俊的面孔转了过去，眼不见为净："假如一定要成为恶行的同谋抑或恶行沉默的证人，不如放弃轻于鸿毛的生命。"布鲁图斯始于杀人，因为若不杀人，就得自杀。但要杀的人太多，总不能全杀掉吧。于是不得不去死，从而再次证明造反一旦脱轨失控，就会从消灭他人摇摆到自我毁灭。至少这项任务轻而易举，只需再一次把逻辑推演到底。圣茹斯特临近死亡，在为罗伯斯庇尔辩护的演讲中，重申其重大的行为准则，而正是这条大准则把他置于死地："我不属于任何乱党乱国派别，我反对一切派别。"就这样，他意识到并且预先意识到普世意志的决定就是承认国民公会的决定。他接受为热爱行为准则和反对一切现实而走向死亡，既然国民公会的主张恰恰只能由一种乱党乱国派别的雄辩和盲信占据上风。休矣！当行为准则维系不下去时，世人只有一种方式拯救，并连带拯救其信仰，那就是为之死而无憾。圣茹斯特于巴黎 7 月令人窒息的炎热中公然拒绝面对现实和世事，公开声明将其生命交由行为准则裁决。话音未落，他似乎转瞬之间觉察到另一个真相，最后坐实到皮佑-瓦雷纳和科洛·德尔布瓦[①]一次温和的告密。"我强烈希望他们俩讲清楚说明白，这样我们就会变得更明智一些。"风范与断头台在此暂短延缓了。然而，德行并非明智，过于傲慢。断头台充当道德，使这颗英俊而冷静的头脑落地了。从国民公会判他死刑到他把脖子伸向铡刀，圣茹斯特一直沉默不语。这种长久的沉默

[①] 皮佑-瓦雷纳（1756—1819）和科洛·德尔布瓦（1749—1796）皆为山岳派国民公会议员和公安委员会成员，是与"恐怖时代"联系在一起的。

反抗者

比死亡本身更为重要。他曾抱怨过沉默笼罩御座四周太久，所以他多么想高谈阔论。末了，他蔑视专制政体以及国民之谜，因为国民适应不了纯理性，现在轮到他沉默了。他的行为准则不能与现有的存在相协调，事情并非像他的行为准则应该发生的那样，于是行为准则孤零零无人问津了。圣茹斯特死了，随他而去的，是一种新宗教的希望陨灭。

圣茹斯特指出："所有凿出来的石头都是为了构建自由，你们可以用同样的石头为自由建造一座神庙或一座坟墓。"《社会契约论》的行为准则本身主导了建墓立碑，由拿破仑·波拿巴来树碑立传。卢梭并不缺乏明智，清楚看出所谓"契约"的社会只适合于诸神。他的继承者们抓住此话不放，竭力创建世人的神性。红旗，在旧制度下，象征战争法则，进而象征行政权力，于1792年8月10日变成革命的象征。这种转换颇说明问题，正如饶勒斯①对此评论道："是我们人民大众体现法律……我们不是造反者。造反者在杜伊勒里宫②呐。"但要成为神也不那么容易。不过，昔日诸神也不是受到第一次打击就死掉的，经历十九世纪多次革命才完成对神性本原的清除。巴黎举行起义，把国王重新置于国民法权之下，以便阻止国王恢复

---

① 让·饶勒斯（1859—1914），1914年以前法国社会主义运动主要领导人，《人道报》创办人之一。
② 旧时王宫，今已废，改建成花园。

本原权威。1830年起义者把那具行尸走肉拖着穿过杜伊勒里王宫一个个大厅，把他按在御座上，授予他令人贻笑大方的荣誉，这样的王位并没有其他什么意义。那个时代，国王还可以当个体面的代办，但他受的委任来自国家，其规范法则是宪章。他不再是陛下了。旧制度在那个时候已经彻底在法国消失了。当然还得等到1848年之后，新政还需巩固，从十九世纪到1914年的历史，是国民统治复辟而打倒旧制度专制政治的历史，各民族本原的历史。这种本原终于在1919年获胜了，见证了欧洲旧制度专制政体统统消失，只有西班牙君主政体是个例外。但德意志帝国崩溃了，威廉二世说："我们是霍亨索伦王朝贵族①，我们戴着唯一的上天冠环，只对唯一的上天负责。"各处民族统治权在权利和理性上都替代了王权统治。于是乎只有1789年的行为准则后果可能显现出来。我们这些活着的人是首批能够作出清晰判断的。

雅各宾派使永恒的道德准则强硬化了，因为他们刚刚废除直到那时维系这些准则的东西。作为福音书的传授者，他们刻意按照古罗马人的抽象权利奠定博爱。他们用自以为可被大家认可的法律去替代神权戒律，因为这样的法律表达了普世意志。法律在天然德行中获得其正当性，反过来也确认德行的正当性。但，只要单独一个乱党乱国派别一旦出现，推理就站不

---

① 源于土瓦本的霍亨索伦堡。

反抗者

住脚了，于是人们发现德行需要得到辩护，以便证明不是抽象的东西。同样，十八世纪的资产阶级法学家们，把他们国民的正当而鲜活的胜利品抹煞掉，同时准备好两种当代虚无主义：个体虚无主义和国家虚无主义。

事实上，法律可主宰一切，只要是普世理性的法律。黑格尔清楚认识到启蒙运动时代的哲学是想使人从非理性中解脱出来："理性凝聚世人，非理性分裂世人。"但法律从来并非如此，假如人并非天生善良，其正当性便失去了。总有一天，意识形态碰撞心理学，那就不再存在正当权力了。所以等法律演变到与立法机制混淆在一起时，就会产生一种新的尊意（朕意）。然后转向何方？法律便失去方向，丧失准确性，变得越来越不准确，直到把一切认作罪行。法律始终主宰着，但不再有固定的界线。圣茹斯特以沉默的国民名义早已预见到这种专制政治。"刁滑的罪行充当某种宗教，骗子们充斥神圣的殿堂。"但，这是不可避免的。假如伟大的行为准则尚未奠定，假如法律无非只是暂时的条文，那只不过被改来改去，或强加于人。萨德或独裁，个体恐怖主义或国家恐怖主义，两者都是在缺乏证据的情况下被论证的，一旦造反割断自己的根基，丢失一切具体的道德，便成为二十世纪的一种取舍选项了。

然而，诞生于1789年的起义运动不可能停止于此。对雅各宾派而言，上帝并没有完全死亡，对浪漫派人士来说，更是如此，他们依然保留着至高无上的存在，即上帝。大写的理性，以某种方式，依然是介质，意味着一种预先的存在。但上帝至少脱离躯壳了，被压缩为某种道德本原的理论存在。资产阶级在整个十九世纪的统治只参照这些抽象的行为准则。不过没有圣茹斯特那般神气十足，利用这种参照倒像找到了托辞，趁一切机会推行相反的价值。资产阶级由于根子上腐败及其令人丧气的虚伪，推波助澜，从根本上使其倚仗的行为准则名誉扫地。资产阶级在这方面的罪责说不尽道不完。一旦永恒的行为准则与形式的德行同时受到怀疑，一旦一切价值均失去信誉，理性便开始动摇，不再参照任何价值，一味只求成功。资产阶级想要独领风骚，否定过去的一切，肯定将来的一切，变得征服性十足。俄罗斯共产主义凭着强烈批评一切形式的德行完成十九世纪的造反大业，同时否定一切高尚的行为本原。二十世纪的弑神灭教替代十九世纪的弑君灭朝，前者把造反逻辑贯彻到底，要把地球变成以人为神的王国。于是开启历史主宰，从此对自己真正的造反并不忠诚的世人投身于二十世纪的虚无主义革命，这种革命否定一切道德，通过一系列耗尽一切的罪行和战争，绝望地寻求人类统一。雅各宾派的革命企图建立德行宗教，以实现人类统一，后来被种种犬儒主义革命所取代，不管属于右派或左派，一概企图征服全世界，为了最终建立人的宗教。先前属于上帝的一切今后将归给恺撒[①]。

[①] 由以下西方谚语改编："是恺撒的当归给恺撒，是上帝的当归给上帝。"出自《圣经》，意谓应当物归其主。加缪反其意而用之。

反抗者 | 149

弑神灭教

正义、理性、真理尚在雅各宾派的天空闪烁，这些固定的星辰至少可以充当标志。十九世纪的德国思想，尤其黑格尔，决意继承法国大革命的事业，以及德国宗教改革运动，后者被黑格尔称为"德国人的革命"，并且同时消除其失败的原因。黑格尔以为已经看出恐怖时代预先蕴含在抽象化的雅各宾派行为准则之中。根据他的看法，绝对和抽象的自由必然导致恐怖主义；抽象权力的统治与压迫的盛行是相辅相成的。例如，黑格尔指出，从奥古斯都[①]到亚历山大·塞维尔[②]，这段时期是法学最发达的时期，但也是最无情的暴政时期。为了超越这种矛盾，故而必须建立一个有形的社会，由一个形式的本原赋予生气，在这样的社会，自由与必然相安相得。德意志思想终于找到一种不那么人为的却又更加模糊的概念，即具体的普通概念，用来替代圣茹斯特和卢梭普世而抽象的理性。截至此时，理性方始在与其有关的现象上空翱翔，之后便融入历史事件的长河：理性阐明历史事件的同时赋予其躯壳。

---

① 奥古斯都（前63—14），罗马帝国第一代皇帝（前27—14）。
② 亚历山大·塞维尔（208—235），罗马皇帝（222—235）。

可以肯定地说，黑格尔甚至把不合理都合理化了。但同时，他又给予理性一种无理性寒噤，引入某种过分限度，其结果有目共睹。在彼时固定的思想中，德意志思想一下子引入一股不可抵御的波动。真理、理性和正义突然之间体现于世界的变化之中。然而，德意志意识形态一边将其推入永恒的加速运动，一边将其存在与运动融合在一起，并将这种存在的完善固定在历史变化的终结之上，如果有一种终结的话。这些价值停止充当标志，以便变成目的。至于达到这些目的之手段，即生命力和历史，则没有任何预先存在的价值可为其引导。相反，黑格尔论述的一大部分在于证明道德意识，就其俗套而言，即服从于正义和真理的意识，好像这些价值存在于世外，恰好危及这些价值的实现。因此，行为规则变成行为本身，不得不在黑暗中进行，期待着最终的光明启示。被这种浪漫主义所兼并的理性不再是百折不挠的激情。

目的始终相同，唯有雄心壮大了；思想变得生气勃勃，理性变异不定和咄咄逼人。行动不过是一种算计，不再依据行为准则，只顾及结果，进而与永恒运动混为一谈。十九世纪所有学科以同样方式背离标记着十八世纪思想特征的不变性和分类法。正如达尔文取代了林奈[1]，永无止境的辩证哲学取代了理性调和协作而碌碌无为的建设者。从此产生一种思想：世人没

---

[1] 卡尔·林奈（1707—1788），瑞典植物学家。

有一劳永逸定型的人性，也没有业已完成的造物，却有一种遭遇，即可能属于创造者身上的一部分吧。但这种思想与古代思想相敌视，而相反部分重现于法兰西革命精神之中。随着拿破仑以及拿破仑式的哲学家黑格尔出现，追求效力的时代开始了。截至拿破仑，世人发现了宇宙空间，从拿破仑开始，发现世界的时间和未来，造反精神随之深深变化了。

不管怎么说，在造反精神的新阶段发现黑格尔是很奇怪的。确实，从某种意义上，黑格尔全部著作都流露出对异端的惶恐：他很想充当调和的智者。但这只是一种体系的一个方面，从他使用的方法来看，则是哲学文宣中最为模棱两可的。由于他认为"凡是现实的就是合理的"，竟然维护了观念学者对现实所持的一切意图。人们称之为黑格尔泛逻辑主义是对事实状况的一种辩护。但他的泛逻辑主义也鼓吹自身毁灭。想必通过辩证法一切都被和解了，不可能提出一个极端而不导致另一个极端出现：黑格尔思想正如一切伟大的思想，一定有校正黑格尔思想的东西。然而哲学极少只被智力阅读，经常人们用心灵及其激情去阅读，而激情则没有任何调和的余地。

无论如何，二十世纪革命家们从黑格尔获取的武器足以一劳永逸地摧毁德行的形式行为准则。他们用这种武器守护着不带超验性的历史观，这种历史观被概括为永恒的质疑和权力意志的斗争。我们时代的革命运动以批判的面目出现，首先强有力揭露主导资产阶级社会的形式虚伪。现代共产主义的抱负其部分基础很像法西斯主义，不过后者更加轻狂，这种抱负在于揭露败坏资产阶级型的民主骗局及其行为准则的道德，因为其中对上帝的记忆还重新找得到。对形式德行的憎恨，是神权堕落的见证，为非正义服务的假见证，依然是现今历史的原动力之一。任何东西都不是纯而又纯的。这声呼喊使二十世纪动荡不定。不纯，故而有历史，逐步成为规律，荒漠的大地沦为赤裸裸暴力的领地。这种暴力对是否实行人的神性权力起着决定性作用。于是世人陷入谎言和暴力，恰如沉迷宗教，同样都是病态妄想。

然而，黑格尔对所谓问心无愧最初的根本批判，对所谓美丽灵魂①以及无效势态的揭示，应当得到我们的感恩，他认为真、善、美的意识形态是不信教者之宗教。正当乱党乱国派别林立，使圣茹斯特惊讶不已，违背其认定的理想秩序，黑格尔非但没有惊愕，而且相反地肯定它们处于思想之初创。对雅各宾派而言，人人都是有道德的。始于黑格尔的演变如今已风靡一时，反倒意味着谁都没德行了，但将来人人都会有德行的。起初，按圣茹斯特的看法，一切都是田园诗，而据黑格尔的想法，一切都是悲剧。在两种情况下，都是暴力覆盖一切。黑格尔所从事对恐怖时代的超越，只不过达到扩展恐怖时代的结果。

---

① 系指"一种活跃而积极的意识，而且心灵深处是避世的，以至彻底分割纯与不纯"。——引自马塞尔·维埃尔《黑格尔历史哲学导言》(1948)。

反抗者 | 153

事情还没完呢。当今世界显然不再只是主子与奴才的世界，因为当代种种意识形态改变了世界的面目，从黑格尔那里学到根据主与仆的辩证法去思考历史。假如在人迹稀少的天空下，世界的第一个早晨，只有一主与一仆；即使从超验性的神到天下凡人，只有一种由主及仆的联系，那世上也没有别的法则，只有强力法则。在主与仆的头上唯有一个神或一条行为准则可以居间调停到这种程度，使得人类历史不仅仅概括为其胜利或其失败的历史。黑格尔及黑格尔主义者则相反，他们竭力越来越摧毁一切超验性和对超验性的一切怀念。尽管黑格尔思想比黑格尔主义左派思想丰富得难以比拟，后者最终还是胜过他了。不过，黑格尔在主与仆辩证关系层面上，向二十世纪提供了权力意图决定性辩护。胜者永远有理，这是人们从十九世纪最伟大的德国体系中可以吸取的教训之一。当时，在黑格尔奇妙的大厦中部分存在对这些论据的驳斥。但二十世纪的意识形态并不隶属于人们不恰当地称之为耶拿的大师①的唯心主义。黑格尔的面目在俄罗斯共产主义中再现，曾不间断地被后人重塑，其中大卫·施特劳斯，布鲁诺·鲍尔，费尔巴哈，马克思以及其他一切黑格尔主义左派②。这里我们只对黑格尔有兴趣，既然唯有他对我们时代的历史举足轻重。如果说尼采和

---

① 暗喻黑格尔，因为他曾在德国城市耶拿（耶拿大学）执教哲学多年。
② 大卫-弗里德里奇·施特劳斯（1808—1874），德国历史学家和哲学家；布鲁诺·鲍尔（1809—1882），德国哲学家；费尔巴哈（1808—1872），德国著名唯物主义哲学家。

黑格尔被达豪和卡拉干达①的主子们当成托词来利用，这并不能因此而对他们俩的哲学求全责备，尽管上述主子们从普鲁士、拿破仑、沙皇的警察制度抑或英国在南非集中营看到一些例证，但都对哲学不甚了了。不过毕竟让人怀疑他们的思想或逻辑可能导致可怕的极限。

尼采的虚无主义自成系统。黑格尔的《精神现象学》也有教学性质，在两个世纪相交之际，分阶段一步步描述意识教育，逐步走向绝对真理。这是一部形而上的《爱弥尔》，卢梭在这部哲理小说中探讨教育问题。把两者拉近很有意思。《精神现象学》就其结果来看与《社会契约论》的命运如出一辙，塑造了那个时代的政治思想。况且，卢梭的普世意志理论重现于黑格尔体系之中。每个阶段都是一次错误，并且伴随着几乎总是注定的历史惩罚，或在意识方面，或在自我反映的文化方面。在《精神现象学》中，黑格尔企图指出这些痛苦阶级的必然性。有一个方面就涉及对绝望和死亡的沉思。只不过，这种绝望谋求系统性，既然在历史终结时应该自我转化到绝对满足和明哲中。然而，这种教学法的缺陷在于只是必须以优等学生为前提，还得说一不二，抓住一句话，死抠字眼儿，一味只顾

---

① 达豪，德国巴伐利亚城市；卡拉干达，哈萨克斯坦中部城市，曾经为俄罗斯属地。此处暗喻德国和俄罗斯。

反抗者 | 155

宣示精神。关于掌控和奴役那段著名的分析便是如此。接着就是那段主仆辩证法的概述。这里，我们只对分析的结果感兴趣，所以我们觉得一个新的论述不可或缺，以便突出某些倾向而非别的东西。同样，这就排除一切批评性陈述。然而不难看出，如果推理使用几个花招就可维系逻辑性，那是不能指望真正构建现象学的，因为建立在完全武断的心理学基础上，功利经常依靠心理学，克尔恺郭尔的批评效力则依靠批判黑格尔。反正丝毫无损黑格尔某些出色的分析。

按黑格尔的说法，动物拥有对外部世界的一种直接意识，一种自我感觉，而不是自我意识，是与人区别之所在。人作为认识之主体，只在意识到他自己时才名符其实地出世了，算是本质上自我认识吧。作为肯定自我的自我意识应当区别于没有自我意识的东西。人是造物，为肯定自身存在及其差异而否定。把自我意识与自然世界区别开来的，并不是简单的静修：与外部世界同化和自我遗忘，而是可能对世界体验到的欲望。这种欲望让静修回归自身，向其指出外部世界是不同的。在其欲望中，外部世界是其并不具备的东西，尽管外部世界存在，它却定要抹煞其存在，使其不复存在。因此，自我意识必然就是欲望。但为了存在，自我意识必须得到满足，而只能通过满足自己的欲望才能自我满足。故而行动是为了自我满足，就这样，自我意识否定并革除自我满足的东西。自我意识就是否定。行事，就是破除，为了产生意识的精神现实。但破除一个无意识性质之外的某些东西。世上唯一自我区别于这种性质的东西恰恰是自我意识，所以欲望必须落在另一个欲望上，自我意识必须以另一个自我意识来自我满足。简而言之，人只要局限于像动物般活着，就不被承认和自我承认是人：人必须由其他人承认。一切意识就其本原而论，是渴望被其他意识承认的，渴望受到其他意识礼遇的。是其他人孕育了我们。只有在社会中，我们得到人类价值，高于动物价值的人类价值。

既然动物的至高价值是保存生命，意识就应当提升到这种本能之上方始获得人类价值，并应该能够拿自身性命当赌注。人若想被另一种意识承认，就必须时刻准备拿自己的生命去冒险，并接受死亡风险。因而人类的基本关系是纯粹得天独厚的关系，一种永恒的斗争，为使一个人被另一个人承认是要付出死亡代价的。

黑格尔在其辩证法的第一阶段就断定死亡是人与动物的共同归宿，正是在接受死亡甚至强求死亡这一点上前者区别于后者。于是在争取承认这个至关重要的斗争核心问题上，人与卒死是同化的。"死与变"，黑格尔重提这个传统铭言。但，"变成你现在的样子"让位于"变成你现在还不是的样子"。认同原始而狂热的欲望与存在的意志混为一体，这种欲望想要得到满足，那只有认同逐渐扩大，直至被所有人认同之后方可实现。每个人都想得到所有人的认同，正如为生存不断斗争直到被所有人认同，这种被所有人认同的斗争方可标志历史告终。

黑格尔的思想意识竭力要获得的实在诞生于集体赞同经过艰苦卓绝的征服得来的荣耀之中。在启发我们诸多革命的思想中,至高无上的善未必真正与实在相辅相成,但与绝对的表象却相辅而行,指出这一点并非无关紧要。不管怎么说,人类的全部历史是漫长的殊死斗争,为的是夺取普世威望和绝对权力。这种争夺就其本身而言是帝国主义的。言及至此,我们与十八世纪以及《社会契约论》善良的蛮子相去甚远。在诸多世纪的喧嚣与狂暴中,每种意识为了自身存在,往后都想要别的意识消亡。况且,这种势不两立的悲剧是荒诞的,因为在诸多意识之一种消亡时,胜利的意识并不因此得到更多的承认,既然不可能让不再存在的意识承认获胜的意识了。实际上,表象哲学在此遭遇其极限。

假如可能为黑格尔体系找到一种幸运的布局,比如起初就有两种意识,其中一种没有勇气抛弃生命,从而接受承认另一种意识又不被其承认,那么任何人类现实都不会产生。总之,被视为一种东西就行。这种意识是为了保全动物生命的,所以放弃独立自主的生命,也就是奴才的生命。而被认同的生命取得独立性,则是主子的生命。两者一旦发生冲突,就泾渭分明了,一方屈服于另一方了。在这个阶段,进退两难不再是自由或灭亡,而是杀戮或奴役。这种两难推理响彻于历史的延续中,尽管荒诞性在这样的时刻仍未退缩。

肯定无疑,首先主子的自由相对奴才而言是完全的,既然得到奴才的完全承认，其次就天赋世界而言，主子的自由也是完全的。既然奴才通过劳动把自然界改造为享乐的客体，供主子在永恒的自我肯定中消费。然而这种自由并非绝对的。很不幸，主子在其自主中有一种意识认同，但这种意识并不被主子本人认可为自主意识。因此，主子不能得到满足，他的自主性仅为否定性的。掌控是条死胡同。既然主子不能放弃掌控而变回奴才，主子们的永恒命运则是生活得很不满意，抑或被杀害。主子在历史中无所事事，唯独激发奴性意识，恰好是创造历史的唯一意识。确实，奴才并非与生存状况息息相关，故而求变，改变自己的生存状况。因此与主子相反，奴才能够自我教育成才。人们所称的历史只不过为获得自由而进行的持续不断的漫长努力。奴才已经通过劳动，通过把天然世界改造成技术世界，从自己的奴才起源所形成的本性解放出来，既然不肯通过接受死亡来提升拔高自己的本性。说真的，这是极度的模棱两可，因为涉及并非相同的性质。难道技术世界的到来就消除天然世界的死亡吗？抑或在于天然世界中消除对死亡的恐惧吗？这是黑格尔悬而未决的真正问题。人在全身心遭受屈辱时感到死亡的焦虑，这才把奴才提升到人类全体性水平，实在不必等到这样的时刻。之后奴才方始获悉这种全体是存在的，只需去争取，经过一系列抵制本性和反对主子们的漫长斗争就可争取到人类全体性。由此历史便与劳动的历史和造反的历史相得益彰了。那么马克思列宁主义从黑格尔辩证中汲取士兵和工

反抗者 | 159

人的当代理想就不必大惊小怪啦。

我们将搁置描写奴性意识（斯多葛主义、怀疑主义、不详意识）的形态，这在《精神现象学》后部找得到。至于结论却不可忽略上述辩证法的另一面，即一视同仁主子跟奴才的关系与古代神明跟世人的关系。黑格尔著作诠释家让·伊波利特[①]在其《精神现象学起源及结构》中指出：假如主子真的存在，他就是上帝啦。黑格尔本人把真正的上帝称为大写的世界之主。他描述内疚意识时指出基督教奴才是如何一心想否认压迫他的东西，躲进世外桃源，从而给自己派个上帝的人身，成为一个新主子。在别处，黑格尔把至高无上的主子与绝对死亡视为同一。于是，在高级层面上被奴役的世人与亚伯拉罕同残酷的上帝之间重新展开斗争。普世的神与普通的人之间新的撕裂由基督提供解决之道：基督在自己身上调和普遍性和特殊性。但在某种意义上，基督属于感知世界。基督嘛，有目共睹：他活过，他死了。因此，他只是走在普遍性道路上的一个阶段而已，他也应该辩证地被否定。但必须承认他是神—人，以便获得一个更高等级的合体。在跳过诸多中间等级的同时，只需指出这种综合体，在体现了宗教与理性之后，被士兵和工人树立的绝对国家而终结，普世精神最终将反映在个人与大家互相认

---

① 让·伊波利特（1907—1968），法国哲学家，是法国重新推崇黑格尔学说研究的主要推动者和翻译家，其著作有《黑格尔历史哲学导言》（1948）、《逻辑与存在》（1953）、《马克思与黑格尔研究》（1955）等。

同之中，进而反映在太阳下曾发生过的一切普世调和之中，无限地反映在前后呼应的形象之中。人类城邦将与上帝城邦交相辉映；普世历史，即世界法庭，将作出审判：善与恶将被判断。大写的国家将是大写的命运，对一切现实的赞同将在"大写的在场①精神之日"告白于天下。

以上概述的基本思想，尽管或因为陈述极其抽象，却朝表面不同的一些方向掀起革命精神，而在我们时代的意识形态中，现在由我们重新找到这种革命精神。非道德主义，科学唯物主义和无神论彻底取代古代造反者，在黑格尔有悖常理的影响下，抱团取暖，发动革命运动，直到黑格尔之前，革命运动从未真正背离其道德根源、福音主义根源和理想主义根源。这些思想倾向，虽然就固有特征而言有时远远不属于黑格尔学说，但从黑格尔思想及其对超验性批判的是是非非中找到它们的源泉。黑格尔一劳永逸地摧毁了垂直的超验性，尤其摧毁行为准则的超验性，这正是他无可争辩的独特性。想必他在世界的变化中恢复了精神的内在性。但这种内在不是固定不变的，与古代的泛神论毫无共同之处。精神在世，又不在世；精神在世上形成，并将存在于世。于是价值便被推延到历史的终结。在此之前不存在适合于建立价值判

---

① 即圣体存在，或圣体存在说。

断的标准。必须根据未来去行动去生活。一切道德皆为暂时的。十九和二十世纪,就其最深刻的思想倾向而言是千方百计不带超验性地生活下去。

有位诠释者,名叫亚历山大·科捷夫[①],是左派黑格尔主义者,这不假,但确切一点说,他是正统派,况且指明黑格尔敌视道德家,进而指出黑格尔唯一的公理是按照其民族的风俗习惯生活。关于社会循规蹈矩这类箴言,黑格尔竟然给出最为玩世不恭的证据。然而,科捷夫加添道,这个民族的因循守旧只有在符合时代精神时,才是合理合法的。这就是说,只要社会风俗习惯是牢固的,抵制得住革命者的批评和攻击,就是合理合法的。但谁来定夺这种牢固性?谁来判断合法性?一百年以来,西方资本主义制度抵抗住猛烈的冲击。应当为此而视之合法吗?倒过来说,忠于魏玛共和国的人们于1933年应该倒戈并允诺信仰希特勒吗?就因为前者在后者的打击下垮台了?佛朗哥将军的政体取胜之时,西班牙共和国难道就应该被出卖吗?传统的反动思想从其自身愿景而言,以上结论理所当然。新鲜的倒是革命思想一旦吸收这些结果,其后果则难以估量。革除一切道德价值和行为准则,以既成事实取而代之,不管临时的国王,还是实在的国王,都只能推行政治

---

① 亚历山大·科捷夫(1902—1968),1933年至1939年在巴黎高等研究实验学校主持一门专论黑格尔的课程,参加这门讨论式课程的人员大多是彼时知识界人士。讲义由著名作家雷蒙·格诺汇编出版,题为《阅读黑格尔导论:关于〈精神现象学〉教程》。

犬儒主义，有目共睹，无论是个体行为，还是国家行为，一概如此。受黑格尔影响的政治或思想运动，总体而言，一概露骨地抛弃德行。

果不其然，黑格尔的读者们深怀焦虑，尽管并未自成系统，已经被非正义撕裂的欧洲，备感陷入一个不清不白又无行为准则的世界，这是黑格尔阻止不了的；他说，恰恰在这样的世界，他自己也缺德，既然他被迫与神灵分离。想必黑格尔在历史终结时宽恕罪孽了吧。但从现在到终结一切人类行径都是有罪的。"无辜者，唯无行径也，如石头的实在，连儿童的实在都无辜。"石头的无辜与我们就不相干喽。没有无辜，毫无关系，缺乏理性哪。没有理性，强力赤裸裸的，主子与奴才，直到理性有朝一日来主宰。在主子与奴才之间，痛苦是孤单的，欢乐没有根源，两者皆无来由。年年岁岁，终结之时才出现友情，那如何生活？怎么忍受？唯一的出路是手握武器，建立规矩。"杀戮或奴役"，人们怀着唯一而可怕的激情阅读黑格尔，确实只记住这个二难推理的第一项。他们从中汲取蔑视和绝望的哲理，自我判定为奴才，只不过被死亡将其与天上的主子绑在一起，被皮鞭将其与地上的主子们绑在一起。这种内疚哲学仅仅让他们懂得一切奴才都是甘心情愿成为奴才的，只有被等同于死亡的拒绝才使其获得解放。他们之中最心高气傲的，完全自我认同于这种拒绝，并献身于死亡。总之，真想不到否定本身是一种积极的行为，无异于预先为各种各样的否定正名，并宣告巴枯宁和聂察耶夫的呐喊:"我们的使命是破坏而非建设。"黑格尔以为虚无主义者只是走投无路的怀疑论者,把辩驳或哲学自杀与哲学杀害等同起来。这种虚无主义,不管种种假象如何,依然是尼采哲学意义上的虚无主义,因为是对现世生活的诽谤,有利于一种历史超越,这正是人们念兹在兹的。由此产生恐怖主义者,他们下定决心必须杀人和死亡以示存在,既然世人和历史只能通过牺牲和杀害来自我创造。假如不用生命冒险作代价,一切理想主义都是空洞的,这种激烈的思想会被一些青年推至极端,他们死在自己床上之前,不会在大学讲台上宣讲这类理想主义,而通过炸弹的轰响直至绞刑架来体现。就这样,虽然他们自身错误不少,却修正了他们的导师,反其道而指出至少有一种贵族政治优于黑格尔激赏成功的那种令人厌恶的贵族政治,即献身的贵族政治。

另一类继承者,更为严肃地阅读黑格尔,选择二难推理第二项,宣称奴才只有轮到他奴役别人时才能解放自己。后黑格尔学说忘掉大师某些思想倾向的神秘面纱,将这些继承人引向绝对无神论和科学唯物主义。但这种演变是难以想像的,因为超验性诠释的一切原则没有绝对消失,并且雅各宾理想没有完全毁灭。内在性想必不是无神论吧。但运行中的内在性想必可以说是暂时的无神论。不管怎么说,克尔恺郭尔的批判是有价值的:把神性神权建于历史,便是有悖常理地把绝对价值建立在一种近似认知之上。某种"永恒历史性"的东西是人与人之间关系的一种矛盾。上帝模糊的面孔在黑格尔著作中仍是人世精神中的映照,将不难抹去。黑格尔二难推理的格言:"没有世人的上帝并不甚于没有上帝的世人",他的继承者们从中引申出一些决定性的推理。大卫·施特劳斯在其《耶稣的一生》中孤立地看基督的理论,把基督视为人神。布鲁诺·鲍尔在其《福音书主义的历史批判》中创立一种唯物主义的基督主义,强调耶稣的人道主义。最后费尔巴哈(马克思视为伟大的智者并承认自己是他的门生)在其《基督教的本质》中以一种人与人类的宗教替代一切神学,使同代知识分子一大部分改变信仰。他的任务在于指出,世人与神明之间的区别是虚幻的,无非是人类本质,即人之本性,与人之个体之间的区别:"上帝的神秘只不过是世人自己所热爱的神秘。"一种新奇预言的语气于是回荡开来:"个性取代了信仰,理性取代了《圣经》,政治取代了宗教和教会,大地取代了天空,劳动取代了祈祷,贫困取代了地狱,世人取代了基督。"故而只有一个地狱,就在这个尘世上:必须与其斗争。政治即宗教,即超验性的基督教,即彼世基督教,以弃绝奴才来巩固尘世主子们的地位,同时于九霄深处产生一名主子。因此,无神论和革命精神只是同一种解放运动的两副面孔。对一直被提问题的回答是这样的:为什么革命运动与唯物主义而不与唯心主义身份认同呢?因为控制上帝,让上帝为之效劳,无异于扼杀维系先前主子们的超验性，等于随着新主子们的升迁准备世人国君时代。当贫困熬过去了，当历史矛盾得到解决了，"真正的上帝，人性的上帝将是国家"。L'homo homini lupus（拉丁语：人予以人唯有狼疮）于是变成 homo homini deus（人予以人唯有神性）。这种思想处于当代世界的开端。随着费尔巴哈的出现，人们耳闻目睹一种虎视眈眈的乐观主义诞生了，直至今日的著作中依然看得到这种乐观主义，好像与虚无主义的绝望正好相反。但这只是个表象。必须了解费尔巴哈在其《神谱》中提出的结论，方可领会这些充满激情的思想之根深蒂固的虚无主义源泉。费尔巴哈一反黑格尔本人思想，确实断定人只是人吃掉的东西，从而概括自己的思想并且概述未来："真正的哲学是哲学的否定。没有一种宗教是我的宗教。没有一种哲学是我的哲学。"

犬儒主义，历史和物质的神化，个体恐怖或国家犯罪，这些超限度的后果全副武装地产生于一种模棱两可的世界观，这种世界观把出产价值和真理的操心事儿交给唯一的历史去打理。假如岁月终结之时真理未见分晓而什么也构思不出来，那一切行动皆为随意任性的，强力必将主宰世界。黑格尔惊呼："假如现实是不可思议的，我们就必须锻造一些不可思议的概念。"这不，一个不可构思的概念，正如错误一样，需要被锻造。概念要想被接受，不能指望属于真理范畴的说服力，最终不得不强加于人。黑格尔的观念形态在于说："这个是真理，虽然我们觉得是谬误，却是真实的，恰恰因为偶然会犯的错误。至于证据，由不得我啦，有历史嘛，等到历史终结时，将会领受临终圣体。"这样的抱负只能招致两种形态：要么把一切肯定束之高阁直到有证据施行圣事，要么肯定历史上似乎注定会成功的一切，强力首当其冲。两种情况，一种虚无主义。反正我们不会明白二十世纪的革命思想，假如忽视一个事实，即很不幸，革命思想从遵奉国教和机会主义的哲学中汲取了很大一部分灵感。好在真正的造反并未因这种思想的败坏而受到怀疑。

此外，给黑格尔抱负授权的正是在理智上使他变得可疑，使他永远令人怀疑。黑格尔以为"肯定"是可能的，虚无主义已被战胜。《精神现象学》不过是预测过去的《圣经》，为时代定下一个里程碑而已。1807年所有的罪孽都得到宽恕，所有的时代一去不复返。但历史还在继续。此后发生的罪孽呼来喝去地问世，被德国哲学家一笔勾销的以往罪行丑闻暴露在光天化日之下。黑格尔神化拿破仑之后，把自己也神化了，往后拿破仑倒是无辜了，既然他成功地稳住历史，不过也只有七年。虚无主义没有实现全盘否定，反倒适用于世界。哲学，即使是奴性的，也遭受了自身的滑铁卢。

然而，任何东西都扼制不住人心对神性的渴求。别人已经前来，还正在前来，他们忘却了滑铁卢惨败，却始终着意了结

反抗者 | 167

历史。人的神性依然大行其道，直到岁月终了才会令人赞叹。必须服务于这种世界末日，由于没有上帝，至少也得创建教会吧。总之，历史尚未停步，让人依稀看出一种愿景，有可能是黑格尔体系的愿景吧，但理由很简单，历史暂时步履艰难，因为受到黑格尔灵性导线牵引，即使算不上引导。当拿破仑这个害人精使耶拿战役的哲学家获得无上荣光时，对随之发生的事物而言，确实一切井然有序。穹苍空空洞洞，大地交由毫无行为准则的权力支配。选择杀戮的人们和选择奴役的人们就会相继以曲解真理的造反名义占领舞台。

个体恐怖主义

皮萨列夫[①]，俄罗斯虚无主义理论家，发现最狂热者竟是儿童和年轻人。于民族也复如此。那个时代，俄罗斯还是个靠产钳出世的年幼国家，不到一个世纪，沙皇还相当幼稚，居然亲手砍掉造反者的脑袋。俄罗斯把德意志意识形态推至牺牲和毁坏之极端，这不足为怪，因为德国教授们只在思想上有能耐罢了。司汤达观察到德国人与其他民族首要不同之处在于由

---

① 皮萨列夫（1840—1868），俄罗斯文学批评家，1862年著文替赫尔岑鸣不平，因号召推翻沙皇而入狱，保释后继续奋笔批判沙皇政体，1868年不幸死于溺水。

沉思而亢奋激昂，而非镇静自若。此言不假，但俄罗斯有过之而无不及。在这个年轻的国度，由于没有哲学传统，青少年，洛特雷阿蒙式的悲剧性高中兄弟们，抢着学德意志思想，在血泊中身体力行其推论。一个标榜"无产者高中毕业生"，名叫陀思妥耶夫斯基的人，接替人类解放伟大运动的重任，为其描绘最为痉挛的面目。直到十九世纪末，这类高中毕业生从未超过几千人。然而，他们只靠自己，面对彼时最为严密的专制政体，竟宣称要解放四千万农奴，确实为时短暂地做出了贡献。他们几乎全部为这种自由付出代价：自杀、被处决、坐牢或发疯。俄罗斯恐怖主义的全部历史可以概括为一小撮知识分子反对专制政治的斗争，面对着沉默的人民，他们筋疲力尽所获得的胜利最后被出卖了。他们通过自己的牺牲，直至运用最极端的否定，孕育了一种价值，或一种新的德行，甚至今天仍未能完成对抗专制政治，更未能有助于真正的解放。

十九世纪俄罗斯日耳曼化不是一种孤立现象。德意志意识形态彼时的影响占压倒性优势，况且众所周知，法国十九世纪，比如米什莱和基内[①]，也可以说是研究日耳曼的世纪。但这种意识形态在俄罗斯没有遇到一种已经成形的思想，而在法国则不得不与极端自由社会主义作斗争，并与之保持平衡。在

---

① 基内（1803—1875），法国著名历史学家。

俄罗斯，德意志意识形态处于被征服的土壤上：第一所俄罗斯大学，即莫斯科大学，创建于1750年，就是德国大学。德国教育家、官吏和军人对俄罗斯的缓慢殖民化始于彼得大帝治下，在尼古拉一世亲自关注下，改造为有系统的日耳曼化。三十年代沙俄知识界热衷于谢林①的同时，也看重法国知识精英，四十年代推崇黑格尔，而十九世纪后半叶则拥护传自黑格尔的德国社会主义：马克思《资本论》俄译本于1872年出版。俄罗斯青年把过度热烈的精力倾注于上述抽象的思想，身体力行之余，实实在在体验一把这些枯死的思想。德国博士们已经把人神宗教公式化，尚缺使徒和殉难者。俄罗斯基督徒脱离原来的天职，扮演了这个角色。为此，他们不得不接受抛弃超验性和德行，从而苟且偷生。

摒弃德行

十九世纪二十年代，十二月党人②是俄国首批革命者，在他们身上德行依然存在。雅各宾派的理想主义在这些绅士身上尚未得到纠正。甚而至于涉及有意识的德行："我们的父辈骄奢淫逸，我们则简朴守旧"，说此话的是他们之中的一位，名

---

① 谢林（1775—1854），德国哲学家，德国美学古典客观唯心主义奠基人。
② 系指俄罗斯贵族革命者，1825年俄历12月发动反沙皇武装起义而得名，但很快被沙皇镇压。

叫皮埃尔·维亚兹姆斯基①。他为此补充的观念是"苦难会使人新生",直到巴枯宁以及1905年革命社会主义者著作重现这种观念。十二月党人使人想起与法国第三等级联盟并放弃固有特权的贵族,他们是理想主义老式贵族,于8月4日夜晚动手,为解放人民,选择了牺牲自己。尽管他们的首领彼斯捷尔具有政治和世俗的思想,他们的谋反流产了,因为没有坚实的纲领;首领甚至吃不准是否相信过会取得成功。其中一人在起义前说:"是的,我们会死的,但将死得其所。"1825年12月起义者们的方阵在圣彼得堡参议院前广场上被炮火摧毁了。幸存者被流放,有五人被吊死,但执行时太笨拙,不得不下手两次。不难理解这些受难者明摆着不中用,却受到整个革命俄罗斯的崇敬,其情绪既激亢又惊恐。受难者是好样的,但不中用。这段革命历史之初,他们标志着黑格尔讽刺地称之为胸怀高洁的权利和伟业,不过对黑格尔来讲,俄罗斯革命思想倒是应该明确定位的。

在这种激昂亢奋的氛围中,德意志思想出面抵抗法兰西影响,向智者们强加其威望,智者们夹在复仇和正义的渴望与备感无能为力而孤独之间痛苦不堪。德意志思想首先作为启示备受欢迎,并被视为启示来颂扬和诠释。一种哲学狂热激励着俄罗斯知识精英,甚至有人把黑格尔的《逻辑》用诗句翻译出

---

① 皮埃尔·维亚兹姆斯基(1792—1878),俄罗斯诗人,与普希金过从甚密。

来。大部分俄罗斯知识分子首先从黑格尔体系找到为世俗寂静主义辩护的理由。意识到世界合理性足矣,不管怎样,圣灵终将在世代结束时呈现,诸如斯坦科维奇[①]、别林斯基[②]、巴枯宁,他们第一反应便是如此。"世界是由理性精神规范的,这使我对其余一切安之若素,"斯坦科维奇如是说。之后,面对现实甚至意向的复杂性,俄罗斯激情消退,于是随着绝对主义油然而生,便转向另一个极端。

在这方面,三四十年代,别林斯基是名流学士中最了不起且最具影响的人之一,没有比他的演变更发人深省了:发端于一种相当模糊的极端自由主义理想主义,突然碰上黑格尔学说。他半夜在自己的房中被这种启示打动,像帕斯卡尔那样泪流满面,旋即潜心精读老人家的著作:"我跟法国佬告别了,决非任意亦非偶然。"同时,他一下子成了保守派和世俗寂静主义的拥护者。他毫不犹豫地落实到文字,勇敢地维护其立场,正如他体会到的那样。但这颗宽宏大量的心此刻感到自己站在世上最被憎恨的东西一边,即非正义。一切若符合逻辑,一切皆事出有因。那就必须臣服鞭笞、奴役和流放西伯利亚。一时间他觉得接受世界及其苦难是高尚之举,因为他只想像忍受其自身的痛苦和矛盾。但问题也在于赞成别人受苦受难,一下

[①] 斯坦科维奇(1813—1840),俄罗斯哲学家。
[②] 别林斯基(1811—1848),记者、文学评论家,革命美学奠基人,著有《文学梦幻》(1834),其社会主义文学判断具有权威性。

子，他的心支撑不住了。他又反其向而寻思。倘若不能接受其他人受苦受难，世上就有事情说不清道不明了，历史至少在其某个点上与理性不相符了。然而，历史要么全盘理性，要么毫无理性，这是必须的。世人，虽被一切可说清讲明的想法平息一时，但其孤单的抗议很快重新爆发，言辞必然慷慨激昂。于是别林斯基诉诸黑格尔本人："怀着与您的粗俗哲学相得体的崇敬，特此荣幸相告：我若有幸爬到进化阶梯的最高台级，定会替遭受生存和历史迫害的所有人找您算账。我决不希求幸福，即使不用破费，如果对我的同胞兄弟们于心不安的话。"①

别林斯基心知肚明，他追求的不是理性的绝对，而是生存的充实。他拒绝将两者视为一体。他要的是全身心的人之不朽，体现于活生生的人身上，而不是成为圣灵类的抽象不朽。他以同样的激情与新的对手们展开争论，从这场内部的辩论中，他得出的结论是多亏得益于黑格尔，但反其道而批判黑格尔。

这些结论将成为造反个体主义的结论。个体不能按现实进程接受历史，不得不摧毁现实而去肯定正在进程中的东西，并且不与其合作。"否定是我的上帝，恰如早前的现实。我的英雄们是旧事物的破坏者：路德，伏尔泰，百科全书派，恐怖主

---

① 转引自埃帕纳尔《巴枯宁与革命的泛斯拉夫主义》，法国里维埃出版社。

义者，《该隐》中的拜伦。"因此，我们一下子又找回形而上悖逆的所有论题。诚然，个体主义社会主义的法国传统在俄罗斯始终有生命力。圣西蒙和傅立叶①的著作于三十年代广为流传，蒲鲁东②于四十年代被引进，启发激励赫尔岑③伟大的思想，以及更晚些时候彼埃尔·拉甫洛夫④，然而这种思想一直与伦理价值紧密相联，最后陷入，至少暂时性地，与犬儒思想的大辩论之中。与之相反，别林斯基既赞成又反对黑格尔，重新发现世俗个体主义的相同倾向，但从否定的角度，拒绝超验性价值。况且，他1848年逝世时，与赫尔岑在思想上非常接近。在与黑格尔对抗中，他所准确规定的那种形态后来成为虚无主义者们的形态，以及至少一部分恐怖主义者的形态。有鉴于此，他在1825年理想主义大老爷们儿和1860年"乌有主义"大学生们之间提供了一种过渡的寓意典型。

三个着魔者

赫尔岑之所以赞扬虚无主义运动，只因为他从中发现，与所有的现成理念相比，确实是一次更大的解放。他写道：

---

① 圣西蒙（1760—1825），法国哲学家、经济学家、空想社会主义者。傅立叶（1772—1837），法国哲学家、经济学家、空想社会主义者。
② 蒲鲁东（1809—1865），法国社会主义理论家。
③ 赫尔岑（1812—1870），俄罗斯散文家、小说家，代表作《谁之过？》（1847）。
④ 彼埃尔·拉甫洛夫（1823—1900），俄罗斯哲学家和革命家，著有《巴黎公社》等。

"旧事物的消灭,意味着未来的生育。"他将重操别林斯基的论调。科特里亚列夫斯基谈起人们也称之为激进派的那些人,将其定位为使徒:"他们认为必须完全弃绝过去,按另一种类型锻造人格。"施蒂纳的呼吁再次出现,呼吁舍弃一切历史,决心锻造未来,不再按照历史精神,而根据个体至上行事。但,个体至上不可能单独爬上权力,需要其他人,于是陷入虚无主义的矛盾之中,尽管皮萨列夫、巴枯宁和聂察耶夫千方百计解决这类矛盾,同时各人扩展更多一点破坏和否定的范围,直到恐怖主义通过牺牲和谋杀并举把矛盾本身消灭。

表面上,十九世纪六十年代的虚无主义始于最彻底的否定,即唾弃一切并非纯自私的行动。众所周知,虚无主义这个词原本是屠格涅夫创造的,其小说《父与子》的主人公巴扎洛夫就是这类人物典型的写照。皮萨列夫表述这类小说时,宣称虚无主义者们从巴扎洛夫认出他们自身的原型。巴扎洛夫说:"咱们唯一引以为荣的是空虚的意识直到某种程度上才明白万事皆空。"——"人家问他,这就是所谓虚无主义吗?"——"是的,正可谓虚无主义也。"皮萨列夫赞赏这个典型,为说得更明白起见,界定如下:"对于既存现状,我是个局外人,决不参与其间。"因此唯一的价值在于合理的利己主义。

皮萨列夫否定不可自我满足的一切,向哲学、向被判荒诞的艺术、向骗人的道德、向宗教开战,甚至向习俗和礼节宣

反抗者 | 175

战。他奠定精神恐怖主义的理论，使人想起我们的超现实主义者。挑衅一旦被上升为学说，对其深度，拉斯科尔尼科夫明察秋毫。皮萨列夫冲动达到顶点时竟一本正经提出问题，想知道是否可以打死自己的母亲，并给出回答："为什么不呢？如果我有意愿并觉得有用处。"

有鉴于此，我们惊异于并未发现我们的虚无主义者忙于谋取财富或地位，忙于恬不知耻地享受奉献给他们的一切。说真的，虚无主义者并不缺乏一切社团的好职位。但他们对自己的犬儒主义并未提出什么理论，偏爱利用一切机会明显无足轻重地推崇德行。对与之相关的人们而言，他们向社会提出挑战时是自相矛盾的，因为挑战本身就是对某种价值的肯定。他们自称唯物主义者，其枕边书则是毕希纳的《力量与物质》[1]，但他们中间一人承认"我们每个人时刻准备上绞架，用自己的脑袋去捍卫摩莱肖特[2]和达尔文"，从而把主义高高置于物质之上。学理达到这样的程度好像是教理和盲信了。就皮萨列夫而言，拉马克[3]是个叛徒，就因为达尔文是正确的。在这种社会环境里，不论谁参与过问灵魂之不朽，都被革除出局。弗拉基米

---

[1] 路德维希·毕希纳（1824—1899），德国哲学家、博物学家、剧作家，二十世纪初表现主义戏剧先驱，德国自由主义思想奠基人，著有《力量与物质》（1865，巴黎）。
[2] 摩莱肖特（1822—1893），荷兰博物学家，宣扬唯物主义，著有《生命的循环》（1866）。
[3] 拉马克（1744—1829），法国生物学家。

尔·魏德尔①不无道理地把虚无主义定位为唯理论的蒙昧主义。他们身上的理性奇怪地归并着信仰的偏见；这些个体主义者最小的矛盾都不会是选择最庸俗的唯科学主义作为理性典型。他们否定一切，除了最不靠谱的价值，即奥梅先生的价值②。

然而，虚无主义者们正是选择撰写目光短浅的理性信仰文章时，为他们的继承者树立了榜样。他们什么也不信，只信理性和利益，但不选择怀疑主义，而选择卫道，并成为社会主义者。这是他们的矛盾之所在吧，正如所有青少年智者那样，他们感到既怀疑信仰又需要信仰，他们个人的解决办法在于使他们的否定具备不妥协性和信仰的激情。总之，有什么可惊讶的呢？魏德尔引用哲学家索洛维也夫③在揭示这种矛盾时那句轻蔑的话："人类是猿猴的后代，那么让我们彼此相爱吧。"然而，皮萨列夫的真言寓于这种撕裂之痛。如果说世人是上帝的映象，那么世人被剥夺人类情爱便无关紧要了，总有一天会心满意足的。但世人若是盲目之辈，在残酷又窄隘的黑暗中徘徊，便需要其同类以及同类的爱，哪怕是不持久的爱。说到底，仁慈除了没有上帝的人世，还有何处可躲藏？在另一个世界，圣宠供给一切，甚

---

① 弗拉基米尔·魏德尔（生卒年不详），系《缺场与在场的俄罗斯》作者，加利马出版社出版。
② 福楼拜名著《包法利夫人》中的人物：乡村药剂师，佯装反教会主义，自命懂科学，善于算计，完全个体主义化的典型，可谓法国小资产阶级的化身。
③ 索洛维也夫（1853—1900），俄罗斯哲学家，宣扬基督教统一论，著有《西方哲学的危机》，法译本（1947）。

至向富有的人们供应一切。否定一切的人们至少懂得一点：否定是一种苦难。这不，他们可以向他人的苦难敞开胸怀，但最后还是否定自己。皮萨列夫在思想上面对谋杀母亲并不后退，然而他找到了准确的抑扬腔调谈论非正义。他决意自私地享受生活，却遭受了监狱之灾，随后成了疯子。素来玩世不恭却导致他最后懂得爱，远离了厚颜无耻并为此痛不欲生而自杀，就这样重新找到他时，不再是他渴望锻造的至高至尊的个体，而是个可怜兮兮的老头儿，痛苦的老人，唯其崇高照耀历史。

巴枯宁体现了同样的矛盾，但以别具轰动一时的方式表现出来。他死于恐怖主义时期前夕（1876），但他预先否定个体的谋杀行为，并揭露"他那个时代的布鲁图斯之辈"，然而，他还是挺敬重他们的，因为他谴责赫尔岑公开批评卡拉科索夫[①]开枪暗杀沙皇亚历山大二世未遂，时为1866年。这种敬重有其道理。巴枯宁对后来一系列事件的影响举足轻重，其方式与别林斯基和虚无主义者们对个体造反的看法是相同的。但他的贡献更多一些，即政治犬儒主义的萌芽，很快在聂察耶夫的学说中定型，并把革命运动推行到底。

巴枯宁刚脱离少年时代就被黑格尔哲学所震撼，连根拔起，似乎被神奇地摇晃了一阵。他日日夜夜埋头钻研，"直到发狂"，他说："我眼中只有黑格尔范畴，其余什么也视而不

[①] 卡拉科索夫（1840—1866），于1866年4月开枪暗杀沙皇亚历山大二世未遂。

见。"他入门之后脱颖而出,满怀新教徒的激情。"我本人在骨子里永远被扼杀,我的生命是真正的生命,几乎与绝对同化了。"他只需很短的时间便看出这种舒适的态势危险多多。一个人,了解现实而不挺身而出造反却欣然自怡,定是因循守旧者。巴枯宁身上没有任何天命迫使他遵守这种看门狗哲学。也有可能他的德国之旅以及他对德国佬不适当的看法使他先入为主跟随老黑格尔,姑且认为普鲁士国体是精神宗旨得天独厚的受托人。巴枯宁比沙皇本人更具有俄罗斯气质,尽管他梦想天外有天,却无论如何不能服膺于对普鲁士的颂扬,因为这种颂扬建立在一种相当粗暴的逻辑之上,进而断言:"其他民族无权享受权利,要由代表精神意志的民族统治世界。"另外,四十年代,巴枯宁发现法国社会主义和无政府主义,随即传播其中几种倾向。不管怎么说,巴枯宁明目张胆地唾弃德国意识形态,从而走向绝对,如同他曾经不得不走向彻底破坏,以同样的激情,怀着"要么得到一切,要么失去一切"的狂热,这在他身上都以纯粹的状态再现于世。

巴枯宁在赞扬绝对的大写单一性之后,投身于最本原的善恶二元论。想必他最终追求的是"自由的普世又真正民主的宗教"。这是他的宗教,而他属于他的世纪。不过难以确定他对这个主体的信仰是正直的。这不,他在给尼古拉一世的《忏悔书》中写道:"通过超自然的、痛苦的努力,用力按下我内心的声音,那声音喃喃指出我的种种希望是荒诞无稽的。"他的口

反抗者 | 179

气是真诚的。相反，他理论上的背德主义坚定得多得多，常见他像头猛兽从容自在又喜不自胜地抖动全身排除污物。历史只受两个原则支配：国家与社会革命，革命与反革命。二者不可调和，进行着殊死的斗争，也是魔王路济弗尔的行为准则反对神明行为准则的斗争。这是巴枯宁把浪漫主义造反的一个主题鲜明地再次引入造反行动。蒲鲁东早已宣告："上帝即恶"，并惊呼："来吧，撒旦，好一个受小民们和国王们诬蔑的魔王！"巴枯宁也让人看到表面上看似政治造反的整体深度。"恶，即是撒旦造神权的反，我们相反从撒旦造反中看到人类一切解放的旺盛萌芽。正如十四世纪（？）波希米亚①的方济各小兄弟会成员，革命的社会主义者如今通过一句话就心知肚明对方是自己人：'以遭受大伤害者的名义！'"

反对创世主的斗争因而既无情义又无道德，唯一的得救在于毁灭。"破坏的激情是一种创造的激情。"巴枯宁论述1848年革命（参见其《忏悔书》）火辣辣的篇章充满破坏所激发的欢快之情溢于言表。他说革命是"无始无终的节日"。对他如同对所有被压迫者来说，革命是节日，此话是从神圣意义上讲的。这不禁使人想起法国无政府主义者克尔德鲁瓦②，在其著作《乌拉！！！或哥萨克人闹的革命》中号召北方游牧部落把

---

① 现捷克西部地区。
② 克尔德鲁瓦（1823—1862），1848年革命后，他不得不逃亡瑞士、比利时和英国，著有《无政府主义历史》等。

一切夷为废墟。这个家伙居然想"将火把扔进父亲的住房",并惊呼他只对人世洪水滔天和人世混沌乱局抱有希望。造反是通过这些纯粹事态在与生命息息相关的真实中获得理解的,所以巴枯宁是其时代唯一能以特殊的深度批判文人政府的。他反对一切抽象,为身心完整的人辩护,与其反叛完全同化。他之所以颂扬强盗般的农民起义首领,之所以把斯唐卡·拉齐纳①和布加乔夫②当作他偏爱的榜样,是因为这些人为纯自由的理想而战死,而并不懂理论学说和行为准则。巴枯宁把造反赤裸裸的原则引入革命的核心:"暴风雨和生命,是我们的必需。一个崭新的世界,无法无天,故而是自由的。"

但没有法律的世界是自由的世界吗?这是一切造反都会提出的问题。倘若要巴枯宁给答复,想必他不会含糊。尽管他在任何情况下都极其清醒地反对专制社会主义,但一旦他自己确定未来的社会,他会提出专政社会体制,才不管什么自相矛盾呢。巴枯宁亲自拟定的国际兄弟博爱协会(1864—1867)章程已经明文规定个人在采取行动时绝对服从中央委员会,将来革命成功之后也得如此。他希望解放后的俄罗斯"有个坚强的专制政权……一个受人拥戴的政权,听取拥护者建议而有见地的政权,通过拥护者的合作而变得更坚定的政权,不受任何东西

---

① 斯唐卡·拉齐纳(1630—1671),曾领导哥萨克人造反而被沙皇打死。
② 布加乔夫(1742—1775),以"皮埃尔三世"的名义擅自宣布为沙皇,并许诺废除农奴制,他领导的造反以失败告终。

反抗者 | 181

和任何个人的约束"。巴枯宁与其政敌马克思如出一辙地有助于列宁主义学说的形成。况且,革命的斯拉夫帝国梦想,按巴枯宁向沙皇所呈献的那个样子,则由斯大林实现了,连轮廓的细枝末节都一模一样。人家有本事说得出沙皇俄国的基本动力是恐惧和拒绝一党专政的马克思主义理论,出自此人的观念很有可能显得矛盾百出。但这个矛盾表明专制学说的起源部分是虚无主义的。皮萨列夫为巴枯宁辩护。诚然,后者追求整体的自由,但他通过整体破坏来寻求整体自由,等于投身于没有屋基就建房,然后必须站着用双臂扶住墙面。谁抛弃全部过去,不留下任何可能有益于使革命富有活力的东西,谁就迫使自己只想在未来找到自我正确的证明,在此期间,委托警察维护假判决。巴枯宁宣布专政,并不违反他要破坏的愿望,而与之相符合。确实,在这条道上,没有任何东西能使他停下步伐,既然在整体否定的火盆里伦理价值统统化为灰烬。通过他给沙皇的《忏悔书》公开卑躬屈节地悔过,以乞求释放,却在革命政治中玩了一把戏剧性的两面派。因为有人推测《革命者教理书》是巴枯宁在瑞士与聂察耶夫共同拟定的,其形式是他制定的,尽管事后他矢口否认,这种政治犬儒主义是他定的调子,不断对革命运动产生影响,而聂察耶夫本人则以挑衅的方式加以阐述。

聂察耶夫的形象虽不如巴枯宁为人知晓,却更为神秘,用我们的话来说,更说明问题。聂察耶夫把虚无主义的连贯性尽可能搞得严密。他的才思几乎没有矛盾。他于1866年出现在革命知识分子中间，于1882年无声无息死亡。在这样短暂的时间内，他从未间断诱惑人心：自己周围的大学生，巴枯宁本人以及侨居国外的革命者，他所坐的牢房看守们，最后他成功地使这些人参与一场疯狂的阴谋。他一出现就已经对他思考的东西坚定不移。巴枯宁之所以如此被他迷惑，竟同意委托他去办其想像中的事情，是因为在这个铁面无情的人物身上认出自己推荐的那种人样，在某种意义上，就是自己心里恨不得成为的那个样子。聂察耶夫并不满足于指出必须团结"强盗的野蛮社团这种俄罗斯真正的、唯一的革命阶层"，也不满足于再次像巴枯宁那样："政治即宗教，宗教即政治"，他自己早已充当绝望的革命教士，他最明确的梦想是建立杀人秩序，以便传播并为之效劳的黑神明，以获取胜利而告终。

聂察耶夫不仅谈论普世破坏，他的独特之处还在于为献身于革命的人们冷静地诉求"一切皆许可"，并且事实上允许自己干任何事情。"革命者是个先天注定的人。他不能有个人交往，也不能有心爱的人或物。他甚至应该舍弃自己的姓氏。他整个身心都应当集中于唯一的激情：革命。"如果历史确实在一切原则之外只是革命与反革命之间的斗争，那就别无其他出路，只有一条：完全赞同两种价值之一，或死于斯，或新生于斯。聂察耶夫将此逻辑贯彻到底，由他首创的革命要与爱情和友谊明确无误地分离。

反抗者 | 183

人们从聂察耶夫身上看到黑格尔思想所承载的任性心理学的后果。然而，黑格尔早已认可一种良知被另一种良知认同可能在爱的对决中得以实现，也可能在赞赏中得以实现，其中"大师"一词富有很大的意义：为造就者而非破坏者。但黑格尔早已拒绝把这种"现象"置于其分析的首位，按他的说法，"这种现象并不具负极的力量、耐性和作用"。黑格尔选择二例来描述这类意识：瞎眼螃蟹的搏斗是无声无息在海滩上探索爬行，最终互相抓住不放，进行殊死厮杀，这是一例；另一例是，他有意不提把形象搁置别处，却同样合情合理：几座塔楼探照灯互相在黑夜里搜寻对方，经过调整，终于找准对方，却共同汇聚成更加强烈的光芒。人们相爱，朋友们，情人们，知道爱不仅是瞬息即逝的，而且在黑暗中进行长期而痛苦的斗争，为了得到最终互相认同与和解。总之，如果历史性德行有鉴于耐性而被认知，真正的爱也跟恨一样具有耐性。况且，诉求正义并非唯一在世纪的长河为革命激情正名，也依托为天下人获得友情而进行的痛苦诉求，甚至，尤其，面对有敌意的上天。任何时代，凡为正义而死亡的人们都互称"兄弟"。对他们大伙而言，暴力替敌人预留，为被压迫者社群服务。但，革命若是唯一的价值，就可强求一切，甚至告密，故而牺牲朋友也在所不惜。自此往后，暴力指向所有的人，为某种抽象的思想服务。那就不得不由群魔来统治，以便开门见山，一语道破：革命，就其本身而言，优先于其决意拯救的人们，而友谊，至此已经嬗变为失败了，不得不被牺牲，被打发到胜利尚未在望的时日。

就这样，聂察耶夫别树一帜，对兄弟们施加暴力百般辩解。他跟巴枯宁一起拟定《入门书》。然而，巴枯宁一时糊涂，交给他去俄罗斯代表欧洲革命联盟的使命，而这个联盟尚处于他的想像之中。聂察耶夫居然赶赴俄罗斯，成立其"斧头社团"，亲自为其制定章程。其中明文规定，成立秘密中央委员会对一切军事或政治行动想必是需要的，所以全体成员应该发誓绝对忠诚。但，聂察耶夫一旦认可首领们为了领导下属有使用暴力和撒谎的权力，就比把革命军事化有过之而无不及。事实上，他一开始就撒谎，说什么自己是受尚未存在的中央委员会派遣的，为了使犹豫不决的成员投入他有心采取的行动，把中央委员会描述得好像可支配无限的资源。进而把革命者分成几个等级：第一等，即为首领，手握大权，可以把其他等级的人视为"可花费的资本"。历史上所有的首领也许都这么想的，没有说出来而已。反正直至聂察耶夫，尚无革命领袖敢于将其作为自己的行为准则。截至此时尚无任何革命可以把人当作工具开宗明义写入法律。传统上，招募成员号召勇敢无畏和牺牲精神。聂察耶夫决定，可以要挟或恫吓，并可以蒙骗信任者。甚至可以利用幻想革命的人们，有步骤地驱使他们去完成最危险的行动。至于被压迫的人们，既然问题在于一劳永逸地拯救他们，不如压迫他们更厉害一些吧。他们在此期间失

反抗者 | 185

去的,未来的被压迫者将会得到。聂察耶夫原则提出,必须迫使政府采取镇压措施,永远不必触动民众最憎恨的官方代表,说到底,秘密团体应当展开一切活动去增加大众的痛苦和贫困。

尽管这些漂亮的思想如今大行其道,聂察耶夫当年却未能见到他的行为准则获胜。不过他至少千方百计加以执行,比如谋杀大学生伊凡诺夫,相当震撼到了彼时的想像力,以致陀思妥耶夫斯基将此事作为《群魔》的主题之一。伊凡诺夫唯一的错误好像怀疑过中央委员会,而聂察耶夫自命为中央的代表,于是将其视为反革命,既然他是反对把自己与革命同化的人。因此,他必死无疑。"我们有什么权利剥夺一个人的生命?"乌斯潘斯基问道,他是聂察耶夫的同志之一。聂氏回答:"与权利不相关,而与我们消灭一切有损于事业的义务相关。"当革命是唯一的价值时,确实谈不上权利,只有义务。但通过即时翻盘,以义务的名义,我们就掌握所有的权利。聂察耶夫以事业的名义,尚未谋害任何暴君,却在一次伏击中杀死伊凡诺夫。然后他离开俄罗斯,去与巴枯宁相会。不过,巴枯宁与他分道扬镳了,并谴责这种"可憎可恶的策略"。可是巴枯宁自己写道:"他终于逐渐说服自己,为了创造一个坚不可摧的社团,不得不以马基雅维利的权术为基础,并采用耶稣会那套办法:对肉体施加暴力,对灵魂灌输谎言。"但以什么名义认定这种策略可憎可恶,假如革命,正如巴枯宁所期望的是唯一的善呢?

聂察耶夫倒是真正为革命服务，他并不是为巴枯宁服务，而是为革命服务嘛。他被引渡回国后对法官们丝毫不让步，尽管被判15年牢狱，但每入一家监狱他都牢牢掌控、组织狱卒加入秘密社团，谋划暗杀国王，以致再次被审判。终于被监禁12年之后死在与世隔绝的碉堡里，这个造反者的生命开启了革命老大们傲慢的一代族群。

此时，革命内部，一切真的都允许，谋杀可被树立为行为准则了。随着1870年民粹主义复兴，人们以为这种出自宗教和伦理倾向的革命运动，有见于十二月党人与拉夫罗夫及赫尔岑的社会主义理论，可以抑制聂察耶夫所表述的政治犬儒主义演变。革命运动诉诸"鲜活的生灵"，需求他们走向民众，教育民众，为了运动自身走向解放。"悔改的绅士们"离开自己的家庭，穿着穷人的服装，去乡村向农民宣传。但农民存有戒心，故而沉默不语。他们要是不沉默，便向宪兵告发使徒。这种高尚生灵的失败导致舍弃革命运动而回到聂察耶夫的犬儒主义，抑或至少回到暴力。由于沙俄时代的知识界不能把民众拉回自己一边，面对专制政治重新感到孤立，重新觉得世界依然分类为主子和奴才。于是，"人民意志"与集团把个体恐怖主义树立为行为准则，开启系列暗杀，一直进行到1905年社会主义革命党。诞生于俄罗斯这块土地的恐怖主义，背离情爱，奋起反对主子们的罪责，但备感绝望又孤独无援，面对自身的矛盾，只能用自己的无辜和

反抗者 | 187

生命双重牺牲来解决。

厚德的凶手

1878年是俄罗斯恐怖主义的诞生年。一个非常年轻的姑娘，维拉·查苏利奇[①]于1月14日，审讯一百九十三名民粹主义分子的次日，击毙了圣彼得堡总督特雷波夫将军，却被陪审团宣告无罪。之后，她摆脱了沙皇警察。这一枪引发一连串镇压与谋杀，双方互相报复，可以想见唯有疲劳厌倦之后才肯罢手。

同年，"民众意志"成员克拉夫琴斯基在其写的小册子《以牙还牙，以死还死》中把恐怖作为行为准则。后果随着行为准则接踵而至。在欧洲，德意志皇帝，意大利国王和西班牙国王都成为谋杀的受害者。仍旧在1878年，亚历山大二世以官方组织建立沙皇警卫队，是国家恐怖主义最有效的武器。从此，十九世纪在俄国和西方成全了谋杀。1879年发生了针对西班牙国王新的谋杀和一起针对沙皇的未遂谋杀。1881年"民众意志"恐怖分子谋杀沙皇：索菲娅·别罗夫斯基卡娅、热利雅波夫及

---

① 维拉·查苏利奇（生卒年不详），曾与普列汉诺夫一起创办劳动解放社（1883），1903年成为俄国孟什维克领袖之一，反对列宁，敌视十月革命。

其朋友们①被绞死。1883年发生针对德国皇帝的谋杀,凶手被斧头砍杀处决。1887年处死芝加哥殉难者,举行西班牙无政府主义者瓦朗斯代表大会,并宣告:"社会若不让步,恶与罪完事大吉,我们大家统统完蛋!"法国九十年代标志着被称为以事实做宣传的最高潮。拉瓦肖尔、瓦扬、亨利②的丑行为暗杀卡尔诺③开启序幕。仅1892年在欧洲,爆炸谋杀就有一千多起,在美洲发生近五百起。1898年奥地利女皇被谋杀。1901年,美国总统麦金利被暗杀。在俄国,针对沙皇政权次一级代表的暗杀从未间断过,革命社会主义政党的战斗组织产生于1903年,聚集了俄罗斯恐怖主义最不同寻常的人物。1905年,萨索诺夫暗杀普莱维,以及卡利雅耶夫谋杀亚历山德罗维奇大公④标志着血淋淋的三十年布道之顶点,对革命的宗教而言,就此结束了殉道者时代。

虚无主义,与一种落空的宗教密切混杂在一起之后,就这样以恐怖主义而告终。在全盘否定的天地里,这帮青年人试图

---

① 索菲娅·别罗夫斯基卡娅(1853—1881),圣彼得堡总督的女儿,及其情人热利雅波夫(1850—1881),均为"民众意志"成员,于1881年参与谋杀亚历山大二世。所谓"朋友们",系指波利瓦诺夫和里萨科夫,均生卒不详。
② 拉瓦肖尔(1859—1892),法国无政府主义者,普通法案件肇事者,犯有好几起谋杀案,被判死刑并立即执行。瓦扬(1861—1894),法国无政府主义者,众议院开会期间扔下一颗炸弹(1893年12月),被判死刑,立即执行。亨利(生卒不详),暗杀卡尔诺的元凶。
③ 卡尔诺(1837—1894),法兰西共和国总统(1887—1894),在里昂博览会期间被无政府主义者暗杀。
④ 谢尔盖·亚历山德罗维奇大公(1857—1905),沙皇亚历山大三世之弟,曾任莫斯科总督,后被暗杀。

通过炸弹和手枪以及凭借走向绞刑架的勇气而走出矛盾，创造他们所缺少的价值。在他们之前，世人以他们知道的或以为知道的世情为名义而死亡。在此之前，必须死亡的人们因信赖上帝而与世人的正义相对抗。但读到这个时期被判刑者的声明时，惊讶地发现他们毫无例外成为他们的终极依赖。未来是不信上帝的世人唯一的超验性。恐怖主义者恐怕首先想摧毁，想以炸弹的冲击动摇专制政体。但至少以他们的死亡，力求重新创造正义和友爱的社会，从而重新承担教会所背叛的使命。其实，恐怖主义决定创立一种教会，希望有朝一日从中涌现一个新的救世主。但一切就此了结啦？他们自愿跨入犯罪和死亡无非只发出许诺尚属未来的价值，今天的历史使我们可以断定，不管怎样，目前就可以断定，他们是白白送死，并非因此而不再是虚无主义者。况且，一种未来的价值，从词义上讲，是无稽之谈，既然在尚未形成价值的期间，既不能指导行动，也不能提供选择原则。然而，1905年的人们恰恰被种种矛盾搞得撕肝裂肺，以其否定乃至一死了之来创立一种此后不可推卸的价值，并公布于众，以为仅仅宣告这种价值就行了。他们公然把这种至上的、痛苦的善置于他们的刽子手们以及他们自身的头顶上，其实我们早已在他们造反的起源中发现了。不过至少让我们谈论一下这种价值，正当造反精神在我们历史上最后一次遇到同情的想法时，不妨审视一番吧。

"可以谈论恐怖主义行动而不参与其中吗？"大学生卡利

雅耶夫大声问道。他的同志们，自从1903年聚集在社会主义革命党的"战争组织"中，先是阿泽夫①，后是鲍利斯·萨万科夫，一律身体力行地信守这种夸大其辞。他们是一些严以律己的人，在造反史上，最后一批人，甘心情愿接受自己的状况和悲剧。虽然他们曾经生活在恐怖中，"虽然他信奉恐怖"（波科提洛夫②语），却从无一日不撕肝裂肺。历史提供极少狂热分子的范例，他们既剧烈介入乱世混战却又疑虑重重，至少1905年那批人从来不缺怀疑。我们所能向他们表示最崇高的敬意是表明我们1950年能够提出的问题，他们早已提出过了，无一例外，并当他们活着的时候，或以他们的死亡已经部分回答过了。

然而，他们很快进入历史。比如卡利雅耶夫，他于1903年决定与萨万科夫一起参与恐怖主义活动，时年26岁。两年之后，"诗人"——当时人们称他的绰号，被绞死。短暂的生涯呀。但，对于怀有一点激情去研究这个时期历史的人来说，卡利雅耶夫，以其令人眼花缭乱的人生，向人们提供恐怖主义最富有意义的人物形象。萨索诺夫，什维泽尔③，波科提洛夫，瓦那洛夫斯基④，以及大多数其他成员就这样突然出现在俄罗

---

① 阿泽夫，加缪《正义者》中人物，参见第二幕。
② 阿莱克塞·波科提洛夫，加缪《正义者》中人物，恐怖组织成员。
③ 什维泽尔，参见加缪《正义者》第二幕，恐怖主义者。
④ 瓦那洛夫斯基，参见加缪《正义者》第一幕，恐怖主义者，另一个大学团体成员。

斯以及世界的历史上，挺身出现一时，注定粉身碎骨，终成一次越来越四分五裂的造反昙花一现却令人难忘的见证人。

他们几乎全是无神论者。鲍里斯·瓦耶洛夫斯基把炸弹投向杜巴索夫海军上将时自己也身亡了，他写道："我记得，甚至尚未上高中便向童年朋友们中一个伙伴宣讲无神论。唯一有个问题把我难住了：上帝从何处来的？因为我对永生毫无概念。"卡利雅耶夫，他，信仰上帝。萨万科夫瞥见他即将失手的刺杀前几分钟站在街上一座圣像前面，一手托住炸弹，另一只手画十字。但他终于放弃宗教，被处决前在牢房拒绝会见神甫做忏悔。

地下秘密活动迫使他们活得很孤独，除非以抽象的方式，要不然他们享受不到一切行动家与广大社群接触产生的巨大乐趣。这不，把他们团结起来的联系，对他们而言，取代了一切情愫。"骑士团，"萨索诺夫写道，"我们的骑士团充满这样一种精神，连'兄弟'这个词也不足以清楚表达我与你们互相关系的本质。"在苦役犯监狱，同一个萨索诺夫给他的朋友们的信中写道："至于我，幸运不可或缺的条件是我与你们永远保持无懈可击的团结意识。"说到瓦那洛夫斯基，他曾向那个硬要留住他的心爱女子坦陈，那句话说得"有点滑稽"，但按他的意思，却证明了他的精神状态："要是去跟同志们约会迟到了，我会骂死你的。"

这一小群男女，隐身于俄罗斯人海中，互相紧密依靠，选择了行刑者的行当，其实决非先天注定的。他们切身体验着同一种悖论，一方面尊重一般的人生，另一方面蔑视自己的生命，这两方面在他们身上结合起来，以致恋念崇高的牺牲。对多拉·布里昂而言，行动纲领的种种问题算不了什么。恐怖行动首先因恐怖主义分子为之作出的牺牲而变得壮丽。"但是，"萨万科夫说，"恐怖如同十字架压着恐怖行动。"①卡利雅耶夫，他，随时准备在任何时候牺牲自己的生命。"更有甚者，他热切渴望这种牺牲。"在准备谋杀普莱维时，他建议亲自扑倒在拉车的几匹马下，与部长同归于尽。瓦那洛夫斯基心目中也是如此，牺牲的兴致与死亡的诱惑相得益彰。他被捕后给父母的信中写道："早在我少年时代，自杀的念头有多少次出现在我的脑海中……"

就在同一个时期，这些行刑者豁出自己的生命，在所不惜，而触及他人生命时却只怀着最为吹毛求疵的心态。谋杀亚历山德罗维奇大公第一次失败，是因为卡利雅耶夫在其所有同志的赞同下，拒绝杀害坐在大公马车里的孩子们。关于另一个女性恐怖主义分子拉歇尔·鲁利耶②，萨万科夫写道："她推崇恐怖行动，认为参与恐怖行动是荣誉和义务，但流血使她心慌意乱不亚于多拉。"同一个萨万科夫则反对在圣彼得堡至莫斯科的特快列车上谋杀杜巴索夫海军上将："稍有不慎，在车厢里

---

① 引自萨万科夫《一个恐怖主义分子的回忆》(1951)，帕约出版社。
② 拉歇尔·鲁利耶 (1884—1904)，社会主义革命党成员，恐怖主义大队队员。

发生爆炸可能殃及外国人。"晚些时候，萨万科夫提出"以恐怖主义良知的名义"，愤怒地禁止让一个十六岁的孩子参加谋杀。他在逃出沙皇监狱时，决定只向有可能阻止他逃跑的军官开枪，情愿自杀也不愿将枪口转向士兵们。同样，瓦那洛夫斯基这个杀人者，承认从未打过猎，"觉得这是野蛮的勾当"，轮到他表态时却声称："假如杜巴索夫有夫人陪伴，我不会扔炸弹。"

一种如此高度的忘我，与一种如此深情顾及他人生命的联姻，可以假设这帮厚德的杀人者在其极端矛盾中体验造反者命运。不妨认为，他们自己在承认暴力的不可避免性时却供认，暴力是不正当的。因此，他们觉得谋杀既不可或缺又不可原谅。心灵平庸者面对这个可怕的问题可以忘却这些关系的某一方面而心安理得。他们会以形式行为准则的名义，满足于觉得一切即时的暴力皆不可原谅，于是就会原谅暴力在世界范围内以及历史性的扩散。抑或他们以历史的名义将自我安慰说道：暴力是必要的，进而谋杀复谋杀一次次追加，直至把历史变成唯一而长久地践踏世人身上一切对抗非正义的东西。话说至此，可以界定当代虚无主义具有两副面孔，既有资产阶级的一面，又有革命的一面。

然而，此处涉及的极端心胸则什么也没忘记。此后，那些虽然无力证明他们认为不可或缺的东西正当合理，却挖空心思以自我献身为之辩护，以个人牺牲来回答他们向自己提出的问题。对他们而言，如同对他们之前的造反者，杀人与自杀等量其观。于是，一条性命被另一条性命偿付，从两个祭品产生一种价值的许诺，卡利雅耶夫、瓦那洛夫斯基及其他人相信一个个生命都是等价的。因此，他们没有把任何观念置于人命之上，尽管他成为观念的化身。我们依然面对一种造反的概念，即使不是宗教的，至少也是形而上的。接踵而来的其他人被同样蛊惑人心的信仰所激励，却断定这些做法是感情用事，拒绝承认任何一个生命与任何另一个生命皆为等值。于是，他们把一个抽象观念置于人的生命之上，即使他们将其称为历史，因为他们事先已屈服这种抽象观念，以全权裁判的身份，也让其他人屈从，人的生命可能是"要么上天，要么入地"，概率论者对未来实现许下的诺言越大，人的生命价值就越小。极而言之，一文不值。

我们即将审视这种极限，即哲学刽子手和国家恐怖主义的时代。然而，在此期间，1905年的造反者还处于时代的边缘，在炸弹轰鸣中，教导我们说，造反若不能中止作为造反是不能借以安慰人的，也不能导致教理顺应。他们唯一的表面胜利便是至少战胜了孤独和否定。在一个被他们否定却抛弃他们的世界里，他们如同所有伟大的心灵，千方百计重新前赴后继树立博爱。他们互相倾注的友爱构成他们的幸福，甚至倾注到监牢的孤独中，延伸到他们被奴役而沉默的兄弟中，从而彰显他们的困境与希望。为这样的爱效力，他们首先必须杀人；为肯定清白无辜地主导世界，他们必须接受某种恶行罪责。这种矛盾，对他们而言，只在最后一刻得以解决。孤独无助与骑士精神，无望与希望，只将在自由接受死亡时才得以克服。热利雅波夫于1881年组织谋杀亚历山大二世，行凶前48小时已经被捕，却主动要求跟真正的谋杀凶手一起被处决。他写给当局的信指出："唯有政府的怯懦才可解释为何只竖一座绞架而不是两座。"实际上竖了五座绞架，其中一座是为他心爱的妻子竖的。不过，热利雅波夫带着微笑就义，而李萨柯夫则在审讯时支撑不住，被连拖带拽上绞架，惊恐得疯疯癫癫。

热利雅波夫之所以在杀了人或指使杀人之后备感孤独，正是因为他不情愿承担某程罪责，又心知肚明自己会像李萨柯夫那样去承受。在绞刑架下，索菲娅·别罗夫斯基卡娅拥吻自己心爱的男人和其他两个朋友，却背过脸不理睬李萨柯夫，后者作为新宗教的入地狱之人，孤单单死去。对热利雅波夫而言，死在自己兄弟们中间与成为义人的赦罪是相辅相成的。杀人者只在还同意活下去，抑或为了活下去而出卖兄弟们才有罪。相反，死亡一笔勾销罪责和罪行。这个，夏洛特·戈尔戴向富基埃·丹雅尔吼道："哦，魔鬼，他把我当成杀人犯哪！"正是这种对人的价值令人心碎而稍纵即逝的发现，处于无罪与有罪、理性与非理性，历史与永恒的途中。就在这种发现的那一刻，也仅仅在那一刻，对绝望者们来说，出现一种奇特的安宁，即最终取得一个个胜利的安宁。波利瓦诺夫在自己单人牢房里说什么，死亡对他而言"既容易又甜美"。瓦那洛夫斯基写道："我走向绞刑架时脸上将不会有一丝的肌肉颤抖，也不开口说话……这决不会是对我自己施加暴力，而将是我一生所做所为十分自然的结果。"很久以后，施密特中尉[①]也在被枪决前写道："我的死亡将使一切了百了，我的事业因我受的毒刑而圆满完成，无可非议又完美无缺。"卡利雅耶夫在法庭挺身而起控诉，被判绞刑后，他坚定宣告："我把我的死亡视为针对充满眼泪和鲜血的世界最强有力的抗议。"他还写道："自从我身陷囹圄，绝无片刻怀有以任何一种方式活下去的欲望。"他将如愿以偿。5月10日凌晨2点，他将走向自己认可的唯一了断。他身着一套黑服，没穿外套，头戴毡帽，登上绞刑架台。弗洛林斯基向他递去十字架，死刑犯扭过头去，不看耶稣像，只淡淡地回答说："我对您已经说过，我与生命已经了断，早已准备好死亡。"

是的，先人的价值于虚无主义的尽头得以重现，就在绞刑架脚下。这种价值此次是"我们存在"历史性的反映，是我们在分析造反精神完毕时发现的，同时既因被剥夺而苦熬，又因受启示而自信。正是这种价值在多拉·布里昂苍白发青的脸上闪烁着视死如归的光泽，使人想到既为本人又为始终不渝的友

[①] 施密特中尉（1867—1906），黑海舰队中尉，服役于波将金装甲舰，属俄罗斯黑海舰队，于1905年6月起义。这次起义于1925年成为著名电影《战舰波将金号》的主题，由爱森斯坦导演。

谊去死亡的人；多拉敦促萨索诺夫在狱中自杀以示抗议并让当局"尊重他的兄弟们"，她一直不肯宽恕聂察耶夫，直到有一天，一位将军要求聂氏揭发他的同志们，他一巴掌把将军打翻在地。通过多拉，这些恐怖主义者在肯定人世的同时，凌驾于人世，在我们历史上最后一次表明：真正的造反是创造价值的。

多亏了他们，1905年标志革命激情的顶峰。但从此，豪情开始低落。殉道者们起不到教会的作用，成了教会的纽带抑或托词。随之而来的是教士们和笃信宗教的人们。接着而来的是革命者，不会要求交换生命了。他们将同意冒死亡的危险，但也承诺尽最大可能保全自己，为了革命并为之效力。故而他们将为自己而承担罪责。接受屈辱，这是二十世纪革命者真正的特征，他们把革命和世人的教派置于自己之上。相反，卡利雅耶夫证明革命作为必要的手段并不是令人满意的宗旨。同时，革命是把人提升而不是把人贬低。正是卡利雅耶夫及其兄弟们，不论俄国还是德国的兄弟们在世界历史上真正对抗黑格尔：两个种族的人，俄国人杀害一次而付出一生的代价，德国人为成千上万罪行辩护而为自己获得荣誉。对这两个种族的人来说，普世认知首先被承认是必要的，然后被认为是不足够的。对卡利雅耶夫而言，表象是不够的，即使全世界都承认了，他还会心存怀疑：必须由他自己同意才行，众人全部同意乃不足以打消这种怀疑，上百次热烈欢呼已经使求真务实的人头脑里产生这种怀疑了。卡利雅耶夫怀疑到底，但这种怀疑并未阻止他行动，正因为如此，他成为最纯洁的造反形象。一个人同意去死，同意用一条命偿还一条命，不管他种种否定是怎么样的，他都同时肯定一种价值，作为历史性个体，超越了他自己。卡利雅耶夫献身于历史，直至死亡，就在死亡的那一刻，他使自己超越了历史。从某种意义上说，他真的爱自己胜于爱历史。但他更爱什么，毫不犹豫杀死自己抑或他体现并使之长存的价值呢？答案毋庸置疑。卡利雅耶夫及其兄弟们战胜了虚无主义。

什加列夫主义[①]

然而，上述的胜利是没有前途的，与死亡相向而行罢了。虚无主义，暂时地，与其得胜者相比，死里逃生而已。社会主义革命党内部本身，政治犬儒主义继续向胜利的道路上迈步。阿泽夫是派卡利雅巴夫去送死的首领，要弄两面派手法：向奥克哈拉纳[②]告密革命者，同时派他们去处决部长们和大公们。这种煽动挑衅又在奉行"一切皆许可"的原则，还在把历史与绝对价值等量齐观。这种虚无主义在影响了个体主义社会主义

[①] 什加列夫是陀思妥耶夫斯基《群魔》中的人物。
[②] 奥克哈拉纳，系俄罗斯帝国内务部安全局的俄语名称，相当于现代的安全局或克格勃。

反抗者 | 199

之后，紧接着传染给产生于俄罗斯八十年代的所谓的科学社会主义。比如，普列汉诺夫[①]于1883年创立了第一个社会民主团体"劳动解放社"。同时继承聂察耶夫与马克思的遗产导致二十世纪极权主义革命的诞生。个体恐怖主义驱逐神权最后的代表，与此同时国家恐怖主义准备从各种社会的根基上一劳永逸消灭神权。为了实现最终目的，必须掌握政权，其巧妙则是抢先肯定最终目的，争当模范。

果不其然，列宁从聂察耶夫的一个同志兼教派兄弟特卡切夫[②]那里汲取夺取政权的观念，认为"真了不起"，并亲自概括如下："保密严格，成员精选，培养职业革命成员。"特卡切夫完成虚无主义与军事社会主义之间的过渡。他想要建立一种俄罗斯雅各宾主义，但只从雅各宾派汲取行动机制，既然他本人否定一切准则和德行。他敌视艺术和道德，只在策略上调和理性与非理性。他的宗旨在于通过夺取国家政权来实现人类平等：组织秘密行事，一股股标志性革命者，首领们施行独裁权力，这些主题所定义的"革命机器"的概念，甚至本题，后来获得非常巨大和有效的成功。至于方法本身，我们将一清二楚，当人们得知，特卡切夫提议将二十五岁以上的俄罗斯人统统消灭，因为他们不能接受新思想。确

[①] 普列汉诺夫（1856—1918），俄国最早的马克思主义传播者，后成为修正主义者，孟什维克首领之一。曾阐述历史唯物主义的基本原理，个人与历史的作用等马克思基本原理。

[②] 特卡切夫（1844—1886），俄罗斯民粹主义哲学家，宣告即时革命。

实是灵光的方法，应当在现代超级国家的技巧中占主导地位，在这样的国度里，对儿童的疯狂教育在惊恐万状的成年人中自行完成。专制社会主义想必会遏制个体恐怖主义，因为会使与历史理性统治不相容的价值复活，但也会使恐怖在国家层面上复活，唯一可用来辩护的，则是为构建最终被神化的人道主义。

言必有中，倒翻筋斗完成了；造反切断其根基之后，因为屈服于历史而对世人不再忠诚。于是开启什加列夫主义纪元，在《群魔》中备受韦尔霍文斯基赞颂，因为这个虚无主义者要求受辱的权利。这位不幸而无情的智者，"他以自己的方式代表世人，然后咬住自己的思想不放"（陀思妥耶夫斯基语），他选择了权力意志，确实唯一能支配历史的，而历史除自身之外再无其他意义。什加列夫这个博爱主义者将是他的担保人，从此之后，对世人的爱将证明奴役世人是名正言顺的。他疯狂地渴求平等："在极端的情况下，渴求诬告与暗杀，但尤其平等。"（陀氏语）在深思熟虑之后终于绝望地得出结论：唯有一种制度是可能的，尽管确实令人失望："我从无限的自由出发，到达无限的失望，"他说。全体的自由是对一切的否定，唯有通过创建与全人类同化的新价值才能生存下去并证明自身的合理性。如果这种创建姗姗来迟，人类社会就会四分五裂，直至灭亡。响应这些新规诫的最短途径是通过全面专政。"十分之一的人类将获得个体的权力，将对十分之九的人类行使

反抗者 | 201

无限的权力。这十分之九的人将失去人格，将变成一群牲畜，不得不依头顺脑，俯首帖耳，他们将被领回原始无罪境地。可以说原始天国，尽管如此，他们将应当劳动。"这正是空想主义者所梦想的哲学家统治，只不过连乌托邦哲学家们都觉得子虚乌有。王国倒是来临了，却把真正的造反否定掉了，只不过是"狂暴的基督徒们"统治，借用一位热情的文学家的话来说：庆贺拉瓦肖尔的生与死。韦尔霍文斯基辛辣地说："教皇在上，我们簇拥在他的四周，我们之下是什加列夫主义。"

二十世纪的极权神权政治，国家恐怖，就这样宣告于世了。如今新政权贵们和显赫审讯官利用被压迫者的造反主宰着我们的一部分历史。他们的统治是残酷的，但像浪漫主义笔下的撒旦，为他们自己难以承受的残忍辩解："我们把愿景和痛苦留给自己，让奴才们享用什加列夫主义吧。"就在这样的时刻，一类新型的却相当可憎的殉道族产生了。他们的殉道在于赞同让他们蒙受痛苦，同时也屈服他们自己的控制。为了让人变成神，必须使受害者堕落为刽子手，所以受害者和刽子手同等是绝望者。奴役与权势将不再与幸福相向而行，主子们必将心态阴暗，奴才们必将心情阴郁。圣茹斯特说得对：折磨民众是件可憎可恶的事情。然而，倘若决定把世人变成天神，怎么避免得了折磨世人呢？正如为成神而自杀的基里洛夫欣然看到自己的自杀被韦尔霍文斯基的"阴谋"所利用，同样世人被自己神化打破了造反所揭示的界限，不可抗拒地踏上谋略与恐怖的泥泞之路，至今历史尚未摆脱此道。

国家恐怖主义与非理性恐怖

现代所有的革命一概导致强化国家。1789年大革命引来拿破仑，1848年革命产生拿破仑三世，1917年，斯大林①，二十年代意大利混乱促使墨索里尼上台，魏玛共和国招致希特勒独裁。这些革命，尤其第一次世界大战清除了神权的残余，以越来越大的胆量，试图建立世人的城邦和确立真正的自由。国家日益壮大，无所不能，每每认可这种野心。要说这不可能办到，也许不对吧。但审视这是怎么做到的却有可能，也许由此将取得教训。

本散论的主题不是很少的诠释组成得了的，但一言以蔽之，现代国家奇特而可怕的扩张可视为超限度的机制和哲学上的野心所导致的逻辑结论，这类野心与造反的真正精神格格不入，却导致产生我们时代的革命精神。马克思的预言性梦想以及黑格尔或尼采的强有力的预测，最终在神的城邦被铲平之后，引发诞生一种理性的或非理性的国家，但在两种情况之下

---

① 参见本散论译者绪论。应当是列宁，但加缪一则推崇列宁，再则列宁死于1924年1月，之后至1953年一直由斯大林领导苏联。

反抗者 | 203

都是恐怖主义的。

说真的,二十世纪法西斯革命不配称为革命,其征服世界的野心失败了:墨索里尼和希特勒想必千方百计要建立帝国,纳粹主义的观念学派显而易见想到了世界帝国。他们与传统革命运动的区别在于,从虚无主义的遗产中,选择了把非理性奉若圭臬,唯独神化非理性,而决不神化理性。与此同时,他们舍弃普世概念。这并不妨碍墨索里尼仗持黑格尔的名声,希特勒则倚仗尼采的声势,他们阐明历史上德意志意识形态的几个预言。按照这样的名义,他们属于造反与虚无主义的历史范畴。他们俩最早把国家建立在这样的概念上:任何东西都没有意义,历史只是阴差阳错而已。后果立竿见影。

墨索里尼从 1914 年便宣布"无政府的神圣宗教",并自称是各种基督教主义的敌人。至于希特勒,他毫不犹豫地把上帝天神与瓦拉拉①并列为自己的宗教。实际上,他的上帝是一种集会说辞,一种演讲完后挑起辩论的方式。他乐意把经久不息的成功作为自己受到天意的启示。失败之时,他自我判断被其民众背叛。在成功与失败两者之间,没有任何迹象向世界揭示他曾经能够面对任何行为准则自认有罪。恩斯特·荣格②是唯一给纳粹主义披上一层哲学外表的有高等文化的人,况且选择

---

① 北欧神话中阵亡将士归宿的天堂。
② 恩斯特·荣格(1895—1998),德国小说家、评论家。

了虚无主义的陈词滥调："对精神背叛生活的最好回答是精神背叛精神，这个时代巨大而薄情的享受是参与这种破坏工作。"

行动家，若无信仰，则永远只信行动运作。希特勒站不住脚的逆理悖论恰恰是想把稳定秩序建立在永远的运动和否定之上。劳施宁①在其《虚无主义革命》中正确指出：希特勒革命是一种纯粹的动力论。德国从根子上被一场空前的战争动摇了，被失败和经济衰退动摇了，不再有任何价值站得住脚了。歌德曾说过："把一切困难的事情由自己承担下来，这是德意志的命运。"尽管应当重视歌德所言，但是两次世界大战之间，自杀之风席卷全国，足以说明彼时思想之混乱。至于那些对一切绝望的人们，不是推理能使他们复得一种信仰的，唯有激情才行，并且是潜伏于绝望深处的激情，即屈辱和仇恨。对于所有这些人而言，已经不再有共同而上等的价值，借以使他们互相评价。1933年的德国因此同意采纳只有几个人提出的被贬黜的价值，试图将其强加于整个德意志文明。德国失去了歌德的道德观念，却选择并承受了匪帮的处世之道。

匪帮的处世之道就是取胜与复仇，失败与怨愤，永无休止。墨索里尼宣扬"个人的基本力量"时，声称赞扬血性和本能暧昧不明的巨大力量，为统治的本能所造成最坏的结果作生

---

① 劳施宁（1887—1982），流亡瑞士与美国的纳粹头目之一，著有《虚无主义革命》，对纳粹主义及其机制做了很好的分析。

反抗者 | 205

物学辩护。纽伦堡审判时，法朗克①强调指出"形式的憎恶"一直激励着希特勒。此人确实是一股运动着的力量，以工于算计的狡猾和精明无情的策略使得这般力量崛起并变得更有效力。甚至猥琐的体形和俗气的面貌对他都没构成局限，倒是使他融入大众之中。唯有行动使他挺立于人世。存在对他而言，就是有所作为，这就是为什么希特勒及其政体不能没有敌人。这帮疯狂的浪荡子，比如戈林②有时穿尼禄③的服装接待客人，脸上还涂脂抹粉，他们只有在与敌人交手时才能为自己定位，只有在打败敌人的激战中方显本色。犹太人，共济会会员，富豪财阀，盎格鲁-撒克逊人，野兽般的斯拉夫人相继出现在宣传中和历史上，每次都把盲目的力量再提高一点，走向自己的末日。永恒的战斗要求永无休止的激励。因此，阿尔弗雷德·罗森堡夸大其辞地高谈生命："一列纵队行进时的风采在于，不管走向什么目的地，也不管肩负什么目的，这个纵队一直向前进便了。"之后，这个纵队把废墟撒满历史，蹂躏自己的国家，但至少经历过了。这种动力论的真正逻辑则是一次次征服的彻底失败，抑或一个个敌人的彻底失败，也就是建立以鲜血和行动凝成的帝国。希特勒不大可能精心构思过这样的帝国，

---

① 汉斯·法朗克（1900—1946），纳粹德国领导人之一，曾担任波兰总督，在纽伦堡审判时被判绞刑。
② 戈林（1893—1946），德意志第三帝国元帅和政治家。
③ 尼禄（37—68），臭名昭著的罗马暴君。

至少起初是这样的。他达到自己命运的顶峰,既不是凭借文化,又不是凭借本能或计谋。德国之所以崩溃,是因为凭借一种乡巴佬政治思想而从事一场帝国式斗争。荣格发现这个逻辑并赋予程式性表述。他得出的看法是:"一个世界性和机制性的帝国","一种反基督教机制的宗教",其信徒与士兵原来就是工人,因为从人员结构来看,工人是普世性的。这里荣格重引马克思的话:"一种新的戒律体系的规章弥补社会契约的变化。工人被从交易、怜悯、文学范畴拉出来,然后被上升到行动的领域。法律义务转换为军事义务。"有目共睹的是,帝国同时既是世界工厂又是世界兵营,正如黑格尔所言,工人士兵充当奴隶般的主力。希特勒虽然在走向帝国的这条道上较早被制止。但即使他还走得更远,也只不过眼巴巴看着不可抗拒的动力论越来越广泛炫耀,以及犬儒主义行为准则越来越蛮横强化,因为唯有这样的准则方能服务于动力论。

劳施宁谈起如此这般的革命,指出这种革命不再是什么解放、正义以及精神跃进,而是"自由的死亡,暴力的统治和精神的奴役"。法西斯主义,就是蔑视,确实无疑。反之,一切蔑视的形式,一旦从政治介入,便是准备或确立法西斯主义。必须补充的是,法西斯主义若不自我否认就不可能是别的什么主义了。荣格从自身的行为准则得出的看法是:做罪犯胜于做资产者。希特勒缺少文学才华,但在这种情况下,倒更为前后一致,深知做罪犯也罢,做资产者也罢,无所谓,反正到时候只要成功就行，所以他自诩两者兼得。正如墨索里尼所说："事成，就是一切。"希特勒则说："一个种族濒临受压迫的危险……平等问题只不过起次要的作用。"况且，种族为了生存，总是需要受到威胁，永远得不到平等的。他继续说："我随时准备签署一切，签发一切……至于本人，我可以诚心诚意签署条约，明天便若无其事地撕毁，假如德国人民的未来受到威胁。"更有甚者，元首在挑起战争之前，向他的将军们宣告，以后不必问战胜者是否说了真话。戈林在纽伦堡受审讯的辩护主导说辞，重拾希特勒的想法："战胜者将永远是法官，而战败者则永远是被告。"令人难以理解的是，罗森堡在谈及纽伦堡审讯时未曾预料到这则神话会导致暴行。英国法官观察到："《我的奋斗》所指的道路直通马伊达内克①的毒气室"，反倒触及审讯的真正主题，即西方虚无主义的历史责任，却是唯一没有在纽伦堡真正讨论的主题，其原因不言自明。不可能进行审讯的同时，宣告一种文明的普遍罪责。唯有行为受到审判，至少这些行为向着全球大肆鼓噪，声势浩荡。

不管怎样，希特勒发明无休止的征服运动，否则他身无长物。可是在国家层面上，却是永久的敌人，就是永久的恐怖。国家与"机器"融为一体，等于与整个征服和镇压的机制融为一体。针对国家内部的征服称为宣传，用法朗克的话来说，"走

---

① 波兰地名，原德国纳粹屠杀犹太人的集中营之一。

向地狱的第一步",抑或称为镇压;针对国家外部的征服,是创建军队。所有的问题就这样军事化了,以强力和效力的目的提出来了。总司令制定政策并决定行政的主要问题。这项行为准则,从战略上讲无可辩驳,已经在民生中普及推广了。一个元首,一个民族,意味着一个主子和千百万奴隶。政治调停人在任何社会都是自由的保证,但从此消失了,让位于穿军靴的耶和华,主宰者沉默的或声嘶力竭呼口号的芸芸众生,反正是一码事。在元首与人民之间不设调停或媒介机构,只有机制,就是说政党,作为元首发指令的机构及其压迫意志的工具。由此产生"元首旨意",这种卑劣的神秘主义第一和唯一的旨意,在虚无主义世界里恢复偶像崇拜和堕落的圣者。

墨索里尼,作为拉丁语系法学家,满足于用许多华丽辞藻把国家利益绝对化:"任何东西都不可在国家之外、国家之上与国家对立。一切属于国家,为了国家,一切纳入国家。"希特勒德国为这种虚伪的理由道出真实的话语,即宗教之言。在一次纳粹党代表大会期间,一份纳粹报纸写道:"我们的神圣公务在于返回万物之源、万物之母。实际上是一份上帝赋予的公务。"这么说,起源寓于最初的吼叫中。这里涉及的是何等天神?纳粹党的官方声明告诉我们:"我们天底下所有的人,让我们相信阿道夫·希特勒,我们的元首……(我们公开承认)国家社会主义是引导我国人民得救的唯一信仰。"元首屹立于模拟的西奈半岛上,到处是标语和旗帜,聚光灯把他周围的荆棘映照得火红一片，于是元首下达的号令便成为法律和美德。超人们扬声器般的指令仅仅号召一次杀人，正副首长们级级下达，直到奴才接受命令而亲自执行。达豪的一个行刑者后来在监狱里哭诉："我只是执行命令。元首以及帝国元首的副手们，只有他们指挥一切，他们下令后就走掉了。格吕克①收到卡尔滕布鲁纳②的命令，最后我接到枪决的命令。他们把全部责任推给我，而我只不过是个小小的分队长，无法再往下级推托了。现在，他们说我是杀人犯。"戈林对审讯提出抗议，以示对元首的忠诚，声称"在这可诅咒的生命中总还有个荣誉问题吧"。荣誉寓于服从，而服从有时与罪行混淆在一起了。军事法律以死刑惩治违抗，其荣誉便是奴役。大家都是军人时，命令下达要求杀人，而不杀便成了犯罪。

不幸的是，命令极少要求做好事。教理上纯粹的动力论不可能导致善举，而仅为导向效率。只要存在敌人，必将会有恐怖；敌人存在多久，动力论也将存在多久，也必将运行多久："一切有可能削弱在党协助下由元首执行人民统治权的影响……一律应当被消灭。"敌人是异端分子，他们应当接受说教或宣传而改变信仰，不然应当被调查局或被盖世太保消灭。结果是，国人要么属于党，仅仅是为元首服务的工具，国家机

---

① 里查德·格吕克（1889—1945），德国纳粹集中营监察负责人。
② 卡尔滕布鲁纳（1903—1946），海德里希的后继者，从1943年执掌帝国安全事务中央局，纽伦堡审讯被判死刑。

器上的一个齿轮，要么是元首的敌人，那就成为国家机器的消耗品。由造反产生的非理性冲动只不过试图化解人而不是齿轮，就是说造反本来那样。但德国革命的浪漫个体主义终究在物质世界得到满足。非理性恐怖把世人改造成物件，按希特勒的说法，叫"全球杆菌"。这种恐怖旨在摧毁，不仅摧毁个体的人，而且摧毁个人的能耐，摧毁思考，摧毁团结友爱，摧毁向绝对爱的呼唤。宣传，施虐，是分化民众的直接手段，更有甚者，还有偏执的败坏，与犬儒主义的罪人同流合污，被迫充当共犯。杀害者或施虐者只感受得到其胜利的一个影子：他不可能自感无辜。所以，他必须选出受害者本人的罪过，进而在失去方向的世界上，普遍犯罪一味使实施强力合法化，一味使成功神圣化。当无辜的观念在无辜者本人的心里消失，强权的价值最终主宰绝望的世界。于是，卑贱而残忍的悔罪笼罩这个世界，只有石头是无罪的。被判有罪的被迫一批又一批自缢身亡。母亲纯洁的呐喊自行扼制，正如一个希腊母亲在军官的逼迫下选择其三个儿子中的一个被拉去枪杀，如此这般才获得自由。杀戮和辱没的强势把奴性的灵魂从虚无中拯救出来。德意志自由就这样在死亡集中营受到歌颂，由苦役犯乐队伴奏。

希特勒的罪行，其中包括屠杀犹太人，在历史上是不可替代的，因为历史没有提供先例，一种如此彻底的毁灭学说居然能攫取了操纵一个文明国家的杠杆。尤其是历史上第一次由统治者运用其巨大的力量创立了一种超乎一切道德的神秘主义。

建立在虚无基础上的宗教首度尝试以自身毁灭而付出了代价。利迪策[①]的毁灭清楚表明希特勒运动系统的、科学的表象实际上掩盖着一种非理性的推动,却只能是绝望和傲慢的推动。面对一座假设反叛的村庄,可以想见征服者只有两种态度:要么策划镇压和冷静处决人质,要么发怒的大兵们野蛮冲进去,必然速灭速决。很不幸,不仅房屋被烧毁,一百六十四个男性村民、二百三十名妇女被押往集中营,一百三十名儿童被掳去接受元首宗教的培育,还派专门部队用几个月的时间把整个村庄炸为平地,把石头全部运走,填塞村庄池塘,最后把道路和河流都改道了。之后,利迪策实在什么也没了,按运动的逻辑只剩纯粹的未来了。为更保险起见,把坟墓里的死人都挖空了,因为死人还会让人想起这个地方发生的某些事情。令人触目惊心的是,借此提请注意,有些欧洲国家在殖民地犯下的暴行也能使人想起这类极端行径(1857年在印度,1941年在阿尔及利亚等等),实际上同样服从于种族优越性的非理性偏见。

虚无主义革命按照历史规律表现为希特勒宗教,从而只是激起一股把一切化为虚无的狂热,最终反转过来毁掉自己。否定,至少这一次,不管黑格尔怎么说,失去了创造性。希特勒也许是历史上唯一的暴君案例:没有留下任何积极的资产。他

[①] 捷克一村庄,1942年德国军队曾对该村居民进行了血腥屠杀,以示报复。

对本能，对人民，对世界而言，只不过是自杀和杀人。七百万犹太人被杀害，七百万欧洲人被关集中营或被杀害，一千万战争受害者也许还不足以使历史作出判断，因为历史对大批死亡的杀害者习以为常了。希特勒以其历史存在纠缠千百万人达数年之久，而对推翻希特勒亦即德意志民族在灭亡前的辩护，使此人后来变成游移不定而卑微恶浊的阴魂。斯范尔在纽伦堡审讯时的证言表明，希特勒本可以在彻底崩溃前停止战争，但硬要全体自取灭亡，使德意志民族在政治上和物质上毁于一旦。对他而言，唯一的价值，归根结底，始终是成功。德国既然输掉战争，就是怯懦和背叛，该死！"德国人民若不能战胜，就不配活着。"俄国的大炮炸塌柏林市宫殿屋宇的围墙时，希特勒早已经决定把德国人民拖向死亡，并使其自杀神化。希特勒、戈林（他一直想将其残骸装入大理石棺材）、戈培尔[①]、希姆莱[②]、莱伊[③]纷纷在地下室或单人牢房自杀身亡：他们的死一文不值，恰似一场噩梦，一缕缕消散的云烟。这样的死亡既无效力亦非样板，无非为虚无主义血淋淋的虚荣殉葬罢了。法朗克歇斯底里地嚷嚷："他们自以为自由了，怎么不明白永远摆脱不了希特勒主义呀！"他们就是不明白，更不明白否定一切是一种奴役，真正的自由是从内心遵从一种面对历史及其成就的

[①] 戈培尔（1897—1945），德意志第三帝国宣传部长。
[②] 希姆莱（1900—1945），纳粹德国秘密警察头目，即盖世太保老大。
[③] 莱伊（1890—1945），德意志劳动战线局局长（1933），受审前在牢中自杀身亡。

价值。

然而，法西斯主义神秘之处在于，尽管旨在逐渐引领世界，却从未真正着意建立全球帝国。希特勒颇为自己的胜利感到惊讶时，最多也就是从其运动的外省根源转向德国人帝国的模糊梦想，与普世城邦毫不相干。俄国共产主义则相反，从其根源本身，就公开硬要搞世界帝国。这正是其力量之所在，是其深思熟虑之处，是其占据了我们历史的高地。德国革命尽管表象飞黄腾达，却毫无前途，只不过是一种原始的推动，其祸害大大超过真正的野心。与之相反，俄国革命对笔者本散论所描绘的形而上野心当仁不让，即上帝死了之后，建设最终被神化的世人城邦。这个革命的名义，希特勒冒险为之，却难以企及；俄国革命则当之无愧，尽管当下看上去当之有愧了，但声称总有一天应该会当之无愧的，并永远当之无愧。历史上第一次，一个学说和一个运动，依靠一个全副武装的帝国，企图把终极革命和世界最后统一作为目标。那么，我们有必要详细审视一番这种企图。希特勒在其疯狂顶峰之际声称要稳定历史一千年。他真以为正在实现中，而战败国的现实主义哲学家们正准备理解和赦罪希特勒，英吉利战役和斯大林格勒战役将希特勒抛向死亡，再一次把历史推向前运行。然而，人类对神明的企盼再次抬头，如同历史本身那般不知疲倦，况且更严肃更有效，打着种种有理性的国家幌子，比如俄罗斯所建立的国家。

国家恐怖主义与理性恐怖

马克思身处十九世纪的英国，亲历由土地资本向工业资本过渡所造成的痛苦和可怕的贫困，拥有许多资料对原始资本主义作出给人印象深刻的分析。至于社会主义，他可以从法国革命吸取一些教益，况且与他自己的学说相矛盾，于是他不得不高谈未来，而且谈得很抽象。因此不必惊讶他所能做的，就是把最有价值的批判方法与最有争议的乌托邦救世主降临说混合在一起。不幸的是，批判的方法，就其本义而言，本可以适应现实的，却越来越脱离事实，因为硬要忠实于预言。人们以为从救世主降临说去除特许予以真理的东西，这已经是一种征象。这种矛盾在马克思生前就感觉得出来，《共产党宣言》的学说在二十年之后从严格意义上讲不再正确，因为《资本论》问世了，况且《资本论》没有写完，因为马克思晚年倾注大批量社会与经济新事实，必须重新调整体系。这些事实尤其涉及俄罗斯，之前他一直不屑一顾。很晚人们才获悉莫斯科马恩学院于1933年停止发表马克思全集，彼时尚有三十多卷未发表，其内容想必不怎么"马克思主义"了吧。

自从马克思逝世之后，不管怎么说，一小部分信徒依然忠实于他的方法。与之相反，所谓创造历史的马克思主义者窃取

反抗者 | 215

马克思预言及其学说之启示录式的部分，去实现一种马克思主义革命，而所处的形势恰恰是马克思预言在那种情况下不可能发生革命。可以这么评说马克思，他的大部分预见与实际情况相抵触的同时，对他的预言所寄予的信仰却与日俱增。理由很简单：他的预见适用于短期性，是可以控制的；预言则是长期性的，要奠定宗教般的稳固性，不可能有真凭实据：当预见落空了，预言便成为唯一的希望，其结果是唯一由预言主宰我们的历史。在本散论中，马克思主义及其继承者们将从预言的角度受到审视。

资产阶级的预言

马克思既是资产阶级预言家，又是革命预言家。后者比前者更有名。但前者解释后者命运中许多事情。一种既起源于基督教又起源于资产阶级的救世主降临说，同时是历史的和科学的，影响着他的革命救世主降临说，出自于德意志意识形态和法兰西多次起义。

基督教世界与马克思主义世界一致跟古代世界相对立是令人吃惊的。两种学说共同具有一种世界观，使其与希腊世态相分离。雅斯贝斯[①]对这种世态下过精辟的定义："把世人的历史

---

① 雅斯贝斯（1883—1969），二十世纪德国哲学家，现代存在主义的奠基人。

视为严格一致者,即为基督教思想。"基督教徒最先把人生以及一系列事件视为演进的历史,从起点至终端,其间世人获得拯救抑或受到惩罚。历史哲学诞生于基督教的呈现,对希腊头脑是意料不及的,关于生成变异的希腊概念与我们关于历史演变的思想毫无共同之处,两者之间的区别就如圆圈与直线那般不同。希腊人把世界想像为循环往复。亚里士多德刻意给出一个确切的例证,竟称自己并不属于特洛亚战争后裔。然而,基督教为了向地中海区域扩张,不得不希腊化,进而其教义也即时变得灵活了。然而,独特之处在于向古代世界引入两个从未联系在一起的概念:历史概念和惩罚概念。就调和观念而言,基督教是希腊的;从历史性概念而论,则是犹太的,后来将重现于德意志意识形态。

强调历史思潮对自然的敌视,就更好看出两者之间的鸿沟,因为两者都把自然视为客体,不看作静观沉思的对象,而看作改造的对象。基督教徒也罢,马克思主义者也罢,对两者而言,都必须征服自然。而希腊则认为,最好顺应自然。最初的基督教徒全然不知古代人对宇宙的热爱,更有甚者,他们急不可耐地等待世界马上完蛋。古希腊文化与基督教文化融合之后,一方面产生阿尔比①教派文化令人赞叹的蓬勃发展,另一方面圣弗朗索瓦教派蓬勃兴起。然而随着宗教裁判所的运作以

---

① 现为法国南部城市,古代阿尔比教派发祥地。

反抗者 | 217

及纯洁派①异端灭绝，教会重新与尘世俗美相分离，又恢复历史对自然的最高权位。雅斯贝斯再一次正确指出："正是基督教的世态渐渐把世界的实体养料掏空……因为实体养料建立在一整套象征的基础之上。"这些象征正是穿越时间的神圣戏剧象征，自然只不过是这场神剧的背景。世人与自然完美的平衡，世人对世界的顺应，掀起全部古代思想，使之辉煌灿烂，却首先被基督教为了历史的利益而粉碎了。而北方诸民族与世界并无友谊传统，一旦进入这段历史，便加速其运行。自从基督的神圣性被否定，经过德意志意识形态的悉心照料，基督只不过象征人神而已，调节调和的概念随之消失，犹太世界乘势复活了。军队的无情神明重新主宰天下，一切美皆遭践踏，堕落成游手好闲之辈的享乐源泉，大自然本身遭殃了。从这个观点看，马克思便是历史之神耶雷米②和革命的圣奥古斯丁喽。这可解释为马克思学说从狭义上讲与他们反其道而行之，只需将其与同代聪明的空谈者那些反动学院简单比较一下便可感觉得出来。

约瑟夫·德·迈斯特驳斥雅各宾主义和加尔文教义，在他看来，这两种学说教义无非以历来基督教哲学的名义概述了"三个世纪中一切对恶的思考"。他反对教会分裂和异端，坚

---

① 纯洁派，中世纪法国等地的异端教派。
② 耶雷米（约前650—前580），犹太先知，活动时间为公元前627—前587年。

持重新制作最终成为天主教教会的"无缝线圣袍"。从他与共济会勾勾搭搭的那些破事可识别出他的目标是普世基督教城邦。迈斯特梦想法布尔·多立维①笔下的原生质亚当,或普世之人,会处于分化的生灵之本原,也梦想充当亚当·卡德蒙,这位为《旧约全书》作犹太人传统神秘解释的神学者,他赶在教会衰败之前,他现时的问题在于重建。当教会将重新覆盖世界,他将塑造前一个亚当和后一个亚当的形体。关于这个问题,可以从其《圣彼得堡之夜晚》(1821)找到一大堆说辞,与黑格尔和马克思有关救世主的说法惊人相似。迈斯特想像的耶路撒冷既是人间的,也是天神的:"所有被同样思想灌输的居民彼此心灵相通,思考着他们的幸福。"迈斯特还不至于否定人死后的人格,他只是梦想一种重新夺取的神秘大一统:在这样的大一统中,"恶被灭绝,不再存在情欲和个人利益,并且人的双重戒律将消除,两个中心也将融合。这样,人自身的双重性就合二为一了。"

在绝对知与行的领域,精神的眼睛与肉体的眼睛混为一体,黑格尔将此矛盾调和了。但迈斯特的看法却遇上马克思的观点,后者宣称"本质与存在之争结束,自由与必然之争也就结束了"。恶,对迈斯特而言,别无其他,只是破坏统一性。但人类应该重新获得地与天的统一。通过哪些途径呢?迈斯

---

① 法布尔·多立维(1768—1825),法国作家、音乐家和神智学者,著有《人类哲学史》(1910)。

特，这个旧制度①的反叛者在这个问题上不如马克思解释得清晰。然而，他等待的却是一场伟大的宗教革命，1789年大革命只是"令人恐惧的序幕"。他引证圣约翰，后者要求"实现"真理，这是不折不扣的现代革命的思想纲领，并且圣保罗②宣称"应当消灭的最后敌人是死亡"。人类穿越罪行、暴力和死亡走向这种结局，证明一切皆名正言顺。地球，对于迈斯特来说"是一座巨大无比的祭坛，一切生灵都应该被牺牲，无休止无限度无松懈地充当祭品，直到万事大吉，直到死亡也死亡了"。然而，他的宿命论倒是积极的："世人应当行动，就像无所不能，应当隐忍，就像一无所能。"在马克思著作中，也找得到同类创造性宿命论。迈斯特似乎求证了既定秩序，而马克思求证了他那个时代正在建立的秩序。马克思作为资本主义最大的敌人，曾经对资本主义作出最雄辩的颂扬，但现今仅是个反资本主义者，因为资本主义已经过时了。另一种秩序必将建立，将以历史的名义诉求一种新的国教。至于手段，马克思与迈斯特一脉相承：政治现实主义，纪律，实力。迈斯特重拾博絮埃激烈的思想："异端分子即为有个人杂念者。"换言之，杂念者，非参照社会传统也，抑或宗教传统也。他的说法既是最古老的国教，也是最现今的国教。这位代理检察长，剑

---

① 系指法国1789年前的王朝。
② 圣保罗，系指公元一世纪罗马帝国教士，天主教教义最早的创立者之一。

子手的悲观主义颂扬者，就这样预告我们富有外交手腕的检察官们。

这些相似之处，毋庸讳言，不会使迈斯特成为马克思主义者，也不会使马克思成为传统基督教徒。马克思主义的无神论是绝对的，但又在人的层面上将其恢复至高无上的实有："对宗教的批判导致人对人而言可以是至高无上的实在。"从这个角度上，社会主义就是把人神化的事业，因而具有传统宗教的某些特点。比如，圣西门影响马克思，自己也受到迈斯特和博纳尔①的影响。不管怎么说，这么对比有益于理解，一切历史的甚而至于革命的救世主降临说皆起源于基督教。唯一的区别在于标志的变化。迈斯特也罢，马克思也罢，他们都认为年代的终结会满足维尼的伟大梦想：恶狼与羔羊和睦相处，罪犯和受害者走向同一个祭坛，重新开辟或开辟一个人间天堂。马克思认为历史的种种规律皆反映物质现实，迈斯特则以为，反映神明现实。但前者认为物质是实体，而后者以为，是上帝的实体在尘世的体现。在本原上，永恒性将他们分离，但历史性最终将他们聚合于现实主义的结论。

迈斯特憎恶希腊（马克思与太阳下的美格格不入，颇感为难），从而指出希腊使欧洲堕落，因为将其分裂的思想留给了欧洲。其实也许更为准确地说，希腊思想倒是统一性的思想，

---

① 路易·博纳尔（1754—1840），法国保守派政治家。

反抗者 | 221

恰恰因为不能缺少居中传承者,并且与之相反,无视由基督教发明的整体性①历史思想,而这种思想被种种宗教起源割断后,如今则有扼杀欧洲的危险。"难道还有一则寓言、一件蠢事、一个恶习,不具有一个希腊的名称、徽记、面具吗?"让咱们忘记新教徒的狂怒吧!这种亢奋的厌恶其实表达了现代思想与整个古代世界的决裂,并且相反,与极权社会主义却紧密联系在一起,将促进基督教去神圣化,并将极权社会主义纳入征服性的教会。

马克思科学的救世主降临说起源于资产阶级兴起。进步,科学的未来,对技术和生产的崇拜,皆为资产阶级的神话,构建于十九世纪的教条。人们一定注意到《共产党宣言》与勒南②的《科学的未来》同一年出版。这般宣示宗教式信仰着实令当今读者惊愕沮丧,却使人最为正确地看出几乎神秘主义的希望,即被十九世纪工业蓬勃发展以及科学惊人进步所激起希望,也是作为技术进步受益者的资产阶级社会本身的希望。

进步的概念与法国启蒙运动以及资产阶级革命时代相向而行,想必可以找出十七世纪的一些启示者。比如艺术古代派和

---

① 系康德哲学用语,又译"全体性"。
② 勒南(1825—1892),法国哲学家、历史学家和宗教学家,著有《宗教历史研究》等。

现代派之争已经为欧洲意识形态引入艺术进步完全荒诞的概念。又如，更为严肃一点，也可以从笛卡儿主义引出科学理念，因为科学是始终不断增长壮大的。然而首先由杜尔哥①于1750年为这种新的信仰提出明晰的定义。他有关人类思想进步的演讲实质上重拾博絮埃的宇宙史观，只不过以进步的理念替代神明意志罢了。"人类全体大众时而平静，时而骚乱；时而善良，时而邪恶，两者互相交替，却始终朝着更大的完美向前行进，尽管步子缓慢。"这种乐观主义将为孔多塞②雄辩术提供基本论述，他是进步说官方理论家，与国家进步紧密相连，从而也是非官方受难者，既然启蒙运动时代的国家迫使他服毒身亡。索雷尔③在其《进步的幻觉》中说得完全对：进步论哲学恰恰是适合于贪婪社会的哲学，贪婪地享受多亏技术进步而获得的物质繁荣。当人们有把握顺着世界秩序的明天将肯定比今天更美好时，便可以安稳寻欢作乐了。说来荒唐，进步可用来为保守主义辩护。为此，开具对未来信心的汇票可以让主子心安理得。对奴才们，对那些现今生活悲惨的人们以及从天国得不到安慰的人们，至少可以担保未来是属于他们的。未来是主子们唯一乐于让与奴才们的财富。

---

① 杜尔哥（1727—1781），法国经济学家，重农学派主要代表之一，曾任路易十六财政总监，之前曾当过教士。1750年向巴黎索邦大学提交论文《人类进步史》，同年出版。
② 孔多塞（1743—1794），法国哲学家、经济学家。1792年任立法议会议长，大革命期间服毒自杀身亡。
③ 索雷尔（1842—1906），法国历史学家。

我们清楚看出，上述想法是不现实的，之所以不合时宜，是因为革命思想重拾进步论这一含混而简便的主题。诚然，问题不在于同类进步，而马克思又没有足够的嘲笑可以对付资产者理性的乐观主义。他的理由的不同之处，我们将会看到。但朝向和谐未来的艰辛行进规范着马克思的思想。黑格尔和马克思主义批倒了雅各宾派的形式价值，依后者的说法可以照亮通向幸运历史的笔直道路。他们居然还把这种向前行的思想保存下来，只不过被他们与社会进步论混淆在一起了，并断言这是不可或缺的。他们就这样继承了十九世纪资产阶级思想。托克维尔[1]果然庄严宣称："平等逐级且累进的发展既是人类历史的过去，又是人类历史的未来。"佩克尔[2]热诚地继承托克维尔，又将影响马克思。为了建立马克思主义，必须以生产水平替代平等，必须想像生产达到最后一级水平，进而会发生一种改观，并实现和睦的社会。

至于演进的必然性，奥古斯特·孔德[3]于1822年提出三阶段法则：神为阶段、形而上阶段和实证阶段，是最系统的定义。孔德的这些结论很像科学社会主义应该接受的结论：孔德《实证哲学教程》最后一卷和费尔巴哈《基督教的本质》同年出版，真是无巧不成书。实证主义非常清晰地指出十九世纪意

---

[1] 托克维尔（1815—1859），法国政治家、历史学家，法兰西学院院士。
[2] 佩克尔（1801—1887），法国经济学家，揭示了私有制和工业集中的后果。
[3] 奥古斯特·孔德（1798—1857），法国数学家、哲学家，实证主义创始人，指出社会发展三个阶段：神为阶段，形而上阶段和实证阶段。

识形态革命的影响，而马克思就是这场革命的代表人物之一，旨在把传统认为伊甸园与神明启示是人世之起源做个历史了断：子虚乌有。于是实证主义时代必然接替形而上时代和神学时代，应是标志一种人道宗教的到来。亨利·戈耶①给孔德的业绩准确定位时指出：对孔德而言，关键在于发掘一个没有上帝痕迹的世人。孔德的第一个目的就是把相对替代绝对，但这个目的，势所必然，很快转变为神化这种相对和预言一种普世而无超验性的宗教。孔德从雅各宾派崇拜理性看出实证主义的先兆，理所当然自命为1789年大革命真正的继承者。他继承并扩大这场大革命，破除行为准则的超验性，系统建立人类宗教。他的名言"以宗教名义排除上帝"，可谓别出心裁，使出怪招，从此风靡一时。他决意成为这个新宗教的圣保罗，以巴黎天主教替代罗马天主教。众所周知，他希望在大教堂里看到"神化的世人雕像立在上帝的旧神台上"。他精确盘算着自己将于1860年以前在巴黎圣母院传授实证论。这种盘算并非荒唐可笑。巴黎圣母院严加防范，始终抵制着。不管怎么说，人类宗教于十九世纪末确确实实在布道。至于马克思，尽管有可能没读过孔德的书，但也是其中的预言家之一。马克思只不过理解为，一种没有超验性的宗教就本意而言是一种政治。孔德毕竟心知肚明，至少他心里明白他的宗教首先是一种庸俗社会

---

① 亨利·戈耶（1898—1994），历史学家、哲学家，著有多部哲学史论著，很受加缪看重。

反抗者 | 225

学，推测政治现实主义："自发地发展起来的一切，在一定的时期，必然是合理的"，推测对个体权利的否定以及建立专制政体。这个社会的学者几乎都是教士，两千银行家和技术官僚统治着拥有一亿二千万居民的欧洲：私人生活与公共生活绝对同化，"行动，思想，心意"绝对服从于主宰一切的大教士。这就是孔德的空想，他宣称可以将此称为我们时代的愿景宗教。确确实实的乌托邦，因为孔德深信科学具有使一切光明的力量，却忘记预备警察。换了别的哲学，肯定要讲实际。人道宗教将建立起来，果然如此，但建立在世人的鲜血和痛苦之上。

最后对上述看法还需补充指出，多亏资产阶级经济学家，马克思从人类发展中的工业生产着手创立了自己独特的思想，比如资产阶级工业革命时期的经济学家李嘉图[①]使他奠定自己有关劳动价值理论的基础。这样，大家将会承认我们有权谈论马克思的资产阶级预言。上述对照比较只不过旨在论证马克思并非像我们时代有些杂乱无章的马克思主义者所想的那样，既是开创也是终结。比如，日丹诺夫指出，马克思主义是"一种质量上不同于以往所有体系的哲学"，这就意味着，马克思主义，比如说，不是笛卡儿主义，这是任何人都不想否认的，抑或说马克思主义本质上没有从笛卡儿主义传承任何东西，那是

---

① 李嘉图（1772—1823），英国古典政治经济学奠基人。

荒谬的。与之相反，马克思是具有人性的：他成为先驱者之前是个继承者。他决意让自己的学说成为现实主义，确实是时代造成的，那是科学宗教、达尔文进化论、蒸汽机和纺织工业的时代。一百年之后，科学遇到了相对论、不确定性和偶然性。经济学必须重视电力、钢铁冶金和原子生产。纯马克思主义刻意集成接连不断的发明创造归于失败，也是那个时代乐观主义的失败。纯马克思主义的失败使这些马克思主义者的自命性显得很可笑，他们奢望百年间的陈旧真理凝固下来又失其科学性。十九世纪的救世主降临说，不论是革命的或资产阶级的，都抵挡不住科学和历史持续不断的发展，尽管在不同程度上把科学和历史神化了。

革命的预言

马克思的预言就其本原而言也是革命的。人类的一切现实都可在生产关系中找到其起源，历史的演变也是革命的，因为经济是革命的。在生产的每个水平上，经济都会引起对抗，为有利于更高水平的生产，对抗都会破坏相应的社会。资本主义是最后一个生产阶段，因为所创造的种种条件使一切对抗得以解决，故而将不再有什么经济了。从另一个愿景来看，这个方案倒是黑格尔提出来的。辩证法应从生产和劳动的角度来考量，而非从精神角度去思考。想必马克思从未亲自谈论辩证唯物主义，而留待其继承者们去悉心颂扬这位逻辑头脑巨匠。但，马克思同时指出，现实既是辩证的也是经济的，现实是一种永无止境的演变，以每次充满敌意的对抗作为节点；每次对抗各方了断于更高级的综合体时，本身又引发其对立面与之对抗，并重新推动历史前进。黑格尔肯定从现实走向精神，而马克思则肯定经济走向无阶级社会，一切事物既是事实本身又是其对立面，这种矛盾迫使一种事物变成另一种事物。资本主义，因为是资产阶级的，所以表现为革命的，进而成为共产主义的温床。

马克思的独创之处在于肯定历史既是辩证的又是经济的。黑格尔，比较至尊极端，断定历史既是物质的又是精神的。况且，历史正因为是精神的才只能是物质的，反之亦然。而马克思则否认把精神视为末端实体，从而肯定历史唯物主义。人们立刻可以引用贝尔迪亚也夫[①]的论述：辩证法与唯物主义不可能调和一致的，唯有思想才具备辩证法。更有甚者，这个批判将运用于历史唯物主义者，理由显而易见，并不存在纯粹唯物主义也不存在绝对唯物主义。不论什么唯物主义，马克思都承认武器使理论获胜，理论也同样可以造就武器。因此，马克思的立场称为历史决定论也许更为恰当。他并不否认思想，绝对

[①] 贝尔迪亚也夫（1874—1948），俄罗斯及苏联哲学家，由于哲学观点违背官方意识形态被开除大学教席，主张天主教存在主义，即克尔恺郭尔存在哲学，很受加缪看重。

推测思想是由外在现实所决定的:"我认为,思想的运行只是现实运行的反映,被传送和被转移到人的大脑而已。"这个特别粗俗的定义毫无意义。外部的运行怎么并通过什么可以"传送到大脑里"呢?这道难题微不足道,如果将其与后半句相比较,因为"转移于大脑"更令人费解。马克思对他那个世纪的哲学观是粗略的,好在他想说的可以在其他方面加以定位。

在他看来,人只不过是历史,尤其是生产资料的历史。马克思确实指出世人区别于动物在于能生产生活资料。假如人一不吃饭,二不穿衣,三不居住,那就活不下去。这个 primum vivere(第一需要)是其首要规定性。在这样的时刻,人想得到的一星半点与不可缺乏的必需品都有直接的关系。马克思后来指出这种依赖性是常态的和必然的。"工业的历史是世人基本财力的敞开书。"马克思个人的推演在于从这种肯定,即可接受的肯定,得出的结论是,经济依附是唯一的和充足的,尚待证明罢了。人们可以认同:经济的决定性对人类行动和思想的起源起着首要的作用,但不可为此得出结论,像马克思说的那样,德国人反抗拿破仑仅仅以食糖和咖啡匮乏来解释。此外,纯决定论也是荒谬的。假如说不荒谬,只需一个真实的肯定,就可从结果到结果,从而获得全部真理啦。其实并非如此,要不然我们从未宣告过一个真实的论断,甚至未提出过确立决定论的论断,抑或我们碰巧得出真实的论断,却没有结果,那就等于说决定论是错误的。然而,马克思自有道理,与纯逻辑渺

反抗者 | 229

不相关,尽管非常武断地把问题简单化了。

把经济决定论置于人的根基,等于把人归结为社会关系。不存在不食人间烟火之人,这是十九世纪无可置疑的发现。如此武断演绎无非想说,人之所以感到孤独,是由社会原因引起的。如果孤独的想法必须以人身之外的某个东西来解释,人就处在超验性的路上了。相反,世俗社会只是人创造的,况且如果可以肯定世俗社会同时也是世人的创造者,就可以认为把握住对排除超验性的全盘诠释了。于是,正如马克思坚持说,人成为"自身固有历史的创造者和演出者"。马克思的预言是革命的,因为他完成了由启蒙运动哲学所开创的否定运动。雅各宾派摧毁了以人为神的超验性,而代之以行为准则的超验性,而马克思创立了当代无神论,却也摧毁了行为准则的超验性。1789年,信仰被理性替代,但该理性本身固定不变,也就成为超验性了。马克思比黑格尔更为激进,他摧毁理性的超验性,并将其抛入历史。理性在他们俩之前起调节作用,现在都成了征服性的了。马克思比黑格尔走得更远,硬是将其视为唯心主义者(其实不然,或至少不比马克思更不是唯物主义),恰恰因为精神的主宰以某种方式恢复了一种超历史的价值。《资本论》重主与仆之辩证关系却被经济自治替代了自我意识,被共产主义的到来替代了绝对精神的最后统治。"无神论是通过消灭宗教而被成为间接的人道主义,而共产主义则是通过消灭私有制而成为间接的人道主义。"宗教异化与经济异化同源同根。人只有对其物质决定享有绝对自由时才与宗教一了百了。革命与无神论以及世人主宰同化为一体。

以上就是为什么马克思倾向于强调经济决定论和社会决定论。他的努力最有成效的则是揭示藏在形式价值背后的现实，而这些形式价值是由他那个时代的资产阶级体现出来的。他这种故弄玄虚的理论依然有价值，因为他的理论具有普世价值，确实如此，也适用于愚弄人的革命理论。梯也尔①先生所崇尚的自由是特权的自由，并由警察巩固了的自由。保守派报刊一直鼓吹家庭所维持的社会状态，即男男女女一起下矿井，半裸着身子，系在一根粗绳子上，女工卖淫盛行：居然不受道德谴责。诚实和智慧之需求被庸俗贪婪的社会虚伪自私自利的目的而侵占，这一不幸正是马克思用前人从未有过的雄伟力量加以谴责，不愧为无与伦比的民智启迪者。这一义愤填膺的揭露却引来别的过分行径，就需要另一次揭露。但首先必须知道并说出，这种揭露产生于1814年在里昂被彻底镇压的起义血泊中和1871年凡尔赛道德家们卑鄙的残暴行为中。"今天一无所有的人什么也不是了。"如果说这个论断如今不对了，其实在十九世纪乐观主义的社会中倒几乎是真切的。繁荣的经济带来的却是极端的堕落，想必迫使马克思把社会和经济的关系放在首位，从而更加鼓吹他对世人主宰世界的预言。

---

① 阿道尔夫·梯也尔（1797—1877），法国政治活动家、历史学家。1871年2月任法国政府首脑，后来下令血腥镇压巴黎公社。

有鉴于此,我们进一步理解了马克思用纯粹经济学对历史进行的解释。虽然道德准则不切合实际,唯有贫困和劳动的现实却是真实的。如果接下来可以论证现实足以解释人的过去和未来,那么道德准则将被一劳永逸的同时与自我炫耀的社会一起消亡。

世人随着生产和社会而诞生。土地所有权的不平等,生产资料更快或较慢的完善,为生活而进行的斗争,很快就产生不平等,这些不平等凝聚成生产与分配之间的对立,一开始就形成阶级斗争。这些斗争和对抗便是历史的动力。古代奴隶制和封建农奴制,是一条漫长道路的先后阶段,到达古典时代手工业阶段,这时的生产者是生产资料的主人。在这个时期,世界道路的开通,新市场的发现,要求少一些乡土化生产。于是生产方式与分配新的需要之间的矛盾已经宣告农业和工业小生产制度的终结。工业革命蒸汽机的发明,为争夺市场的竞争,必然导致小业主被吞并和大制造业的组合。由此,生产资料集中到有能力并购的人们手中。真正的生产者,劳动者,只能支配双臂的力气,向"有钱币的人"出卖他们的劳动力。资产者的资本主义就这样以生产者与生产资料的分离来下定义。从这种对抗衍生出一系列不可避免的结果,进而使马克思可以宣告社会对抗终将结束。

初看起来,我们已经注意到,阶级之间辩证的斗争原则一旦牢固树立起来，说什么一下子就失去真实性，是没有道理的。要么一向是真实的，要么从来都不是真实的。马克思说得很清楚，革命之后不再有更多的阶级，反正不会比1789年之后的等级更多。等级消失了，而阶级却没有消失，并且丝毫不说明诸多阶级将不会让位于另一种社会对抗。马克思主义预言的要义在于肯定阶级斗争依然存在。

我们了解马克思主义纲要。马克思在亚当·斯密[①]和李嘉图之后，以生产商品的劳动量来确定一切商品的价值。无产者向资本家出卖的劳动量本身就是商品，其价值将以生产商品的劳动量来确定的，换言之，以劳动者维持生存不可或缺的消费资料来确定的。资本家买下这档商品，确保支付足够的钱给出卖商品的人，即劳动者，得以糊口养家，从而生存下去。但同时，资本家获得了权利。要劳动者尽可能长的时间干活儿。劳动者能够干很长时间，比维持生活必要的劳动时间更长久。一天十二小时工作，如果一半时间生产的价值足以等同维持生活的产品价值，另外六个小时就不付给劳动者了，这叫剩余价值，即构成专属于资本家的利润。于是，资本家的利益在于最大限度延长劳动时数，或者，在不再可能延长时，最大限度增加工人的生产效率。前者属于警察的事儿和依靠残酷手段，后者则要靠劳动组织安排了：首先采取劳动分工，然后采取机

---

① 亚当·斯密（1727—1790），英国著名经济学家。

器，以便去工人化。此外，参与外部市场竞争，有必要向新设备投入越来越多的资金，从而造成生产集中和资本积累现象。首先，小资本家被大资本家吞并，比如大资本家可以更长时间维系亏本价格。终于，利润的越来越大的部分被投入购置新机器，积累于资本稳定的部分。这种双重运行首先加速中产阶级破产，使其加入无产阶级，其次唯一由无产者创造的财富集中于数量越来越少的人手里。因此，无产者的人数越来越多，随之失势落泊不断加重。资本仅集中在几个大亨手里，他们不断扩张的势力建立在掠夺的基础之上。况且，大亨们被接踵而来的危机所动摇，被经济体制的矛盾搞得无所适从，甚至不再能够确保他们的奴工们的生存。于是奴工们只好依赖私人或官方的施舍。总有一天注定会到来，被压迫的奴工大军面对一小撮无良大亨，那一天就是革命日子。"资产阶级的灭亡和无产阶级的胜利都是不可避免的。"

这段描述此后名扬天下，尚未涵盖对抗的终结呐。无产阶级胜利之后，为生存而斗争仍可起作用，并促进产生新的对抗。于是会有两种概念介入，其一是经济的，即生产发展和社会发展同一性；其二是纯粹体制性，即无产阶级的使命。这两种概念聚合于人们可称之为马克思的积极宿命论。

相同的经济演进确实也是把资本集中在少数人手里，使对抗既更加残忍又几乎非现实的。生产力发展到最高度时，好像无产阶级只需弹指一挥间就可独自拥有生产资料，已经把私有财产夺到手了，集中在单一的广大群众手里，之后就成公共的了。私有制，即财产集中在一个产权者手中时，只是通过单一体的存在就与集体所有制分离了。私有资本主义不可避免的结局是成为国家资本主义，只需此后将其用来为大众服务就可产生新的社会，即资本与劳动融为一体的社会，将以同样的生产进程创造富裕和正义。马克思考虑到这种美好的出路，一直颂扬资产阶级所承担的革命作用，尽管确实是不自觉的承担。他曾谈到资本主义的"历史权利"，既是进步的源泉也是贫困的源泉。历史使命和为资本正名，在马克思看来，是为高级生产方式准备条件，这种生产方式本身并不具备革命性，不过是革命的圆满结局。唯有资产阶级生产的基础才是革命的。当马克思断言人类只给自己提出可以解决难题时，同时指出革命问题的答案萌生于资本主义制度本身。因此，他建议要容忍资产国家，甚至促其建立助一臂之力，却不可倒退为欠工业化生产。无产阶级"可以而应该接受资产阶级革命，将其视为工人革命的条件之一"。

有鉴于此，马克思是生产的预言家，可以认为在这一确定的点上，而不在别处，他把制度置于现实之前。他从未停止支持曼彻斯特的资本主义经济学家李嘉图，驳斥有些人指责他为生产而发展生产的理论，马克思惊呼："此话正确，言之有理！"甚至李嘉图说发展生产而不关心民众，马克思竟说："这正是他的功绩！"语气和黑格尔一样放肆无礼。牺牲民众有何妨，只要牺牲服务于拯救全人类！进步就像"那个可恶的异教天神，一味想喝被杀死的敌人们的脑浆仙露"。至少这个进步在工业化世界末日之后不再折磨人，从而出现和解协调的日子。

然而，无产阶级倘若不能避免这场革命，不可避免地掌握生产资料为所有人谋福利吗？能保证无产阶级内部不会出现等级、阶级、对抗吗？保证就在黑格尔的著作中：无产阶级不得不使其财富去普世行善。他不是无产阶级，就是普遍对抗个别，等于反对资本主义。有产与无产对抗是个别与一般之间斗争的最后阶段，这场斗争引发主与仆之间的历史悲剧。依照马克思划定的理想纲要，无产阶级首先包容所有的阶级，只把一小撮主子排除在外，因为他们是"罪恶昭彰的代表"，恰恰是革命要将其消灭的。此外，资本主义把无产者逼到丧失殆尽的同时，渐渐使无产者解脱可能将他与其余世人分离的一切规定。无产者一无所有，没有财产，没有伦理，没有祖国。他一无所靠，只属于无遮掩而不宽容的那一类世人。无产者倘若肯定自己，就肯定一切和一切人；并非因为他们是神，不，恰恰因为他们被沦为最无人道的状况。"无产者唯有被完全排除对他们人格的肯定才能实现他们对自身的完全肯定。"

这就是无产阶级的使命：从最极度的屈辱中树立最高度的尊严。无产阶级是人间的基督，以其痛苦和斗争赎回异化造成的集体罪孽。它首先是完全否定的不可胜数承担者，其次是终极肯定的预报者。"哲学无法自我实现，如果无产阶级没有消失；无产阶级不能自我解放，如果哲学无法自我实现。"更有甚者，"无产阶级只能在世界历史的范围才能生存……共产主义的行为只能作为全球历史现实而存在"。但这个基督同时是复仇者。按照马克思的说法，无产阶级执行私有制针对自身的判决："如今所有的教堂修道院都标有神秘的红十字。法官，就是历史；判决的执行者，则是无产阶级。"因此，一了百了是不可避免的。危机连接不断，一波又一波。马克思预言，每十年或十一年发生一次，而且周期会"逐步缩短"。无产阶级的削弱不断加深，其人数不断增加，直到发生全球性危机，届时交换的世界将不复存在，历史经过极度的暴力之后，将不再有暴力。完善的王国将大功告成。

不难理解，这种注定论很可能被考茨基[①]之流的马克思主义者推向一种政治寂静主义，就像黑格尔思想也发生类似情况，考茨基认为，各国无产阶级创造革命的能力和资产阶级阻止革命的能力同样薄弱。甚至列宁，虽然与之相反，却选择了马克思学说富有活力的一面，于 1905 年以把世人逐出教门的笔锋写道："通过大力发展资本主义以外的途径去拯救工人阶级，这是一种反动思想。"有关经济性质，马克思不主张搞跳跃式

[①] 考茨基（1814—1938），奥地利籍马克思主义者，德国独立社会民主党的创立人之一，著有《历史唯物主义观》（1927）。

反抗者 | 237

的，不应该超阶段发展经济。说什么改良派社会主义在这一点上忠于马克思完全错误。与之相反，注定论排除一切改良，因为种种改良都有可能减缓社会演进的灾难性一面，结果有可能延缓不可避免的结局。不过，按照这种形态的逻辑倒是应该赞同加深工人贫困啦：什么也不给工人，好让他们有朝一日拥有一切。

好在马克思已经感觉到这种寂静主义的危险：政权不容等待，抑或无限期盼望。总有一天必须夺取政权，这一天终将到来。但马克思的读者皆不清楚哪一天。在这一点，马克思前后也不断自相矛盾。他曾指出，社会"历史性地被迫转为工人阶级专政"。至于这种专政的特性，他的定义是矛盾的。米歇尔·科利奈在其《马克思主义的悲剧》中提出，马克思学说中有无产阶级夺取政权的三种形式：《共产党宣言》中的雅各宾派的共和国，《雾月十八》中的独裁专政以及《法兰西内战》的联邦政府和自由主义的政府。毫无疑问，马克思以明确的言辞谴责这样的国家，指出国家的存在与奴役是不可分的。但他驳斥巴枯宁明辨是非的看法，后者认为临时专政的概念违反众所周知的人类本性的概念。马克思认为辩证真理高于心理真理，确实不假。辩证法对此有什么说法？马克思指出："废除国家只有在共产主义者心中有意义，他们视之为消灭国家的必然结果。阶级的消除会自然而然再无必要由一个阶级建立政权去压迫另一个阶级。"于是按照这一既定的公式，对人的管辖让位于对事的管理。辩证法便确凿形成了，只在资产阶级要被消灭或被归并时才为无产阶级国家正名。然而不幸的是，预言和命运论可以引发其他诠释。如果肯定无产阶级王国必将到来，等多少年又有何妨？对于不相信未来的人而言，痛苦从来都不是临时性。但在确信一百零一年之后出现最终城邦的人来说，一百年的痛苦则是瞬间浮云。在预言的愿景中，一切皆无关紧要。不管怎么说，资产阶级消亡后，无产阶级按照生产发展的逻辑本身，在生产的顶峰，建立起世人的统治。至于通过专政和暴力来实现那又有何妨？在如此精良的机器隆隆作响的耶路撒冷，还有谁会记得被扼杀者的呼唤呢？

黄金时代被打发到历史的尽头，与世界末日不谋而合联系在一起，具有双重诱惑力，可以完全自圆其说。必须琢磨透马克思主义神奇般的雄心，并评估其无限度的预言，方可理解这样的希望迫使世人忽略看上去次要的问题。"共产主义因为是由人及人地对人的本质进行现实的归并，因为人以社会人的名义，就是说以世俗人的名义向自身回归，是完整的回归，有意识的回归，并保留着内心活动的全部财富，这样的共产主义，作为一种完善的自然主义，与人道主义相得益彰：真正结束人与自然以及人与人之间的争斗……本质与存在之间，客观化与自我肯定之间，自由与必然之间，个体与种类之间的争斗也将真正结束。共产主义解开了历史的奥秘，自信这个奥秘可迎刃而解。"这里，唯有语言是力求科学的，就内容实质而言，跟傅立叶说的"沙漠成为沃土，海水可以饮用，并且味道甘美，春天永驻……"有啥区别？这是以教皇通谕式的语言向我们宣布世人永久的春天。除了人的王国，不信神的世人还能向往和期待什么呢？这说明弟子们的忧虑吧。"在没有焦虑的社会，是很容易无视死亡的"，弟子们中的一个如是说。然而，这是对我们社会真正的谴责。对死亡的焦虑触及游手好闲之辈大大甚于被自己的劳务压得喘不上气的劳动者。但一切社会主义，首先是科学社会主义，都是空想。乌托邦以未来替代上帝。乌托邦把未来与道德等量齐观，为这个未来服务的东西成为唯一的价值。由此乌托邦几乎始终是强制性和专制性的。马克思作为空想主义者与其虎视眈眈的前辈们并无区别，而且他的一部分教导为他的继承者们确立了正当性。他的前辈们，诸如莫雷利①、巴贝夫②和哥德温③其实已经描述过宗教裁决式的社会。

诚然，人们有理由坚持伦理要求，实际就是马克思主义的梦想。在审视马克思主义失败之前，恰恰必须指出正是伦理要求构成马克思的真正伟大。马克思把劳动及其不公正的衰退和深切的尊严置于自己思考的中心。他奋起反对把劳动浓缩为商

---

① 莫雷利 (1717—1776)，法国哲学家，对巴贝夫产生过影响。
② 巴贝夫 (1760—1797)，法国哲学家、革命家，空想共产主义者，其主张被称为巴贝夫主义。
③ 哥德温 (1756—1836)，英国小说家和哲学家，带有功利主义倾向的无政府主义哲学的奠基者。

品，进而反对把劳动者视为物品。他提醒特权者时指出他们的特权不是天赋神权，他们的财产不是永恒的权利。马克思使那些特权者心虚，无权心安理得拥有财富，以无与伦比的深刻性暴露：一个阶级的罪恶不在于拥有多大的权力，而在于利用权力为一个平庸且无正派的骨气的社会服务。我们之所以感恩于他的这个思想，这与我们对时代失望有关，但这种失望比一切希望好得多：当劳动已经成一种衰退，那就谈不上生命了，尽管劳动覆盖生活的全部时间。不管这种社会如何吹嘘，谁能安心睡觉呢？明明知道往后这个社会从千百万心若死灰的劳动者身上获取平庸的享乐时，谁能心安理得呢？马克思为劳动者诉求真正的财富，不是金钱财富，而是赋闲和创造的权利，排除种种表象，他是在要求提高人的质量。就这样，人们可以坚定地说，他决不想把人的价值贬得更低，因为有人正以马克思的名义硬说他把世人看扁了。马克思有句名言："一个需要不正当手段的目的，不是一个正当的目的。"

然而，尼采的悲剧在这里又重现了。雄心，预言，都是豪迈的，普世的。学说却是局限的，把一切价值归结为单一的历史会导致最极端的后果。马克思认为历史的终极目的至少揭示道德性和合理性。这正是他的空想。然而，乌托邦，正如马克思了如指掌的，命中注定为犬儒主义服务，而马克思是坚决反对犬儒主义的。就这样，马克思摧毁一切超验性，从亲自完成行为事实过渡到本分义务。然而，这种本分义务的本原只存在于行为事实之中。诉求正义导致非正义，假如这种诉求不是首先建立在正义的伦理求证之上。否则，有朝一日，罪行也会变成本分义务。当恶与善在时间长河中回复占有，与种种历史事件混淆在一起时，就不再有什么好或坏，仅仅过早或过时而已。谁决定得了时机，莫非机会主义者？弟子们说，以后你们判断吧。然而，受害者们将不久于人世，判断不了的。对受害者而言，在场是唯一的价值，造反是唯一的行动。救世主降临说为了自身存在，必须创立用来反对受害者。很有可能马克思不见得乐见如此，但这是他必须审视的责任，因为他以革命的名义，为反对一切形式的造反而进行血淋淋的斗争。

预言的失败

黑格尔于 1807 年圆满完成历史[①]，圣西门主义者们以为 1830 年和 1848 年革命动荡是最后的革命。孔德死于 1857 年，正准备登上讲坛向终于从其错误中回头的一族人鼓吹实证主义。于是轮到马克思，他以同样盲目的浪漫主义预言无阶级社会和历史性的神秘解析。不过讲得比较聪明，不确定时日。不

---

① 黑格尔（1770—1831），加缪推崇备至的德国哲学家圆满完成他在耶拿大学自由哲学教授职务（1801—1807），目睹了彼时政治动荡，比如 1806 年拿破仑在耶拿战胜普鲁士军队，研究了各民族宗教及精神史之后思想已经成熟，即客观唯心主义的哲学体系业已形成，而辩证思想是其哲学的精粹。

幸，他的预言也描述历史的进程，直到如愿以偿，同时宣告历史事件的趋向。事件和事实恰恰忘记前来加入他的综合概括，这已经说明必须强迫将其拉进来。然而，尤其种种预言，自从表达了成百上千万人热切的希望，总不能遥遥无期不给回音而不受制裁吧。失望把耐心的希望变成愤怒的时刻终于到来，可是同样的目的，反倒被执着的狂怒一再肯定，越发凶猛地追求，于是不得不寻求其他手段。

十九世纪末二十世纪初，革命运动正如最初的基督徒，经历了对世界末日的期待以及对无产阶级的耶稣再临人间的盼望。众所周知，在原始基督徒社会，这种情感经久不衰。还在四世纪末，古罗马帝国行省的非洲有一位主教计算出世界只剩下一百年可活了。一百年之后会有天国到来，必须及时与之相匹配。这种情感于公元一世纪很普遍，说明最初的基督徒对纯粹神学的问题显得无动于衷。假如救世主近期重现人世，就必须把一切献给火热的信仰甚于献给著作和教条。直到克莱芒[①]和泰杜连之前，在一个多世纪中，都是天主教会圣师和辩护人，而基督教文献对神学问题漠不关心，对典籍不讲究钻研。然而，一旦救世主再降临人世之说远离了，就必须依靠信仰活着，等于说必须著书立说了。于是产生虔诚信仰和教理传授。《福音书》上耶稣再临人世说早已不再提及，圣保罗就来构建宗

[①] 克莱芒，系指圣克莱芒，罗马主教，皮埃尔的第三代继承者，使徒传承者之一。《圣经·书信》有两封是他撰写的，加缪大学毕业论文做过简短分析。

反抗者 | 243

教信条了。教会赋予这种信仰具体形状，无非使信仰只成为通向未来王国的一种纯粹向往。在那个世纪中，必须把一切安排妥当，甚至殉道者，其世俗见证人将是僧侣会，连布道也将披上宗教裁判所法官的道袍。

一种类似的运动也产生于革命的救世主再临人世的失败。上文引用马克思文本的话使人对彼时革命精神热切的希望有正确的看法。这种信仰，尽管遭遇部分失败，依然不断增加，直到1917年面临其几乎实现了的梦想。李卜克内西①惊呼："我们为天国大门而斗争。"1917年，革命世界自以为真正达到天国之门。罗莎·卢森堡②的预言正在实现："明天革命必将高涨，雷霆万钧，摧枯拉朽；革命将令你们惊恐万状，号角将齐鸣宣告：我过去存在，我现时存在，我将来存在。"斯巴达克思运动已经接近终极革命，既然按马克思本人所言，这场革命应从俄国革命开始，以西方国家革命补充完成（参见《共产党宣言》序言，俄语译文版）。继1917年俄国革命之后，苏维埃德意志原本会打开天国大门。但斯巴达克思联盟被粉碎了，1920年法国总罢工失败了，意大利革命运动被扼杀了。于是李卜克内西承认革命尚未成熟："革命年代尚未结束。"然而同时

---

① 系指卡尔·李卜克内西（1871—1919），德国社会民主党和第二国际左派领袖，德国共产党创始人之一；其父威廉·李卜克内西（1826—1900），国际工人运动活动家，德国社会民主党和第二国际创始人之一。
② 罗莎·卢森堡（1874—1919），波兰裔德国女革命理论家和鼓动家，德国社会民主党激进领导人之一。

我们猛醒，失败怎么也能激发被压垮的信仰，直至激发宗教癫狂："经济分崩离析的隆隆之声已经隐隐可闻，沉睡的无产者大军似乎在听到最后审判的号角中苏醒，被杀害的斗士们尸骨未寒，重新站起来跟肩负厄运的家伙们算账。"在此期间，李卜克内西本人和罗莎·卢森堡被杀害，德国即刻陷入奴役。唯有俄罗斯革命尚存，靠反对自身固有的体系存活，离天国之门尚且遥远，正组织一场世界末日呢。救世主再降临人世已渐行渐远。信仰虽然完好无损，但已受困于一大堆问题和发现物的重压之下，是马克思主义未曾预见到的。新教会再一次面对伽利略：为了保持其信仰，就得否定太阳系，羞辱自由人。

那么此刻伽利略会说些什么呢？哪些错误是被历史本身所证明的预言差错？众所周知，马克思的一部分公设首当其冲被当今世界的经济演变所推翻。硬说在资本无限集中和无产阶级无限扩大这两个平行的运作陷入绝境时革命必将发生，但革命偏偏不会发生抑或不一定会发生。资本与无产阶级一概不忠于马克思。在十九世纪工业化的英国所观察到的趋向被颠倒了，虽然是在某些情况下，而在另一些情况下，却被搞得很复杂。经济危机本应加速的，却与之相反，拉长了间隔距离：资本主义学到了计划化的秘诀，自身对巨头刺蜥的生长也作出贡献。另一方面，随着股份公司的建立，资本非但没有集中，反而促使一种小额资金拥有者的新种类的产生，这类新的投资者最为担心的当属鼓动罢工。小企业在许多情况下，正如马克思所预

反抗者 | 245

见的,被党争推垮了。然而,生产的复杂性促使一大批小工厂围绕大企业雨后春笋般发展起来。1938年,福特宣布两千五百个独立作坊为其工作。此后,这种趋向有增无减。自然而然,势在必行,福特掌管着这些企业。但主要的问题在于这些小工业构成一个中间社会阶层,使马克思构想的蓝图复杂化了。最后,资产集中的规律,对农业经济而言,显示绝对错误,马克思有关论述过于轻率。在这方面,这一缺陷至关重要。在我们这个世纪,社会主义的历史在某个方面可能被视为无阶级运动反对农民阶级的斗争。这种斗争,在历史层面上,延续十九世纪专制社会主义与极端自由社会主义之间的意识形态的斗争,其根源显然是农民与手工业者,因而马克思在他那个时代的意识形态资料方面,是有必要思考农民问题的。但体系的意志把一切都简单化了。这种简单化必然使俄罗斯富农付出高昂的代价,造成五百多万个历史例外,不是死亡就是流放,很快返回历史规律的掌握之中。

就是这种简单化使马克思忽视民族现象,而注重具有民族特点的世纪本身。他认为通过贸易和交换,通过无产阶级化本身,民族之间的樊篱就会坍塌。正是民族之间的小樊篱使无产阶级理想失落了。若想解释历史,各种民族性的斗争至少与解释阶级斗争的历史同等重要。但民族不可完全用经济加以解释,马克思体系因此将其忽视了。

无产阶级一方也没有置身于马克思路线。首先,马克思的疑虑得到证实：改良主义和工会的行动获得生活水平的提高和劳动条件的改善。这些实惠远不足以构成社会问题的公平规则。但英国纺织工人的悲惨状况，在马克思那个时代，远不如他想要的那样普遍和恶化，反倒是收敛了。马克思若活到今天也不至于抱怨吧，并且由于他的预言中另一个错误为这个错误重新建立平衡。确实可以看出最有效的革命或工会行动始终由工人精英们完成，饥饿并未使他们绝种。贫困苦难和锐化变质依然如故，与马克思以前的年代一样从未停止过，可马克思偏偏力排众议，就是不肯承认是奴役的因素而非革命的因素。1933年，德国三分之一劳动人口陷于失业。资产阶级社会于是不得不养活失业者，从而具备了马克思要求进行革命的条件。然而，未来的革命者被动等待国家的面包并非好事呀。这种被迫养成的习惯引来其他习惯，虽然不那么坏，但被希特勒抓住不放，捣鼓成学说。

最后，无产阶级的人数并没有无限增长。每个马克思主义者想必支持改进工业生产的条件，大规模增加中产阶级，甚至于创造了一个新的社会阶层，即技术人员阶层。从1920年至1930年是美国生产率大大提高的时期，冶金工人的数量因而减少，而销售冶金工业产品的人数几乎双倍增加。列宁所珍视的社会理想是工程师同时也当操作工，这种理想不管怎样都是与事实相抵触的。重要的事实是，技术正如科学，已经变得太复杂，不可能一个人包揽全部科技原理和应用。例如，今天让一位物理学家对同

反抗者 | 247

时代的生物科学拥有完整的见解。即使在物理学领域内，他也不能自诩同等地掌握这门学科的各个分支。至于技术也是如此。自从资产者和马克思主义者把生产率本身看成一笔财产，生产率于是在格局上无限扩张，导致劳动分工变得不可阻挡，而马克思一直以为是可以避免的：每个工人被领来从事一项个别的劳动，并不知道他参与其间的生产总体计划。调配每个劳动者干活儿的人员因其职能本身组成一个阶层，其社会重要性起决定作用。

伯恩汉姆[①]所宣告的技术官僚纪元其实十七年前已经由西蒙娜·韦伊[②]描述过，题为《我们走向一场无产阶级革命吗？》(1933年4月25日)，发表在《无产阶级革命》杂志上。此处若不提及，有失基本公允。她所描述的压迫方式业已完成，并未得出伯恩汉姆作出的不可接受的结果。世人已知的两种传统压迫方式是通过武器和金钱进行的，西蒙娜·韦伊为之增添第三种压迫方式，即职能的压迫。她写道："可以消除劳动购买者与劳动出卖者之间的对立，而消除不了支配机器与被机器支配者之间的对立。"消除脑力劳动与体力劳动之间毁坏性对立这一马克思主义的意志撞到马克思在别处颂扬过的生产手段这面南墙上了。马克思或许在《资本论》中预见到了与资本高度集中相称的"经济"之重要。但他不相信这种集中在废除私有制

[①] 詹姆斯·伯恩汉姆（1905—1989），美国经济学家，著有《组织者的纪元》(1947)，法译本，由法国著名政治家、作家莱翁·布鲁姆（1871—1950）作序。
[②] 西蒙娜·韦伊（1909—1943），法国女哲学家、作家和社会活动家。

后还有可能存在。他说过劳动分工与私有制相随相伴。历史证明正好相反。建立在集体所有制之上的理想制度蓄意定义为公平加电气化，最后却电气化有余而公平不足。

无产阶级的使命这一概念至今尚未在历史中体现出来，这就归纳为马克思主义预言的失败。第二国际的垮台证明无产阶级除了经济状况之外还受到别的东西限定，无产阶级有自己的祖国，与马克思那条有名的论断相反。无产阶级的大多数接受了，或承受了战争，情愿也好，违心也罢，反正参与了彼时民族主义的狂暴行为。马克思想说工人阶级在胜利之前是会掌握司法和政治能力的。他的错误仅在于认为极端贫困，尤其产业贫困，会导致政治成熟。况且，可以肯定，巴黎公社期间及之后，由于极端自由主义革命失去首脑使工人大众的革命能力遭受扼制。但从1872年开始，马克思主义毕竟很容易控制工人运动，想必因为其自身伟大，而且因为唯有社会主义传统能与之抗衡而被淹没于血泪之中。再说，1871年巴黎公社起义者中实际上没有马克思主义者。由于警察国家的眷顾，革命的这种自动清洗一直延续至今。革命，一方面越来越交给自己的官僚们和空论家们手里，另一方面任由衰弱且迷失方向的群众对付。把革命精英推上断头台而让塔列朗①活下来时，还会有谁反对拿破仑·波拿巴呢？但除了这些历史原因，还得加上经济必要

---

① 塔列朗（1754—1838），法国政治家和外交家，1798年法国大革命后曾任数届政府的外交部部长。

反抗者 | 249

的条件。不妨读一读西蒙娜·韦伊有关工厂工人状况的著作《工人状况》，便可知晓劳动的合理性能造成何等程度的精神衰竭和沉默的绝望。西蒙娜·韦伊言之有理，工人状况翻倍的非人道，一则一文不名，再则毫无尊严。一项人们感兴趣的劳动，即创造性劳动，哪怕挣钱很少，却不会使生活失去尊严。工业社会主义没给工人状况做过任何根本性的事情，因为没有触及生产和劳动组织准则本身，反倒为之颂扬。他蛮可以向劳动者宣扬劳动价值的历史合理性，就像给被苦难折磨而死的人许诺天堂的欢乐，两者同样行之有效，但决不能给劳动者带来创造者的快乐。在这个层次上，社会的政治形式不再成为问题，而问题在于资本主义和社会主义同等归属技术文明信条管辖。任何思想若推动不了这个问题取得进展，对工人的苦难只能蜻蜓点水似的一挨而过。

无产阶级仅凭马克思所赞许的经济力量规则效应而抛弃了马克思恰恰为此赋予的历史使命。人们原谅马克思的错误，因为面对领导阶级的堕落，凡是关心文明的人本能地会寻找取而代之的精英。但是这种需求就其本身而言并非创造性的。革命的资产阶级于1789年取得政权，因为早已掌握政权了。在那个时代，正如儒尔·莫纳罗所言，法律落后于事实。确实如此，资产阶级已经支配着指挥的岗位和新的权力，即金钱，而无产阶级并非如此，只有自己的贫困和希望，被资产阶级固定在苦难无望之中。资产阶级由于疯狂追求生产和物质力量而自甘堕落，这种疯狂的组织系统本身不可能造就精英。况且，列宁率先笔录这条真理，却无明显的苦涩。如果说他的话对革命者们的希望而言锋利如刀割，对列宁而言刺伤更甚。这不，列宁竟敢说：大众更容易接受官僚的中央集权制，因为"纪律和组织比较容易被无产阶级领会，恰恰多亏工厂这样的大学校"。对这种组织的批判和造反意识的培育反倒可以缔造取而代之的精英。唯有革命的工联主义跟随贝鲁蒂埃[1]和索莱尔[2]投入这条道路，刻意通过职业教育和文化培训建立新的干部队伍，寻常百姓曾经乃至现今称呼他们为新干部。但此非一朝一夕能搞成的，新的主子们早已占位，他们的兴趣是立即利用大众之不幸，为了长远的幸福，不理会尽可能马上减轻几百万人的大苦大难。专制社会主义者裁断，历史进程太慢，为加快进程，必须把无产阶级使命交给一小撮空论家。正因为如此，后者成为首批否定无产阶级使命的人。然而，无产阶级使命依然存在，不光指马克思为之赋予的独有含义，而且作为一切人类群体的使命而存在，他们善于从自己的辛劳与痛苦中获取自豪感和生殖力。然而要让这个使命表现出来，就得冒风险和信任工人的自由性和自发性。专制社会主义与之相反，扼制这种生机勃勃的自由，去争取理想的自由，即还未到来的自由。有鉴于此，

---

[1] 费尔南·贝鲁蒂埃（1867—1901），革命的无政府主义工会运动积极分子，劳动股份全国联盟书记索莱尔的朋友。
[2] 索莱尔，生卒年不详。

不管有意或是无意为之，反正强化了工业资本主义起头的奴役行当。通过上述两种因素交织的行为，在一百五十年期间，除了巴黎公社时期的巴黎，即造反者革命的最后庇护所，无产阶级不曾有过什么历史使命，只有被出卖的历史苦命。无产者勇敢战斗过，付出了生命，却把权力交给了军人们或知识分子，而未来的军人们等着轮到他们去奴役无产者。这场斗争，关系到无产者的尊严，受到广泛承认，人们纷纷选择分担无产者的不幸和分享无产者的希望，这种尊严是新老主子族群进行争夺而取得的。正当新老主子们利用他们的尊严时，他们反倒自取其辱。在某种意义上说，无产者的尊严预示新老主子们的黄昏。

马克思的预言就这样至少受到现实的质疑。至于他对经济领域的见解依然正确的是：一个社会的结构越来越由生产节奏来确定。不过，在他那个世纪热情高涨时，他与资产阶级意识形态对上述观念是不谋而合的。资产阶级对科技进步的幻想，受到专制社会主义的赞同，催生机器驾驭者的文明，但由于竞争与控制可能分裂为两个敌对的集团，在经济方面屈从于相同的法规，诸如资本积累，不断增长的合理化生产等等。政治分歧，涉及国家最高权力，不管规模大小，都是相当可观的，但可以由经济演变来缩小分歧。只有道德分歧，即与历史犬儒主义相对立的形式德行，显得牢固。但生产的迫切需要控制着两重天下，而在经济方面则只有一片天下。确切地说，生产率一旦被充当目的而非视为可能成为解放者的手段，那只会有害无益了。

不管怎么说，如果说经济绝对必要不再可以否定，其结果就不是马克思曾经想像的那样了。直到十八世纪尽管始终如此，马克思却以为发现了经济的绝对必要性。历史上的例子很多，文明形式的冲突并没有导致生产秩序进步：迈锡尼文化社会被摧毁，蛮族人入侵古罗马，西班牙摩尔人被驱逐，阿尔比教派被消灭，等等。经济上，资本主义从积累的现象着眼，反而成为压迫者。资本主义存在本身就是压迫：为了自身增长而积累，于是尽可能多地剥削，然后再积累。马克思想像不出这种恶性循环的终结，于是想到革命。彼时，只需少量积累，以便确保社会事业。然而，革命轮到自身工业化了，于是发现积累取决于技术本身，并不取决于资本，以致最终机器呼唤机器。奋斗中的一切集体都需要积累，而不是分配其收入。集体所有的积累为的是自身壮大并扩大其权势。资产阶级权势或社会主义权势都把正义往后推进，一味有利于自身努力。但这种权势是与其他权势相对抗的，于是自我装备，自我武装，因为其他势力也在武装和装备自己。各路势力都在不断积累，直到有一天，也许吧，某个权势独自主宰世界方始停止积累，况且，必将借助于战争。直到有一天，无产者的收入只够勉强维持生计。革命不得不大量消耗人力去建立其自身体系所需求的工业及资本主义的中介。年金被人的辛苦所替代。于是，奴役普遍化了，天国大门依然紧闭。这就是依靠崇拜生产的世界经济法则，而现实比法则更为血淋淋是也。革命即奴役：无产阶级被其资产阶级敌人及其虚无主义拥护者逼进死胡同。除非改变道路和行为准则，革命没有别的出路，只得搞奴隶造反，被粉碎在血泊中，或抱自杀的可怖希望。权力意志，虚无主义者为统治和政权的斗争竞相扫除马克思主义的空想。现今轮到这种空想成为一种历史事实，注定与其他事实一样被人利用。马克思主义的空想蓄意控制历史，却迷失在历史之中；企图控制各种手段，却被缩退为手段状态，遭受厚颜无耻的操控，被用来为最平庸最血腥的目的服务。生产不断发展并没有为革命的利益而毁灭资本主义制度，却既毁掉资产阶级社会，也毁掉革命社会，从而有利于面目狰狞的权力偶像。

一种自称为科学的社会主义怎么能够与事实如此相抵触呢？答案很简单：并非科学也。相反，其失败归结于一种相当模棱两可的方法，因为蓄意使自己同时成为决定论者与预言家、辩证论者与教条主义者。如果思想只是事物的反映，就不可能走在事物进程的前面，除非通过假设。理论如果是由经济限定的，就能描述生产的过去，而不是生产的未来，因其未来仅是可能而已。历史唯物主义的任务只能是对现时的社会进行批判，而对未来的社会只会做一些假设，才不至于使科学思想出差错。再说，难道不正是为此马克思主要著作称之为《资本论》而非《革命》（《国家与革命》）？马克思以及马克思主义者任其一味预言未来和共产主义，不惜违背他们提出的公设以及科学方法。

与之相反，这种预言只能在停止孤立地预言时才可能是科学的。马克思主义不是科学的，至多是唯科学主义的。科学理性是探求、思索甚至造反生殖力很强的工具，而历史理性则由否定一切行为准则的德意志意识形态发明的，这两者之间根深蒂固的分离却被马克思主义打破了。历史理性从其固有的功能而言并不是一种判断世界的理性，却声称判断世界的同时引领世界，沉溺于事件的同时领导世界。历史理性循循善诱的同时却有征服性。况且这些神秘莫测的描述掩盖着最简单的现实。假如把世人归属于历史，他别无其他选择，只是一味陷入荒唐历史的喧闹和狂暴之中，抑或把人类理性的历史赋予这种历史。为此，当代虚无主义的历史只有一种持久努力的过程，以世人仅有的力量，或光凭努力把一种秩序赋予不再有秩序的历史。这种伪理性最终与诡计以及计谋融为一体，盼望在意识形态帝国登峰造极。科学来此干什么？没有比理性更不具备征服性的了。用科学一丝不苟的顾忌是创造不了历史的，人们甚至自责没有正逢其时创造历史，即声称怀着科学家们的客观性便可走向历史的那个时刻。理性不做自我宣讲，否则一旦宣讲出来，就不再是理性了。有鉴于此，历史理性是一种不合情理和浪漫主义的理性，有时使人想起着魔者的系统说教，再如故弄玄虚，装神捣鬼，等等。

马克思主义唯一真正的科学方面在于预先拒绝神话，并且清讫最露骨的利益。但按照这么说，马克思不比拉罗什富科[①]更科学，恰恰一旦他进行预言这种态度就被他抛弃了。为了使马克思主义成为科学，维持这种虚构，既然对科学的世纪能派用场，不妨事先通过恐怖手段，使科学马克思主义化。自马克思以降，科学的进步大致在于以临时或然论替代决定论和他那个世纪相当粗俗的机械论。马克思给恩格斯写道，达尔文理论构成了他们的理论基础。马克思去世后的马克思主义为了保持可靠有效，不得不否定自达尔文以来的生物学新发现。由于时逢这些发现，自从德弗里斯[②]证实生物变异以来，在于引入生物学中的偶然性概念，而反对决定论，不得不把李森科推出来制服染色体学派，从而重新论证最基本的决定论。这是可笑的。但是要给郝麦先生[③]派警察撑腰，那就笑不出来了。如今二十世纪了。为此，二十世纪竟然还要否定物理学的不定性原则，还要否定狭义相对论，还要否定量子论：凯卢瓦[④]指出斯大林主义反对量子论，却利用从量子理论引申出来的原子科学，总之否定当代科学的总趋势。当今，马克思主义号称科学的，却

[①] 拉罗什富科（1613—1680），法国箴言作家。
[②] 德弗里斯（1848—1935），荷兰植物学家和遗传学家。
[③] 福楼拜名著《包法利夫人》中的人物："自命科学家的药剂师的郝麦"（李健吾先生语），自我标榜伏尔泰式反教权主义者，为人自负、贪财、阴险、恶毒。
[④] 凯卢瓦（1913—1978），法国作家、人类学家，法兰西学院院士。参见其著作《马克思主义批判》，加利马出版社。

偏偏反对海森伯①，反对玻尔②，反对爱因斯坦③以及反对这个时代最伟大的学者们。总之，旨在把科学理性套用于为预言服务的原则毫无神秘之处，早已自称为专制原则：这一原则指引教会，当教会蓄意迫使真正的理性屈从于对死亡的信仰，迫使精神的自由屈从于世俗权势的维持。有关这一切，谨请阅读让·格雷尼埃的《散论正统观念》，这部著作出版已有十五年，依然具有现实性。马克思的预言一旦确立，就会有经济和科学这两个自身的本源来对抗，只好感情用事地宣告那将是很长时间的事情。马克思主义者唯一的求助在于，时限确实比较长，必须等到好的目标，一切都会好起来的，不过哪一天尚不可预见。换言之，我们身处炼狱，有人则向我们许诺将不会有地狱。如果在经济必定顺利演变中经过一两代人的斗争足以导致无阶级的社会，对于积极分子来说，牺牲是可以理解的。但要是好几代人的牺牲还不足够，现在还得跨入一个无限的时期，进行上千倍破坏性的全球争斗，那就必须具备坚定的信仰去接受死亡和制造死亡，只不过这种新的信仰并不比旧的信仰更加建立在理性的基础之上。

---

① 海森伯（1901—1976），德国物理学家，1932年创立量子力学获诺贝尔物理学奖。
② 玻尔（1885—1962），丹麦科学家，1922年诺贝尔物理学奖得主。
③ 爱因斯坦（1879—1955），相对论物理学，最先断言物质与能量的等效性，对空间、时间和引力都赋予完整的新概念，获1921年诺贝尔物理学奖。

到底如何想像这种历史结局？马克思重复黑格尔的说辞。他说得相当晦涩：共产主义只是人类未来必需的一种形式，并不是人类全部未来。然而，要么共产主义结束不了充满矛盾和痛苦的历史：那么就看不出怎么为付出如此多的努力和牺牲证明其正当性，要么共产主义可以终结历史，那么只能想像历史一系列进程走向一个完善的社会。于是在刻意坚持科学的描述中随意地引入一种神秘的概念。马克思和恩格斯所钟爱的政治经济学这个论题一旦最终消失，那就意味着一切痛苦的终结。经济确实与历史的痛苦和不幸相辅相成，最终一起消亡。于是我们进入伊甸园。

要是声称问题不在历史终结，而在于向另一种历史飞跃，也解决不了问题。另一种历史，我们只能凭我们固有的历史去想像，对世人而言，所谓两种历史，其实只有一种。况且，另一种历史推出相同的二难推理。要么解决不了矛盾，我们吃苦受难，死亡和杀戮，几乎什么也得不到；要么解决一些矛盾，实际上了断我们的历史，马克思主义在这个阶段凭终极的城邦自我证明合理性。

那么这个终极的城邦有意义吗？在神明的世界，一旦接受宗教公设的话，会有一种意义。世界既然被创造出来，就会有个终结。亚当离开了伊甸园，人类便应该回去。在历史的天地里，一旦认可辩证的公设便没有终结了。因为，正确运用的辩证法不能够也不应该停止不前。谨请阅读儒尔·莫纳罗《共产主义社会学》第三部分中精彩的议论。历史局势的对抗交割期可以互相否认，然后相反相成于一种新的综合体中。但没有理由从外部引入一个价值判断。如果说无阶级社会终结历史，实际上资本主义社会是优越于封建社会的，因为更接近无阶级社会的到来。但如果认可辩证公设，就必须彻底认可。正如无等级社会接替有等级社会，那就得说无阶级社会接替有阶级社会，但由一种新的对抗所推动，而后者还有待确定。一个运动，不被世人认同有个开端，就不可能有终结。一个极端自由主义散论家说："如果说社会主义是一种永恒的演变，其手段即其目的。"①确切说，社会主义没有目的，只有手段，得不到任何保障的那种手段，如果得不到与演变格格不入的价值保障。从这个意义上讲，理应指出辩证法不是，也不可能是革命的。按照我们的观点，这种辩证法只不过是虚无主义的，旨在否定一切不属于自身的纯粹变动。

因此这个世界上没有任何理由想像历史终结，只不过以马克思主义的名义要求人类作出牺牲是正当合理的。但没有其他合理的依据，唯有一种预期理由，把与历史格格不入的价值引进历史，而人们盼望这个历史是独一无二的，令人满意的。由于这种价值同时也与道德渺不相关，严格地说，不是人们可以作为依据去调整其行为的价值，而是没有根据的教条，人们希

---

① 《社会主义与自由》，作者是埃内斯坦，其人生卒年不详。

望因受到孤独或虚无主义的窒息而思想绝望波动时能找到自己的定位，抑或被那些受益于教条的人们强加到自己头上时能稳住自己。历史的终结不是一种榜样和完美的价值，而是专横和恐怖的一种本原。

马克思承认在他之前的一切革命全都失败了，但声称他宣告的革命应该最终成功。时至今日工人运动所赖以生存的认证不断被事实否认，是时候了，心平气和地拆穿谎言吧。随着耶稣再临人世说渐行渐远，终极王国的断言在理性上被削弱了，却变成了信条。马克思主义的信条从此，不顾马克思的论述，一味把教条强加于整个意识形态帝国。终极目的之王国犹如永恒的道德和天神的王国，被用来达到蒙骗社会的目的。艾利·哈莱维①自称难以启口的是，社会主义究竟通向全球化的瑞士共和国抑或欧洲恺撒政体。此后我们更加知情了。至少在这一点上，尼采的预言灵验了。马克思主义作为以正义反对圣宠之斗争的最后代表，却不由自主地担负起以正义反对真理的斗争。没有圣宠怎么活下去，这是笼罩十九世纪的问题。"依靠正义呗"，一切不愿意接受绝对虚无主义的人们如此回答。他们向失去对诸神天国希望的人们许诺了世人王国。宣扬人类城邦甚嚣尘上，直到十九世纪末，干脆变成幻想了，使科学的信念服务于乌托邦。然而，人类王国已经远离而去，不可思议的

---

① 艾利·哈莱维（1870—1937），法国哲学家、历史学家，研究英国的功利主义。

战争蹂躏最古老的土地。造反者的鲜血溅染一座座城市的墙垣，总体的正义并没有变得更近。1905年的恐怖主义分子已经死亡，撕裂当代世界的二十世纪问题逐渐明确：一无圣宠，二无正义，怎么生活？

唯有虚无主义，而非造反，回答了这个问题。时至今日，独有虚无主义发声，重拾浪漫主义造反者们的说辞："疯狂"。历史的疯狂称为强权。强权意志接替了正义意志，起先前者装作与后者认同一体，然后将其弃如敝屣于历史一端，直到世上什么也没有可主宰的了，意识形态的结果就这样战胜了经济的后果：俄罗斯共产主义的历史推翻了自身的行为准则。我们将在这条漫长的道路尽头重新找到形而上悖逆，但这次是行进在武器和口号的喧嚣声中，但忘却其真正的行为准则，将其孤独隐藏于武装起来的人群中间，用一种固执的经院哲学掩盖其种种否定，进而转向未来，从此把未来作为其唯一的上帝，却与上帝分离，中间隔着一大批需要打倒的国家以及需要统治的大陆。形而上造反把行动作为唯一的本原，把人的统治作为托词，并在欧洲东部已经开始破土建造有堡垒保护的营地，面对其他已有堡垒保护的营地。

终极目的之王国

马克思想像不到会有如此可怕的神化。列宁也没有想到，尽管他向军事帝国迈出了决定性的一步。他是优秀的战略家，却是平庸的哲学家，其程度可等量齐观：他首先提出了夺取政权的问题。让我们马上指出有人高谈什么列宁的雅各宾主义（激进民主主义）是完全错误的。列宁思想中只有涉及煽动者和革命者的部分与雅各宾主义一脉相承，因为雅各宾派相信行为准则和德行，是宁死不否认的。列宁只相信革命以及功效德行。"必须时刻准备牺牲一切，必要时运用一切计谋、诡计、不法手段，坚决要隐瞒真相，唯一的目的就是打入工会……不惜一切在工会中完成共产主义任务。"黑格尔和马克思所开创的反对形式道德的斗争由列宁重现于对无功效革命形态的批判中。帝国便呈现于这场运动的终点。

不妨提及这位鼓动家生涯中的两部著作，以《怎么办？》(1902)开始，以《国家与革命》(1917)结束，就会惊讶地发现他不断无情地反对革命行动的情感形态。他刻意把道德从革命排除，因为他有理由认为革命政权并非建立在对十诫的尊重上。他在获得最初的经验之后登上历史舞台，必然扮演非常伟大的角色，看上去他如此从容自在地掌握世界，而这个世界正是前一个世纪的意识形态和经济所塑造的，而他似乎是新时代的第一人。他把焦虑不安、离情别恨、道德操守置之度外，稳操方向舵，追求最好的领导制度，决策此品德比彼品德更适合于历史引领者。他开始时慢慢摸索，犹豫不决于认清俄罗斯是否首先要经过工业化和资本主义阶段。但这就等于是怀疑革命可能在俄国发生。他是俄国人，他的任务是搞俄国革命。于是他把经济注定论抛开而投入行动。他早在1902年就明确宣称工人们凭自己是建立不起独立意识形态的。他否定群众的自发性。社会主义学说必须以科学基础为前提，唯有知识分子能承担。当他说必须消除工人与知识分子之间一切差别，必须诠释为知识分子虽然不是无产者，但比无产者更懂得无产阶级的利益。有鉴于此，列宁赞许拉萨尔①曾为反对群众自发行为而进行的顽强斗争，并说"理论应当牢牢掌控自发性"，很符合马克思的说法："这个或那个无产者，抑或甚至全体无产阶级想像成为自己的终极，那是不应该的。"说得明白一点，这意味着革命需要领袖和理论领导者。

列宁同时与改良主义和恐怖主义作斗争，前者犯有削弱革命力量的罪错，后者态度可嘉却无功效：众所周知，列宁的长兄选择了恐怖主义被判绞刑身亡。革命是军事的，先于经济的或情感的。直到革命爆发，革命行动与战略始终密不可分。君主专制政体是敌人，其主要力量是警察，即政治兵的职业团体，结论很简单："与政治警察作斗争要求特殊的品质，要求职业革命家。"革命要有自己接近群众的职业军队，可以有朝一日向他们征兵。但鼓动家队伍应该在动员群众之前先组织起来。一种密探网，这是列宁的用语，宣示秘密会社以及革命现

---

① 拉萨尔（1814—1864），德国政治家，亲近马克思，但后来与其决裂（1862），宣扬国家社会主义，改良主义倾向严重。于1862年创立德国劳动者总会。

实主义教士的地盘，列宁说："我们是革命的土耳其青年党人，外加耶稣会的某些特点。"无产阶级从此刻起不再有使命，只不过诸多手段中强有力的工具，掌握在革命的苦行者手中。海涅早已称社会主义者为"新清教徒"。清教主义和革命从历史观点来看是并行不悖的。

夺取政权的问题引起国家的问题。《国家与革命》(1917)论述这个主题，是一部奇书，最有悖常理最矛盾百出的奇文。列宁在书中运用其最喜爱的手法，即以权威自居。他借助马克思和恩格斯的论述，一开始就挺身而出反对一切改良主义，自诩利用资产阶级国家，这个以一个阶级统治另一个阶级的机构。资产阶级国家建立在警察和军队之上，因为首先是压迫工具。这个国家同时反映各阶级不可调和的对抗和这种对抗必然造成的降服。这种事实上的权威只配受到蔑视。"甚至一个文明国家的军事权力首脑也会妒羡部落首领，因为族长制社会对其周到的尊敬出自内心，而不是用棍棒强加的。"况且，恩格斯坚定证实国家概念和自由社会概念是不可调和的。"阶级的消失如同其出现将不可阻止地消失，随着阶级消失，国家将不可避免地消失。社会将在生产者自由与平等协同的基础上重新组织生产，从而把国家机器重新搁置到与其适合的地方：古董博物馆，靠近手摇纺车和青铜斧头那一边。"

这大概可以解释心不在焉的读者何以把《国家与革命》算作列宁的无政府主义倾向，并且同情这位无政府主义的独特后继者，他的学说是如此严厉地对待军队、棍棒和官僚。要弄懂列宁的观点，始终应该从战略关系去领会。他之所以那么坚决地捍卫恩格斯关于资产阶级国家消亡的论断，是因为他决意一方面扼制普列汉诺夫或考茨基的"经济主义"，另一方面论证克伦斯基①政府是资产阶级政府，必须予以摧垮。果不其然，一个月之后，列宁就把它摧垮了。

有些人推说，革命本身需要管辖和镇压机器，列宁也必须回答他们。他还是大篇幅利用马克思和恩格斯的论断，为了权威地证明，无产阶级国家不像其他国家那样组织起来的，而从定义上讲是一种日趋消亡的国家。"一旦不再存在需要维持被压迫社会阶级……国家也就不再是必需的了。无产阶级国家真正自信表明为全社会的代表，第一个行动就是掌握社会生产资料，同时也是国家最后一个固有的行为。对人的治理被对事的管理所替代……国家不是被废除，而是日趋消亡。"资产阶级国家首先被无产阶级废除。然而，只是然后，无产阶级自行消灭。其间，无产阶级专政则是不可缺乏的：其一，为了压制或消除资产阶级残留的一切；其二，为了实现生产资料社会主义化。这两项任务完成之后，无产阶级专政便立即开始消亡。

因此，列宁从历史本原出发，明确而坚定地认为，一旦生

---

① 克伦斯基（1881—1970），俄国政治家，二月革命后资产阶级临时政府总理。

产资料社会化得以完成，国家即将消亡，剥削阶级也被消灭。然而，在同一篇奇文中，他得出的结论却是，在完成生产资料的社会化之后，保持某个革命的派别对其他民众在难以预料的时期内实行专政是合法合理的。这本论战小册子，始终把巴黎公社的经验作为参照，绝对抨击联邦主义以及反专制主义的思潮，正是这种思潮使巴黎公社爆发的，却也是与马克思和恩格斯乐观主义的描述相抵牾的。理由显而易见：列宁没有忘记巴黎公社的失败。至于作出如此令人诧愕的论证，其手法更为简单：每当革命遇到新的困难，都是对马克思所描绘的国家增添补充说明。翻过 10 页，列宁确实在书中单刀直入地断言，政权是必需的，为了镇压剥削者的反抗，"也为了领导广大人民群众，包括农民、小资产者、半无产者，对社会主义经济进行治理"。这个说法具有转折性，无可争辩。马克思和恩格斯笔下的临时国家被肩负一项新的使用：临时国家有可能长期存在下去。我们已经发现斯大林政体被官方哲学所挟制而产生矛盾。要么斯大林政府实现了无阶级的社会主义社会，但保持可怕的镇压机构并不能以马克思主义的论断来自圆其说；要么没有实现无阶级的社会主义社会，那么事实证明马克思主义的学说是错误的，尤其是生产资料的社会化并不意味着阶级的消失。这个政体，面对自己的官方学说，不得不选择：要么官方学说是错误的，要么该政体背离了官方学说。事实上，列宁在聂察耶夫和特卡切夫协同下，使国家社会主义发明者拉萨尔在俄罗斯战胜了马克思。从此之后，共产党内部的斗争历史，从列宁到斯大林，可归纳为工人民主与军事官僚专政之间的斗争，归根结蒂是正义与功效之间的斗争。

有一段时间，人们怀疑列宁是否会找到一种调和，因为见他赞扬巴黎公社所采取的措施：公务员可选举产生，也可罢免，与工人一样领工资，以工人直接管理替代工业官僚，甚至颂扬公社的体制及其代表性，似乎呈现一个联邦主义的列宁。但人们很快明白这种联邦主义只是意味着废除议会制。列宁背离历史真相，称议会制为集中制，立刻强调无产阶级专制的理念，指责无政府主义者关于国家问题不妥协。此时，他引证恩格斯观点，却提出新的论断，为生产资料社会化之后维持无产阶级专政正名，甚至为资产阶级以及群众最后获取领导权的消失正名。保持职权要有期限，而期限将由生产条件本身来划定。例如，国家的终极消亡与为所有人免费提供住房的时刻相辅相成。这是共产主义高级阶段："各取所需。"在此之前，国家将依然存在。

向各取所需的共产主义这个高级阶段进展的速度如何确认？"这个嘛，我们也不知道，也不可能知道……我们没有资料可供我们解决这些问题。"为了说得更明确，列宁始终断言："没有任何一个社会主义者想到过要许诺共产主义高级阶段到来的期限。"可以说在这里自由最终死亡。首先从群众统治、从无产阶级革命概念转向由职业员工开展并领导的革命理念，

反抗者 | 267

其次，对国家无情的批判与必要却暂时的无产阶级专政协调一致，并由无产阶级领导者们身体力行体现其专政。末了宣告不能预见临时国家的期限，况且从来没有任何人许诺某个期限。之后，苏维埃自治被取消，马克赫诺①被出卖，喀朗施塔得②海军将士被党镇压。

诚然，列宁是正义的热爱者，他的许多论断还是可以用来反对斯大林主义政体的，主要是国家消亡的概念。即使认同无产阶级国家不可能很快消亡，按列宁的学说，为了能够自称无产阶级的国家，那么还应该趋向消亡，变得越来越减少强制性。可以肯定列宁认为这种倾向不可避免，然而在这个问题上，他被超越了。无产阶级国家建立三十多年来，没有显示任何逐步衰退的迹象，反倒日益繁荣强盛，大家有目共睹。不过两年之后，在外部事件和国内现实的压力下，列宁在斯维尔德洛夫③大学演讲时明确预测要让无产阶级高等国家无限期保持下去："我将运用这部机器或这根狼牙棒（国家）消灭一切剥削。将来地球上不再有剥削的可能，不再有人拥有土地和工厂，不再有人在饥肠辘辘的人们面前饱食肚撑，等到这些事情

---

① 马克赫诺（1889—1935），乌克兰无政府共产主义者，工农游击队组织者，起先与苏联红军联盟，后被红军镇压（1920—1921）。
② 喀朗施塔得海军基地发生叛乱，口号是"反对布尔什维克的苏维埃"，被红军镇压。
③ 斯维尔德洛夫（1885—1991），苏联共产党和国家领导人之一。1912年当选中央委员，十月革命后当选苏维埃全俄中央执行委员主席，列宁称他为"非凡的天才组织家"。

不再可能发生了,只有这种情况下,我们才把国家机器束之高阁。到那个时候,就将不再存在国家,不再存在剥削了。"只要地球而并非在某个特定的国家还存在一个被压迫者或一个无产者,国家将会持续下去,要多久就多久。国家也将不得不要多久就多久地自我壮大去战胜一个又一个的非正义、一个又一个非正义的政府、一个又一个顽固不化的资产阶级国家、一个又一个看不清自身利益的人民。当地球上最后一切敌手被制服被清除,最后极不公正的行为就将沉溺于正义者们与非正义者们的血泪之中,于是国家达到一切强权的极限,成为笼罩全球的则是怪兽般的偶像,将在无声无息的正义之邦自行消失。

然而,在可预见的种种敌对势力的帝国主义压力下,事实上,列宁所主导的正义帝国主义已经诞生。但,帝国主义即使是正义的,除失败之外,没有别的结局,或成为世界的帝国。至此,作为手段,只有非正义,别无其他可言。从此,学说与预言最终相随相伴。学说为一种遥远的正义,不得不在历史整条长河中为非正义辩护,进而成为一种骗局,这是列宁比任何人更为深恶痛绝的。通过对奇迹的许诺使人接受非正义、罪行和谎言。一再要求更多的生产和更多的权力,要求不间断的劳动、无休止的痛苦、无止境的战争,但有朝一日总会来临,全球帝国中普遍化的奴役将奇迹般地自我蜕变为反面:在普世共和国内自由自在游乐。这种伪革命的骗局现在有其公式:为征服帝国,必须扼杀自由,而帝国总有一天成为自由。因此,和谐一统的道路要经过全体性才走得通。

全体性[①]与审讯

全体性其实不过是信仰者和造反者共同怀有和谐一统的古老梦想，但被投射到没有上帝的地球上得以横向传播。弃绝一切价值无异于放弃造反而接受帝国和奴役。对种种形式的价值批判并不能姑息自由的理念。一旦承认仅凭造反之力不能产生浪漫主义的自由个体，自由本身也就纳入历史的运行之中，成了斗争中的自由，并应该自身争取其存在。自由一旦被认同为历史的动力，就只能在历史中止时才可在普世城邦自得其乐。至此，每次自由的胜利必将引起质疑问难，使胜利徒劳无功。德意志民族从协约国压迫者获得解放全人类，自由将降临一群群奴隶们，不错，他们与上帝的关系至少是自由了，总体而言，摆脱了一切超验性。辩证法的奇迹，即量变转为质变，彰显无遗：人们选择把全体性奴役称为自由。况且，正如黑格尔和马克思所援引的例证中，没有任何的客观转变，有的倒是主观的命名变化。没有奇迹。如果说虚无主义的唯一希望是成百上千万奴隶能够有朝一日组成永获解放的人类，那么历史只是一场绝望的梦。历史性思想应当把世人从神明的桎梏中解脱出

---

① 全体性，系康德哲学术语：看问题不但要看到部分，而且要看到全体，看世人不但要看到个体，也要看到全体。也可译为"整体性"或"全局性"。

来，但这种解放要求世人绝对服从变化。于是人们永远跟着党跑，就像先前投身于教堂神坛。因此敢于自诩最造反的时代，却只供选择英国式遵奉国教那般循规蹈矩。二十世纪真正的激情正是奴役。

然而，全体自由不再比征服个体自由更为容易。为了确保世上的人类帝国必须从世界和世人中间铲除，不受帝国管辖的一切，铲除不受数量支配的一切：这项任务无穷无尽，应当向空间、时间和人类扩展，三者组成历史的三个维度。同时，帝国也有三级：战争、蒙昧主义和专制，绝望地断定那是博爱、真理和自由，是其公设的逻辑迫使的结果。想必今日俄罗斯，甚至及其共产主义，会有一种真理去否定斯大林主义的意识形态。但后者也有自身的逻辑，必须将其孤立出来，公之于众，如果真想让革命思想最终摆脱衰落。

西方国家军队为了反对苏维埃革命而进行了恬不知耻的干涉，格外向俄罗斯革命者证明战争和民族主义可与阶级斗争等量齐观的现实。缺少自行起作用的无产国际大团结，在没有创立国际秩序的情况下，国内的任何革命都不可自以为具有生命力。从此日起，必须承认普世城邦只能在两种情况下才建得起来。要么所有大国几乎同时爆发革命，要么通过战争把资产阶级国家全部消灭；要么持久地不断革命，要么持久地不断战争。第一种观点几乎获胜，世人皆知。德国、意大利和法国的革命运动标志着革命精神的制高点。然而，这些国家的革命被铲平以及资本主义制度继续不断得到加强，促使战争变成革命的现实。于是启蒙运动的哲学导致欧洲遍布宵禁令。根据历史的逻辑和学说的逻辑，普世城邦，本应在受屈辱的人们本能起义中得以现实，却逐渐被帝国重新覆盖，通过强权手段强加于斯。恩格斯在得到马克思赞同后冷静地接受了这种前景，回复巴枯宁《告斯拉夫人书》时写道："下一次世界大战不仅将各个阶级以及各个王朝而且把全世界反动的民众统统从地球表面消灭。这也是进步呀。"这种进步，在恩格斯的头脑中，应该会是消灭沙皇俄国。今天，俄罗斯民族颠倒了进步的方向。战斗，不管是冷战还是热战，都属全球帝国的奴役。但，革命，一旦成为帝国性质，必将陷入死胡同。假如革命不抛弃错误的行为准则而回到造反的根源，那只不过意味着维持对几亿人的全面专政，直到资本主义自行瓦解；抑或，假如革命非得加速世人城邦的到来，发动自身不乐意看到的原子战争，那么战后大同世界只会在彻底的废墟上大放异彩。世界革命，按照其不慎奉为神明的历史法则本身而言，注定会陷入警察或炸弹的控制之下，同时则被置于额外的矛盾之中。牺牲道德和德行，接受革命坚持不懈以追求目的为不择手段正名，必要时只根据有可能是合理的目的为之辩护。全副武装的和平通过专政来无期限维持，意味着无限否定这个目的。此外，战争的危险影响这个目的的可能性微乎其微。对二十世纪的革命而言，帝国向全球扩展的必然性是不可避免的。但这种必然性使其面临最后一个进退两难的境地：要么缔造新的行为准则，要么放弃其最终笼罩于世的正义与和平。

帝国在期待控制空间的同时，发现自己也不得不主宰时间。由于否定一切稳定的真理，所以不得不连真理最低档的形式，即历史的形式，也一概否定掉。帝国把世界范围内尚不可能发生的革命转移到它热衷于否定的过去，甚至这也符合逻辑。一切连贯性，从人类过去到未来，并非纯粹是经济的，却意味着一种恒量，可以又转过来使人想起人性。马克思是很有文化修养的人，坚持认为各种文明之间有深厚的一致性，几乎流露出他的论断；揭示了比经济学更为广阔的自然连续性。而俄罗斯共产主义逐渐被引至自断退路，在变化中引入非连续性。否定异端天才（他们几乎全是人精），否定文明的贡献，否定艺术，无限否定，因为要摆脱历史，弃绝活生生的传统，这一切都是为当代马克思主义筑堡壕，其阵地却越来越狭窄。对俄罗斯共产主义而言，否定或不谈其学说在世界历史中不可同化的东西是不足够的，抛弃现代科学的成就也是不够的，还必须重新创造历史，甚至新近最熟悉的历史，比如党的历史和革命的历史。*Pravda*（《真理报》）年复一年，有时月复一月，修改自己的文章，官方历史一改再改的版本接连不断问世。列宁的书被查禁，马克思著作也不再版。事情到了这等地步，甚至宗教的蒙昧主义也难以望其项背。教会从未如此连续不断决定神灵体现在两个世人身上，然后说体现于四个人或三个人，

反抗者 | 273

再后又回到两个人身上。我们时代特有的这类加速也涉及制造真理,其节奏之快简直走火入魔。这很像一则民间童话,说的是一座城市所有的织布机都在虚空地为国王编织衣服,成千上万市民都在搞奇特的编织,每天搞来搞去,白天织好当晚拆掉,在此期间,一个儿童用平静的声音突然宣告国王是赤身裸体的。反抗的微弱之声道出众所周知的实情:革命为了持续下去是注定要否定普世使命的,抑或自我舍弃一切而成为普世革命,反正靠虚假的行为准则得以维持生命。

在此期间,这些行为准则继续凌驾于成百上千万人头上运作。帝国之梦受时间和空间的现实抑制,向民众发泄离愁别绪。其实民众仅仅作为个体与帝国并非敌对:传统的恐惧便可足矣。民众与帝国作对,因为人性一向以来从未能光靠历史活着,而且始终通过旁门左道,逃之避之。帝国一则意味着否定,再则意味着确信:确信人的无限可塑性和否定人的天性。宣传的技术服务于衡量这种可塑性,并力图使思考与条件反射不谋而合,以致授权予多年内被指定为死对头的人签署协议。更有甚者,还可以推翻由此而引起的心理效果,重新发动全体民众起来反对同一个敌人。尝试尚未结束,但其行为准则是符合逻辑的。如果说没有人的天性,人的可塑性确实是无限的。在这个程度上,政治现实主义只是一种无约束的浪漫主义,即功效性的浪漫主义。

综上所述,可以说明俄罗斯马克思主义全盘拒绝非理性世界,尽管明知可加以利用。非理性可以为帝国服务,也同样可以违逆帝国。非理性摆脱了工于心计,而唯有工于算计才会在帝国盛行。世人只不过是实力效应的一副牌,可以合理加以利用。例如一些冒失的马克思主义者以为可以把他们的学说与弗洛伊德①调和一致。人们很快就让他们看清是怎么回事儿。弗洛伊德是个异端思想家,"小资产者",因为他揭示了无意识,赋予无意识至少同样多的现实与超我,或社会的我。于是,这种无意识就可以鉴定人性的特点,即与历史的我相对的人之本性。与之相反,人应当归结为社会的我和理性的我,工于算计的原由。因而必须加以控制,不仅是每个人的生命,而且是最非理性和最单独的事件,对此的期望伴随人的整个一生。帝国,在其走向终极王国的坎坷不断的努力中,倾向于跟死亡合成一体。

人们可以奴役一个活生生的人,使他沦为事物的历史状态。但如果他因抗拒而死,他便重新肯定人的本性,后者则唾弃事物的秩序。所以被告只有同意说他死得活该,符合世事所迫,这才面对世界被杀死。必须蒙受耻辱而死,或者不再存在了,生死两茫茫。后一种情况,当属不是死亡,而是消失;同样,被判有罪的人,若承受一项惩罚,他的被惩静悄悄地受到抗议,使全体性产生一道裂痕。然而,被定罪者没有被惩处,

---

① 弗洛伊德(1856—1939),奥地利医生,精神分析学派创始人。他指出:"我们是无意识的群体,被阳光稍为澄清的只是表面而已。"

反抗者 | 275

而是被放回全体性之中，参与建造帝国这部大机器。他转变成用于生产的齿轮，在此期间，变得不可或缺，久而久之，他不再被用于生产，因为他有罪，但生产需要他时，他又被判有罪。实际上，俄国集中营制度实现了从管制人到管理物的辩证过渡，但把人与物混为一谈了。

甚至敌人也应该为共同事业出力。没有帝国就没有拯救。这个帝国现在是或将来是友情帝国。但这种友情是对事物之情，因为朋友不可以比帝国得到更多的友爱。众生的友谊没有别的定义，是特殊的相互抱团，至死不渝，反对不属友爱主宰的东西。对事物的友爱是一般的友爱，是有关所有人的友爱，意味着需要自我保护时揭发每个人。一个男生爱他的女友抑或她的男友现时爱她，但革命只需要她爱一个尚未出现的男人。爱，从某种意义上讲，就是把由革命产生的完人杀掉。事实上，为了活下去，自今日起，他应当做到被众人喜欢胜过一切。在众人支配的地盘，人人以情维系在一起，而在由事物主宰的帝国，人人以告密维系在一起。人类之邦自诩博爱，却变成孤单独处者们的蚁穴。

在另一个层面上，一类野蛮粗鲁之辈，只有他们非理性狂兴发作之时想出暴虐折磨人以取得对方的认同，以致一个男人以淫邪的交媾制服另一个男人。与之相反，理性的主体性代表却满足于让事物来到人的面前。最崇高的思想首先被通过警察用的技术手段贬抑至思想大杂烩最低档的层次。然后，五个、十个、二十个夜晚的失眠使之虚幻的信念丧失殆尽，随之为这个世界新添一个死灵魂。从这个观点看，我们的时代继弗洛伊德之后所经历的唯一心理革命是由 N.K.V.D（苏联内务人民委员会）以及通常的政治警察搞起来的。这些新技术由一种决定论的假设所引导，算计着人的弱点和灵魂的可塑性程度，终究排除人的一个限度，试图论证没有任何个体心理是独特的，而且性格的共同尺度是事物。因此，这些新技术不折不扣创造了灵魂的肉体。

从那时起，传统的人际关系被改造了。这些逐步的改变形成理性恐怖世界的特征，在不同程度上，欧洲都经历过。对话，即人际关系，被宣传或论战所替代、宣传和论战是两种类型的独白。适合于势力和算计的抽象替代属于有血肉和非理性范畴的真情实感。票证被面包替代，爱情和友谊屈从于学说，命运屈从于计划，惩治被称为规范，生产取代鲜活的创造，相当确切地描述了瘦骨嶙峋的欧洲，布满幽灵的欧洲，凯旋或败北的强权欧洲。马克思惊呼："一个社会只知道刽子手是最好的捍卫手段，该是多么可悲呀！"况且刽子手还不是哲学刽子手，至少尚未自诩普世博爱。

历史经历了最伟大的革命，其最终矛盾毕竟不那么像其企求正义时要通过一系列不间断的非正义和暴力来实现了。奴役或哄骗，这种不幸，各个时代都有，其悲剧则是虚无主义的悲剧，与当代智者的悲情混杂在一起，后者追求一般概念，却积

反抗者 | 277

累了一堆世人的缺陷。全体性并非单一性。戒严状态即使扩展到世界各边极限也不是和谐一致的。

在这场革命中，要维系对普世之邦的诉求只好放弃世界的三分之二和有史以来奇迹般的遗产，为历史的利益而否定自然和美，截去人身上情欲、怀疑、幸福和独特发明的能力，一言以蔽之，剥夺人的尊严。世人自我规定的行为准则最终践踏他们最为崇高的意愿。由于经受反复的质疑、无休止的斗争、论战、清洗、迫害之后，自由和博爱的人类普世之邦逐渐偏离方向，让位于独善其身的天地，那里历史和功效果然能以最高法官自居，那是审讯的天地。

每种宗教都围绕着无罪和有罪运转。普罗米修斯，第一位造反者，拒绝惩罚权。宙斯本人，尤其宙斯，并非清白无辜到足以接受这个权力。因此，造反一开始行动时并不承认惩罚的正当性。但经历了筋疲力尽的旅途之后，降世为人时，造反者重新接受惩罚的宗教概念，并将之置于身处的天地。最高法官不再处于天国，而是历史本身，并以无情的神明身份实行惩罚了。历史以自身的方式只不过进行一次漫长的惩罚，既然真正的奖赏只有等到时代终结时才享受得到。显而易见，我远离了马克思主义和黑格尔，离开天辟地最初的造反者们就更加遥远了。然而，一切纯历史性思想朝着这些深渊开展。由于马克思预言无阶级之邦不可避免要实现，由于他就这样确定历史的良好夙愿，那么走向解放征途的一切延误都应该归咎世人没有诚意。马克思把过失和惩戒重新引入去基督教化的世界中，但要面对历史。马克思主义就其某个方面而言，是一种世人有罪历史无辜的学说。马克思主义远未掌权时，对历史的诠释就已经表现为革命的暴力，而居于权力顶峰时，则很可能成为合法的暴力，就是说，恐怖与审讯。

况且在宗教性世界里，真实的审判是推后举行的，没有必要让罪行毫不迟延地被惩罚，相反，在新的世界里，被历史宣告的审判必须马上进行，因为罪行与失败、惩罚与失败及惩罚，是相随相伴的。历史审判了布哈林①是因为是历史把他弄死的。历史宣告斯大林无罪，因为他处于权力顶峰。铁托②即将受到审判，就是托洛茨基过去受到的那种审判，其罪行，在研究历史罪行的哲学家看来，只有等到凶手的榔头落到他的头上才明朗起来。同样，铁托也是如此，我们还不知道他是否有罪，说不好哇，反正他已被揭露，还未被打倒。等他被打翻在地，他将罪责难逃。尽管如此，托洛茨基和铁托暂时无罪，由于，或很大程度上由于地理的关系：他们都远离世俗教宗之手③，所以必须毫不迟延审判这只手可逮之徒。历史最终的审判取决于无数今后将被宣布的判决书，那时将会被批准或撤销。于是有人就许诺神秘莫测的翻案昭雪，届时世界法庭将由

---

① 布哈林 (1888—1938)，苏联政治家，1938 年莫斯科审判的受害者。
② 铁托 (1892—1980)，南斯拉夫元帅，总统。
③ 世俗教宗，暗喻斯大林。此处系指托洛茨基移居墨西哥；铁托是南斯拉夫铁腕人物，该国距苏联较远。天高皇帝远，无奈灭不了他们。

世界本身建立起来。这样的世界一旦自我宣布为叛徒和无耻之尤，就将进入世人的先贤祠。原先那位世俗教宗便将进入历史的地狱。那么将由谁来审判呢？由世人自己嘛，最终圆满成为青春期的神明。在此期间，构想预言的人们，唯一能够从历史中读出他们先前引入其中的含义，将宣读判决，对有罪者而言是致命的，仅仅对法官来说是临时的。审判者们中间势必会有像拉齐克①会轮到自己受审。难道必须相信他不再正确阅读历史吗？果不其然，他的失败和死亡予以证明。进而谁保证得了今日审他的法官们将不会是明日之叛徒，从其法庭高位上被投入水泥地窖里作为历史的受难者呢？保证在于他们必然的远见卓识。谁来证明？他们连续不断的成功呗。审讯的世界是个循环的世界：成功与无辜彼此认证，所有的镜子都在折射相同的骗局。

没准就这样产生一种历史的圣宠，仅凭其权力就可戳穿意图，对帝国的主体赋予扶持或将其扫地出门。在历史的天地里，"理性的诡计"把恶的问题闲置起来。为防备历史反复无常，帝国的主体仅可支配信仰，至少正如圣依纳爵·罗耀拉②在《神操》给信仰所下的定义："为了永远不误入歧途，我们应该时刻准备把我们明明看见是白的认为是黑的，倘若等级制教

---

① 拉齐克（1909—1949），匈牙利政治家，参加过西班牙战争。第二次世界大战后任纳吉政府部长，被指控为铁托分子后遭处决。
② 圣依纳爵·罗耀拉（1491—1556），皈依的贵族，1534年在巴黎建立了耶稣会。

会确认是黑的。"唯有真理的代表们所持这种积极的信仰才能拯救被历史神秘所蹂躏的主体。况且摆脱不了审讯的天地，反正被恐惧的历史感与之束缚在一起了。然而若无这种信仰，也总会有可能成为一个客观上的罪人，尽管不是甘心情愿的，即使怀着世上最好的意愿。

最后，审讯的天地在这个概念中达到顶点，随后翻倒飞斤斗。以人类无辜的名义经过根本性变质，到达漫长的反叛终点，从而肯定普世罪责。人有罪而不自知。客观的罪人恰恰就是自以为无罪之人。他主观上判断自己的行为是无害的，抑或甚至有益于正义的未来。但人家向他证明他的行为客观上有害于正义的未来。问题在于科学的客观性吗？不是，而是历史的客观性。不妨举例反问：怎么知道正义的未来被现在的非正义轻率检举败坏了呢？真正的客观性在于科学地根据事实及其倾向性所观察的结果来判断的。但客观罪责的概念证明这种奇特的主观性只建立在至少要到2000年的科学才能弄明白的结果和事实上。在此期间则表现为一种无休止的客观性，把自视的客观性强加于人：这就是恐怖的哲学定义。这种客观性没有可确定的含义，而是权力赋予其一种内容：发布其不赞成的事有罪。权力同意向帝国之外的哲学家说或让人说出，这么做对历史要承担一定的风险，就像对待客观的罪人那样，当时并不知道而已。事情要到以后下判断，等到受害者和刽子手消失以后。但这种慰藉只对刽子手有价值，而恰恰刽子手

反抗者 | 281

并不需要。在此期间,忠贞者们被定期邀来参加奇特的庆典,根据一丝不苟的仪式,满怀渎神后的忏悔作为祭品献给历史之神明。

这种概念的直接效用是禁止对信仰的淡漠。这是强制的福音布道。法律的职能是追究可疑分子,而现在则是制造可疑分子。在制造可疑分子的同时,使他们改宗皈依。比如在资产阶级社会中,一切公民被认为是拥护法律的。在客体的社会,一切公民皆被认为是不拥护法律的,或至少,公民应该随时表现出不拥护法律。罪责不再由事实定性,仅凭缺乏信仰而定罪,这可说明客观体系明显存在矛盾。在资本主义制度下,自称中立分子客观上被看作对政体有好感的。在帝国政体下,中立分子客观上敌视政体。毫不奇怪。假如帝国的主体不相信帝国,从历史的角度讲,主体跟自己的选择根本不搭界,因此选择与历史对抗,那么主体便是大逆不道。光是嘴上公开承认信仰是不够的,必须为信仰而活,为信仰服务而行动,始终保持警惕,及时拥护教条所改变的一切。稍有犯错,权势的罪责轮到自身变成客体的了。革命以自身的方式完成其历史,并不满足于扼杀一切反抗。革命确保让每个人,直至最卑贱者承担责任,对曾经存在过的反抗、对太阳底下还存在的造反肩负职责。在终于被征服被完成的审讯天地中有罪的民众不停息地在大写的大法官严厉的眼光下向着难以企及的无辜境地前行。处在二十世纪,强权倒是很可悲的。

普罗米修斯令人吃惊的旅程至此结束。他嚷嚷对诸神的憎恨对世人的热爱，轻蔑地背离宙斯，投向凡人，带领他们向天国进攻。但凡人或懦弱或卑怯，必须把他们组织起来；他们喜欢作乐，喜欢眼前的幸福。必须教会他们自己成长壮大，弃绝现世的甜蜜，就这样普罗米修斯轮到他自己成为教头，先谆谆教诲，后发号施令。斗争依然继续，尽管越来越令人心力交瘁。世人怀疑到了太阳之邦，即使这样的城邦存在，必须让世人自己拯救自己。于是，这位英雄对他们说，他熟悉这个城邦，唯有他知道得一清二楚。对此言怀疑的人们将被扔到沙漠里，被钉在岩石上，供凶猛的猛禽充当食物。此后，凡跟在沉思而孤独的导师后面的人们便将在黑暗中前行了。普罗米修斯，唯有他一人，成为神明，主宰着世人的孤独。然而，从宙斯那里，他所获取的仅仅是孤独和残忍，于是他不再是普罗米修斯，而成了恺撒。真正的、永恒的普罗米修斯如今获得的是受害者们当中的一张面孔。来自世世代代深处的呼声如出一辙，始终响彻西徐亚[①]沙漠的深处。

造反与革命

行为准则的革命扼杀了上帝在人世的代表。二十世纪的革

[①] 系历史地名，指古代欧洲东南部以黑海北岸为中心的一个地区。西徐亚人，公元前十二世纪至公元二世纪生活在顿河和多瑙河流域的游牧民族。

命扼杀了上帝留在行为准则中残剩的东西，使历史虚无主义神圣化。不管这种虚无主义借用什么途径，一旦决意在本世纪摆脱一切道德规则进行创造，那么造出来的必定是恺撒的圣殿。选择历史，而且仅仅选择历史，就是选择虚无主义去对抗造反本身的教诲。那些以非理性为名义的人们高喊历史没有任何意义，会遇到奴役与恐怖，进入集中营般的世界。那些投身其中还宣扬绝对理性的人们，也会遇到奴役与恐怖，进入集中营般的世界。法西斯主义想要为尼采超人的降临保驾护航。它立刻发现上帝倘若存在，也是这个或那个样子，但首先是死亡的主宰。假如世人想使自己成为上帝，就得窃取对他人生杀予夺的权力。尸体的制造者和下等人的培育者，他们自己就是下等人而不是上帝，却是死亡的卑贱奴才。另一方面，理性革命蓄意实现马克思提出的那种全面的人。历史的逻辑，自从理性革命完全被接受以来，逐渐抵制最崇高的激情，把革命引向越来越损害世人，并使其自身转变为客观犯罪。把法西斯主义的宗旨与俄国共产主义的宗旨等量齐观是不正确。前者表现为由刽子手自己颂扬刽子手；后者更具悲情，由受害者颂扬刽子手。前者从未梦想过解放全人类，只想解放一部分人去制服另一部分人；后者，在其最深刻的东西，旨在解放全人类的同时临时性控制所有的人。我们不得不承认后者的伟大意图。但与之相反，公平而论，他们二者的手段与政治犬儒主义如出一辙，都取之于同一个源泉：道德虚无主义。所发生的一切就像施蒂纳和聂察耶夫的后代在利用卡利雅耶夫与蒲鲁东的门徒。如今虚无主义者们坐上王位，声称以革命名义引领我们世界的思想，实际上已经成为顺从的意识形态，而非造反的意识形态。这就是为什么我们的时代成为消灭私人和公共技术的时代。

革命，屈从于虚无主义，确实背离其造反的根源。世人，憎恨死亡以及死亡之神，对个人苟全性命于乱世感到绝望，决意于人类不朽中解脱自己。然而，只要群体不统治世界，只要人类不主宰世界，依然不得不死亡。于是时光紧迫，但说服需要充裕的时间，友谊需要无止境的构建，因此恐怖遂成永垂不朽最短的路程。但同时这些极端变态的行为却呼唤最初造反价值的回归。当代革命声称否定一切价值，其本身已经是一种价值判断。当代人想通过革命来主宰世界。但，既然一切皆无意义，又何必主宰？永垂不朽，为了什么？既然生命的面孔难看得要死？所以嘛，不存在绝对的虚无主义思想，除非也许存在于自杀之中，但也不见得就存绝对的唯物主义。人的毁灭仍然是对人的肯定。恐怖以及集中营是极端手段，世人用来逃避孤独。对统一性的渴望应予以满足，甚至处于公共墓穴中。他们之所以杀人，是因为他们拒绝死亡的状态，渴求为大家争取永垂不朽。于是，他们以某种方式互相残杀。但他们同时证明他们离不开世人，对博爱如饥似渴想得到满足。"造物者应当享有快乐，没有快乐时，就得给他一个妙人儿。"人们拒绝存在和死亡的痛苦，因而渴求统治。萨德说："孤独即权力。"因为权力,今天对成千上万个孤独者而言,承认需要他人,因为权力意味着他人的痛苦。恐怖是孤独的仇恨者们最终向世人的博爱所表达的敬意。

然而,虚无主义,即使不存在,也想方设法存在下去,因为这足以抛弃世界。这种狂热给我们的时代提供其狰狞的面目。人道主义的土地变成这块不人道的土地:欧洲。然而,这个时代是我们的时代。如何否认得了?假如我们的历史是我们的地狱,我们不能视而不认吧。这种惶恐是不可能回避的,但要由曾经清醒地经历过的人们来承受,以便加以超越,不要由曾经挑起惶恐的人们承受,于是前者就有权宣布判决。这样一株植物确实只能生长在层层积累的不公正厚土上。本世纪的疯狂一股脑儿把世人卷进殊死的斗争,末了敌人依然是敌对的兄弟。既然是兄弟,即使被揭发错误累累,也不能被蔑视被憎恨:今天,不幸成了共同的家园,是唯一实现得了许诺的世俗王国。

怀念闲适与和睦应当被摈弃,因为与接受不公正是相安相得的,那些在历史进程中遇到幸福社会之后哭哭啼啼的人们承认他们所盼望的不是减轻苦难,而是让苦难沉默。相反,要让这样的时期受到夸奖,以便苦难大喊大叫去打扰饱食终日者的睡眠。迈斯特已经讲过"革命向国王们发出可怕的誓言",如今以更为急迫的方式把可怕的誓言向被时代侮辱的精英们宣告。必须听从这个誓言。一切言语和行为,哪怕是犯罪的,皆蕴含一种价值许诺，必须由我们去探求和揭示。未来是不可预测的，但复活可能无法实现。尽管历史辩证法是错误的，乃至有罪的。但世界毕竟能够在罪行中获得发展，哪怕按照错误的思想去发展。不过请打住，这类听天由命是不可接受的，必须为复活打赌。

况且，我们别无其他出路，要么再生，要么死亡。如果我们所处的这个时刻，造反在自我否定的同时达到最极端的矛盾，那么造反则不得不与其兴风作浪的世界同归于尽，抑或重新获得忠诚和冲动。在进一步论述之前，至少必须讲清楚这种矛盾，因为没有明确的定义，比如我们的存在主义者们所言，从造反到革命是进步，而造反者若不是革命者，那就什么也不是。他们目前也屈从于历史主义及其种种矛盾。至少无神论存在主义是有创立一种道德的意愿。必定拭目以待这种伦理观。但真正的困难将在于创立伦理观而不重新把与历史格格不入的价值引入历史的存在。事实上，矛盾更加绷紧了。革命者同时是造反者，抑或不再是革命者，而是警察和公务员转过身来反对造反者，最终还会挺身而出反对革命。归根结蒂，不存在从一种形态到另一种形态的进步，却存在同时性和不断扩大的矛盾。一切革命者最终要么成为压迫者，要么成为异端分子。造反和革命一旦选择了纯历史世界，便会陷入相同的两难境地：要么警察，要么疯狂。

在这个层次上，单一历史提供不了任何生殖力，虽不是价值的源泉,却依然是虚无主义的源泉。那么是否至少可以在反思永恒的单一层面上创造抵制历史的价值呢?这等于认可历史的不公正和世人的苦难。对这个世界的诽谤就会重新导向尼采所定位的虚无主义。与单一历史一起形成的思想正如转身抵制一切历史的思想,剥夺了世人生存的手段或理由。前者把人推向"为何生存"的极端落魄,后者把人推向"怎么生存"。因此,不可或缺又不够充分的历史,只不过是一种偶然的原委,既不缺失价值,也非价值本身,甚至不是价值材料,而是随意的机会,世人能体验到的存在对其用来判断历史的价值还很模糊。造反本身给我们对此作出承诺。

绝对的革命确实意味着人性的绝对可塑性,可能将其压缩至历史动力的状态。然而,造反在人身上体现为拒绝被当作物对待,拒绝被归结为简单的历史。造反是对所有人共同本性的肯定,可摆脱强权世界。历史势必是人的一种限制,在这个意义上,革命者是对的。但人在其造反中轮到自己向历史施加限制了。在这个限度上产生价值许诺。恺撒式革命今天无情反对的正是这种价值的出现,因为这种价值表明革命真正的失败,对革命而言,有义务放弃其行为准则。1950年看上去世界的命运在资产阶级生产与革命生产之间的斗争中暂时玩不转了,二者的目的是相同的。但斗争在造反的力量和恺撒式革命之间却运转自如。节节胜利的革命应当通过其警察、审讯及清洗来证明不存在人性。因自身的矛盾和痛苦,一再失败和执着自傲而受屈辱的造反,理应将其痛苦及希望的内涵注入人之本性。

"我反抗,故我们存在",奴隶如是说。于是形而上悖逆者加添道:"故我们孤单。"今天我们依然如此活着。但,如果我们在虚无的天下孤单独处,进而如果必须一死了之,那么我们如何真实地存在呢?形而上悖逆者试图用表象制造存在。随后纯历史思想者说存在即制造。我们并不存在,但应当通过一切手段来存在。我们的革命是一种尝试,企图征服一种新的存在,通过超越一切道德规范来制造存在。所以我们的革命注定只为历史而存活,而且存活在恐怖之中。按照革命观念,人处在历史中,不管自愿还是被迫,如果得不到一致认可,那他什么也不是。在这一点上很明确,首先界限被超越,造反被出卖,其次逻辑上被扼杀了,因为革命在其最纯粹的运动中恰恰从来只肯定某种有限的存在以及我们被分裂的存在;造反并不处于全盘否定一切存在的起源,相反,对其不置可否,但以颂扬存在的一部分之名义去拒绝存在的另一部分。这种颂扬越深切,拒绝就越无情。然后,造反处于晕头晕脑和狂兴迷恋之际过渡到"要么取得一切,要么失去一切",在否定一切存在和一切人性这个节骨眼儿上,否定自身。全盘否定单一性就可为征服全体性计划正名。然而,肯定人类共同的限度、尊严和完美只不过驱动把这种价值拓展到所有人与物的需求,同时也驱动走向统一性而又否认其根源的需求。从这个意义上讲,造反

反抗者 | 289

在其最初的真实方面并不为任何纯历史思想正名。造反的诉求是统一的，而历史革命的诉求则是全体性的。"不"的第一部分倚仗"是"，第二部分倚仗绝对否定，强迫自身接受各种奴役，以便制造一个"是"，任其被抛到时代的末端。一个是创造者，另一个是虚无主义者。前者注定要创造，为了越来越成长，后者是被迫创造，为了越来越否定。历史革命担保始终有所作为，希望有朝一日存活，但总不断失望。即使齐心划一赞同也不足以创造存在。"服从吧"，腓特烈大帝[①]对臣民们发号施令，但临终前却说："我已经厌倦统治奴隶了。"革命为了摆脱这种荒诞的命运，现在与将来都注定要抛弃其固有行为准则，抛弃虚无主义和纯历史价值，以便重新找到造反的创造源泉。革命要具有创造性，不可缺少规范、道德或形而上，以便抵消历史妄想。革命势必正当地蔑视在资产阶级社会现有的形式的、骗人的道德，但其疯狂之处在于把这种蔑视伸展到一切道德诉求。在革命的源头，在革命最深切的冲动中，有一则非形式的规范，不妨可以作为革命的向导。不错，造反，现在和将来越来越大声对革命呼唤，必须努力干，不是为了某一天在只会唯唯诺诺的世界眼中开始存在，而是根据在起义运动中发现的那个隐约的存在。这条规则既非形式的，也非屈从于历史，这是我们能够确指的东西，在艺术创作中找得到

[①] 腓特烈大帝（1740—1786），普鲁士第三代国王。

处于纯粹状态的规则。有言在先，谨请记住，形而上悖逆者所谓"我造反，故我们存在"，以及"我造反，故我们孤独"，又增添跟历史作对的造反：我们现在的存在不是为了杀害和死亡，而是我们必须生存而且使他人生存，为了创造我们现在的存在。

Ⅳ 悖逆与艺术

艺术也属于颂扬和贬黜上述形而上悖逆运动相反相成的演变。"没有任何一个艺术家会容忍真实",尼采如是说。此言不假,但没有任何一个艺术家能摆脱真实。创作要求和谐一致,却拒绝世界,但拒绝世界是因其缺少的东西并以世界存在的名义之缘故。悖逆在这方面让人看出处于历史之外的纯粹状态,尽管其初期错综复杂。因此,艺术想必应该给我们提供有关悖逆内涵的最后愿景。

然而,人们觉察到所有的革命改革者都对艺术表现出敌意。柏拉图尚属温和,他只是质疑言语有编谎的功能,只把诗人们逐出他的共和国。至于其余,他把美置于世界之上。但现代革命运动始终与时俱进地谴责尚未完善的美。十六世纪欧洲的宗法改革运动挑选道德却排斥美。卢梭揭露社会在艺术中把腐败强加给自然。圣茹斯特强烈反对戏剧,革命没有产生任何艺术家,却仅仅产生一名大记者德穆兰[①]和一个地下作家萨德。大革命把唯一的诗人送上断头台,唯一的大散文家流亡伦敦,为基督教和正统性辩护。稍晚些时期,圣西门主义者要求艺术"对社会有用"。"艺术为进步"成为套语常谈,风行整个十九世纪，后由雨果接手，老调重弹，却未能令人信服。唯有瓦莱斯②以诅咒的语气骂艺术在劫难逃，才得以认证其本真。

这种语气，俄罗斯虚无主义者们也如出一口。皮萨列夫宣称为有利于实用主义价值而使美学价值衰亡。"我宁愿当个俄罗斯鞋匠，也不乐意充当俄罗斯的拉斐尔。"对他而言，一双皮靴比莎士比亚更有用。涅克拉索夫③，这个虚无主义者，倒是个伟大而忧伤的诗人，却断言偏爱一块奶酪，胜过普希金全部诗作。最后，众所周知，托尔斯泰宣称把艺术逐出教门。彼得大帝下令把意大利阳光照耀下金光闪闪的维纳斯和阿波罗大理石雕像运到圣彼得堡的夏宫中，而革命的俄罗斯最终对其不屑一顾。苦难，有时，把幸事歪曲为忧伤的形象。

德意志意识形态非难艺术之严厉并不逊色。根据黑格尔《精神现象学》革命性诠释，将来在和谐的社会中没有艺术，美将被体验，也不可被虚构。真实，完全理性的，单独就可满足一切渴望。对形式信仰和避世价值的批判自然而然延伸至艺术。艺术不属于所有的时代，相反由所处的时代决定，后来马克思说，艺术表现统治阶级享有特权的价值。因此，只有一种革命艺术，恰恰是为革命服务的艺术。再说，艺术在历史之外创造美，会妨碍单纯属于理性的努力：将历史本身转化为绝对

---

① 德穆兰（1760—1794），法国大革命最有影响的新闻记者之一。
② 瓦莱斯（1830—1885），法国作家，巴黎公社成员。
③ 涅克拉索夫（1821—1877），俄国著名诗人，曾领导《现代人》和《祖国纪事》杂志。

的美。俄罗斯鞋匠从他意识到他的革命角色起,就是终极之美的真正创造者。拉斐尔,他,只创造了一种昙花一现的美,不为新的人类所理解。

马克思寻思,确实如此,希腊的美为何如今在我们看来依然是美的。他的回答是,这种美表现了世界的天真童年,而我处在成年人的斗争之中,怀念这个童年时代。但意大利文艺复兴的杰作、伦勃朗[①]、中国艺术为何如今在我们看来依然是美的?这有什么关系?审讯艺术到底展开了,延续至今,搞得挺复杂,为此艺术家和知识分子很操心,遭到诽谤的则是他们的艺术和智慧。确实,人们观察到在这场莎士比亚与鞋匠的斗争中,并不是鞋匠咒诅莎士比亚或美,反倒是继续阅读莎士比亚的人以及不选择做鞋匠的人,毕竟他们永远不会干这一行。我们时代的艺术家很像十九世纪俄罗斯懊悔的贵族,他们的内疚成为他们的道歉。一个艺术家在自己艺术面前感到最后的东西便是懊悔。艺术家若声称把美推延到时代的终结,并在此期间,剥夺大家包括鞋匠自己享用之后的额外面包,那么这种单纯而必需的谦逊就令人不知所措了。

然而,这种苦行主义的狂热自有道理,至少颇令我们感兴趣。在美学方面,这些道理表达了我们已描述过的革命与反抗的斗争。在一切悖逆中暴露出单一性形而上诉求,获得的不可

[①] 伦勃朗(1606—1669),十七世纪荷兰黄金时代绘画的主要人物,代表作有《夜巡》。

能性和创造一个替代的世界。悖逆从这个角度上来看，是世界的构建者，不妨拿来定义艺术。说真的，悖逆的诉求部分也是美学诉求。所有的悖逆思想，如我们所见，都因华丽的辞藻或封闭的世界而享受盛誉。卢克莱修笔下的城垣，萨德笔下紧闭的修道院和城堡，浪漫主义诗人笔下的岛屿或悬岩，尼采笔下的孤零零顶峰，洛特雷阿蒙笔下的粗犷海洋，兰波笔下的船栏杆，超现实主义者们笔下被暴雨般的花朵扑打后涅槃的面目可憎的城堡、监狱、布满堑壕的国土、集中营、自由奴隶的国家，以上种种都以各自的方式表现协调性和单一性的需要。人可以主宰这些林林总总的天地，并最终对其了然于胸。

这种变异也是所有艺术的变异。艺术家根据自己的意思重新建造世界。天籁，自然的交响乐，不晓得延长号为何物。世界从来不是静悄悄的，其沉默本身也永恒地根据我们捉摸不到的振动重复相同的音符。至于我们感觉得到的振动，给我们释放声音，但很少是和音，永远是旋律。然而音乐却存在，交响乐集大成，旋律使声音具有形状，因为声音凭本身不显其形状，音符得天独厚的调配最终从自然的混乱中吸取使精神和心灵得到满足的和谐一致。

凡·高[①]写道："我越来越相信不应该依据尘世去判断上帝。研究上帝是很不适当的。"一切艺术家都千方百计重新做

---

① 凡·高（1853—1890），荷兰著名风景画家，一生绝大部分岁月旅居法国。

这种探讨，并且赋予上帝所不具备的风采。所有艺术中最伟大、最雄心勃勃的艺术，即雕塑，热衷于把不可捉摸的人脸固定在三维之中，把纷乱的动态归并为高贵风格的和谐一致。雕塑不弃绝相像，相反是需要的，但一上来并不刻意追求。雕塑，在其各自伟大的时代，追寻举止、面容或茫然若失的目光，以便概括世上所有的举止和目光。其意图不在于模仿，而在于用线条勾勒韵味，用意味深长的表现力捕捉躯体转瞬即逝的狂兴，抑或变化无穷的姿态。于是，雕塑，这才在喧闹的城邦建筑门楣上，塑造典范、类型和固定的完美，将平息一时世人无休止的热望。失恋的情人终可以围绕希腊少女雕像低回，从女性体态和面容中玩味饱经沧桑所留存的风韵。

绘画的本原也在选择之中。德拉克洛瓦[①]在思考自己的艺术时写道："天才者，只不过具有概括和选择的天赋而已。"画家让其绘画主题鹤立于万象，是把主题统筹划一的首要方式。景象消逝，从记忆中消失或相互摧毁。所以，风景画家或静物画家从空间和时间中提取景物，通常随光线变化，消失在天边的远景中，抑或消遁于其他价值的冲击下。风景画家的出手动作是把画的格局框于画布，剥除与选择相辅相成。同样，主题画面在时间与空间中所摄入的动态在正常情况下消失在另一个动态中。于是画家适时将其凝固于画面。伟大的创作家，就像

---

① 德拉克洛瓦（1798—1863），法国杰出浪漫主义画家，尤以创作多幅巨型壁画而享盛名。

彼埃罗-德拉·弗朗西斯卡①给人的印象是，凝固画面刚完成，投影机戛然而止。于是画面人物统统使人仿佛感到他们继续跃然纸上，却中止消亡。伦勃朗画笔下的那位哲学家始终如一地在光与影之间沉思着同一个问题。

"画作若以不会使我们喜欢的物体形似来取悦我们，便是徒劳之举。"德拉克洛瓦在引用帕斯卡尔这句名言时，把"徒劳之举"改成"奇怪之举"，很有道理。因为，物体不会取悦我们，既然我们看不见物体，而是被埋被否于永恒的变化之中。行刑者在鞭笞时有谁会注视他的手呢？耶稣受难时又有谁会注视路边的橄榄树呢？这些全被描绘下来，耶稣受难的动态令人喜出望外，基督受困于暴力和美夹杂的形象中，其痛苦每天都在博物馆冰冷的展厅里呼唤。一个画家的风格在于自然与历史交融之中，这种临场性被迫处于始终不断变化的情景中。艺术实现黑格尔梦想的个别与一般的和谐融合，表面上并不费功夫。也许因为这个原因，像我们最强烈的风格化始终出现于各个艺术时代的开端和末期，说明否定和移位的力量掀起整个现代绘画横冲直撞奔向存在和单一性。凡·高令人钦佩的抱怨是所有艺术家骄傲而绝望的呼声："我蛮可以既在生活中也在绘画中不需要上帝。但我不能，痛苦的我呀，缺少比我本人更重大的东西，是我的生命，即创造力。"

---

① 彼埃罗-德拉·弗朗西斯卡（1420—1492），意大利文艺复兴时期重要画家。

然而，艺术家对真实的悖逆虽然包含与被压迫者自发反映相同的肯定，但对极权的革命有所怀疑。产生于全盘否定的革命精神本能地感受到在艺术中除拒绝外，也有认同；静修有可能抛弃行动、美、非正义，并且在某些情况下，美本身就是一种无救助的不公正。反正，没有任何艺术可以靠完全拒绝而存活。同样，一切思想，首先无意义的思想本身是有涵义的，就像没有无意义的艺术。人可以擅自揭露世界的全部非正义，进而要求唯有他能创造的全部正义。但他却不能肯定世界全部的丑。为了创造美，他同时应该拒绝真实，颂扬某些真实的方面。艺术质疑真实，但逃避不开真实。尼采可以拒绝一切超验性，不管是道德的，还是神明的，声称这种超验性促使糟践尘世和世俗生活。然而，也许有一种有生命的超验性，其美允诺兑现。美能使世人喜欢这个生命有限的行动、有限的世界胜于其他一切。就这样，艺术把我们领回悖逆的根源，竭力将艺术形式赋予即将消逝于永恒变化中的价值，而艺术家已经预感到这种形式，并决意将其从历史剥离出来。人们经过一番深思熟虑，更加自信这种艺术恰恰可以当仁不让地经过熏陶变化后得到所缺少的文体：小说。

小说与悖逆

区别顺应共识文学和离经叛道文学是可以做到的，大体上，前者属于古代和古典时期，后者始于现代。这么区别就让人发现前期小说罕见，即使存在，除极个别例外，都与历史无关，而是异想天开的东西，比如《埃塞俄比亚人的故事》[①]或《阿斯特蕾》[②]都是故事传说，而非小说创作。相反，随着后者的出现，小说体裁真正发展起来，不断丰富和扩展，直至今日，与此同时，文艺批评和革命运动也随之发展起来。小说与造反精神同生共长，并且在美学上的雄心壮志也与时俱进。

《利特雷辞典》给小说下的定义是："虚构的故事，以散文写就。"天主教批评家斯坦尼斯拉斯·菲梅[③]却写道："艺术，不论其目的为何，总是与上帝进行造孽的竞争。"确实，有关小说，谈论与上帝竞争比谈论与身份竞争更正当。蒂博岱[④]谈及巴尔扎克时表达过相似的想法："《人间喜剧》是模仿天主老子之作。"伟大文学的拼搏仿佛是创造封闭的世界抑或完美的典型。西方在其伟大的创造中并不限于再现日常生活，而不断以伟大形象自荐而自我激励，并且投身于捕捉自身的伟大形象。

不管怎么说，写作或阅读小说是不同寻常的举动。通过重

---

① 作者为古希腊人（活动于公元前 3 世纪或前 4 世纪），名为赫里奥多尔，意为"太阳的馈赠"。共十卷，欧洲文艺复兴时期流传各国，颇有名气。
② 作者为法国田园小说家奥诺雷·德·于尔费（1567—1625），共分五部分，讲述一对牧羊人的故事，女牧羊人名叫阿斯特蕾。
③ 斯坦尼斯拉斯·菲梅（1896—1981），法国批评家，报人，长期主持进步刊物，加缪与其共事多年。
④ 蒂博岱（1824—1936），法国著名文学评论家。

新安排真情实况的事情来构建一段历史丝毫不是不可避免，也非不可或缺。倘若用取悦于创作者和阅读者这种通俗解释即使是真实的，也应该寻思一下大部分人凭什么必要恰恰对虚构的故事喜闻乐见和备感兴趣。革命者批评纯小说，斥之为游手好闲之辈以想像逃避现实。按普通的说法，称"小说"为拙劣者胡诌的叙事。几十年以前反对形似也已约定俗成：年轻姑娘们充满"浪漫情调"。人们这么说的意思就是，这些典型的轻佻女子们根本不顾存在的现实情况。一般来说，人们始终认为浪漫性与生活相分离，美化生活的同时背离生活。因此，最简单最普遍的观察浪漫表现的方法在于从中看出逃避现实的活动。常识再次与革命批判交接。

然而，人们通过小说究竟逃避什么？逃避被认为不堪重负的生活？幸福的人们也读小说呀，而极端的痛苦则使人失去阅读的兴致。另一方面，在我们的世界，一个个血肉之躯无休止包围着我们，相比之下，在小说世界，想必负担和对峙要减轻许多。然而，阿道尔夫①这个人物让我们觉得比其作者邦雅曼·贡斯当②本人更为似曾相识，又如摩斯卡伯爵③比我们的职业道德家们更平易近人，其中奥妙何在？一天巴尔扎克高谈阔论政治以及世界命运许久，末了话锋一转说："现在让我们回到

---

① 同名小说《阿道尔夫》（1816）主人公，描绘青年阿道尔夫与比他长10岁的女子之间爱情关系，复杂多变的心理状态和性格特征。
② 邦雅曼·贡斯当（1767—1830），法国政治家、作家。
③ 司汤达名著《巴马修道院》（1839）的主要人物之一。

正经事上来吧。"是想谈他的小说了。小说世界的重要性无可争议，我们确实执意严肃对待两个世纪以来小说天才向我们提供的无数神话，由此可见，逃避现实的情趣不足以说明其症结。然而，小说的能动性意味着对现实的某种舍弃。但这种舍弃不是一种简单的逃避。不妨将此看作崇高心灵遗世退隐的变异，按黑格尔的说法，崇高的心灵在其失望之际自我创造一个虚假的世界，由道德主宰一切。然而感化小说与伟大的文学相去甚远。最佳爱情小说《保尔和薇吉妮》①这部着实令人悲伤的作品，却丝毫不令人宽慰。

矛盾就在于此：世人拒绝这个样子的世界，却不接受逃脱。事实上，世人留恋尘世呀，其中压倒性多数不愿离去。这些奇怪的世界公民，他们被逐放于自己的祖国，非但始终远没想忘记尘世，反而因没有足够拥有它而备感痛苦。除了闪电般的瞬间充实，对他们而言，一切现实都未完善。他们的行为消逝在他人的行为中，回过头来判断自己的行为，却是面目全非，可望而不可即，就像坦塔罗斯②身处水中喝不着水，并不知水的去向。知晓河的出口，控制河的流向，最后抓住生命掌握命运，扎根于自己国土的最深处。这种幻觉至少在感知中最终跟他们自己和解吧；幻觉倘若显现，也只能在幻觉消亡的那

---

① 法国作家贝尔纳丹·德·圣皮埃尔的代表作，一个凄婉动人的爱情故事。
② 典出希腊神话，主神宙斯之子坦塔罗斯因泄露天机被罚站在有树的河水中，口渴时水减退，腹饥时果树升高，喻永远喝不着吃不上。

个瞬间显现：一切在幻象中一了百了。要在人世存在一次，必须永远不再存在了。

有鉴于此，众多之辈对他人的生命产生了混账的嫉妒。人们瞥见外界芸芸众生，认为他们具有协调性和单一性，事实上他们不可能和谐一致，有识之士一目了然，只是看出众生命脉的脊线，却未意识到折磨他们生命的细枝末节。于是我们就这些生命的存在进行艺术创作。最基本的方式是将其写成小说。在这方面，每个人千方百计把自己的生活变成一部艺术作品。我们渴望爱情天长地久，明明知道长久不了；即使爱情持久一生，依然不会圆满。对爱情永不满足的需求中，也许我们会更好地理解世间痛苦，倘若我们知道痛苦是永存的。好像伟大的人物不太害怕痛苦，反倒更担心痛苦不会持久。因为缺少持久不衰的幸福，漫长的痛苦至少会造就一种命运。不对吧，我们最严酷的苦楚总有一天会结束的。一天清晨，在经历了那么多的失望之后，一种对生活难以抑制的欲望油然而生，向我们宣告一切都结束了，痛苦就像幸福一样，不再有意义了。

拥有的意趣只是持久欲望的另一种形式，正是欲望使爱情变成力不从心的妄想。没有任何一个生灵，甚至是我们的最爱，而且他也最最爱我们，但永远不会为我们所拥有。情人们诞生时两地分开，有时死也先后不一，要完全拥有一个生灵，一生中始终绝对心心相印，是一种不可能实现的需求。不过，拥有的意趣到了贪心不足的程度，爱尽管消遁，意趣却仍然留存。于是，爱使得被爱者乏善可陈。爱者此后孑然一身，他难以为情的痛苦与其说来自不再被爱，更有甚者则是心知肚明另一半可能或应该还是恋恋不舍。极而言之，凡是被恋世和拥有这种中邪似的欲望所折磨的人都盼望他曾爱过的人们断子绝孙，或命赴黄泉。这是真正的愤慨反叛。有些人没有要求过，一天也没有，世人和世界绝对清白无邪，面对自己不可为而为之，他们因苦苦怀念与无能为力而颤抖，有些人则不断被折回他们自己时不时对绝对的怀念，并没有因试图爱到半途而止，被搞得一蹶不振，后者不可能理解叛逆的现实和摧毁的狂热。然而生灵始终在消逝，没有固定的轮廓，对他们而言，也是过眼烟云。从这个角度来看，生命无典型，只不过一种动态变势，追逐其形态而永远把握不住。人，因此痛心疾首，却徒然追寻可能赋予其界限的形态，因为在界限之间他会成为王者。在这个世界上，只要有一个活的东西具备其形态，这个世界将和好如初。

总之，没有人不从意识的基本层面殚思竭虑地寻求程式和形态，以供其存在所缺少的单一性。表现或作为，花花公子或革命者，追求一致性，为了存在，为了在这个世上生存。比如有些悲怆而可鄙的私情有时不死不活残存很久，因为伴侣一方等待找到适当的词语，姿态或境况，以便将其艳遇变成一段已经了结的历史，并以适当的语气表达出来，每一方都在创造或自荐了断的说辞。光活着是不够的，必须有个命运，不可等

反抗者 | 303

死。因此，人对一个世界的想法比自身所处的世界更好，这个说法并不错。但更好并不意味着有差别，更好意味着统一。这份热忱搅动人心，超越分散的世界，况且又不能从属于这个世界，却是追求统一的热忱。这种热忱并不流于平庸的避世逃遁，而是趋向最固执的诉求。信教抑或犯罪，人类一切努力最终服从于这个不切实际的愿望，并声称赋予人命并不具备的形式。同样的演变可能导向崇拜苍天或毁灭人类，也完全可能引向创作小说，后者倒是来者不拒，正中下怀。

何谓小说？其实是，甚至是，一片天地，那里行为找到其形式，结束语公布出来，人交由人来摆布；那里，一切生命具备命运的面孔：小说即使只表达怀念、绝望、未完成，也还创造出形式和仪式。说出绝望二字，就是超越绝望。那么绝望文学就是说辞包容的矛盾。小说世界只不过是根据世人深切的愿望对此岸世界的修正，因为问题完全涉及相同的世界。痛苦是相同的，谎言和爱情亦然。主人公们用的是我们的语言，有着我们的弱点和能力。他们的天地既不比我们的天地更美，也不更有教化，但他们，至少直奔自己命运的末端，甚至从来没有那么震撼人心的主人公，直奔他们的激情极限。诸如基里洛夫和斯塔夫罗金娜，格拉斯兰夫人[①]，于连·索雷尔或克莱芙王妃。到此对我们来说，他们已经不可估量了，因为他们已经完

[①] 格拉斯兰夫人，系巴尔扎克小说《乡村的本堂神甫》(1845) 女主人公，年轻时因阅读《保尔和薇吉妮》(1787) 而改变了她的一生。

成我们永远完不成的事业。

德·拉法耶特夫人①从最为刻骨铭心的人生经历中提炼出了《克莱芙王妃》。想必作者本人就是克莱芙王妃吧,然而她根本不是。区别在何处?区别在于德·拉法耶特没有进入修道院,她周围也没有任何人因绝望而死亡。毫无疑问,她至少经历过这种独一无二的爱情令人心碎的时刻。但并没有就此一了百了,而且了断这段爱情后活了下来;她停止体验这段爱情,从而又使其延续下去,总之,连她自己在内,谁也不知道内情布局,除非她用明确无误的言语和盘托出。再也没有比索菲·童斯卡和卡西米尔这一对在戈比诺②小说《七星女子们》中的故事更浪漫更美丽的故事了。索菲是敏感而美丽的女子,她使人懂得司汤达的坦白:"只有性格刚强的女子能使我幸福。"烈性的索菲强求卡西米尔向她承诺爱情,惯于被人见人爱的她,不耐烦了:卡西米尔每天见她,始终平静自若,令索菲光火。事实上,他也承认喜欢她,但口气总像司法陈述。他仔细研究过索菲,了解她如同了解自己;自知之明确认,这份爱情,虽然缺了它活不下去,却是前途无望。最终决定向她坦陈这份爱,同时指出她爱虚荣,但建议把自己的财产赠送给她(她已

---

① 德·拉法耶特夫人(1634—1693),法国小说家,代表作《克莱芙王妃》(1678)被公认为法国第一部心理小说名著。王妃始于以"名节"对抗爱情,继而以"爱情"为由而拒绝现实的富足安逸,激烈的内心斗争,最后促使年轻美貌的王妃在丈夫死后隐退修道院,以牺牲为代价赢得美德。
② 戈比诺(1816—1882),法国伯爵,外交家、作家。

经是富婆，这个举动无足轻重），条件是她负责给他安排一处简朴的膳宿公寓供他居住，随便找个市郊即可（后来选定维尔纳），好让他在那里等死，在清贫中死去。尽管如此，卡西米尔承认想从索菲那边收到的东西是他继续活下去不可或缺的，这种想法代表向人性弱点的一种让步，他唯一允许自己所做的事是每隔一段时间把一张白纸塞进信封，然后在信封上写上索菲的名字寄走。索菲起初大发雷霆，后来困惑不解，再后来郁郁寡欢，最后接受了事：一切都按卡西米尔所预见的那样进行。后来他也按自己所愿郁郁死于维尔纳：浪漫小说自身的逻辑。一个美丽的故事若没有坚定不移的连续性是不行的，因为亲身经历的境况永远不会有这样的连续性，但通过基于现实的幻想一步步找得到小说境界。戈比诺倘若亲自去维尔纳，没准会感到无聊透顶，赶紧跑回家，或许也会觉得自在惬意。不过，卡西米尔没有改变的欲望，也不想心身复原。他下死心坚持，就像希斯克利夫那样，希望超越死亡，以便直通地狱。

由此可见，小说是个想像的世界，通过对尘世的修撰而产生，在这样的世界，痛苦可以一厢情愿持续到死亡。激情从来都不是漫不经心的，人物交由固定的想法支配，人物与人物之间始终你中有我和我中有你。世人最终在小说中，自己赋予在人的状况中徒然追求的形式和安逸极限。小说量身定做命运。正因如此，小说化育创造，暂时战胜死亡。对最有名的小说做过一次详尽的分析，在每个不同的境界中，显示小说的本质在持续不断的修正中，始终朝相同的方向由艺术家按自身经历的指导而前行。这种修正，远非道德的或纯形式的，首先旨在一致性，从而表达一种形而上的需要。小说，在这个层面上，首先是一种智力练习，服务于对怀念或反抗的感知力。不妨研究一下法国的分析小说和梅尔维尔、巴尔扎克、陀思妥耶夫斯基或托尔斯泰的作品中这种对单一性的追求。小说世界对立的两极夹着两种意图短促的对峙，稍加对照普鲁斯特的创作和近年来的美国小说，便足以证明我们的论述。

美国小说声称若把人简化为基本形态或简化为他对外界的反应和他的行为举止，便可找出其单一性。当然此处涉及美国的"硬"小说，即三四十年代的小说，不涉及十九世纪美国难能可贵的繁荣期。美国小说不像我们古典小说那样选择情感或激情予以得天独厚的形象，拒绝分析和探求诠释和概括人物一举一动的基本心理动机。所以，小说的单一性只不过是观点的统一性。其技巧在于从外部刻画人物，描写他们最不相同的行为举止，还在于不加评论地转过他们的话语，甚至鹦鹉学舌。总之，塑造的人物好像全部由他们自我规定每天一板一眼的言行。甚至在我们这代伟大作家福克纳[①]的作品中，内心

[①] 福克纳（1879—1962），美国作家，1949年获诺贝尔文学奖。

独白①竟然还只是重现思想的外壳。确实在机械性层面上，小说人物彼此相像。人们就是这样解读这个奇怪的小说世界，其中所有的人物看似可以互相交换，甚至于他们的体貌特征也是如此。这种技巧被称为现实主义只是一种误解。说什么艺术上的现实主义，就像我们即将看到的，是个不可思议的概念。小说世界出自于一种肢解，对现实进行有意识的肢解。如此这般获得的单一性是受到损坏的一致性，使世人和世界处于一个水准上。对小说家而言，好像内心生活使人的行动丧失单一性，使人物互相剥离。这种怀疑颇为合理。但处于这门艺术源头的悖逆要得到满足，只能从内心现实出发构建单一性才行，并非否定内心现实。完全否定内心现实，就是援引虚构人物的话。黑色小说也是一种玫瑰色小说，具有形色虚空②，以自己的方式感化他人。贝尔纳丹·德·圣皮埃尔和萨德侯爵是宣传小说的创导者，其迹象不同罢了。躯体的生命，一旦归结于自身，便反常地产生一片抽象而无为的境界，反过来不断为现实所否定。这种小说，被排除内心生活，个中人物仿佛隔一层玻璃让人观察，作为唯一的主体，把自己假设为中间人物，表演病态。由此可知，在小说世界里这么多"傻头傻脑"的人被利用了。头脑简单的人是这个行当儿理想的主题，因为只不过全凭

---

① 即意识流。法国人一直认为意识流在法国十九世纪已开始流行。乔伊斯本人主动称迪雅丹是意识流之父。
② 欧洲有人表现万物皆空，比如画头盖骨的静物画，叫"万物虚空画"。

其行为举止便可将其定位，进而成为这个绝望的世界象征，不幸的机械人生活在最为前后一致的机械性中，美国小说家们面对现代社会托起绝望的尘世，以示哀婉动人却空虚无谓的抗议。

至于普鲁斯特，他殚精竭虑从现实出发，一意孤行观察封闭而不可替代的世界，对他而言，这个只属于他的世界标志着他从事过境迁和命赴黄泉胜出了。但他的手法是相反相成的。首先这些手法在审慎选择的过程中一丝不苟地搜罗得天独厚的时刻，这可是小说家从其最隐秘的过去精挑细选出来的。无穷岁月的流逝就这样被人生剔除，因为在人的记忆中没有留下任何痕迹。如果说美国小说的世界是没有记忆的人物世界，普鲁斯特独自一人拥有一种记忆。重要的仅仅是各种记忆中最挑剔最苛求的，因为这种记忆不接受小说世界如此散乱，刻意重新找回的芬芳，从中摄取新老世界的奥秘。普鲁斯特选择内心生活，选择在内心生活中比其本身更为内在的东西，以便抵制现实中被遗忘的东西，就是说机械性的东西，即盲目的世界。但并未因拒绝现实而否定现实。普鲁斯特并未犯下与美国小说相对称的错误，即消除机械性的错误。与之相反，他把失去的记忆与现时的感觉在更高层次上统一起来，把扭伤脚的不幸与过去幸运的时日统合在一起。

重归幸福的、青春的故地无济于事。花样少女们天长地久面对大海欢笑和饶舌，而出神静观她们的人却渐渐丧失爱她们的权利，正如对他而言，他爱过的姑娘们失去了被他爱的权利。这正是普鲁斯特悲情之所在。这种伤感对他而言相当强烈，以至突显他拒人于千里之外。但同时他对姣容玉颜和明媚阳光的情致使他依恋这个世界。他不认可幸福的假期一去不复返，于是当仁不让重新创造幸福的假期，为反抗死亡而指出"过去"在时间的尽头重新找得到，那是不可磨灭的现在，比原先的"现在"更加真实更加丰富。《追忆逝水年华》的心理分析只是一种强有力的手段，普鲁斯特真正的价值在于写下了《重现的时光》①，这一部分把散乱的世界聚合起来，赋予其令人撕心裂肺的涵义。他临死前取得难能可贵的成就在于唯其通过回忆和悟性，从不断逃遁的形式中，摄取人生单一性令人不寒而栗的象征。这类作品对创作所能进行最有把握的挑战在于自我表现为一个整体，一个封闭而一统的世界。就这样给作品定位了，义无反顾。

人们已经可以说普鲁斯特的世界是个没有上帝的世界。之所以此言确实，并非因为作品中从不谈起上帝，却因为这个世界雄心勃勃追求一种封闭的完美，把人的面貌献给永恒。《重现的时光》，至少就其雄心而言，堪称没有上帝的永恒。在这一点上，普鲁斯特的作品可看作世人抵制其必有一死的生存状况而进行最超限度最有意义的事业之一。他证明了小说艺术是

---

① 是普鲁斯特《追忆逝水年华》第七卷。

对造化本身的重塑，无论是强加于我们的造化，还是被我们拒绝的造化。这门艺术，至少就其一面而言，选择创造物，而舍弃造物主。但从更深层次来看，小说艺术与现世之美或生灵之美联姻，而抵制死亡和遗忘的强力。因此，普鲁斯特的悖逆是具有创造性的。

悖逆与风格

艺术家因强行修改现实而肯定其抗拒的势力，但他把现实的东西保留在他所创造的世界里，表明他至少部分顺应现实，而他正是从变化的阴影中摄取真实，将其送往造化的光明。极而言之，如果抗拒是全盘性的，现实就被全部排斥，我们得到纯形式的著作。如果相反，艺术家因为经常出于艺术以外的理由，选择赞扬未加工的现实，我们便获得现实主义。在第一种情况下，创作的最初动态变势：反抗与顺从或肯定与否定，都是紧密相关联的，仅因为有利于抗拒而遭受肢解。于是就产生形式逃避，我们的时代提供了诸多范例，还可从中看出虚无主义的根源。在第二种情况下，艺术家声称将其单一性献给世界，却同时向世界收回一切得天独厚的愿景。在这层意义上，他承认需要单一性，哪怕是渐弱渐晕的单一性，但把艺术创作原本的要求也唾弃了。艺术家为了更好地否定创作意识的相对自由而肯定世界即时的整体性。创作行为在两类作品中自我否定，起初在时间上，仅仅拒绝现实的一方面，同时肯定现实的另一方面；不管到头来抛弃全部现实，抑或一味肯定全部现实，每每都自我否定，无论绝对的否定，抑或绝对肯定。美学层面上，这种分析，显而易见，与我们历史层面的概述相吻合。

然而，正如不存在虚无主义最终不被推测为一种价值，也不存在唯物主义自我想像而不导致自我矛盾，同样，形式艺术与现实主义均为荒诞概念。任何艺术都不可能绝对拒绝现实。蛇发女魔①想必是纯想像的创造物吧，她的狰狞吻端以及头顶盘绕的几条蛇倒像是自然界的存在物。形式主义可以达到越来越掏空现实内容，但始终有个限度等候着。甚至抽象画有时导致纯几何图形，也还需要外部世界提供其色彩以及透视比例。真正的形式主义是万籁俱寂。同样，现实主义不能省掉最低限度的诠释和任意。最佳的摄影已经背叛了现实，因为出自一种选择，在全体上划出一条界限。现实主义艺术家和形式主义艺术家，在原始状态的现实中抑或在自以为排除了一切现实的想像造化中，寻求并不存在的单一性。相反，艺术单一性涌现于艺术家对现实强行改变的结尾。二者必居其一。这种矫正，是艺术家通过语言并且经过重新分配从现实中汲取的元素而进行

---

① 蛇发女魔，海中女神三姐妹，敢于正面直视她们的人，一概化为石头。

的，称之为风格，进而将其单一性及其界限给予重新创造的艺术世界，正如德拉克洛瓦所言，其观点意味深长：必须矫正"这种不可改变的远景，因为在现实中，由于一味追求准确反把物体看走样了"。这种矫正，在反叛者心里，简直就是给世界立法，而且深受几个天才的青睐。雪莱说："诗人是世界的立法者，不为公认罢了。"

小说艺术，从起因上讲，必然要点明该项使命：既不可完全顺应现实，又不可绝对偏离现实，纯想像物并不存在，即使存在于理想小说，也不会有小说的意义，因为理想小说会完全脱离躯壳，而求索单一性思想的首要诉求，正是这种可言传相通的一致性。另一方面，纯推理的单一性是一种虚假的单一性，因为并非建立在真实的基础上。玫瑰色（或黑色）小说、教化小说背离艺术，或多或少，因为不遵循这条规律嘛。与之相反，真正的小说创造是利用真实的，唯其如此才胸怀热忱、热血、激情或呐喊。只不过其中添枝加叶后使其面目全非。

同样，一般所谓现实主义小说坚持再现即时的现实，复制现实的素材，不加任何挑选，即使这种勾当可以想像，也是徒劳无功地重复现有的创造物。现实主义只应是宗教精灵的表达手段，正是西班牙所推崇的，让人揣测不已，抑或走向另一个极端：仿效艺术，满足于现实的东西，加以模仿。事实上，艺术从来不是现实主义的，有时企图成为现实主义而已。司汤达描述吕西安·娄凡进客厅只用了一句话，倘若现实主义艺术

反抗者 | 313

家，按正规逻辑的话，得用上好几卷来描写人物和背景，还不一定写尽一切细节。现实主义是漫无边际的列举事实，从而显示其真正的雄心是征服现实世界的全体性，而非单一性。于是人们就会理解为现实主义是全体性革命的官方美学。但这种美学已经证明其不可为而为之了。现实主义小说不由自主地寓于现实之中，因为选择和超越就是思想境界本身和表达意境本身。德拉克洛瓦还深刻指出："为了使现实主义不至于成为无谓的空话，所有人就不得不具备相同的精神和相同构想事物的方法。"写作，已经是选择。由此产生对真实的一种专断，恰似对理想的专断，把现实主义小说变成一种暗含主题的小说。把小说世界的单一性归结为真实的全体性，只能借助于一种超验专断，把不适合于本学说的东西从真实中剔除。于是，所谓社会主义现实主义按其虚无主义的逻辑本身注定要集教化小说与宣传文学于一身。

不论事变驾驭创作者，还是创作者硬要否定整个事变，反正创作屈尊俯就于虚无主义艺术的渐弱渐晕的形式。创作一如开化，意味着在形式与介质、变化与思想、历史与价值之间保持不间断的紧张。平衡若被打破，便会出现专政独裁或无政府状态，大肆宣传或形式狂语。在这两种情况下，创作与经过推理的自由相辅相成是难以为继的。现代艺术，也许屈从于抽象和形式隐晦而晕头转向，也许求助于最生硬或最幼稚的现实主义鞭策，几乎整体而言，是一种暴君与奴隶的艺术，并非是创造者的艺术。

作品，无论内容超出形式，还是形式盖过内容，只涉及一种单一性，即失望的单一性和使人失望的单一性。在这个范畴如同在别的范畴，凡与风格不相关的单一性都是残缺不全的。无论艺术家选择什么境界，有一条准则对所有创作者都是共同的：风格化，即同时意味着真实与赋予其形式的思想。通过风格化，创作者努力重塑世界，始终使现实世界略为变形，留下艺术以及质疑的标记。无论普鲁斯特为人类经验带来显微镜式的放大，还是与之相反，美国小说将其人物缩小得十分荒诞，小说现实几乎是勉强撮合的。创作，叛逆的成果，寓于表现作品风格与格调变形之中。艺术即是诉求不可为而为之的表现形式。当令人肝肠寸断的呐喊找到最坚定的语言，叛逆满足其真正的诉求，从这种对自身的忠诚中攫取创造力。尽管这跟时间的判例相抵触，但艺术之中最伟大的风格是表现最高尚的反抗。真正的古典主义只是被驯服的浪漫主义，天才则是对创造自身尺度的反叛，所以在否定和纯粹绝望中不存在天才，与今天人们的说教正好相反。

同时就是说，伟大的风格不是一种简单的形式德行，一旦为自我寻求风格而损害真实时，倒会成为形式德行，但已经不是伟大的风格了：不再是发明，而是模仿，就像一切学院派，而真正的创造，按其自身方式进行就是革命性的。倘若不得不把风格化推至极远，既然概括人为介入的意志，包括艺术家为复制现实而采取矫正的意志，最好还是让风格化隐形无影，以便化育艺术的诉求被最强有力地表现出来。伟大的风格就是不见踪影的风格化，即被化身了的。福楼拜说："在艺术上，不应该害怕成为夸张者"，但他加添道，言过其实应该是"持续的，与自身成比例的"。当风格化被夸张了，让人看出来了，作品便是纯粹的回归，试图夺取的单一性与具体性便毫不相关了。相反，现实一旦被沦为原生态，风格化一旦微不足道，具体性便呈现了，单一性却没有了。伟大的艺术，风格，违逆的真实面目，都介于这两种异端之间。矫正随主题而有所差别。在忠于上述美学的作品中，风格随主题而变化，作者固有的语言（他的格调），若停留于套语常谈，便突显风格的差异，使人一目了然。

创造与革命

艺术中，悖逆若在真正的创作中告成并永驻，并非凭借批评或解说。革命，就自身而言，只能通过文明来自我肯定，而不能通过恐怖或暴政。此后，我们的时代向已陷入死胡同的社会提出两个问题：创造是否可能，革命是否可能。两个问题其实是一个问题：事关文明之复兴。

二十世纪的革命与艺术注入相同的虚无主义，存活在相同的矛盾之中。两者都肯定各自演变中的情形，又各归各自通过恐怖寻找不可为而为之的出路。当代革命以为开创一个新世界，殊不知只是旧世界的矛盾导致的结果。资本主义社会与革命的社会到头来是一码事，因为两者都服从相同的手段：工业生产以及相同的许诺。不过，其中之一，以形式的行为准则名义许诺，却不能体现，并被其运用的手段所否定；其中之二，只凭现实的名义为其预言正名，并以损害现实而告终。专注生产的社会光是生产而已，谈不上创造。

当代艺术，由于是虚无主义的，也挣扎于形式主义与现实主义之间。况且，现实主义既是资产阶级的，即黑色的，也是社会主义的，故而可资借鉴了。形式主义，处于无所为而为之的抽象时，既属于过去的社会，也属于自诩拥有未来的社会，于是规范宣传。语言被非理性的否定破坏之后，陷入口诛笔伐的谵妄，从而屈从于决定论的意识形态，最后概括成了口号。两者之间便是艺术之所在。假如悖逆者应该同时拒绝虚无的沉迷和对全体性的顺应，艺术家则应该同时摆脱形式迷恋和现实全能主义美学。今日之世界其实是浑然一体的，其单一性却是虚无主义的单一性。只有摈弃形式的行为准则以及无原则的虚无主义，这个世界重新找到具有创造性的综合道路，文明才可能立足。同样的道理，艺术上，无休止评头论足和报道通讯的时代已奄奄一息，创造者的时代即将来临。

然而，艺术与社会，创造与革命应该为此重新找到悖逆的源泉，届时拒绝与顺应，个别与一般，个人与历史在最紧绷的张力保持平衡。反抗本身不是文明的元素，而且先于一切文明。我们活得走投无路时，唯有反抗可使我们对未来抱有希望，那是尼采的梦想：社会的主人"不是法官和压迫者，而是创造者"。这句名言并不能授权艺术家们抱有领导城邦的可笑幻想，仅仅表明我们时代的悲剧：劳动完全屈从于生产，根本谈不上创造性。工业社会只有重新赋予劳动者以创造者的尊严，就是说，对劳动本身与对生产倾注相等的兴趣和脑筋，唯其如此，方可打开文明之路。今后所需的文明，对阶级如同对个体而言，将不可能把劳动者与创造者分离；同样，艺术创造也不可能把形式与内容、精神与历史分离。文明就是这样承认所有人享有反抗所肯定的尊严。说什么要莎士比亚领导鞋匠的社会，那才是悖逆，况且是乌托邦。但要是鞋匠社会声称用不着莎士比亚，也同样是灾难性的。没有鞋匠的莎士比亚是为暴政当托词使用，而没有莎士比亚的鞋匠要是不为暴政张目，便是被暴政耗尽。一切创造皆否定寓于自身的主子与奴才的世界。我们苟全性命于暴君和奴隶的丑恶社会。只有达到创造的水平才会死而脱胎，嬗变为另一个社会。

然而，创造虽然不可或缺，但并不招致实现的可能。一个艺术创造性时代是通过对一个时代的混乱实施风格的有序性来定位的。创造性时代把同代人的激情化为形式和规矩。故而对创作者而言，在我们那些心态阴暗的公子王孙们不再有闲暇谈情说爱的时代，重复拉法耶特夫人的作品不再行得通了吧。如今，集体激情超过个体激情，总归有可能通过艺术来控制情爱的痴迷。但不可避免的问题依然是控制集体激情和历史斗争。艺术的对象，尽管仿作者耿耿于怀，已经从心理学引申到人的生存状况。当时代的激情关系到全球，创作必定要牢牢把握住整体命运，但同时又在面对全体性时维持对单一性的肯定。不过由此创作首当其冲会遇到危险，其后全体性精神也岌岌可危。现如今，创作即为有风险的创作。

为了掌控集体激情，确实必须亲自经历和体验，至少相对来说如此。艺术家在感受集体激情的同时，也被其消耗。由此导致我们的时代与其说是艺术创作的时代，不如说是通讯报导的时代，就缺一份正确的时间表了。最终发挥集体激情所引起的死亡机遇超过谈情说爱或施展雄心的时机，真正体验集中激情的唯一方式是接受为斯而死，同时接受被斯弄死。对艺术而言，今天，真实性的最大机遇也是失败的最大机遇。泛指的生产神话自身孕育着战争，就像乌云蕴蓄着雷雨。于是，战争毁坏了西方，夺取了贝玑[①]的生命。资产阶级机器刚从废墟架起来，就看到革命的机器迎面向其逼近。贝玑还没来得及复活，

[①] 查尔·贝玑（1873—1914），法国作家，受社会主义思想影响，1900 年创办《半月丛刊》，团结法朗士、罗曼·罗兰等一大批进步作家。1914 年参加第一次世界大战，于马恩战役中阵亡。在第二次世界大战期间，他的大名及作品在沦陷的法国广为流传，加缪是热诚的读者之一。

战争便咄咄逼人地横扫所有可能成为贝玑的人们。即便以具有创造性的古典主义崭露头角，那是有可能的，人们就得承认哪怕只以一个名字脱颖而出，就会成为一代人的作品。失败的机遇，在毁灭的世纪，只能以千载难逢的机会来补偿：十个艺术家中至少有一个能幸存下来，肩负为兄弟们最初的话语代言在余生中能够找到时间表达激情和进行创作。艺术家，不管愿意与否，都不再可能孤行己见，否则他所有的同辈就得向他喝倒彩了。反抗的艺术，最终也揭示"我反抗，故我们存在"以及与之相关的战战兢兢谦卑之路。

在此期间，征服性的革命在误入自身虚无主义的迷途之际，威胁反对派，后者主张于全体性中维持单一性。现今历史意识林林总总，明日还会更多，其中之一则是艺术家与新的征服者之间的斗争，创造性革命的见证人与虚无主义革命的营造者之间的斗争。关于革命的出路，人们只能抱有适当的幻想。至少我们知道今后斗争应当受到引导。现代的征服都能够打打杀杀，却似乎不能创造；而艺术家善于创造，却不能真正动手杀人。艺术家们之中即使有杀人凶手，也只是例外。久而久之，艺术在我们的社会中由此应该会消亡，届时革命却会生机勃勃。每当革命杀害一个可能成为艺术家的人，而只能证明世界就是地狱。就在这座地狱里，艺术的地位依然与被镇压的反抗相安相得，失明而虚空的希望与绝望岁月的空怀不谋而合。欧内斯特·德温格在其《西伯利亚的日记》中讲到一个德国中尉，他是一座集中营多年的囚犯，那里饥寒交迫，他却为自己造了一架无声的钢琴，配有木制琴键。他硬是在苦难不堪之地，在衣衫褴褛的乌合之众中间，谱写奇特的乐曲，唯有他独自一人听得到。就这样，被抛入地狱的人们，神秘莫测的旋律，消逝的美那种悲凉凄绝的形象，在罪行和疯魔中，始终给我们带来悦耳动听的反叛声，以资证明其在漫长世纪的过程中人类多么伟大。

然而，地狱只有一次造孽的时间，生命总有一天重新开始。历史也许会告终，我们的任务却不是给历史送终，而是创造历史，按我们今后确认真知实情的形象去塑造历史。艺术至少告诉我们，世人不仅仅归结为历史，也找得到理由置身于自然界的秩序之中。对世人而言，希腊神话中的畜牧神并没有死亡。人类最本能的反抗，是在肯定价值的同时肯定人类共同的尊严，为满足其对单一性的渴望，顽强地诉求真实中毫发未损的部分，其名为美。人们可以拒绝全部历史，与星辰和海洋的世界同声相应，同气相求。蓄意无视自然与美的造反者必定把劳动和生存的尊严从他们刻意创造的历史中排除出去。所有伟大的改革家都千方百计在历史中建造莎士比亚、莫里哀、塞万提斯、托尔斯泰所创造的世界，这个世界时刻准备满足每个人心中对自由和尊严的渴望。美，想必搞不成革命。但有朝一日，革命需要美了。美的规律是质疑真实的同时又赋予真实以其单一性，这也是反抗的规律。人们是否可能永久地拒绝非正义又不停地点赞人的本性和世界的美呢？我们的答案是肯定的。反正这种伦理，既桀骜不驯又忠实厚道，是唯一照亮真正现实主义革命的处世之道。我们在坚守美的同时，准备复兴的时日，届时文明将远离历史的形式行为准则和堕落的价值，把生机勃勃的美德置于其思索的中心：这种美德奠定世界和人类共同的尊严，而现在面对羞辱这种尊严的世界，我们必须为其规范定位。

V　地中海思想

造反与谋杀

欧洲与革命，一旦远离这个生命的源泉——造反与谋杀，就在戏剧性的阵阵动乱中日趋衰竭。上个世纪，世人打破了宗教的束缚。但刚从中解脱，又自作聪明重新套上，而且是不可容忍的束缚。德行消亡了，却又复活，还更加愤世嫉俗，到处大声宣扬仁慈，引起哄动。这份古老的爱心是对当代人道主义的一种嘲讽。在这个固定点上，只能造成灾难。总归有一天会变得乖戾，变成警察德行，架起凌虐人的柴堆焚尸，为了所谓拯救人类。我们处于当代悲剧的顶峰，对大逆不道却熟视无睹。生命与创作的源泉仿佛枯竭了。恐怖使布满幽灵和机器的欧洲僵住发呆。在两次大屠杀之间，断头台设在隧道里。人道主义施刑者在那里默默庆祝新的信仰。什么呼声打扰了他们？诗人们面临自己的兄弟被杀害站出来高傲地宣布他们的双手是干净的。从此，全世界便漫不经心地扭过头无视这种罪行了，受害者们失宠到了极点，他们令人为难烦心。在古代，杀人的

反抗者　｜　323

鲜血至少会激起一种敬畏，以资认可生命的代价。对当今时代的谴责反倒使人想说还不够血腥，因为血不再一望可知，喷溅得不够高，还溅不到我们那些伪君子的脸上。不妨提一下虚无主义的极端表现：盲目而疯狂的杀戮竟成为一片绿洲，愚蠢的罪犯与我们那些非常聪明的刽子手相比反倒使人耳目一新。

欧洲头脑长期以为可以团结全世界与上帝斗个高下，不断发现若不想送死，还得跟世人决一雌雄。为抵抗死亡而训练有素的造反者蓄意在人种上创立一种愤世的不朽性，生怕不得不轮到他们大开杀戒。然而，他们倘若退缩，不得不接受死亡；倘若跨步向前，不得不杀戮。造反，一旦背离其根源并无耻地乔装改扮，便会在牺牲与杀戮之间的各个层面上摇摆不定。造反希望其主张的正义为大家分享，却短命了事。圣宠的王国已被打败，正义的王国也崩塌了。这种失望使欧洲奄奄一息。欧洲的反抗曾为人类的无辜辩护过，而今反抗强硬地对准自身的罪责。欧洲刚刚奔向全体性就天生陷入最绝望的孤独，同样很想进入社群共同体，但不再有别的奢望，只求在漫长的岁月中把一个个孤独者聚集起来走向单一性。

那么不得不摈弃一切造反吗？也许接受一个苟延残喘的社会，包容其种种不正义，也许玩世不恭地决定为反世俗人生而服务于历史疯狂的进程？总之，假如我们思考的逻辑应当断定遵循怯懦的顺从大流，就不得不接受，好像某些家庭有时接受不可避免的丢脸事情。假如这个逻辑应当也为各种反人类的谋杀辩护，甚至如其一系列的破坏辩护，那也不得不赞同这个自杀。说到底，正义感会如愿以偿：商人和警察的世界将消失。

况且我们还处在造反的世界，难道造反还没有反而成为新暴君们的托词吗？包含在反抗运动中的"我反抗，故我们存在"能与谋杀取得一致而不引起丑闻或翻云覆雨吗？造反为压迫指定一个限度，从这个限度内开始所有人的共同尊严，第一个造反价值就这样确定了。造反把人与人之间透明的共谋关系，共同的组织结构，使相似的、结盟的人们互相一对一地交流，把所有这一切作为首要参照，这样就可向与荒诞世界博弈的思想迈出第一步。由于这种进步，造反使其现今面对杀戮应该解决的问题更令人焦虑不安。确实，在荒诞层面，杀戮仅仅引发逻辑矛盾，而在造反层面，杀戮便是撕心裂肺的痛苦。因为关键在于决定是否可能杀掉某个人，从此人身上，我们新近认出相似性，并为此奉行同一性。孤独刚刚摆脱，难道必须在明确恢复孤独的同时为其严密保护的行为辩护呢？某人刚获知他并不孤独，却强迫他孤独，难道不是最大的反人类罪吗？

逻辑上应当回应说杀戮与造反是相矛盾的。哪怕只有一个主子确实被杀，造反者从某种意义上讲，不再有权谈论人类共同体，尽管以人类共同体的名义确定自身的正当性的。假如这个世界没有高尚的意义，假如人只能跟人作担保，一个人只要把自己驱逐出境，就可从活人的社会被清除出去。该隐杀掉阿贝尔便逃到沙漠里去了。假如杀人者成群结队，众人就在沙漠

反抗者 | 325

里生活呗，但这是另一种孤独，可称为杂处乱居。

造反者一旦出击，就把世界切割两半，以人与人身份认同的名义揭竿而起，随后又牺牲身份认同而在血泊中认可差异。造反者深陷于苦难和压迫，他唯一的存在寓于这种同一性。同一种演变旨在肯定他存在的同时中止他存在。可以说某些人，或甚至几乎所有人都跟他在一起。然而，不可替代的博爱世界独缺一人，此公早已人去楼空。如果我们不存在，我也不存在。这样，卡利雅耶夫的无尽悲哀和圣茹斯特的沉默就由此得以解释。造反者们，决意通过暴力和杀戮来保持存在的希望，则想以"我们将会存在"替代"我们存在"，那是徒劳的。将来杀人者和受害者消失了，人类共同体将在缺少他们的情况下重新建立起来。例外将会过去，规则将可能重新确立。历史层面上，就像个体生活中，谋杀毕竟是个绝望的例外或无足轻重。杀害破坏正常秩序，没有前途，是异常之举，不可能加以利用，也不可能按部就班搞下去，就像纯历史形态所希望的那样，是有限度的，只能一蹴而就，之后必须死亡，不管成败。造反者只有一种方式与自己的杀害行为取得谅解，如果他是一时冲动而为之，等于是认可自己的死亡和牺牲。他杀人而后死亡，足以清楚表明凶杀是万万不行的。这样就说明，造反者实际上乐于"我们存在"甚于"我们将存在"。卡利雅耶夫在狱中气和心安，圣茹斯特走向断头台时泰然自若，又转过来得到了解释。矛盾和虚无主义则始于超越这条极端的界线。

虚无主义谋杀

非理性犯罪与理性犯罪事实上都违背了反抗运动揭示的价值。首先非理性犯罪。否定一切者和自命凶杀者，诸如萨德、杀人的花花公子、无情的独善其身者、卡拉马佐夫、横行无忌的狂热党人[1]以及向人群开枪的超现实主义者[2]，总之一句话，他们诉求彻底自由，无限制展现人类自尊。虚无主义则以同样的狂热把创造者与创造物混为一谈，抛掉对一切行为准则的希望，摈弃一切限制，陷入盲目发泄愤怒，甚至不再顾及自身的哲理论据，最终断定对杀害注定要死亡的人无动于衷。

然而，虚无主义的依据，对共同命运的互相认可以及人与人之间的交流始终活力有恃。造反明言宣告，保证为其效劳；同时一石二鸟，既背弃虚无主义，又制定行为规则：不必等待历史终结便可引导行动，而且不拘形式。但与雅各宾派的伦理相反，专事摆脱规则和法律的那部分，由此开辟某种伦理的道路，非但远离抽象的行为准则，而且只在无休止的质疑中依仗起义的热情点拨一下而已。根本谈不上这些准则自盘古起就有了，但声称将来永存也根本不管用。但这些准则，就在我们现处的时代，倒是管用的：与我们相伴沿着历史整个过程否定奴

---

[1] 系指公元一世纪反抗罗马入侵者的犹太人。
[2] 影射安德烈·布勒东，是粗暴恶劣的人身攻击，曾引起公愤。

反抗者 | 327

役，否定谎言，否定恐怖。

　　事实上，主与仆之间毫无共同之处，人们不屑与被奴役者交谈和沟通。我们并非通过含蓄而自由的对话来确认我们的相似和接受我们的命运，与之相反，奴役使最可怕的沉默笼罩人间。对反抗者而言，非正义之所以有百害而无一利，并非因为与正义的永恒观念背道而驰，令我们无所适从，而在于使无声的敌对性永久持续，把压迫者与被压迫者永远分离。非正义扼杀了通过世人之间共谋关系来到尘世的极少生灵。同样，既然说谎者自我封闭于其他人，谎言就被禁止了，在更低级的层次上，凶杀和暴力也是如此，迫使人终极沉默。通过反抗暴露的共谋关系和相互交往，只能在自由对话中赖以成活。每个暧昧，每次误会，都会引起死亡。言语清晰，话语简洁，则可死里逃生。请注意极权教义的语言总是经院式的或官僚的。所有悲剧的高潮都发生在主人公失聪之时。柏拉图曾有理由反对摩西，也会有理由反对尼采。以人的身材高度对话比站在孤零零山峰独自一人发布极权宗教福音书的代价低得多。在舞台上有如在城市中，独白在先，死亡在后。一切反抗者，只有挺直腰板儿面对压迫者，为生存辩护，投身于反对奴役、谎言和恐怖的斗争，断言，哪怕闪电一瞬间，这三大祸害使人与人之间无言以对，保持沉默，互不理解对方，阻碍他们重新聚集在唯一的价值中，从而把他们从虚无主义中拯救出来，最终重新获得与他们命运搏斗的互动共谋关系。

此念闪电一瞬间,但足矣,尽管临时性的,说的是最极端的自由,即凶杀的自由,与造反的理由水火不相容。反抗根本不是诉求完全自由。与之相反,反抗谴责完全自由,正是质疑无限权力允许高高在上者践踏被禁止的界线。造反者也并非诉求普遍独立性,而要求大家承认,只要有一个人存在的地方,自由有其自身的限制,此限制恰恰就是此人有反抗的权利。反抗之不妥协性的深刻道理就在于此。反抗越意识到诉求一个理应的限制,就越坚定不移。反抗者想必为自己要求某种自由,但不管怎样,如果他一以贯之,决非毁灭生灵和破坏他人的自由。他不侮辱任何人。他要求的自由,是奔着为大家去索求的;他拒绝的自由,也是为大家去禁止的。这不仅仅是仆反主,也是世人反对主与仆这样的社会关系。多亏有反抗,历史除了主宰与奴役以外还多了一些内容。无限制的权势在历史上并非是唯一的法则。反抗者以另外一种价值的名义在肯定完全自由不可能性的同时,为自身索求相对自由,这是承认不可能性所不可或缺的。因此,人类每种自由从其根源来讲都是相对的。绝对自由,即凶杀的自由,是唯一不诉求自身自由,同时也不诉求限制和泯灭自身自由的东西。于是,切断自身的根源,随遇而安地飘荡犹如抽象而有害的阴影,直到自以为在意识形态中找到一个躯壳。

因此,可以说反抗一旦走向毁灭,就不合逻辑了:索求人生状况的单一性,便是生命的力量,而不是死亡的力量。反抗

反抗者 | 329

的深层逻辑不是破坏的逻辑，而是创造的逻辑。反抗的演变，为保持本真，不应把支撑其矛盾的任何一方抛之身后，而应当忠实于自身所包含的"是"，同时也忠实于虚无主义诠释在反抗中所孤立出来的"否"。反抗者的逻辑在于刻意服务于正义，不去增补人生状况的非正义，还在于尽力运用清晰的语言，而作扩大普世的谎言，更在于面对世人的痛苦，担保为世人的幸福而奋斗。虚无主义激情，由于添补非正义和谎言，在狂怒之下，摧毁其自身先前的诉求，进而一笔勾销其造反最为明晓的理由，进而大开杀戒，疯狂感知这个世界已被交给死神了。与之相反，反抗的结果是拒绝凶杀的合法性，因为就其本原而言，反抗是抵制死亡的。

然而，假如世人光凭自身的本领就把单一性引入世界，假如世人光凭自己的意旨就使真诚、纯真和正义统领世界，那么上帝非他莫属了。同样倘若世人确能做到，今后就没有理由造反了。之所以有造反，就是因为谎言，非正义和暴力部分地构成造反者的生存状况。因此，造反者不可能绝对声称不杀害不说谎，否则就得舍弃造反，并一劳永逸地接受凶杀和作恶。然而他也不再可能接受凶杀和说谎，因为使凶杀和说谎合法化的反向演变也会推翻其起义的理由。故而造反者永无安宁之日：明知要行善，却不由自主作恶。使造反者站住脚的价值，永远不会一劳永逸给他的，他应当不间断地精心呵护。但，倘若得不到造反派重新支持，他获得的存在就会崩溃。总之，他若不能永远不杀害，直接也罢，间接也罢，都不行，不过他可以将其狂热和激情用来减少他周围的凶杀机会。他唯一的德行将是，一旦自己沉溺于黑暗，就得不被黑暗搞得晕头转向；一旦被恶束缚，就得顽强地走向善，哪怕步履艰难。如果最终他亲手凶杀，那他必将接受死亡。造反者忠于自身的根源，通过牺牲证明他真正的自由无关乎凶杀，而与自己的死亡息息相关。但就在同时，他则发现了形而上的荣誉。卡利雅耶夫站在绞刑架上，显然向他所有的兄弟指明世人之荣誉开始和终结的准确界限。

历史性谋杀

造反也在历史上展开，历史不仅要求典范抉择，而且要求有效形态。理性杀害有可能碰巧受到辩护。于是造反的矛盾与表面上难以解决的二律背反遥相呼应，政治上表现出两种典型：其一，暴力与非暴力的对立；其二，正义与自由的对立。不妨按照两者之悖论将其定义。

造反初级演变时，反抗所包含的积极价值意味着舍弃本原暴力，其结果导致稳定革命难以为继。于是，造反一直不断背负着这一矛盾。在历史层次上，造反变得强硬了。假如我放弃要别人尊重人类身份，那等于向压迫者认输，回过头赞同虚无主义。于是虚无主义变得保守了。假如我硬要求这种身份被承认其存在，我便投入行动，为取得成功，这个行动意味着暴力的肆无忌惮，并否认这种身份和造反本身。在扩大矛盾的同时，如果世界的单一性不能为其从天而降，世人便不得不按照其高度在历史上营造这个单一性。而历史并不具备使其改头换面的价值，是受效率法则支配的。历史唯物主义，决定论，暴力，否定与效率背道而驰的一切自由，勇敢而沉默的世界，这一切是纯粹的历史哲学最为正当的结果。当今世界，唯有永生哲学可以为非暴力正名。这种哲学以创造历史说反对绝对历史真实性，向历史境界讯问其根源，最终尽管认可非正义，却把正义交给上帝去打理。来而不往非礼也，上帝的回答转过来要求信仰。世人回敬上帝不是信仰而是恶行，于是出现逆理悖论：上帝要么万能和作恶，要么行善和无能。在圣宠与历史之间和上帝与利剑之间的选择始终敞开着。

在这种情况下，造反者能持什么态度？他不能背离世界和历史而不背弃其造反的本原，不能选择永生而不在某种意义上听任作恶。比如说，他不是基督教徒，应该坚持到底。但坚持到底，意味着绝对选择历史以及跟历史一起杀人，如果这种杀人对历史而言是不可或缺的：接受凶杀的合法性依然是否认其根源。如果造反者不选择，那实际上选择沉默和他人的奴役；如果在绝望的推动下声称既反对上帝也反对历史，那他便是纯自由的见证人，就是说一切皆空。在我们这个历史阶段，在不可能肯定高端理性能找到鉴定恶的界限情况下，理性显而易见的两难抉择是：要么凶杀，要么沉默。介于这两种情况，弃世。

即便如此，正义和自由的问题仍旧存在。这两种诉求已经发端于造反演变的本原，并重新出现在革命的豪情之中。然而革命者的历史证明正义和自由几乎总是冲突的，好像两者彼此的诉求不可调和。绝对自由，是最强者统治的权利，故而保持有利于非正义的冲突。绝对正义经过取消一切矛盾后毁灭自由。让·格勒尼埃在其《关于运用自由的谈话》一书中创立一个论证，可概括如下："绝对自由摧毁一切价值，而绝对价值毁灭一切自由。"帕朗特[①]也说过："如果存在单一而普世的真理，自由就没有理由存在。"以自由为名争取正义的革命最终使自由与正义相对立。因此，每次革命中，一直占统治地位的社会等级一旦被清洗，就有一个阶段由这个社会等级本身引发反抗的演变，揭示其局限，宣示其失败的可能性。革命起初企图满足使其诞生的造反思想，而后又不得不加以否定，以至更坚定地肯定自身：看来造反的演变与革命的既得成果之间存在不可制约的对立。

这类二律背反只存在于绝对之中，意味着世界与思想没有中介。确实，在完全脱离历史的神明与清除一切超验性的历史之间不存在调和的可能。两者在尘世的代表其实就是瑜伽信徒

[①] 乔治·帕朗特（1862—1925），法国哲学家、社会学家。

和警长。这两类人之间的差别,并非如常人所说,是无用的纯真与效率之间的差别。前者仅选择舍弃的无效验,后者仅选择摧毁的无效验。反正两者都摈弃中介价值,与之相反,造反则揭示中介价值,不过两者都远离真实,只不过向我们奉献两种类型的无能为力:行善无能,作恶无力。

果不其然,无视历史之所以无异于否定真实,是因为把历史视为自我满足的整体而依旧远离真实。二十世纪的革命以为可以避免虚无主义和忠实于真实的历史,以历史替代神明。而实际上,革命强化了神明而背叛了历史。在纯粹的演变中,历史自身不提供任何价值,故而必须依靠即时的效益生存,要么闭嘴,要么说谎。系统性暴力或强厌性沉默,工于心计或同心协力说谎成为不可避免的规则。因而纯历史的思想是虚无主义的:完全接受历史之恶,进而对抗造反。作为补偿,徒然肯定历史的绝对合理性,这种历史的绝对理性,只有在历史终结时才能完成,才有完整的意义,才恰如其分地成为绝对理性,才会成为价值。在此期间,必须行动,况且是无道德规范的行动,为了有朝一日迎来定位性规范。作为政治形态的犬儒主义,只按照绝对主义思想而言方始合乎逻辑,就是说,一方面是绝对虚无主义,另一方面是绝对理性主义。还要留有余地,不可太坚持这个说法,因为绝对理性主义,即唯理论,并不是理性主义。两者之间的差别跟犬儒主义与现实主义之间的差别是相同的。前者把后者推向极端,从而失去意义和正当性,更为粗暴而已，最终效果更差。这就是暴力面对强力。至于最终结果，两种形态没有差别，一旦被接受，大地荒芜一片。

事实上，纯历史的绝对甚至是不可思议的。例如雅斯贝斯思想，就其要义而言，强调人把握全体性是不可能的，因为人处于全体之内。历史，作为一个整体，只能在处于历史和世界之外的观察者眼里方始存在。极而言之，历史只为上帝而存在。因此不可能按照包含世界史整体性的计划来行事。那么，一切历史事迹只能是冒险，或多或少合情合理的，或有根有据的冒险；作为风险，又不能认可任何过分的行径以及任何无情而绝对的立场。

与之相反，倘若造反可能建立一种哲学，说不定是一种极限哲学，一种蓄意无知哲学，一种风险哲学。不能通晓一切的人就不能扼杀一切。造反者，根本不把历史当作绝对，摈弃历史，并以一种出于本性的想法质疑历史。他拒绝自己的生存状况，而他的人生状况大部分则属于历史的。排除这三者，就是排除历史。诚然，造反者不否定包围着他的历史，而正是在历史中竭力自我肯定。但他面对历史就像艺术家面对真实，想推开历史，却又躲避不开，使历史变成绝对，哪怕一秒钟也不行。即使势在必行，他能参与历史犯罪，也不能使其合法。理性犯罪不仅不能在造反的层次上被认可，而且意味着造反的死亡。为了使这个明显的事实更为清晰，理性犯罪首先发生在造反者身上，因为他们的起义是质疑问难已经被神化的历史。

自称革命这种适于思想的哄骗，如今被重拾起来，并且加重了资产阶级的故弄玄虚，这种哄骗允许绝对正义，但使永久非正义无限妥协和丧失尊严暗度陈仓。造反本身只追求相对，只能允诺与相对正义相调配的确切尊严，决定设立一个界限，以便建立人类共同体。造反的天地是相对的天地，不像黑格尔和马克思所说一切皆为必然，而只是一再重复说一切皆可能，并且在某种界限内，为可能的事情作出牺牲也是值得的。在上帝与历史之间，在瑜伽信徒与警长之间，造反开辟了一种艰难的历程，在这条征途上，矛盾层出不穷，互相超越。不妨审视一下两种二律背反，以求一隅三反。

革命行动刻意与其根源紧密一致，应该表现为积极顺应对相对的认同，忠实于人的状况；毫不动摇用其手段行事，只要达到相似的目便可接受，能确定跟其目的越来越相近，便可任人评说。这样便可维持共同的存在，为其起义正名，尤其可保住永远可能表达思想的权利。由此确立对正义与自由的引领。没有天赋权利或民法奠定基础，社会上就没有正义。没有这种法律的体现，就没有权利。让法律刻不容缓地体现出来，就有可能让其奠定的正义或早或迟来到这个世界。要征服存在，必须从我们在自己身上发现的那一点儿存在出发，而不是先将其否定。缄口不提法律，直到正义被建立，等于让法律永远沉默不语，因为正义若一劳永逸主宰世界，就不再有必要讲了。人们又一次把正义交给那些权势者，唯有他们有发言权。几个世纪以来，正义和存在是由权势者们分配的，被称为圣意所赐。扼杀自由为了树立正义，等于没有神明说情就恢复了圣宠概念的名誉，以令人眩晕的反应恢复最卑贱者神秘的团结。甚至正义还没有实现时，自由就保留着抗议权，从而拯救交流。正义在沉默的世界中，即是受奴役而哑然的正义，破坏了互动关系，最终就不再可能是正义了。二十世纪革命任意地把两个不可分割的概念分离了，为了达到征服超限度的目的。绝对自由嘲笑正义，绝对正义否定自由。这两个概念为富有成效必须彼此之间找到各自的限度：生存状况若不正义，无人会认同其自由，同样，生存状况若不自由，无人会认同其正义。确切地说，无权讲清楚正义与非正义，无权以拒绝死亡的个别存在的名义要求全体民众存在，这样的自由是不可想像的。总之，还有一种正义，尽管截然不同，可以恢复自由这个历史唯一不朽的价值，那就是，人为自由而死，死得其所，因为死者不认为完全死了。

  同样的推理也适用于暴力。绝对的非暴力负面地奠定奴役和暴力行径，而系统的暴力正面地摧毁生命共同体，以及我们从共同体所获取的存在。这两种概念要结出果实，必须找到其界限。历史被视为一种绝对，暴力的处境是合法的，作为一种相对的危险，则是一种交流的中断。因此，对造反者而言，暴

反抗者

力应该守住其临时破坏性；倘若暴力不可避免，那就应该始终与个人责任相关联，与即时风险相关联。体制暴力归属秩序，在某种意义上，顺顺当当。元首旨意或历史理性，不管以何种秩序创立的，都是支配物的世界，并非支配人的世界。正如造反者把凶杀视为极限，若是与生俱来的，死亡时就得认可，同样暴力只能是对抗另一种暴力的极限，例如在起义的情况下。假如非正义的过分行径使得起义不可避免，造反者为一种学说或国家理性服务而预先拒绝暴力。又如，一切历史危机皆以建立体制而告终。假如我们控制不住充满风险的危机，我们有体制的支撑，因为我们可以建立体制，选择我们为之奋斗的法规，这样就可以使我们的斗争朝着体制的方向倾斜。本真的造反行为只赞成为限制暴力的体系法规而武装，并非为暴力系统化的法规而武装。一场革命之所以有价值，只是因为人们认为这场革命保证毫不迟延地取消死刑；在革命事业拒绝实施可预测期限的惩罚情况下，人们才愿为革命遭受牢狱之灾。假如起义暴行针对体制法规展开，尽可能经常加以宣示，对这种暴力而言，唯一可行的方式则是真正临时性的。一旦目的成为绝对，就是说从历史意义上讲，一旦人们认为目的确实，就可以不惜牺牲其他目的；若非如此，人们只能牺牲自己，赌注则是为共同尊严而斗争。只要目的是好的，可以不择手段吗？这是可能的，但谁为目的正名？对于这个问题，历史思维听任悬而未决，造反则作出回答：手段。

这种形态在政治上意味着什么？首先是否有效？必须毫不犹豫回答，现今唯有这种形态是有效的。有两种效力：风力和活力。历史绝对主义没有效力，但有动力：夺取并保持权力。一旦权力在手，便摧毁唯一的创造性现实。出自造反的不妥协和有限制行动抓住这一现实，仅仅试图越来越扩展，但并非说这个行动不能取胜，而是说敢冒失败和死亡的风险。然而，要么革命承担这种风险，要么承认这个行动只是新主子的事业，就是为那些肯接受蔑视的新主子们。被人们从荣誉分离的革命背叛其根源，而这些根源却是受荣誉支配的。不管怎么说，革命的选择限制于物质效力，结果是子虚乌有，抑或选择风险，结果是创造。从前的革命奔赴最紧迫的事情，他们的乐观主义是完整的。而今，革命精神在觉悟和洞察力方面大大提高了，已有一百五十年的经历可以反思嘛。再者，革命已失去其节庆诱惑力。革命的机遇与一场世界大战的风险相随相伴。甚至在一场胜利的情况下，所得到的不过是废墟的帝国。革命依然能够忠于其虚无主义，在尸体堆上体现历史的最高理性。于是不得不摒弃一切，有可能不舍弃将会改变世俗地狱面貌的无声音乐。然而在欧洲，革命精神也还能够，第一次也是最后一次，反思其行为准则，自审究竟是什么弯路使其误入恐怖与战争，最终能找回其造反的原因，坚守自身的本真。

反抗者

限度与过度

革命走入歧途首先可说明的原因是，不了解或不一贯认知与人性似乎密不可分的限度，而这种界限恰恰是由造反揭示的。各种虚无主义思想因为忽视这个界限，最终陷入一种匀加速运动。什么也阻挡不住这些虚无主义思想自食其果：为彻底摧毁或无限征服的奴役。因此，为了逃避这种命运，革命精神若想保持生命力，必须返回造反的源泉重新得到锻炼，从而汲取忠实于根源的唯一思想，即有限制思想。如果被造反发现的限制使一切改观，如果一切思想，一切超越某一支点的行动自我否定，万物和世人本来就有一种限度。在历史上正如在心理学上，造反就是一座失灵的摆钟，其摆锤的幅度会摆得疯快，因为很想找到其根深蒂固的节奏。但这种失灵并非全部，还得围绕一个枢轴自我完善。造反提议世人共性的同时，揭示限度和限制，两者都归属世人共同本性的本原。

现今，一切反思，不论是虚无主义的，还是实证的，有时不知不觉地揭示万物的这种限度，科学本身也予以确认。量子，迄今为止的相对性，不确定性的关系，都证明世界的特征，只有在适中数量级上，才有可确认的现实，即我们生活的现实。《恩培多克勒》第七期发表一篇有趣的好文章指出："物理学证实哲学。"引领我们时代的意识形态产生于绝对的科学伟业的时代。与之相反，我们真正的知识只准许相对业绩的思想。拉扎尔·比凯尔，该文作者，指出："我们的智慧在于其功能不把我们思索的东西推向极致，以便我们依然能够相信现实。"近似的思想是真实唯一的发生器。今天的科学背离其根源，并且否定其固有的成果，听任服务于国家恐怖主义和强权思想。科学的惩罚及其堕落导致由此在抽象的世界产生破坏或奴役的手段。然而，一旦界限被触及，科学也许会服务于个体造反。这种可怕的必然性将标志决定性转折点。

我们的真实感知不必追根究底，因为物质力量在盲目行进中不会突显自身的限度，所以没有必要刻意推翻技术。纺车的时代一去不复返，手工业文明的梦想毫无意义了。机器只是当今使用方法不对头罢了。应当接受机器的好处，即使受不了其摧枯拉朽之势。卡车，由司机日夜兼程开着行驶，不辱司机之恩，因为司机对其了如指掌，怀着爱心高效使用着。真正非人道的过度在于劳动分工。但一味过度，总有一天会出现一部具备一道工序的机器，由单独一人操作，只生产一种产品。这个人在不同的范围内部分重新获得在手工业时代所拥有的创造力。于是无名生产者接近于创造者。自然难以肯定工业的过度马上会朝这条道路发展。但从其功能而言，过度已经证明限度的必要性，引发人们反思，该如何组织这种限度。不管怎样，要么这种限度的价值将得以成全，要么当代过度只可在普世摧毁中找到自身的规则和安宁。

这条限度的规律也伸展到造反思想的一切二律背反；真实并非完全是理性的，理性也不完全真实。我们谈及超现实主义时已经指出：单一性的愿望不仅仅要求一切皆理性，还坚持非理性不要被牺牲。不能说什么都没有价值，因为这么说等于肯定由判断认可一种价值，但也不能说一切都有意义，因为"一切"这个词对我们而言没有涵义。非理性限制理性，而反过来理性给非理性规范限度。这么说吧，某个东西有意义，那是我们应该从无意义获取的。同样，不能说存在仅仅处于本质的层面。除了处于存在与演变的层面，还有何处把握本质？然而，不能说自在存在只不过是自为存在[①]。一直处于演变的不一定能存在，必须有个开端。自在存在不能在演变中自我考验，而演变若没有存在就毫无意义。世界并非纯粹固定的，但也不仅仅是演变。世界既演变也固定。比如，历史辩论法并非没完没了躲避未知的价值，而是围绕限度这一首要价值展开的。赫拉克利特[②]，这位生成论的创立者，却为永恒的流动竖立界石。这个界限成为涅墨西斯[③]的象征，这位懂得限度的女神，注定是过度的克星。若想重视这位当代造反的种种矛盾而进行反

---

① 此处 l'être 和 l'existence 有特定的哲学含义：前者为"自在存在"，即万物处于静止不变、浑然而充实的状况；后者为"自为存在"，即人的社会存在，有意识、可变、脆弱、无奈等等。
② 赫拉克利特（约前544或541—约前480），希腊唯物主义哲学家。
③ 涅墨西斯，希腊神话中的复仇女神。

思，应当请教这位女神，会得到启发的。

　　道德的二律背反根据介质价值也开始不清自清。善不可与真分离，不然就成为恶的本原；善也不能绝对与真同化，不然就自我否定。道德价值一旦被造反揭示，终究不能凌驾于生命与历史之上，并不甚于历史和生命凌驾于道德价值之上。说实话，这种价值只有当世人为其付出生命或献出一生时，才在历史上具有实在性。雅各宾以及资产阶级文明意味着价值凌驾于历史，其形式德行随即奠定令人作呕的骗局。二十世纪革命宣布价值与历史演变混杂在一起，其历史性为新的骗局辩护。限度，面临这种失常，使我们得知对一切道德必需有点现实主义才行，因为纯粹的德行祸害无穷，故而必须有一部适应一切现实主义的道德，否则犬儒主义也祸害无穷。因此，人道主义的空话不比犬儒主义煽动更站得住脚。总之，人不完全有罪错，因为尚未开启历史；也不完全无辜，因为使历史继往开来。但是，人们一旦越过这个限度并肯定自己清白无辜，最终陷入义无反顾的犯罪狂热。与之相反，造反把我们引上精心策划犯罪的道路，其唯一而不可能战胜的希望是，极而言之，自我体现在无辜的凶杀者身上。

　　在这个限度上，"我们存在"（即"我反抗，故我们存在"）有悖常理地为一种新的个体主义下定义。"我们存在"，面对历史，而历史应该把"我们存在"计算在内，于是

反抗者 | 343

"我们存在"又转过身来,应该坚守在历史之中。我需要他人,而他人也需要我以及每个人。每个集体行动,每个社会,必须以纪律为前提,个体若没有这个法则,他只是个局外人,屈从于敌对集体的压力。但社会与纪律若否定"我们存在",就失去其方向。从某种意义上讲,唯有我个人支撑共同尊严,我不能让这种尊严在我以及他人身上受到贬抑。这种个体主义并非享受,而是斗争,始终不懈的斗争,有时处于自豪的顶峰时,其乐无穷。

地中海思想

要想知道上述形态是否在当代世界找得到其政治体现,只需提及人们传统上称之为革命工团主义即可,仅此为例而已。这种工团主义本身不是不中用吗?回答很简单:在一个世纪内,工团主义出奇地改善工人生存状况,从一天工作16小时到每周40小时。而意识形态帝国使社会主义后退,摧毁工团主义争夺得来的大部分成果。因为工团主义出发的具体基础是职业,属于经济范畴,而市镇公社①则属于政治范畴,是建立行政机构的富有活力的基本单位,至于恺撒式的专制革命,从学说出发,强行将现实注入其中。工团主义,正如巴黎公社,为

---

① 系指资产阶级从封建领主手中取得自治权的城市,是法国基层行政单位。最大的公社是在巴黎,1871年暴发了巴黎公社革命。

了现实利益而否定官僚的、抽象的集权制："人类只能在自然的群体内自我解放"，后来的巴黎公社成员托兰①如是说。与之相反，二十世纪革命声称依靠经济，但革命首先是一种政治和意识形态。按功能而言，革命不可避免恐怖以及对现实所采取的暴力。革命，不管其种种声明，皆从绝对出发去塑造现实。反抗则反过来，基于现实，以持久的战斗向真理行进。前者力图从上往下自我完成，后者则试图从下往上自我完善。反抗，远非是一种浪漫主义，相反是主张真正的现实主义。反抗若要革命，要的是求生，而非求死，所以首先基于最具体的现实：职业与农村，即呈现生灵之处，呈现万物与世人心脏跳动之处。就反抗而言，政治应当屈从于这些真情实况。最后，反抗使历史前进并减轻世人之痛，并没有采取恐怖，甚至不用暴力，但在完全不同的政治条件下进行的。仅举一例，今日之斯堪的纳维亚社会表现出纯政治对立派之间存在人为的现象和凶杀的事情。最有繁殖力的工团主义与君主立宪政体取得一致。与之相反，历史和理性国家的首要关心是一劳永逸铲除职业基本单位和公社的自治。

然而，这个例子自身所显示的事情更说明问题。恺撒式专制革命战胜工团主义思想和极端自由主义思想之日，恰恰是革

---

① 路易·托兰（1828—1897），凡尔赛议员，互助主义工人出身，反对集体主义，因此是反对巴黎公社的。加缪犯此错误，大概因为托兰有普鲁东主义倾向，于1871年巴黎公社期间被第一国际开除。

命思想本身失去平衡之时，而革命却不能失去这种平衡，否则必然衰败。这种平衡，这种均衡正是激励人们可称之为阳光思想的悠久传统：自古希腊人以降，自然始终在演变中取得平衡。德国社会主义不断与法国、西班牙和意大利极端自由主义进行斗争，第一国际的历史正是德意志意识形态与地中海思想进行斗争的历史。马克思给恩格斯的书信（1870年7月20日）期望普鲁士战胜法国："德国无产阶级对法国无产阶级的优势同样会是我们的理论对普鲁东理论的优势。"公社对抗国家，具体社会对抗专制政体，审慎的自由对抗理性的专制以及利他主义的个体主义对抗群众的殖民化，皆为二律背反，再一次表明限度与过度之间长期的对峙，正是这种冲突，自古代世界以来使西方世界生机勃勃。这个世纪根深蒂固的冲突，也许并不太显著是奠定于历史的德意志意识形态与基督教政治之间，因为两者在某种意义上不谋而合，而更像是德意志梦想与地中海传统之间，永恒青春期骚动与成年男子雄性之间，被知识以及书本的夸大的怀旧情绪与被同生命赛跑所强化和昭示的勇气之间，最后是历史与自然之间不谋而合。但在这方面，德意志意识形态毕竟是继承者，因为二十个世纪先以历史神明的名义、后以被神化的历史名义与自然进行徒劳的斗争而告终于德意志意识形态之中。基督教想必只能吸收希腊思想中的东西方可征服天主教教义。然而，基督教教会一旦消费掉地中海遗产之后，突出重视历史而损害自然，哥特式战胜了罗马式，从而摧毁界限本身，越来越索求世俗的强权和历史的动力。自然，不再是静观和赞美的对象，之后就只能是行动的载体，后者旨在改变自然。这些倾向，并非可能成为基督教真正力量的中介概念，在现代所向披靡，并反其道而行之，与基督教本身相对抗。就让上帝从历史领域被驱逐吧，德意志意识形态诞生于这样的时代：行动不再是完善的，而是纯粹的征服，即专制。

然而，历史绝对主义尽管节节取胜，却始终不断与人性不可征服的诉求相抵牾，而地中海则保存着人性的秘密，因为那里智慧是炽热的阳光姐妹。造反思想，即巴黎公社思想或革命的工团主义不断呼唤这种诉求，既向资产阶级虚无主义呼唤，也向专制社会主义呼唤。专制思想借用三次战争（即普法战争，第一次世界大战和第二次世界大战），幸亏在肉体上消灭了一批造反精英，终于吞没极端自由主义传统。但这种可怜的胜利是暂时的，战争始终继续着。欧洲从来不过是中午的光明与子夜的黑暗之间的斗争，因逃避斗争而失去了尊严，黑暗使白天黯然失色：今天因破坏这种平衡而付出其最完美的成果。"我们被剥夺了中介概念，被逐出自然美，重新处于《旧约》的世界，被困于残忍的法老与无情的上天之间，"贡斯当担·贝克尔[①]如是说。

[①] 贡斯当担·贝克尔（1801—1887），法国经济学家，著有《与自由相关的物质改善》(1919)，巴黎戈斯兰出版社。

在共同的苦难中，古老的诉求再次提出，自然人性重新挺身面对历史。当然，问题不在于蔑视任何东西，也不在于挑动一种文明去对抗另一种文明，而在于只是说当今世界不可能放弃这种思想更长时间了。诚然，俄罗斯人民可以向欧洲提供一种牺牲的力量，而美洲则可提供一种不可或缺的建设强势。然而，世界的青春始终围绕同样的海滩定位。尽管被抛在无耻的欧洲。最骄傲的种族失去壮美和友情，正在奄奄一息，而我们这些地中海人却始终生活在同样的阳光下。阳光思想，双重面孔的文明，处于欧洲黑暗的中心，等待着黎明，但已经照亮被真实控制的道路。

真实控制体现于揭露时代的偏见，首先是根深蒂固和最为不幸的偏见，即硬要使摆脱了过度的人沦落为蹩脚的智者。确实，过度，一旦为尼采的疯话付出代价，很可能具有一种神圣性。但炫耀于我们文化舞台的这种灵魂酗酒始终是过度引起的眩晕以及对不可能的疯狂追求吗？这种追求，人们一旦，哪怕一次，陷入其中，伤疤就永远消除不了。普罗米修斯曾有过希洛人[1]或检察官的面孔吗？没有吧。我们的文明永远活在怯懦或记恨的自满得意之中，幸存在老男童虚荣的意愿中。路济弗尔也一样，这个魔王与上帝同归于尽，从其死灰中复现低俗的魔鬼，甚至再也看不清去何处冒险。1950 年，过度是

---

[1] 古希腊时代斯巴达的国有奴隶。

一种顺应，始终如此，不过有时，也是一种生涯。与之相反，限度是一种纯粹的紧张，想必面带微笑，而我们的痉挛病人们则注定孜孜以求于世界末日，因此蔑视限度。然而，这种微笑在无止境的努力高峰灼灼生辉，是一种额外的补充力量。这些小欧洲人向我们显露他们小家子气的面孔：既然没有力量微笑了，为什么硬要拿他们绝望的痉挛充当优越性的例证呢？

过度的真正疯狂或消亡或创造自身固有的限度，不会使其他东西消亡而为自身创造一个托词。在撕心裂肺的痛苦中，找回其限度，会像卡利雅耶夫那样，自我牺牲。限度不是反对的对立面，而是反抗形成限度，支配限度，维护限度，并且穿过历史以及混乱重塑限度。这种价值的根源本身向我们确保根源只能是撕裂的，诞生于反抗的限度，只能依赖反抗而生存，是一种恒定的冲突，永远由智慧激发和控制，既战胜不了不可为而为之，也克服不了深渊，与两者保持平衡而已。不管我们做什么，过度将始终定位于世人的心中，处于孤独之处。我们所有人都背负着我们的劳役，我们的罪过和创伤。但我们的任务不是将其激化扩散到全世界，而是在我们自己身上以及在别人身上将其战胜。反抗，不肯随波逐流的百年意志，今天依然是这场战斗的本原，巴莱士①如是说。这个百年意志，各种形式

---

① 巴莱士（1862—1923），法国作家，法兰西学院院士。

之母，真实生活之源，使我们永远昂然屹立于历史未定型而激烈的演变中。

超越虚无主义

对世人而言，有一种适合其平均水平的行动和思想。一切具有雄心壮志的事业皆显示矛盾重重。绝对不可触及，通过历史也创造不出来。政治不是宗教，否则就成了宗教裁判所。社会如何定义绝对呢？也许每个人都在为大家寻找这个绝对。但社会与政治仅仅负责处理大家的事情，以使每个人都有闲暇和自由去进行共同的探求。于是，历史不再可能被树立成崇拜的对象。历史只是一种机遇，关键在于以审慎的反抗使机遇产出丰硕的成果。

夏尔[①]精彩地写道："一门心思追求收获，毫不介意对待历史，是我弓上的两个顶端。"如果说历史的岁月不是由收获的时节构成，历史确实不过是稍纵即逝的影子，冷酷无情的阴影，人在其中就没份儿。谁献身于历史，等于献身于虚空，反转过来等于什么也不是。但是，谁献身于自己生命的岁月，献身于由自己捍卫的家族，献身于活人的尊严，此人就是献身于

---

① 雷内·夏尔（1907—1988），法国著名诗人，前期有超现实主义倾向。加缪挚友。

大地，并且从大地得到收获，便可重新播种和养活世人。说到底，那些推动历史前进的人们心知肚明在需要的时候也会奋起造历史的反。这意味着无休止紧张和沉不住气了。此话也是诗人夏尔说的。真正的生命寓于撕裂的心灵，简直就是撕裂，就是在光焰冲天的火山上空翱翔的精神，就是公道的张狂，就是限度令人精疲力竭的不妥协。对我们而言，这场漫长的造反冒险抵达边缘时耳边回荡的并不是乐观主义的说辞，因为只在我们处于极端不幸时才用得上，但在海边回荡英勇又智慧的话语，简直就是积德行善。

今天，任何一种智慧都不能声称赋予更多的奉献。反抗坚持不懈撞击恶，一波又一波冲击。人可以控制自己身上一切应该控制的东西，也应该在创造中修补一切可修补的东西。不过，孩子们却始终不公正地去世，甚至在完美的社会中。人，哪怕竭尽最大努力，也只能规定自己合乎逻辑地减少世界的痛苦。然而，不公正和痛苦将始终存在，不论受到怎样的限制，将依旧停止不了公愤。德·米特里·卡拉马佐夫发自肺腑的"为什么？"将继续回响；艺术与悖逆只会与最后一名世人共赴黄泉。

恶，想必是存在的，是世人在其疯狂渴求单一性时所积累的。但另一种恶起源于无规则的演变，面对这种恶，面对死亡，世人发自内心深处呼喊正义。具有历史性的基督教一味通过宣告天国抗议这种恶来作为回答，之后宣告永生，而永生要求有信仰。然而苦难消泯希望和信仰，于是沦为孤立无援，无理由可解释。劳动群众已经对苦难和死亡厌倦不堪，他们是没有神明的群众。从此，我们的位置就在他们身边，远离旧式和新式的传教师。具有历史性的基督教把根治邪恶和凶杀抛出历史，然而邪恶与凶杀毕竟是在历史中遭到忍受的。当代唯物主义者也以为回答了所有的问题。不过，唯物主义也是历史的仆人哪，反而扩大了历史杀害的范畴，同时听之任之，说不清道不明，否则留给未来，而未来则要求有信仰。在这种情况下，不得不等待，在此期间，无辜者不断死亡，二十个世纪以来，尘世之恶的总量没有减少。没有任何救世主降临，既无神明的，也无革命的，一概无果而终。非正义始终与一切苦难黏合在一起，甚至在世人眼里最值得承受的苦难。普罗米修斯面对逼迫他的强势所保持长久的沉默始终如呐喊告示着世人，尽管在此期间，见到世人也转过身来反对他嘲笑他；夹在人性恶与命运、恐怖与专横之间，他只剩下靠自己造反的力量去拯救尚可拯救的生灵，对傲慢辱骂他亵渎神明毫不在意。

有鉴于此，人们懂得，造反不可缺少一种奇特的爱。人们一旦在上帝那里又在历史那边找不到安息，注定要为那些活不下去的人们而活下去，即为了受侮辱者而活下去。于是，造反最纯粹的演变以卡拉马佐夫的呐喊臻于完善：如果不是所有人都获救，独自一人获救有啥意义！由此，信奉天主教的囚徒，在西班牙黑牢里，如今拒绝领圣餐，因为在某些监狱里神甫按规章制度使领圣餐成为强制性义务。这些囚徒，也是备受磨难的无辜个例见证人，他们拒绝拯救，倘若必须为非正义和压迫付出代价。这种不可思议的大度就是造反的大度，毫不迟疑地奉献爱心，并毫不拖延地拒绝非正义。其道义在于毫不计较得失，把一切献给现世生活和其活着的弟兄们。造反就是这样向未来的人们慷慨奉献的。对未来真正的慷慨施与，在于把一切献给现时。

由此证明造反就是生命演变的本身，不可否定，要不然就是放弃生存。造反最纯粹的呐喊，每一次都催生一个生灵揭竿而起，所以造反就是爱与繁殖力，抑或什么也不是。没有道义的革命，工于算计的革命，这样的革命偏爱抽象的人甚于有血肉的人，必要时否定生灵多少次在所不惜，恰当地把怨恨置于爱的位子。造反派一旦忘却其宽宏豪迈的根本，便听任自身被怨恨所感染，否定生命，奔向毁灭而让一群嘲笑造反的小人物得势，这些奴隶的杂种现如今竟在欧洲所有的市场上待价而沽，不论什么奴役的活儿都肯干。这样的造反派，不再是造反和革命，而是怨恨和专制。于是，当革命以强权和历史为名义变成凶杀和过度行为的机器，一种新的造反以限度和生命的名义成为神圣不可侵犯了：我们正处这个极端。然而在这种黑暗的尽头，光明不可避免会出现，我们已经预测到了，只需斗争，光明必将出现。让我们大家超越虚无主义，在废墟上养精

反抗者 | 353

蓄锐准备复兴吧。但懂得个中缘由者甚少。

确实，反抗虽不企求解决一切问题，却至少能面对一切。从此刻起，地中海像中午的阳光在历史的演变中光芒四射。围绕法国南方这个炽热的火盆一时间阴影骚动起伏，四下折腾，然后消失得无影无踪，而一些瞎子摸了摸自己的眼皮，惊呼这就是历史。欧洲人被遗弃在阴影下，背离光芒四射的固定点。他们为了未来而忘记日常的正义。他们对民众的自由灰心失望，却幻想人类奇特的自由；拒绝孤单的死亡，却把集体不可思议的病入膏肓称之为永垂不朽。他们不再相信现时的一切，不再相信人世和活人，欧洲的秘密在于欧洲不再热爱生活。欧洲的盲人们幼稚地认为，哪怕热爱一天的生活也就等于为世世代代的压迫辩护。所以，他们决意把欢乐从世界版图抹去，将其推至以后再说。对限制的不耐烦，对双重存在的拒绝，对身为世人感到绝望，这一切最终把他们抛入不通人性的过度。他们否定生命理应的伟大，却不得不拿自己的卓越去当赌注。由于没有更好的出路，他们干脆自我神化，于是他们的不幸便开始了。这帮神明视而不见人间事。卡利雅耶夫及其全世界的难兄难弟们反倒拒绝神性，因为他们摒弃制造死亡的无限权力。他们为我们树立了榜样，因为他们选择了如今独特的唯一法则：学会生存与死亡，为了成为世人而拒绝成为神明。

因此，中心思想在于，造反者拒绝神性，以便承担共同的斗争和命运。我们将选择依塔克岛①。忠实的大地，大胆而朴素的思想，有自知之明的行动，世事洞明者的慷慨大度。在光明中，尘世依旧是我们最初也是最后的爱。我们的兄弟们跟我们一起在同一个天空下呼吸，正义是生机勃勃的。于是，奇特的欢乐油然而生，有助于生与死；从此我们将拒绝把欢乐推延至未来。在痛苦的欧洲大地上，欢乐就是经久不衰的黑麦草，苦涩的食物，从海洋吹来劲风，昔日的与新生的曙光。我们怀着曙光，在持久的战斗中，重新塑造这个时代的灵魂以及一个不予排斥的欧洲。这个欧洲也不排斥尼采这个幽灵，在自身崩溃十二年后，西方依然参拜他，将其视为最高意识及其虚无主义被摧毁的形象；也不会排斥那位铁血正义的预言家，尽管搞错了地方，安息在伦敦海格特公墓不信教的死者中间；也不排斥那么长眠于水晶棺中被奉若神明的行动家木乃伊，更不排斥有关欧洲智慧和能量的任何东西，因为这些东西不间断地使苦难时代备感骄傲。事实上，围绕 1905 年的牺牲者②的所有人都能再生，但条件是懂得各自修正自己的错误，在阳光下，划一条界线，让双方止步。各自向对方说自己不是上帝，浪漫主义就此结束。在这样的时刻，我们当中每个人都应拉弓射箭，经受考验，在历史中反对历史，征服每个人已经拥有的东西，收

---

① 相传古希腊荷马所作《奥德赛》和《伊利亚特》中奥德赛的故事就发生在这个岛上。特洛伊战争后，希腊英雄奥德修斯在海上飘流十年，经历种种艰难终于回到该岛，夫妻团圆。
② 暗喻 1905 年的二月党人，即托洛茨基领导的二月革命失败的牺牲者们。

获自己田地中微薄的所得,获取这片土地短暂的爱,等到最后诞生一个新人,届时必须舍下时代及其少年的疯魔。弓已张开,木把吱吱作响,弓张开得最满的时刻,一支箭离弦疾射出去,那是最刚劲也是最自由的箭。

补 编

评说反抗

——《存在》[①] (1945)

一

何谓反抗者？他首先是说"不"的人，虽拒绝却不弃绝的人，也是个说"是"的人。不妨详细谈一下反抗的衍变吧。某个一向唯命是从的公务员认定某个新指令不可接受，便挺身而出说"不"。这个"不"意味着什么？

比如意味着："事情拖延得相当长久了"，"有些界限是不可超越的"，"到此可以，过头不行"；抑或比如："你们走得太远了。"总之，这个"不"肯定着一条边界线的存在。这个想法还会在另一种形式下重现，依然是受反抗情绪"激发"的，比如说："没有理由去反抗"。简言之，"他越出自己的权限了"，说到底，边界线奠定权限。反抗若没有某种自我感觉和某种理由就不会发生。正因为如此，反抗的公务员既说

"是",也说"不"。这样,他既肯定边界线,又掌握一切并将其维系在边界线以内,他肯定自身拥有某种值得引起关切的东西。从某种意义上说,他以为反对压迫他的秩序理所当然。但同时厌恶不搭界的人介入,在一切反抗中,人对人生经验的某个部分拥有一种全身心的即时认同感。究竟哪个部分呢?

人们可以设想这个公务员的"不"仅仅代表他拒绝执行的行动,但很快发觉这个"不"同样意味着"有些我不能做的事情"以及"有些你们不能做的事情"。我们已经看出对反抗的肯定延伸到个体升华的某种东西,就总体想法而言,事关一种超验性,不妨可以称为与垂直超验性相对立水平的超验性,而前者则是上帝超验性或柏拉图哲学本质。眼下,我们只限于用人身上不可制约的东西来认同这种价值。

至少让我们明确,这里事关一种价值。不管如何模糊不清,已经从连接不断的觉悟达到反抗的衍变了。这种觉悟寓于对一种价值的突然感知,世人可以完全与其身份认同的那种价值。因为,这种身份认同至今尚未现实地被感知。在产生造反的冲动之前,所有的命令和欺凌使公务员深受其苦。甚至经常接受比引起他反感的命令更令人愤慨的命令,他一概逆来顺受了,对自己的权利还没有把握嘛。随着失去忍耐,随着焦虑急躁,衍变一旦开始,就可延伸至先前所有接受下来的一切。这

---

① 《评说反抗》刊载于《存在》(1945),后者是总题为《形而上学》汇编的首编,由加缪的恩师让·格雷尼埃主编,加利马出版社出版,第 9—23 页。

种衍变几乎总是追溯以往的。公务员一旦容忍不了上司侮辱性意见，立马丢弃公务员的整个身份。反抗的衍变与其先前简单的拒绝相比把公务员推得更远，使他与自己的过去拉开距离，进而使自身的历史升华。先前处于妥协中，一下子投入"要么得到一切，要么失去一切"之中：首先世人那个不可制约的部分化入整体人之中，在自己反抗的衍变中意识到一种价值，以为可以表现这种价值了。但显而易见，他意识到的"得到一切"还相当模糊，同时意识到的"失去一切"也不清晰，严格地说意味着世人为这个"一切"作出牺牲的可能性罢了。反抗者决意"得到一切"还相当模糊，同时意识到了这种价值，并要这种价值体现在他的身上，即他这个被认同被接受的人身上；要么"失去一切"，就是说他被统治他的力量降服了。极而言之，他将接受死亡，权衡死亡的得失，比如他将其死亡称之为自由，故而确实事关一种价值。由此对反抗的概念所作的详细研究应当从上述简单的看法吸取意见：反抗，与常见的舆论相反，从最严格的意义上讲，尽管产生于个体的身心，却是对个体概念本身提出质疑。因为，在极端情况下，个体接受死亡，并且死于反抗的衍进之中，以此表明他为超越个体命运的真理而自我牺牲，比他个人的存在更为任重道远。他之所以宁愿抓住死亡的机遇甚于否定他所维护人生的那个部分，是因为造反者所捍卫的部分使他觉得是与所有人同舟共济的。由此他取得自己突如其来的升华。公务员挺身而出，判断在这种指令

反抗者 | 359

下，他身上某种不仅仅属于他的东西被否定了，而且还是一种共识，不管是谁，即使凌辱他压迫他的人，一概接受既成的一致利害。有一种恰如其分的共谋关系，使受害者与刽子手串通一气了。

不妨从下列两项观察以资肯定上述观点。我们首先注意到反抗的衍变本质上不是一种自私自利的衍变，因为人们也会自我造反，不屑幸运，不堪荣耀重负，不忍财富过多，等等。人们也会自我造反，这种衍变就是世人挺身而起造世人的反，这需要切实而广泛的研究，至少表明一切反抗皆有超凡脱俗的性质。进而请注意逆反不仅仅、不必定产生于被压迫者身心，也有可能产生于压迫的场面。在这种情况下替别人感同身受，并非心理感受认同，可谓个体凭空想像的借势，而是切实觉得别人冒犯于他，因为相反的情况则是不忍心看到别人饱受凌辱，而自己受到这种凌辱不会不反抗，不过是命运认同和立场选边罢了。所以，个体决意捍卫的价值不属于他个人。必须所有的人一起合力而为之。世人在反抗中是超越自身而成为另一个自己，从这个角度上看，世人团结一致属于形而上形态。

不过至少是反抗精神的第一个进步，促使反思世界首先充满荒诞和表面无谓。在荒诞经历中，悲剧属于个体自选，而造反的衍变一开始就意识到属于集体，属于所有人的冒险。一旦产生与己无关的想法，第一个进步就是承认与所有人分享这种想法，就是承认人类"此在"[①]，正因为自己与所有人存在着距离而备感痛苦。至此单独个人所感受的苦恼变成集体的"瘟疫"。从这种一致的共识出发可以得出这样的结论：只有世人配得上为世人作出牺牲。这正是共谋互动的道德观。当然，这一断言只有在造反中去发现方能站得住脚，还必须明确指出其首要价值。

这种价值不是否定的。人们蛮可以把怨恨与这种概念相比来突显其积极面。确实依然从起点来看，反抗的冲动只不过是一种诉求的冲动，从该词的本义讲就是如此。反抗并非怨恨，而旨在"促使尊重"某个东西，不言自明，要的就是促使尊重这一最为重要的东西首先得到承认。

为此就不可能把反抗等同于怨恨，正如舍莱尔提出的看法是从世人非基督教友爱的层面批判怨恨，实际运用也许带有细微的差别，有些形式则有明确规定，归属人道主义抑或革命学说。但，涉及世人对自身人生状况的批判却失之偏颇，无视使个体挺身而起捍卫所有人尊严的衍变。不错，舍莱尔指出人道主义随着愤世，人们爱人类而不必爱实体的人。此言在某些情况下也没错吧。这导致我们更好理解舍莱尔，当我们发现，对

[①] daisein，海德格尔术语，可译为"此在"，"实在"，"在场"；加缪时代法语译为"la réalité humaine"（人的实在），但萨特等人一般都用 la présence（在场）≠ l'absence（缺场）。

他而言，人道主义是以边沁和卢梭为代表的。然而，人对人的情感可能衍生出别的东西，不光是人性中合乎逻辑的工于算计所产生的愉悦或理论信任。面对功利主义者和《爱弥尔》①，有尼采和伊凡·卡拉马佐夫，有人类秩序反对上帝秩序的选择，这是反抗运动过渡到形而上悖逆的社会存在逻辑。舍莱尔也感知到了，概括了这个观念，断定这个观念在于说尘世没有足够的爱，除了赋予人类外，没有剩下可浪费给另类了。但反抗倾向于指明除人类外，没有另类配得上这种爱，只有人类配得上这种产生于一种同舟共济的爱。在这种情况下，心地平庸者的诉求设想徒劳无果，不会选择抽象的理想，而相反会选择捍卫经验最具体的部分去对抗压迫者，肯定人凌驾于被迫寓于生存状况的那个部分。希斯克利夫宁愿要爱情也不要上帝，并且要求去地狱与自己心爱的女人相聚，他所宣示的，并非抽象的怨恨，而是一生中脍炙人口的经历，同样的冲动使得玛伊斯特尔·埃克哈特摆脱正统派观念，一时染上异端邪说大发作，说什么宁愿陪耶稣下地狱，也不乐意没有耶稣陪着上天堂。这就是爱的冲动。因此人们不会太过强调反抗冲动的特殊性，不管说是或说否。反抗运动表面上看是负面的，因为没有任何创造，但同时骨子里是正面的，因为它显示人身上有需要捍卫的东西，为所有人争取的东西。在人生经验领

---

① 副标题《论教育》，卢梭在 1762 年写的一部关于教育问题的哲理小说。

域，反抗具有的意义与"我思故我在"的思想范畴的意义是相同的。况且从这层意义上讲，可以更深入一层，确切挑明说："我思故我在"即反抗。因此，反抗是首要真理，故而创造首要价值。

这种价值不是相对的，可以猜想得出来。随着时代和文明的更迭，人们揭竿而起的反叛理由确实有所变化。显而易见，印度贱民，印卡战士，中亚原始人，不会有相同的反抗理念。甚而至于可以有极大的把握认为在这些切实的情况下反抗的概念并没有意义。然而，希腊的奴隶、农奴，文艺复兴时期的雇佣兵，法国摄政时期的巴黎资产者，1900年代俄罗斯知识分子，抑或现代工人，可能有各不相同的造反理由，他们相逢相识，为承认其造反的合法性而相向而行。换言之，反抗的问题似乎只有在欧洲思想之内才具备确切的意义。从世俗层面上讲，可以解释得更为清晰，按舍莱尔的说法，造反精神很难在非常不平等的社会中表达（如印度种姓），抑或相反，在绝对平等的社会（如某些原始社会）。从社会关系上讲，造反精神只存在一种理论上平等掩盖事实上极大不平等的群众中才有可能存在。这等于说反抗问题只有在我们现代社会才有意义。我们情不自禁倾向于认同舍莱尔本人的宣示：反抗的问题跟个体概念的衍变紧密联系在一起，假如上述观点还没有使我们警惕这个结论。

反抗者 | 363

显而易见，从舍莱尔的意见中能吸取的整体意思就是，用政治自由的理论推断，世俗中人在人的观念中不断膨胀，并通过运用这种自由，获悉相对应的不满。实际的自由与世人获取自由的意识并非按比例增长。从这个看法，只能得出这样的结论：反抗是有识之士的特性，对自己的权利具有广泛的意识。但这丝毫不能使我们能够说只限于个体的权利，因为通过正如我们上述的团结一致，好像与之相反，关系到人类越来越自身意识到人类的共同命运。事实上，印卡人、印度贱民等等之所以提不出造反的问题，是因为在他们的传统中这个问题已经解决了，在他们能够提出问题之前，答案已经神圣不可触及了。在神圣的世界，之所以找不出造反的问题，因为确实找不出任何形而上问题，所有问题都一次性解决了。形而上被神话取代了，不再有疑问，只有答案以及永恒的诠释。但一旦世人置身于神圣事物的范畴之外，就有疑问和反叛了。悖逆者，为圣道所抛弃者也，致力于人道诉求：一切答案皆属人道。从此刻意，一切疑问，一切话语都是反叛的，而在神圣的世界，一切话语皆为圣宠之举。兴许可以这么来表达：人的思想可能有两个世界——神圣的世界（或用基督教的语言来说，圣宠的世界）和反叛的世界。其中一个世界的消失等同另一个世界的出现，尽管这种出现可能以令人莫名其妙的形态得以实现。也就是"要么得到一切，要么失去一切"，以其最严格的要求落实到位：必须选择，毫无妥协的余地。

反抗问题明显的相对性就这样扎根于事实：如今各社会团体整体与神圣的事情保持了距离，造反的景象呈历史性地向我们显现。这就证明甚至在历史层面，反抗问题也是形而上的。对当代思想而言，这种极端贫乏的结果迫使个体从事难以想像的事业，体现于既重新思考世界又重新创造世人。这就是被置于一切有识之士心中的行为准则。这种意识如果产生于个体衍变之中，反抗会不断升华这一衍变。真想不到问题与时代休戚相关，却根本不是说它并非世人的首要关切，只在个体主义道德观范畴内才有价值。相反则是说时代一味受质疑，把世人基本的多维之一维突显于近景。这是一种本真的价值，就是说一种由反抗向我们提供的行为理由。

二

有人若想把一种较为明确的内容赋予造反者以资肯定，可以说历史在描述的层次上却不甚了了，没给我们多大益处。然而，如果说革命就是许多人的造反运动受到了获得感，革命的历史就会使我们获益匪浅。极而言之，革命死心塌地服务于人身上决不肯卑躬屈膝的那个部分，是让他主宰自己时代的一种尝试。正如时至今日所观察到的经验，历史之外毫无建树可言，对一个无神圣的有识之士而言，革命在原则上是唯一合情

反抗者 | 365

合理和前后一致的行为。

理论上,"革命"这个词出自天文学的词义"公转"(公转周期),是翻倒飞斤斗的运动,就是一个政府完全环转到另一个政府。这已经有别于造反运动。"不,陛下,这不是造反,而是革命",这句名言强调指出两者本质不同,确切的意思是:"这说明新政府的可靠性。"造反运动则相反,一开始就是短命的。只是见证而已。而革命,一开始就思想清晰。确切地讲,革命是从思想过渡到历史实验中;与之相反,造反却是从个体经验过渡到思想。造反运动的历史,即使是集体历史,始终是无所作为的介入历史,又是暧昧不明的抗议史,既不触动体制又不触动法理。革命则是一种企图心,尝试按一种思想促成行动,按理论框架塑造世界。但事实上,恰恰出于相同的道理,可以说历史上从来没有发生过革命,因为只可能有一次革命,其性质就是一劳永逸的;似乎完成了倒飞斤斗的运动已经开始新的倒转,世人的历史只是不断造反的总和。假如发生一次性革命,就不再有历史了。当有人说幸福的人民没有历史,不得不说人民从来没有幸福,既然历史始终存在,抑或至少从来没见过人民始终是幸福的。换言之,环转运行虽然可能在空间找到清晰的表现力,但是在时间上只是一种近似。人们颇为失意地称为十九世纪人类累进解放的现象,仅仅被视为一系列不间断的造反,有时自我超越和企图找到自己的理念形式,但未能进行独一无二和一劳永逸的革命,依然让天上世上的一切固若金汤。因此，姑且鼓吹解放，不如谈论世人靠自己进行永无止境的不断自我肯定更为恰当。一切革命的永恒未完成至少会以负面的方式使我们了解适用于造反价值本身的特性。革命倘若有机会被讲清楚说明白，那就能使这种一劳永逸的革命包含一种意义，呈现斗争思想的理想宗旨，既然一切哲学皆为行动。

如果人们只限于说被肯定的价值内容，根据历史判断，包含正义和自由，此言无足轻重，因为造反运动早已悉数有之，同样权利的模糊概念，正义和自由相关的理念，无不如此。正因为如此，反抗哲学与基督教思想互不相容。基督教主义首先是一种非正义的哲学。基督教诗人吉特鲁德·冯·勒福尔[①]洞若观火："好在世界没有被赎买给那些为无辜者说好话的人们……而被无辜者痛苦的激情赎买了"，另外又指出："正义只存在于地狱。"然而，经验表明问题恰恰在于正义和自由不断地被质疑。种种革命的历史证明这两个概念处于所有诉求的本原，然而到头来，两者几乎发生冲突，好像彼此的要求水火不相容。在一切革命中总有一个阶段会引起对抗的冲动，显示其极限，宣告其失败的各种可能性。很快，自由的力量平地而起反对正义的力量或者相反。这正是世人造反进行新的倒翻斤斗之时。同样，审视终极革命的历史性伟大尝试，诸如基督教主

[①] 吉特鲁德·冯·勒福尔（1876—1971），德国诗人。

反抗者 | 367

义、当代政治性形而上的伟大革命（甚至当这些革命似乎否定形而上学）、尼采式的革命，应该都会挑明造反运动与一切革命的既得成果是相对立的。

这里问题不在于为这种失败提供理由，它是特殊的实在，"某种限度上"，好像显示其特征，但有可能看出在时间上体现出来，包括在互动关系的失败和对造反中发现世人团结的否定。革命每每失败，因为发动革命后忘却维持这种互动关系。因为，这种串通关系很可能或消失于缄默或消遁于谎言。于前者，人们提出暴力问题（或强迫闭嘴）；于后者，则是政治现实主义（或原则上撒谎）。沉默不语也罢（在这种情况下，基督徒也保持沉默，但上帝对他就不客气了），信口雌黄也罢，反正互相关系丧失殆尽，而具有互动关系，诉求与反抗就相得益彰了。于是反抗便自我否定，同时保证发动新一轮冲击。因此，我们千方百计描述价值，在其一个侧面上，就是人与人之间的同声共气。这样就能明白反抗运动一再重复发生。因此，即使在一个荒诞世界，也可以生活得并不令人失望，但在一个谎言的世界，如此生活也是不可能的，人们将会认可这个断言，回到形而上团结一致。在荒诞世界，反抗者仍然保持一种确信，就是与世人团结在一起进行同样的冒险。事实上，他们俩，食品杂货商和他，都活得很窝囊。一旦世人缄口不语，抑或只不过是圣言的通道和应声虫。我强调这一点，蛮觉得可以诠释个人的强烈感情：带有信仰的基督教世界令我感到失望，一旦世人撒谎（政治现实主义），互动关系虽然没有丢失，这是永远不可能的，但被否定了，绝望开始否定由造反带来的首要真理，也就是说，人不是孤独的。

还可以证明互动关系的丧失始终来自于对绝对的自命性。革命一旦追求绝对正义或绝对自由，便会趋向肯定理性主义或全盘决定论，从而违背反抗的正面性质。因为这种寓于反抗中的正面性是一种立场选边，考虑到世人身上较为节制和较为相对的东西。世人不可制约的部分，即用作互动关系基础性的部分，就是被压迫和被迫害的那个部分，面对压垮他的东西，始终并且不断努力支持的。互动关系只能在相对中得以维护。从这个观点看，一切革命都应考虑到人类经验的有限性，任人评说，接受近似足矣。一劳永逸的革命只能是悲观主义的：当然，对人的状况持悲观主义，至于有关人的行为则是顽固地持悲观主义了。唯一适合于人的革命在于向相对转化，因为相对意味着准确地针对人的状况。向绝对权力造反始终意识到人们不能摆脱绝对权力，也就是说打理好赋予我们的相对权力。自此，反抗的一切形态，政治的或形而上的，一概意味着相对中的行动，导致为世人服务。在这层意义上，不追求永恒的一切所作所为皆为反抗。工会秘书整理档案卡片的行为与拜伦面对上帝抒发万丈豪情同样都是形而上反抗。说什么为感动世人必须树立永恒的榜样，这个想法是幼稚的，创造物，一概是相对的，因为其本身就是相对的嘛，足以令人渴望，甚至超过世人能渴望的程度。

不妨说，终极革命是总体互动关系，但论述要很有分寸，并预留给后世去发挥。很明显，事关一种理想的限度。但在人道层面上，作为实际已知条件，人们可以姑且认可中项调和以及约略表述。比如，介于永恒与相对之间的鸿沟是不可逾越的。无法永恒，姑且臻于完善吧。可以说世人若有助于互动关系，便有助于终极革命。真诚真挚则是其解放的本原，是一种锲而不舍的努力，为的是加强人类团结，况且充分意识到有可能歪曲走样。

因此，对种种革命哲学审视应当引导我们明确讲清造反运动所揭示的价值内容。这种价值已经使我们肯定一切革命就肯定世人反抗自己的命运而言超越了政治家，进而肯定人的孤独无援永远只是世人的事情，而反抗首先是肯定言论和互动关系，执着投身于造物者有限的状况中。

三

在形而上悖逆方面，上述观点总体上尚可明确细说。反抗运动肯定了掌控某事权利的存在，于肯定中超越个体，使之普及到所有世人的意识中。然而同时，显而易见挺身而出反对上司的公务员特意肯定其上司的存在。反抗者说"不"，突显着意在要捍卫的东西和压迫他的东西之间划出一条界线。但在这条边界的这边和那边，他以相同的衍变肯定两种对立价值的存在。这样的个体之间相互抱团声援。对此，革命者至少知道揭竿而起反对的权力是与其处于相同的历史中，在公务员或革命者的情况下，事情相当明确的：事关对立的相应权力，双方共存可以被肯定。

困难始于形而上悖逆，因为悖逆者同时指出，人的状况和挺身而出的反抗者这个部分的状况。公务员确实同时把他挺身而出反抗的上司存在包含在他的反抗运动中，表明他人的权力不断使他处于附属之下，而他也始终有权质疑他人的权力。在这一点上，他人确实处于相同的历史中，就是说他人此时的权势也是相对于公务员相对的屈从。从中看出，如果在反抗运动中确实存在持续的双重肯定，这种肯定尚与绝对毫不相关。由此看来，这种肯定在形而上悖逆中很难维持。因为，首先不可能把上述推理引申至对上帝的肯定。确实人们会想到形而上悖逆把上帝与部分悖逆的世人等量齐观，应当承认上帝处于跟世人相同受辱的遭遇，上帝徒有虚名的权力等同我们浮生若梦的状况，屈服我们质疑问难的压力，轮到上帝俯就悖逆的不屈不挠的部分世人；无望永世稳定，因为上帝只能在世人一致赞同下才能得到永世稳定，跟我们相比，上帝也就陷入荒诞的世界。贯穿被视为首要真理的反抗，对上帝的体验是矛盾的，说来话长，有待发挥。起初，重要的是指出世人质疑上

反抗者 | 371

帝的否定权小于其肯定权。形而上悖逆中怀疑上帝的并不在于世人能够否定上帝,而在于能够肯定上帝以外的东西。并不是悖逆者中止由其确定界限的永恒权力,而是界限之内存在的某些东西。但在神学上应是与上帝的概念相矛盾的:即所谓地狱观念。

然而,即使推衍难以做到,无论如何可以坚持明摆着的验证。保持拒绝假设的想法唯一的机会是搞定意味深长的同语反复。这样便可以说形而上悖逆只不过是悖逆反对的东西而已,根子上只是悖逆人类境况罢了。起初,悖逆者只判定世人的境况难以忍受,比如说"不能这样继续下去了……"。后来进一步的想法是,这种境况已经给人造成"既成事实",归于诠释和假设的系统以及隐喻和类比的范畴,不是世俗所考虑的,只能在经历中对质。因此,人的境况被质疑的同时则被悖逆所肯定。但悖逆进行自我肯定的同时,世人身上不可制约的那个部分表明,如果后者向前者屈服,就会受到后者所处的境况所怀疑。这样一来,没有任何一方被定位于绝对,全体世人的"此在"就这样不断来回。人们将看到处世之道方面的同等现象永恒摆动,引导悖逆者从牺牲的意志倒向幸福的诉求。这完全成了是与否的来回,肯定与否定的来回。人们首先肯定世人身上不可制约的那个部分与所有的世人在这种共同的尊严中不谋而合了,于是面对这个头等的价值或接受死亡,或自我消失。但毕竟排除人的境况同时,翘首盼望幸福。由此看出在这种情况下肯定与摧毁的可能性紧密相连,而幸福则建立在否定的本原上。因此,根子上一切被怀疑,一来一回被怀疑两次。可以得出的结论是包含在悖逆肯定中的价值向来不是一劳永逸得到的,必须不断地力挺这种价值。

说到底,形而上悖逆没让我们学到什么东西,最新的解决办法不比荒谬分析让我们学到更多的东西。世界始终是封闭的。我们永远处在圈子里,不过即使如此,我们还有可能正面回答独一无二的问题,因为我们颇感重要:人能否靠自己而不求助永恒去创造自身的价值?不妨让我们再建议一下,极而言之,人们有可能朦胧预感一种"不言自明"的绝对,既与人的不可制约也与人奋力反对的境况无关,但与两者相互支持的联系有关,确切地说,与人的状况有关。这就是绝对的相对。悖逆至少可以肯定人的状况并不像它呈现的那样十分明显。准确地说,这是最相对的经验被树立为绝对。人们已经能够看出世人处世之道方面的几个后果。但不管怎样,人们看懂悖逆反思脱离了实际存在哲学的某些形式。只要悖逆反思促使人的个体部分投入斗争中的共同体,继而只要确保这样的个体获得有可能进行活动的条件,悖逆便超越焦虑。因为实际存在哲学中有一种倾向,可出台一种既无作用又无反作用的存在,在这样的存在中,焦虑者永远不超越焦虑,因为焦虑达到顶峰。焦虑被视为人的极限,此人每隔一段时间就被后浪推前浪推到海滩,总是同一块海滩,因为他等候着来潮时海潮将他冲走。然而,焦虑还有另外一面，可置于永恒之外。这就是悖逆。多亏有焦虑，思想才不会故步自封，而是勇往直前。不过在人的状况狭小的圈子内部进行，为何目的，有多少机缘，那是自由的问题，应当加以研究。我只是指出来而已，这个问题可以细致研究，比如进行艺术创作和政治行为的比较研究，可视为两种世人悖逆的基本表现。艺术努力的目标是一个理想的作品，创作是可以修改的。

不管怎样，抓住迈出的第一步，悖逆会促进待在荒诞世界的有识之士，这种进步是不可估量的。因为，荒诞就存在而言，是矛盾的。事实上，荒诞剔除价值判断，而价值判断是客观存在的，因为与存在的事实本身紧密相连。因此必须把荒诞推理移位到悖逆这个存在的同等物中。通过悖逆找到机会，既肯定凌驾于一切之上的世人身上那个部分，又肯定赋予其一种人的状况，同时具有明显性和相对性，由此悖逆者找到了自身的价值，正是这个价值授权他（强迫他）说话和行动。世人这个部分虽然支持其有理在先，却是揭露其荒诞出身，因为这种标新立异既为大家又不为任何个人。他身上的价值将被磨灭，虽然这部分被误解了，但也是无为而治的现实表现，既否认世人有罪，又否定世人必须有个大写的法官。

凶手的时代[1]

(1949)

女士们，先生们：

你们中间一些人关心欧洲，宽宏大量，我承认他们对欧洲作出了贡献。这个古老的大陆如今遍体鳞伤，疮痍满目。欧洲大陆经常性情乖戾，相当乖谬地以为旧大陆边界之外什么也不存在，岂料其边界没有超过一个巴西大。不过欧洲有历史，几个世纪的光荣历史，不容小觑，几个世纪的文化史，价值更大。世界被列强思想搞得荒芜不堪，活在这样一个时代，世人受着平庸而凶恶的意识形态驱使，习惯于对一切感到羞愧，甚至羞于幸福，但也会在各大洲这儿或那儿出现一些分散的人群转向不幸的欧洲，思考欧洲的未来，深知欧洲的绝望或受奴役不可能不抹黑两三种价值，任何国家的任何公民都将永远不会不以人的名义而放弃这些价值。

我分担这种忧虑，并愿意给予回应。我不具备预言的天赋，也没有资格决定欧洲是否有前途。但欧洲也极有可能需要联系各国自由民众进行重新淬火磨炼。但我至少可以说：欧洲

---

[1] 加缪于1949年6月30日至8月31日访问拉丁美洲，多次受邀演讲，之后综合成这篇演讲稿。

欲再次有益于世界，必须医治某些病根儿。这些弊病中有些我完全无能为力援手，但至少有一种欧洲病我已经与同代人一起分摊医治过，对这种欧洲病，我曾深思熟虑过。因此，我觉得来到这里没有更好的事情可以做了，还可以借此回应我们共同的忧虑，只不过说我能做的事情，即我知道这种欧洲病，并出力做出诊断，因为诊断总应该先于有望的治愈吧。

就这样，我觉得同时有助于形成欧洲所包含的概念。这不，欧洲一直被视为人道主义的故土，在某种意义上讲，没错呀。但这些年来，成为别的东西了，成了集中营的故土，成了冷酷而科学毁灭的故土。人道主义的故土怎么产生集中营，而且一旦成为既成事实，人道主义者们自己怎么面对集中营，这些就是我这一代人要摆平的问题。我很想提出来，让更专业的人士给你们讲人道主义和博爱的欧洲。

如今，欧洲处在不幸之中。什么不幸呢？乍看起来，简而言之，这些年杀了许多人，甚至有那么几个人预言还会大开杀戒。如此多的死亡终于把气氛搞得十分凝重。自然，这不是什么新鲜事。官方的历史从来就是大砍大杀的历史。该隐杀亚伯不是今天的事儿。但如今该隐杀亚伯却以逻辑的名义，然后要求获得荣誉勋位勋章。举个例子，以便说得很清楚。

1947年诸多罢工期间，报刊通告巴黎的刽子手们也停止工作。我觉得人们没有足够重视我们的同胞这项决定。刽子手的诉求明确无误，自然是要求每执行一次死刑要发一次奖金。更有甚者，还强烈要求晋级为办公室主任的身份。其实是要求承认其高度的服务意识，要求国家赋予独一无二的认可、可感知的独一无二的荣誉；一个现代国家是能够向好公仆提供公务员身份的，这是我想说的意思。在历史的重负下，我们最后的自由职业之一就这样泯灭了。这确确实实是在历史的重负之下发生的。在野蛮时代，一顶可怕的光环使刽子手与世隔离。他出于职业侵害生命和血肉的秘密。他活着，知道自己是个可怖的东西。这种可怖却同时使人的生命价值神圣化了。而今天，刽子手只是廉耻心的客体而已。在这些情况下，我认为他有理由不再愿意成为穷亲戚，被人困在厨房里，因为他双手空空了，一无所有。在今天的文明中，凶杀和暴力已经成为法理，即将成为体制，刽子手们完全有权利进入行政干部的行列。说真的，巴黎的刽子手有理在先，我们这些法国人有点落伍了。世界好些地方，行刑者已经被安置在部长级椅子上了，他只不过用墨汁图章替代斧头罢了。

一旦死亡成为统计和行政事务，这确实有些不对劲了。胡扯而已。欧洲病了，因为处死一个人可以预料而根本不带敬畏，不顾应该会引起的丑闻，因为世人被施虐是允许的，犹如有折磨人的束缚，再如食物供应和必须排队才能获得一点黄油。欧洲就这样备受凶杀和抽象概念之苦。我的意思必须关切同样的毛病。在此谨向你们建议，我的陈述分两个部分。现在审视一下如何切入议题，怎样能够从中释疑解难。

一

　　回答第一个问题很简单，咱们从思想入手吧。说的是一种毛病，从某种意义上说，我们自讨苦吃。

　　当然，我们中间没有人，除非例外，从来没有真正从事行刑执行者的职业。但我们曾经，如今依然，要面对大规模消灭的历史勾当。甚至有可能曾经反对过他们，勇敢且顽强地跟他们斗过。我们能够用什么论据支撑自己去谴责他们的历史行径呢？难道我们从未听说过导致他们为尸骨成山辩护的思想或教理吗？对我这一代来说，很不幸，是这样的。不具备正统观点者，因为是凶杀者，但凶杀者，却因为具备正统观点。这是我想告诉你们的第一个感想。

　　确实，我们中间许多人在两次世界大战之间被虚无主义沾染上了。跟他们有关的问题不在于弄清楚他们是否有借口活在否定之中。借口，他们是有的。重要的是弄清楚他们是否切身体验过了。比如我这个年龄的法国人和欧洲人出生于第一次世界大战之前一点或期间，少年时期正逢世界性经济危机，二十岁正是希特勒掌握政权的年份。接着西班牙内战，墨索里尼上台，1939年战争爆发，法国失败之后被占领四年，但地下斗争四年，他们经受的教育就是这样完成的。最后由原子弹烟火宣告结束。我猜想这就是人们所谓受人瞩目的一代，但更受人瞩目的是这一代人投入这场没完没了的体验靠的只是叛逆的力量，因为这一代人什么也不信了。那个时代的文学因悖逆而不明晰，叙事行文和遣词造句都不知所云。绘画也造反，主题、现实都不要了，连简单的协调也不要了，音乐连旋律也不要了。至于哲学，教唆不存在真理，只有现象而已，他们中间有司密斯先生，杜朗先生，海尔·沃吉尔，但就这么三个独特现象也没有任何共同之处。这一代人的道德形态更为不容置疑，认为民族主义是过时的真理，宗教则是一种放逐；二十年的国际政治教会这代人怀疑一切清白和设想没有人永远是错的，因为大家都认为自己有理。至于社会的传统道德，这代人觉得它一直就是要么自暴自弃，要么异常虚伪。

我们这代人就这么生活在虚无主义之中。当然，这也没有什么新奇。其他几代人，其他国家，在其他的历史阶段也体验过这样的经历。但新鲜的是，同样国家的这些人与一切价值渺不相关，硬要把解决他们个人的立场与凶杀和恐怖挂钩。难怪呀，他们投入战争，犹如人们进入地狱，此话不假，如果地狱意味着背弃宗教。他们既不喜欢战争，也不喜欢暴力。他们只好以仇恨对付仇恨了，还不得不学习这门学问。为了打仗，必须相信点什么呀。但这帮人看上去什么也不相信。他们可以不去打仗哪。不行，不去打仗，就是接受敌人的价值，即使是些可鄙的价值，否则任其得逞了。

反抗者 | 379

我们本能地晓得不能让畜生们在欧洲各地崛起，但不晓得名正言顺地道出我们所担当的义务。这就是欧洲病。我们还可以这样来定义：曾几何时畜生们恶劣的行为要求正名合法，如今已成良好的行为。其实这些恶劣的行为并不容易名正言顺，因为我们中间最有觉悟的人们早已发现他们在自己的思想里没有任何本原，可以允许自己反对恐怖和责备凶杀。

确实如果人们什么也不相信了，如果什么也没意义了，如果我们不能肯定任何价值，那么什么都是允许的，没有任何重要的东西了。既无善也无恶，进而无所谓希特勒是对还是错。玩世不恭和行善积德无非是阴差阳错和反复无常。人们可以把成千上万无辜者推进火葬炉，就像人们可以拒绝治疗麻风患者。完全可以把死者扔进垃圾箱，说成给死者面子了。所有这些别无二致。虚无主义者皮萨列夫说："一双长统靴比莎士比亚值钱。"

当我们认为什么都没有意义时，不得不下结论：有理者，成功者也。唯一的规则便是表现出最有效，即最强大。世界不再分割成正义者与非正义者，而是主子和奴才。时至今日，还有一堆堆的人耳聪目明却疑虑重重，会向你们宣告：倘若希特勒意外地赢得这场战争，大写的历史就会向他致敬，就会把他得以栖身的丑恶台座神圣化。可别大惊小怪哟！西蒙娜·韦伊曾指出："官方历史在于相信凶杀者所言。"确实，我们不可能怀疑大写的历史，如我们所设想的那样，会神化希特勒，并为恐怖和凶杀正名，正如我们处于敢想什么都没有意义的时候，会把他们神化和为他们正名。

因此，不管如何兜圈子，围绕否定和虚无主义这个核心，凶杀和专业凶杀，即"有用的"凶杀有其得天独厚的地位。这种推理的末端，就是集中营呗，再自然不过了。假如我们认为站在全盘否定的立场是合理合法的，我们就应当准备好大开杀戒，并且是很专业的。当然必须有一些明文规定。总之，不如人们所想象的那样，凭经验判断，还不算总有可能主使杀人，司空见惯嘛。不管怎样，没有任何我们想得到的东西可以允许我们驳倒我们耳闻目睹的事情，即使有关达豪的事情。所以我们这代太多的人觉得有点被任意抛弃在这种穷途末路的险境中，脑中空空如也，既阻止不了凶杀，也不能使凶杀合法化，任凭虚无主义搅得狂热的时代随波逐流，却在孤独中手握武器而心惊肉跳。

这是因为他们尖锐意识到这种弃置不顾，有一定数量的另类人士表面上抛弃了虚无主义，始终在放弃优质的诠释规范同时选择大写的历史价值。特别是历史唯物主义好像就是他们的庇护所，他们以为能够找到行动规则而丝毫不舍弃他们的悖逆：只要沿着大写的历史方向行事即可。例如这些人士说什么这场战争以及其他很多事情是必不可少的，因为战争将会清除各式民族主义，准备各种帝国时代，不管之后有没有新的冲突，将继而出现普世社会。

但在这期间，他们得到了相同的后果，如果他们原先曾思量一切皆无意义。因为假如大写的历史有意义，要么是全体性意义，要么什么也不是。这些人的思想和行为好像大写的历史服从于一种君主式辩证法，好像我们大家一起迈向一个终极目标。他们的思想和行为遵循黑格尔原理："人天生为了大写的历史，而不是大写的历史天生为了人。"事实上，一切政治和伦理的现实主义曾经和现在引领着世界的命运，经常不知晓诞生于德国的大写历史，要一百年后才明白过来，根据这种大写的历史，全人类沿着条条理性的道路通向一个终极世界。人们刻板地以理性主义替代虚无主义，在这两种情况下，结果是一样的。因为，如果大写的历史服从一种君主式逻辑是真实的，如果根据相同的哲学，封建国家应该不可避免地继承无政府国家，然后各民族不可避免地继承封建政体，再后大写的帝国继承民族国家，最后达到大写的普世社会，于是一切成全这种不可避免的进程都是好的，大写的历史大功告成就是终极真理。

由于这种圆满的结局只能靠普通的手段来成全，诸如战争，个体和集体的阴谋和凶杀，为一切行为正名，并非关系到善行或恶行，而与有效或无效有关。推理到底，不无自然地重新出现集中营和专业凶杀。从结果而论，我上述的两种形态没有区别。两者都是现代思想漫长的冒险，自从尼采声称上帝死亡之后，用大写的历史鲜血不停地书写欧洲傲慢的悲剧。一切错误的思想与鲜血同归于尽，就是这个地球的正义。但问题在于始终是别人的鲜血，这才是我们生存状况的非正义性。

二

正是上述错误思想使欧洲患病在身，染上讲究效力的病毒，使凶杀变得不可或缺。效力，如今是夸大的字眼，由于失望或出于逻辑，我们衷心期望效力，正因为如此，我们大家对大写历史的凶杀负有责任。这不，效力的意志，就是统治的意志。刻意主宰某人或某事，就是期望一事无成，沉默不语，或这个被主宰的人死亡。所以我们颇似幽灵般生存在一个抽象的世界，一个持久经受咆哮之后无声无息的世界，濒临毁灭的世界。因为把效力置于一切价值顶峰的哲理是死亡的哲理。在这些哲理的影响下生命力逃离欧洲，今天旧大陆的文明呈现衰亡的征兆。所有的文明也患上各自的败血症，即抽象病。

我只举几个例子。首先，论战。没有对话就没有生活。在世界绝大部分地方，今天对话被论战这一有效力的语言替代。二十世纪在我们法国，是论战和辱骂的世纪。论战在民族与个体之间进行，在过去没有利害关系的学科之间进行，替代了传统上的深思熟虑的对话。成千上万个声音，日日夜夜，各说各话，从自己一方发表滔滔不绝的独白，向各国人民发泄口若悬河般的废话，故弄玄虚罢了。什么是论战的机制？论战在于将对手视为敌人，进而将其简单化，终了不予理睬。我骂的人，我才不理会他的眼色哩。由于有了论战，我们不用生活在世人的世界，而生活在充满身影的世界。

没有说服也就没有生命。今天的历史只是一味威吓，即效力政治。人生在世，只能靠世人有某种共同的东西活着，总要相聚一堂吧。但我们发现有些人是无法说服的。人生在世，不可能让集中营某个受害者向辱没他的人们讲解他们不该辱没他。这是因为他们不再代表世人，只代表一种有高度坚强意志的思想。有志于统治的人是聋子：面对他，要么斗，要么死。所以当今世人生活在恐怖中。《亡者书》[①]中有道是正义的埃及人为了应得的宽恕没准能说："我没有使任何人害怕过。"在这样的情况下，要在"最后审判的日子"从"真福者"的队列中寻找我们当前的伟大，必定枉费心机。

这些身影从此又聋又瞎，吓得灵魂出窍，身怀定量供给券，其全部生活概述在警察的卡片上，可以作为匿名的沉思录，就没有什么可奇怪的了。我们很有意思地观察到，出于我所说的意识形态而建立的政体正是系统地把民众连根拔掉的政体，使民众飘浮在欧洲的表面，就像毫无生气的象征，只在统

[①] 古埃及人把墓志铭写在纸莎草纸上，卷成筒陪葬。十九世纪发掘者收集纸莎草文稿成册收藏。

计数字中具有微不足道的生机。自从这些亮眼的哲理进入历史，大批群体人士，先前每个人都有一种紧握拳头的方式，最终陷入两种人群的姓氏开头字母，由一个非常合乎逻辑的世道为他们错位命名。

这一切都符合逻辑。当有人想以一种理论的名义，通过有效力的手段，企图统一全世界，除此没有其他的道路，只好把跟理论本身那样干瘪的、聋哑的世界搞得像道理那般冷漠和无情，舍此没有其他道路可循，只有把维系人与生命和自然的根砍断。自然是可逃脱历史和理性的东西，故而必须消失。这不，自陀思妥耶夫斯基以降，欧洲伟大的文学中，找不到自然风光，这并非偶然。如今有意义的书籍，对心境的细微变化以及爱心的真情实况不感兴趣，只热衷于与法官、审讯和控告的机制有关的事情，这也非偶然；不把窗户向世界的美景打开，一味把世人小心翼翼重新关闭在离群索居者们的焦虑之中：人物倒成风景文学了，这更非偶然。如今的立言者，是唤醒一大部分欧洲思想的哲学家，写道只有现代城市使有识之士意识到自身，甚至说什么，自然即抽象，只有理性才是具体的。确实这符合黑格尔的观点，是智慧巨大冒险的出发点，这种冒险最终扼杀一切。在自然的大景象中，陶醉的智者们只看到他们自己，而对一切视而不见。

为什么要进一步探讨呢？人们若了解当今欧洲被摧毁的城市，知道我在说什么。这些城市提供骨瘦如柴的世界形象，尽管呈现着瘦削的傲慢，那里有些幽灵沿着单调的世界末日景象，寻找着已然失落的和自然及生物的友谊，西方人的大悲剧是在西方人与其历史演变之间既不再介于自然的各种力量之间，也不再处于各种情谊中间。西方人的根断裂了，胳膊萎缩了，已经与其凶杀以及意识形态所造成的十字形支架捆绑在一起了。

三

以上描述，尽管不完整，也将告一段落。在今日欧洲，太多的生灵成为其现实可悲的见证者，不能沾沾自喜。我感兴趣的是想知道怎么走出这种状况，以及是否能够走出苦海。从前曾经有过一个时代，神明戒律使每个人恪守规矩，我确实想说这曾经是一种解决办法。但这样的时代不复存在了，如今百分之八十的欧洲人生活在圣宠之外了。

唯一的实践结论，就是欧洲不再可能从其支配的处境，即从其否定的悖逆中提取复兴的力量。但不管怎样，是悖逆哲理将其引导至此呀。首先，欧洲揭竿而起反抗一个没有意义的世界，并得出必须通过强权途径主宰这个世界的理念，于是选择了效力性。欧洲如愿以偿。确实，大部分欧洲人不知不觉地选择了他们现有的生活，在这种情况下，除了禁区和荒漠，再也没有其他出路。世界的未来很可能被抛弃给各国童年期的人民，他们置于自己的机器顶峰，对此嗤之以鼻。

然而，我的回答有所不同，是按悖逆的价值得出答案。悖逆并不导致统治，却被智者傲慢的变态搞出那么多骇人听闻的后果。任何说法都辩护不了这种疯狂的毁灭，除了失去理智的愤怒不分是非。虚无主义一旦取消使之成为义人的赦罪，便抛弃一切界限，就可最终判定毫不在乎扼杀已经注定死亡的东西了。

不过，这是疯话。悖逆还可能在其自身的层面给我们提供一种行动规矩，减少世人的痛苦，而不是增加。在这个被剥夺价值的世界中，在我们切身体验心境的沙漠里，悖逆到底意味着什么呢？悖逆使我们成为说"不"的人，向别人为我们准备的死亡文化说"不"。我们在说"不"的同时，断定事情已经拖延得太久，有个界限是不能超越的。但这个相同的时间，我们肯定一切存在于界限之内的东西，又肯定我们身上存在某种拒绝耻辱的东西，是不可任其打压太久的。当然，这是矛盾的，应该令我们深思。我们以为这个世界的存在和斗争没有实在的意义。喏，例如我们跟德国斗争。因此，我们所有人，肯定某个东西，只通过拒绝和斗争的行为去肯定的。这里不妨援引一则德寇占领期的轶事：

"餐馆里几个德国军官听到几个法国青年议论哲学，其中一个男孩声称任何思想都不值得为其而死亡，德国人把他叫到他们的餐桌旁，其中一个举起手枪顶着他的太阳穴，要求他重复他刚才说的话。男孩重复了自己的话，军官向他祝贺道：'我想向您证明您错了。但您刚才示范表明某些思想值得人们为之死亡。'"①

这个小轶事是否有普通价值？超越一位个体的见解了吗？答案已经给了。我所说的世人在他们的反抗中接受死亡，这类死亡证明他们为一个真理而牺牲，因为这个真理超越他们的个人存在，比他们的个体命运走得更远。我们的反抗者针对敌人的命运所捍卫的，是一种与所有人共同的价值。当世人备受折磨，当母亲们眼睁睁被迫让孩子们去送死，当法官们像公猪似的被埋葬，反抗者们断定在他们身上某些东西被否定了，不仅不再属于他们，而且成为一种共识：世人拥有完全现成的团结互助性。但在这种荒诞性中，同时存在我们处于集体悲剧的教训，其赌注是彼此的尊严，人与人之间的心心相印，关系到保护和维系世人的尊严和团结，才轮得上谈更多的事情。

是的，是这些可怕岁月的巨大教训，对布拉格一个大学生的辱骂触动了巴黎郊区的一位工人，于是鲜血洒落在一条欧洲河畔，之后又引起一个苏格兰农民把自己的血洒落在他第一次见面的阿登②人的土地上。这简直是荒诞的，疯狂的，不靠谱的，或几乎难以想像的。

由此推及，我们便知道如何行动，并获悉世人一旦处于最

---

① 援引埃贝尔·洛特曼（生卒年不详）的通讯报导。
② 法国的一个省名，位于东北部，靠近比利时。

绝对的精神匮乏时，可能重新找到足以规范其行为的价值。因为如果在肉体和尊严互相认同的情况下，人与人之间这种心心相印，便是真理，这就是共鸣，必须为这种对话交流服务。

为了维系这种交流，世人必须是自由的，因为主子与奴才之间没有丝毫共同之处，跟一个被奴役的人是无法对话和交流的。强制意味着鸦雀无声，是最最可怕的事情。

为了维系这种交流，我们也应该有所作为，为了使非正义消失，因为在被压迫和唯利是图之间没有对话可言。妒羡也属于鸦雀无声范围。

为了维系这种交流，我们应该最后摈弃谎言和暴力。因为说谎的人自囿门户，不跟别人打交道；施虐者和强制者迫使别人沉默，一片鸦雀无声。

因此，从否定出发，单凭我们的反抗运动，有可能重新找回自由和真诚的道义，一种对话的处世之道。

为了医治欧洲，为了效力世界未来，我们暂需要这种对话的外世之道，去对抗凶杀的伦理。我们应当为反对非正义而斗争，为反对奴役和恐怖而斗争，因为这三种祸害造成人与人之间老死不相往来，在人与人之间建立樊篱，搞得人与人互相抹黑，阻止他们重新回归到能够从绝望的世界得救的唯一价值上来，而这个价值恰恰是世人与自己命运搏斗的长久博爱。在漫无尽头的黑夜，现在我们终于知道我们应该做什么了。

实际上，这意味着什么呢？意味着如果我们不直言不讳，

反抗者 | 389

如果我们不拒绝接受每次杀人依旧沾沾自喜于某些思想，欧洲便不会恢复健康。第一件要做的事情就是从思想上和行动上干脆利落地抛弃一切犬儒主义哲学。由此我们不会说拒绝一切暴力，不然就是乌托邦啦，但拒绝适意顺当的暴力，我想说不拒绝以国家利益的名义或以某种哲学理由为合法性的暴力。任何暴力都不可能通过第三者执行，总体而言没有任何正当性。每个暴力行为对实行者而言应当被彻底质疑。取消死刑和谴责集中营制度，不管怎么说，应当列为国际法典第一条。我们每个人都期望创立这样的法典。死刑只是根据那些自以为掌握了绝对真理的人们的想象制定出来的。跟我们不搭界。于是我们不得不断定我们不能说任何人必定有罪，所以不可能宣告绝对惩罚。

欧洲将不会痊愈，假如我们不向政治哲学学说拒绝规范一切的权力。没错，问题确实不在于向这个世界传授政治和道德的教理课程。我们时代的大不幸在于政治恰恰硬要给我们既供应一种教化又装备一种完整的哲学，甚至有时补充一种爱的艺术。然而，政治的作用是管理家务，而且不是解决我们内部的问题。对我而言，我不知道是否存在一种绝对。但我知道"绝对"不属于政治范畴。"绝对"不是大家的事情，而是每个人的事情。众人应当处理好他们之间的关系，以便每个人有内心空闲对"绝对"进行自问自审。我们的生命想必是属于其他众人的，必要时理应献出生命。但我们的死亡只属于我们，这是我对自由所下的定义。

欧洲将不会痊愈，假如从否定出发不去追求创新临时的价值，因为后者能把消极的思想与积极行动的能耐协调一致。这是哲学家们的工作，我只不过初探而已，但至少能够使我们质疑某些伪造的价值，而我们的同代人却将其作为生存的依据，其中首要的价值就是英雄主义。必须心平气和地论说英雄主义，之所以要谴责英雄主义，是因为英雄主义被篡改了。这个价值被伪造是指这层意思：我们中间鼓吹英雄主义的哲学家们过分了，把不属于英雄主义的地位也给出去了。我的意思是说，首要的地位。叔本华①说："勇敢，少尉之美德而已！"咱们就此打住。但至少要说我们不需要不三不四的英雄。我们中间多少人可以见证纳粹德国党卫队成员很勇敢，但证明不了他们组建集中营是正确的。故而英雄主义是次要的德行，附属于其他价值才守得住某种意义。因非正义而死亡的人不会由此得到因正义而死亡的人那样的名正言顺。还有勇敢也是如此，属于另一种类别，即承认首要的德行不是英雄主义，而是荣誉，若无荣誉，勇敢就失去意义，进而英雄主义就会辱没门庭了。

说一千道一万，欧洲若不重新创立"普救说"②：一切善良的人们终将相安无事，相濡以沫。为了摆脱孤独和抽象教

---

① 叔本华（1788—1860），德国哲学家，唯意志论者，主张"自在之物"即意志，自然界只是现象，"意志"才是宇宙的本质。代表作《世界即意志和观念》。
② 系西方宗教术语，相应的现代世俗语汇可译为"普世主义"，或"普遍主义"。

反抗者 | 391

理，必须站出来说话，直言不讳，在任何场合，有啥说啥，讲出一切实情。但人们只能在实情被确定和建立在与所有人相沟通的价值基础上才说得清实话。世上任何人，今天和明天都永远不能确定他的以身说法好得足以强加于他人，因为唯有世人的共同意识才能承担这样的雄心。必须找回迄今被恐怖所摧毁的这种共同意识。这意味着我们大家一起，各个反思群体的各个派别开始对话，跨越所有的国界，通过他们的活力和论说去肯定这个世界不再是警察、士兵和金钱的世界，而将成为男人女人的、丰硕劳动的、审慎赋闲的世界。我们要终极征服的自由是不说谎的自由。只在这样的条件下，处于普世相安相得的情况下，我们至少能够尽力成为无辜的凶手。

结　论

我要给你们推荐的几个感想已经讲完。人们或许会想，上述相当局限的形态与凶杀力量对抗的机遇并不起眼，但我还是这样做了结论，虽然并非我个人的主张。重要的是胸有成竹地谨慎行事，况且是临时性的，需要力量和执着。甚至更为简单，谨慎行事要求人们热爱人生甚于苦思冥想。也许这使谨慎行事很为难，因为一个已经忘记热爱生活的欧洲，佯装不顾一切热爱生活，为其牺牲一切，太难了。不过如果欧洲重新对生活产生兴趣，那就必须通过榜样的价值来替代效力性价值。

事实上，要是欧洲不行动，世界上没有任何人会代为效劳。欧洲跟其他列强一样经受过淬火的锻炼，而其他列强如今好像引领着世界。但那些列强一味让人遵循欧洲的教训。而欧洲能够建立一种解决办法，并能够树立我们今后共同得救所依据的思想。

在古代社会，某人①恰好给我们留下榜样和得救之路，他知道生活包含阴暗面和光明面，人不可自作主张支配一切，必须向世人证明其虚荣心。此公心知肚明有些事情是不为人知的，如果人们自以为通晓一切，终究会把一切都毁了，似乎预感到蒙田必定会说："推测要付出昂贵的代价，弄不好非把一个人活煮了不可！"到头来，真的把他处死了。苏格拉底死了，于是希腊社会开始衰退。这几年来在欧洲，许多苏格拉底被扼杀了，这是个标识：象征唯有严于律己宽以待人的苏格拉底精神对我们的凶杀文明构成了威胁。尼采精通此道，善于在苏格拉底身上识别权力意志最危险的敌人。因此，这也象征唯有这种精神能为人世做好事。其他一切导致统治的努力，不管怎么了不起，只能更加严重地损害世人。苏格拉底说得对，没有对话就没有世人。对欧洲乃至全世界而言，重新聚集对话的力量去对抗强权意识形态的时刻似乎已经到来了。

话说至此，我这才想起我是作家。因为，今日的历史方向

---

① 根据下文，"某人"暗喻苏格拉底。

之一，明日更为大行其道，就艺术家与征服者之间的斗争，即文字与子弹之间的斗争，看上去令人贻笑大方。征服者和艺术家要求同样的东西，也同样靠悖逆而生存。现代征服者期望人世统合，只能通过战争和暴力来获取。他们只有一个对手，很快成为敌手，那就是艺术。因为艺术家们也期望统合，但他们探索统合，时不时在美中找到了，是经过漫长的内心苦行找到的。雪莱说："诗人是人世间不被公认的立法者。"但他同时规定同代艺术的重大责任：他们必须承认立场，比如选边站，要么求生，要么盼死。他们是血肉的见证人，而非法律的旁观者。他们的天职是被注定去理解哪怕跟他们敌对的东西。相反，这并不意味着他们不能判断善与恶。但他们却能体验他人生命的天赋，哪怕在最坏的罪犯身上，都使他们认得出世人恒定的无罪证明，即始终如一的痛苦。艺术家与其说躲避这种风险和责任，不如说他们应该全盘接受，以他们认为能做的方式进行斗争。

欧洲将不会痊愈，假如一味热衷于自己一贯的作为：事件、财富、强权、当今正进行的历史以及像现在这样的尘世，假如顺应不了像现在这个样子的人生状况。欧洲现在的样子，我们了然于胸。正是这种可怕的状况需要以车载计量的鲜血和几个世纪的历史才能在人类命运中获得微乎其微的变化。这就是规律。法国十八世纪有几年人的头颅冰雹似的落地，法国大革命把所有人的心点燃了，激情澎湃却白色恐怖。末了十九世纪初接替的却是通过君主立宪制所建立的合法君主政体。我们这些二十世纪的法国人对这种可怕的立法知道得太清楚了。其间发生了战争、占领、屠杀、成千上万座监狱大墙，一个被痛苦搞得乱七八糟的欧洲，所有这一切无非为了在这遭受蹂躏的世界让人感受得到二三种微小的差别，有助于我们少失望一点罢了。因此，心满意足的乐观主义正是丢人现眼的事儿。欧洲应当重新学习谦虚。因为，对人生状况寄予希望的人也许是个疯子，但对屡发事件一概失望的人没准儿是个懦夫。

从今往后，艺术家们只要通过他们的作品和榜样，就可证明也是一种力量，宁愿犯错也不跟任何人胡搅蛮缠并让人讲话，而不要鸦雀无声和在尸体遍地中振振有词。有待他们宣告的是，如果革命能够通过暴力获得成功，革命也只能在对话中得以维持。欧洲未来的一部分掌握在我们的思想家们和艺术家们手里，因为他们就这样经历着荣誉盛衰。事情虽一向如此，却振奋人心。历史如今把智能的永恒天职置于首要地位，经历了几个世纪没有把握的战斗和备受威胁的盛况，人类智慧从来没有停止斗争，为反对历史的抽象说教而肯定超越一切历史的事情，那是实实在在的血肉之躯，不管是痛苦的身躯，还是幸运的身躯。今天之欧洲整体傲慢挺立着向我们叫喊我们的事业是微不足道的和徒劳无益的，但我们大家到世界各地去证明的却是正好相反。

为《反抗者》辩护

(1952 年 11 月)

一切作品在根子上往往存在一种既简单又强烈的灵感，却是经过深思熟虑的。对我而言，我原本不会写《反抗者》，假如四十年代我没有面对一些人：我弄不清他们的系统，搞不懂他们的行为。简而言之，我不明白一些人可以明目张胆折磨另一些人。当然，我读到听上去大同小异的叙述。不管怎样，我觉得这些罪行就像有点另类的业绩，可以被解释为出于狂怒或粗鲁汉的谵妄。但在四十年代我生活的地方，这些破事是我们的家常便饭。我获悉罪行还可以有理可讲，将其理论系统变成一种强力，将其同伙派往世界各地，最终取胜并统治。那么其他人除了为阻止这种统治而斗争之外还能做什么呢？

但我在承认这种斗争必要性的同时，发现即使很容易对抗犯罪的力量，比如运用实力和计谋的论据，或更有效些，比如用愤怒的论据以及荣誉（我不好意思说出口）的论据，除此之外，我们差不多江郎才尽，道德上不能自圆其说。荣誉的理由，上面已经讲了，是站不住脚的，但处在他们的地位，荣誉都是站得住脚的。如果说正义只是一种本能，那么非正义也应该像本能一样名正言顺。不管怎么说，至少应当以善为由对抗受理智控制的罪行吧。但何谓善？怎么运用我们自己说教的东西或别人教导我们的东西去质疑致命的虚无主义呢？难道我们不是被虚无主义挟持了吗？对我而言，我只掌握十拿九稳的反抗，尽管尚未意识到有理由的反抗。对基督教已经破例了：那么多基督徒打消了我们爱的念头，这么说有点不公正。不过要是让民主人士评价民主，以及让自由卫士评价民主，抑或有关永恒的哲理，所谓永恒，意味着我们所缺少的一种信仰：我们周围没有任何思想体系能向我们提供理由。资产阶级社会赖以为生的道德是非常形式化的，我们的精英们为自身的利益经过长期的提取早已将其要旨实质掏空了。耍弄骗局有目共睹，颁布政令法规的政府号召人民为民主作出牺牲，原本政府是保护人民享受民主的。欧洲共产主义的道德从另一方在其历史的进程中则一味选择效力和强权价值，唯独选择强力对抗强力。然而强力常常时隐时现，缺乏道德，这就意味着一种战略，如此一来，不得不跟敌人战斗之前先跟敌人合作，于是引起惶惶不可终日。

奇怪的时代：雅各宾派重大的行为准则以绝对领主的身份主宰殖民地，却把耶稣像随意挂在银行的柜台窗口；社会主义建设的石油招来非常暂时的盟友们的飞机在我们各个城市上空显摆，这些飞机也很有功效哇。确实我们只有其他类型的虚无主义去反对促使我们反戈一击的虚无主义。战死之前还过分慷慨地召号为半拉真理而戳穿谎言。更正确地说，我们明明知道谎言在哪里，却说不出真理在何方。所以必须刻不容缓往前闯，闭着眼睛，按良心去斗争。但我并不想危言耸听，在这些没完没了的岁月，尽管我们拥有滋补强身药以及占有三分之一和四分之一真理的好说词，尽管振振有词鼓吹不爱打仗也得打，势必有时也会有个片刻觉得这些乱世混战是醉生梦死的巨霸们的战争，结果是尸首成堆，抑或觉得形只影单的被折磨者的呐喊倒是我们唯一的现实。我们处在矛盾之中，但非常多的病态哲学家们更是矛盾重重吧。欧洲走在歧路上，怨声载道，监狱遍地……我们应该刻不容缓地找到一条明晰的思路和一种正确的行为规范。

对于我而言，就像我这一代许多人，早就不屑于处世之道，一味鼓吹虚无主义，尽管不总是明知故犯，不过我明白思想不仅仅是无病呻吟的游戏抑或和谐动人的娱乐，在某些时机，接受某些思想无异于接受无限制的凶杀。于是思考始终伴随我们的矛盾，这是我切身体验的唯一现实，在任何情况下，指导我克服这个矛盾抑或弃之不顾。进而我觉得既然缺乏更多的知识，抑或得不到更好的帮助，我应当试图得出一条行为准则，也许是我认可的唯一体验产生的首要价值，即我们的反抗。既然任何向我们推荐的东西都不能使我们获得教益，既然我们整个政治社会，或因其怯懦或因其残忍，都注定大开杀戒，并在欧洲的舞台上耸人听闻地大行其道。因此，我们必须在我们的否定和最赤裸最贫乏的反抗层面上，在我们自己以及他人身上找到活下去的理由，找到反对凶杀而斗争的理由。

《反抗者》是这种体验的成果，反抗者重拾这种体验的同时，千方百计超越这种体验。这本书从不可为而为之出发，以自身的方式，阐明一种为抵消不可为而为之的奋斗，同时寻找一种基本的价值，阐明生存以及使人生存的意志，不拒绝任何现实的东西。能不能从否定本身以及否定假设的反抗中取得一种生命法则呢？能不能摆脱毁灭的逻辑而不求助于绝对行为准则呢？能不能在被侮辱的人身上重新找回生殖力和自尊心呢？我刚提到的发现，过了十年之后，我觉得有权回答"是的"，但带着条件指出这个"是的"，即永远不要脱离原始的拒绝，并且意味着不断与故弄玄虚作斗争，而我们自身的弱点以及他人的教条主义会让我们鬼使神差。

在此，我不想重写这本书，但上述之言想必能点明书中某些门路了，无论对已经读过这本书的，还是听说过这本书的。首先可以肯定的是，我没有谴责任何人，同时也没有批评我相信的东西。我描绘一种病，与我自己并非不相容。我远非想宣告无罪，却很想弄明白我们深陷其中的那种犯罪感，而且不认为可能减低，只能在接受的情况下加以限制。这说明我反对所有刻意选择的人们，他们接受某些评价，当这些评价涉及其他一些人时，而涉及他们自己时则拒绝一切；一些人索求永远无辜，另一些则需要无限制犯罪。事实上，人们不能把我的分析彼此孤立起来：认可批判适用于资产阶级的形式道德，却无视

反抗者 | 399

犬儒主义道德观的分析，从而成全纯历史的哲理。为宣布马克思的罪过并同时欢呼萨德堂堂正正无罪，相反是为嘲笑绝对叛逆者的同时为革命恐怖辩护，必须在历史的复杂性中武断地作出选择，这是拙著的意向。总之，必须躲避，而这种躲避只能以偏爱安逸或执意逃避矛盾来说明原因。最后还必须要在某个地方宣告自己无罪，甚至是，尤其是当人们沉浸于把犯罪感普及化而后郁郁寡欢的逸乐中，到头来，这种犯罪感最可免除个人责任。但这些企图一旦得不到直接面对，根本改变不了《反抗者》所审视的现实：虚无主义的面目各不相同，只有一种我们大家都负有责任，甩都甩不掉的，只能连同其所有的矛盾接受下来。这里我甚至更加强调地说，虚无主义与其说由否定来定位，不如说更由肯定一种得天独厚的否定来定位的，因为后者不会容忍任何其他的否定。相反，这是最末端的张力之处，就在这个准确的界线上，虚无主义转向反对自身，我精心研究过，此时此地，矛盾变得有繁殖力，使人们有进步的可能。

人们若重视到这个方法，《反抗者》中二三个关节将脱颖而出，让人看得更加确切，尽管有种种变形。首先，造反与革命之间的关系。当然可以不负责任地谈论这个主题。今天大家都乐意以革命自居而不必付出代价，把造反悬吊起来，而真正的造反是赤裸裸的。为了避免这种诱惑，我情愿跟踪造反形态和革命形态直至其各自的终结。我可以说这些概念只在彼此对立的情况下才有现实意义，在傲慢的无所作为中，面对一切历史现实一概挑起绝对造反是不可能的；在革命的正统观念中，一味为取得历史效力而取消造反精神，也是不可能的。这个立场，老实说，不可能被转到违逆造反的意义上来，也不可能被转到总体谴责革命形态的意义上来。

我只是说不搞革命的造反逻辑上以疯狂毁灭而告终，造反者若为所有人揭竿而起，最终结果是极端孤立，进而变得无所不为。倒转过来说，我企图证明失去由造反精神不断掌控的革命最终堕落效力虚无主义，并通向恐怖。单独者的虚无主义就像历史上一些宗教总有一天会认可恐怖主义。这种合取（即逻辑积）是注定的，一旦颠覆活动，个体的或集体的，拒绝自我怀疑，因为其本原就是怀疑一切。

然而，可以向革命提出的唯一问题，即只有造反有理由提出问题，就像只有革命有理由诘问造反。没错，列宁教导单枪匹马的恐怖主义分子学点儿现实主义。但1905年的造反派提醒革命者正在走向国家恐怖主义，这也是不可缺少的呀。现如今这种国家恐怖主义落实到位，1905年的范例应当不断向二十世纪革命提出来，并非为了否定革命，而是使革命再现于世，如果还能是革命的话。

这是否意味着如今必须站在失败者一边呢？如果我觉得自己勉强为之，也不会因甘心走这个极端而太为难。毕竟应该为失败者做点什么吧。当代智者向我们提供足够的铁面无情起义者的榜样，他们只在掌握足够数量的装甲师的情况下才投奔革

反抗者 | 401

命。但无论如何，这决不可以说，点赞单独个体造反，否则有悖于本人的分析。千万不能说必须期望这些战败者永远成不了战胜者，同样千万不能说无产者为了保持纯造反者本色，必须永远放弃自身的解放。唯独愚昧或极端专业化，可能原谅如此庸俗的请求。

相反，我始终不渝的论题之一是谴责某种失败的浪漫主义。如果说失败有时是一种微妙的诱惑，这种诱惑抵挡不住贫困和工人自暴自弃的景象。谈到被抛弃的人们，这种抛弃是对我们社会自吹的所有价值活生生的否定，人们至少著书立说时要慎之又慎。我曾任性走过某种极端，但我从未忘却这种谨慎，我记得很清楚。若把《反抗者》有关这个主题的那些意味深长的篇章组合起来，其含义毋庸置疑，不会被歪曲。一个世纪以来，几乎所有伟大的艺术家都创造了有价值水准的作品，却给我们留下滑稽歌舞剧和地铁风格的东西，他们显露的美德够得上这些优美的创作，即使这个阶层的艺术家配不上其应起的作用。今天谈这些，当之有愧呀，大家心里清楚。贪婪、极端自私，刚愎自用，我们各阶级领导者低级趣味的及时行乐，很少有例外地责备艺术家，至少跟领薪阶层不相上下，后者蜗居于斗室之中，靠微薄的工资苟延残喘。我希望他们得到彻底的解放，首先为他们着想，因为我与他们血脉相连，其次为所有在人世间我所尊重的一切着想。确切地讲，正因为我祝愿他们获得解放，而不是某些博士的胜利，我期望他们日常生活幸福，有休闲时间，劳动人性化，参与一项伟大而有胆量的事业，所以我不认为这样的解决将会向前迈进一步，如果我们把警察安置在银行家的地位上。甚至很容易看出这帮领导者，根本无心领导，早已准备好随时辞职，只是守成而已，只是被托庇而已，正因为考虑到二十世纪革命已经投入疯狂和变态。劳动人民解放之日伴随而来壮观的审判，比如一位妇女带着孩子们走上法庭，控告孩子们的父亲，呼吁死刑惩治。那一天到来之际，资产阶级的贪婪和怯懦有可能被遗忘，剥削的社会不再用其消失的德行来维系，而将以革命社会有目共睹的缺德来守成。

因此，我曾觉得进行一种经过认真推敲的批判裨有所益，当作唯一的手段，自诩解放劳动者，到头来这种解放只是一种冗长而令人绝望的骗局，别无二致。这种批判末了，并非谴责革命本身，而只是谴责历史虚无主义的同时注定也要否定造反精神，最终沾污千百万民众的希望。十九世纪以来自由工团主义的成就，在西班牙或在法国，极端自由主义以及社团共同体运动的力量是我参照的标识，用以相反证明造反与革命之间张力的充实。我确实下结论说，革命为了拒绝有组织的恐怖和警察，需要完整的保留造反本质，因为造反催生革命，就像造反本身需要革命延续发展，找到一个实体和一条真理。说到底，彼此一方限制着另一方。总之，要确认的是，我奇怪地觉得自己忠实于这种辩证推理，就像我们的知识分子俱乐部搞的智力锻炼。

不管怎样，谈及限制和限度，我已经说出想说的了：这两个概念只有在傻呵呵玩文字游戏的情况下才能附和循规蹈矩的思想，尤其要向活生生的经验收回其权威。对造反的分析仅仅把我引向通过造反者本人去发现对限制的肯定，并以叛乱演变的内部通道，倘若一旦超越这条通道，造反便以自我否定而告终。这个分析的结论是，造反远不是无限制的否定，恰恰通过肯定这种限制来自我定位。造反者若确定他人的存在和尊严的同时，确定自身的存在，造反如果在疯狂中取得清醒时失去的东西最终转身反对被发现的互相关系。人类一切事业就这样遇到一个里程碑，越过这个里程碑就向自身的反面转变，恰似悦极生厌。真想不到，必须守住这条界限实际上等于说必须坚守在斗争最极端的边界线上。这条界线以内和以外就不再有斗争而只有顺应，在某种意义上，就是听天由命。还必须指出，假如不应该跨越这条界线，从这个角度看，认为我定夺终结造反行径是做对了，进而造反者也不再可能在不自我否定的情况下，倒退至无动于衷或妥协。这股不断维系着的努力，在我看来不像顺应，也很不幸，不像通达。何处有顺应，除非尽在灵魂与自身的陶醉中？精神顺从最糟糕的简单化到头来便是不负责任，难道不是吗？我谈及的控制没有任何意义，也站不住脚。这里，控制意味着一切生灵的拼搏，其主要反对的东西，正是奴役，反倒是我们虚无主义者们最后的招数。

我也敢于写下"限度"一词，本可以写"对峙"或"短兵相接",为的是满足我们文学界遇到战略和英雄主义的渴求。但我更乐意用准备的词,即"限度",从意义上是传统的,古希腊人所理解的意思。是的,造反是革命的限界,反之亦然。当思想与现实碰撞时,唯一的规则就是置身于对立双方对峙的地方,不作任何规避,认同引向更远的道路。因此,限度并非对立面放肆的决定,只不过是肯定矛盾,坚决置身其间,以求苟延残喘。同时,我把心灵的冲动称之为"过度",意味着盲目越过对立面双方保持平衡的界线,最终置身于甘心情愿的陶醉中,此类怯懦和冷酷的范例在我们眼皮底下比比皆是。

不论人们理解限度的概念与希腊及地中海思想传统的价值相吻合,不论人们说什么这个概念如同自然和美分界的共有概念,一向以来都被欧洲意识形态瞧不起,今天我依然不觉得不靠谱。况且,把这个概念归结为和谐与明晰的内容,简直是无稽之谈。自有密涅瓦[①],就有安纳利亚[②]女神,传入希腊和罗马后,成为自然繁殖力的人格化,被誉为众神之母,或老女神。二十世纪意识形态,至少当前欧洲知识界从各种倾向的意识形态吸收养料后,与歌德的梦想分道扬镳了:歌德幻想通过笔下人物浮士德以及使浮士德返老还童的海伦娜[③],促使同代的泰

---

①② 密涅瓦是保护艺术、科学的智慧女神。古罗马时期有智慧女神节(阳历5月至6月之间)。安纳利亚,旧称小亚细亚,今土耳其亚洲部分。
③ 海伦娜是美的象征(埃德加·坡语)。

坦主义与古代美联姻,生下个儿子,叫欣快儿①。当代浮士德很想要个欣快儿却不要海伦娜,谋求一种单调的乐趣。但孩子没有得到,只能产出个实验室畸胎。我可没有说浮士德做错了什么,只不过为了存在和创造,他可不能没有海伦娜。所以,把地中海与欧洲对立起来,确确实实是一种徒劳无益的勾当,但我们可以心平气和地肯定欧洲足以表明不可没有地中海。没有浮士德就没有海伦娜,没有海伦娜就没有浮士德,确确实实如此。有过一时先见之明的歌德终于让欣快儿仙逝了,过分美好的东西,尘世的不幸承受不下呀。我以为,仅仅对我个人而言,欣快儿的永生取决于我们,这就是《反抗者》的意向。

对这些矛盾的分析达到中天地位之时,正是使个体与历史对抗的张力更为普遍之日;以个体名义谴责历史,抑或使个体屈从于历史,同样是徒劳的。我再次跟踪限度的大致界线,双方在最大的张力中对峙,反正张力大得最终把个体和历史同时抛向前进。总不能让我说个体一切皆好,历史一切皆坏,除非预先掺假,不过个体为了生存必须既与历史合作又与历史作对。至少一个时期,经过世世代代的变迁之后,总会有建树的东西。这种建树既出自我们的拒绝,又来自我们深思熟虑的顺应。如果我异化我们所拒绝的强力,我们的顺应就变得不切实

---

① 欣快儿,加缪臆想人物。

际了，并且跟什么都摆不平了：历史变成奴役。之后，某种东西还在滋生壮大，但与世人无关，最终所有人都拜倒在钢犊偶像①面前。只有通过不断保持我们的拒绝和肯定这种拒绝所推测的价值，物质解决才相反地守得住机会，去实现人的真正解放。没有这种始终如一的斗争，就没有这种"每日清晨的勇气"，阿兰②如是说。总之，没有这种双重的警觉，历史和世人就不会进步。

因此，这种立场排斥绝对个体主义及其许可证的同时，也排斥历史主义及其诚惶诚恐。所谓历史主义是指有关历史的种种学说，主张把历史作为唯一的价值来阐述。简而言之，概括为两种形态：第一，个体单独能够自我评判；第二，对个体的评判属于历史终结时联合在一起的世俗社会。两者之间属于毛遂自荐的使者们，尽管世俗社会尚未见踪影。前者肯定单独的人，此在的，现时的；后者肯定未来的人，被纳入个体理想的社会。不难看出，并且显得更难无视于这两种形态导致最极端的虚无主义，除非诉诸与其相矛盾的价值。纯个体主义为孤独和绝望的一切行径辩护，而历史主义则是借重伟业的未来而允许各种各样的堕落。在两种情况下，人们置身于不平衡的犬儒主义形态，也应该说是矛盾的犬儒主义，纯个体凌驾于历史之

---

① 从金犊偶像演变而来：希伯来人崇拜黄金。此处暗喻崇拜武器：坦克、装甲车等。
② 阿兰（1868—1951）法国哲学家、杂文作家。

上的同时否定一切能够使历史升华的价值,拒绝与日常现实合作,到头来却任凭现实自行其事,要么成全他,要么断送他。至于纯历史主义,选择历史作为价值,正名这个历史,而未来,就是说恰恰还未成为历史的东西,说不定将来会成为历史。就这样,两种思想,尽管双方都愿意成为悖逆者,来自看上去不同的方向,却总有一天相交聚合,即弃世之日,既处于相同的非现实中又处于相同的循规蹈矩中。

我反而觉得造反既非诉求全体自由也非激扬历史必然性,而世人和历史在历史必然性中既彼此限制又互相充实,而虚无主义恰恰产生于一种绝望的意图和诱惑:既中断这种张力又否定其中一方,最终从历史派生出的行为准则并不多于没有行为准则的历史。世人一起做的事情不会无所作为地否定个体最重要的东西,而个体本人也不能无所作为地否定历史的现实和共同的斗争。

因此,反观《反抗者》,倒是可以说本书的结束就是本书的开始:"我反抗,故我们存在。"个体只在努力朝向理想的限度时才获得和增加其意义,而理想的限度又是对个体自身的舍弃而有利于其他众多个体。个体的价值只在他心知肚明自己微不足道(但毕竟是个人物),并且为肯定所有个体在其作品和行为中起的作用时而忘我,此时,个体价值才变得具体实在。就在这时,只有在这时,他才自我肯定,如果在这种舍弃中他善于预留在舍弃和傲慢等距离的地方他也象征其他人存在和尊严的不可制约那个部分。想必可以在这种形态中看出我称之为"道德古典主义"的端倪，但我暂时一心只想驳斥合法化的凶杀，并为其精神错乱的勾当指定一个确切的标识。重读《反抗者》中所发挥的中介推理，可以理解我当时所能说的是凶杀是不可能证明自己无罪的，除非在极端的限度上，仅此一次，条件是以自己的生命作为代价。

这个结论，被人家小心翼翼地遗忘了，他们的智力利益在于就逻辑自杀的问题不持立场，所以有必要在此着重强调。结论本身，在致命的问题面前所采取的立场可识别苟且与妥协处于哪一方。

我告诫自己说，上述探索具有普世价值，虽然仍想强调具有个人特色。《反抗者》提出的并非道德程式，也非教义，只不过肯定某种道德是可能实现的，但代价昂贵，同时尽可能坦诚地陈述一系列推理为这种肯定正名。对我而言，反正找到了我可以证明合理的东西去对抗虚无主义和凶杀，仅此而已。但我觉得，一步，甚至踉跄的一步，足以摆脱虚无主义。所以在舍弃这些理由以及我希望由此而产生的繁殖力以前，我谨等待不管来自何方的人士像我一样从否定出发，最后超越否定而不回避矛盾。他们不会，据我看来，走这条路的，其中一部分人怀着顺应天真的梦想和有矛盾的自由，另一部分人士则相反，按照虚无主义的逻辑，一头扎进奴役和死亡，比如没有上帝的冉森教派教徒[①]恢复惩治被普及的罪孽，不予宽恕，在得不到仁慈而苦行过度的情况下，可以在取得否定者同意后禁欲修行。这帮人大声宣扬人拥有纯洁的双手，这种纯洁在天下人从刑事案中可为他们进行经久不衰的辩护。他们指出所有的世人都对一切负责，包括罪行本身，而这种普世的、不间断的理亏则是他们理智的精华；他们想拯救世人，反正大声宣扬，到头来只能设法辱骂世人和日复一日地贬黜世人：无论在他们自己身上还是在其他人身上，如出一辙。前者处于无能为反对凶杀而斗争正名，后者不得不只为凶杀辩护。那么多被援用的谎言产生于各种多样的矛盾，有人会感到惊奇吗？但我们拒绝放弃我们生活和斗争的理由，也有人感到惊讶吗？回到这个想法的源头，我一无所获，无论在有人向我们推荐的东西中，还是在人们给我们的教训中，都无法帮助我们，无论在无望的斗争时代，还是在今天。经过我在《反抗者》中记载的经验和感想，我可以相反而坚定地说，如果今天有必要重新活一遍我们在四十年代的日子，我就会知道反对谁而斗争的同时为什么斗争。我只不过提供一个见证，根本不想夸大其词。但一旦围绕这个见证的恶劣噪音消失之后，人们可以回过头去看一看，公平地估量它的意义。如果我的见证不管多少能够有助于活下去，并在我们所处的大混乱中看清是非，对我而言，足矣。因为必须

---

① 此处意指严格遵循、维护个人思想和原则的人，非常严峻而清苦的人。

活下去，不错，现在必须停止绝望。尽管表面上很乱，但与两次世界大战之间的时代相比，我们今天比较富裕了，实力也比较强了。我们现在明白了，那个时候不明白呀。复兴或许明天还办不到，但虚无主义已经属于过去，即使其最后的喧嚣在我们的大街上和报刊中依然甚嚣尘上。我们已经从当前的因循守旧解放出来，可以向前进了，一步一步，坚定不移，终将可以按我们的人力物力生活和创造了。

无论怎样，就此愿景上，我想了结最后的回顾，有关我毕竟已经自我超越的经历。矛盾化解不在于综合或纯逻辑妥协，而在于创造。工人的劳动，正如艺术家的工作，都有繁衍的机会，然而唯有虚无主义一劳永逸被超越，复兴才有意义：我们每个人在自己的位置上，通过我们的作品和行为，应当服务于这种繁衍和复兴。我们不一定能够成功，但一定是唯一值得我们从事和坚持的任务。

一起巨大的灾难可能会堵住未来，不过，并非不可避免。我们大家一起迈向一个天赐抉择：要么最终的世界末日，要么有价值和有作为的世界，或将震撼那些将保留我们衰落的记忆的人们。因此，我们公共生活的第一要务是保护好脆弱的和平或危险的机会，为此不得动用任何战争兵力，无论以什么方式或无论在什么地方。没有和平，我坦诚说，只好束手待毙。保住和平，一切都有可能，并且我们体验到的历史矛盾将会被超越，对手一方充实另一方，就像今天每个人加强另一个人。那一天到来之际，我们的努力将结出硕果，如果我们善于自我守住限度；如果战争来临，我们坚守的东西，将来一天会有用武之地。在这一天到来之前，必须也在暴风雨中，在"这些清凉的传言闪电"（荷尔德林语）。所以依然是天职使然嘛，我这本书从头至尾一直为艺术辩护，自己觉得有权说，停止评论我们时代的同时，今后必须赋予其一个形态。

这项事业大概不会没有风险，也不会没有艰辛。端坐着的艺术家时代已经结束。但，假如我们不能阻止今天创作是带危险的创作，我们应当有所作为，不至于太含辛茹苦。艺术家的愿望之一是想做孤家寡人，而实际上，有时会有人带着狞笑骂他孤家寡人。无所谓啦。也许每个人的悲剧，就像孤家寡人，有时实际上做不成孤家寡人。有些时刻，真想做孤家寡人，哪怕片刻脱离人世，但白费心思，到头来，这样也好嘛；我们需要别人甚于别人需要我们。首先，没有他们的爱怎么办，有了他们的爱，我起初渴望的是，我们中间每个人，哪怕得到很少的爱，都要搞清楚爱的唯一正当性。然而，别人的恨对我们也有益处嘛。每个对手，不管他有多么令人作呕，也是我们内心声音的一种，是我们很想让其闭嘴的，但又是我们必须洗耳恭听的，为了修正、改编或重申我们隐约感受到的事实。同样，把我们内心的话语表达出来的东西，别人的内心是不乐意听到的。于是一切都乱套了，恶意的变态动势促使这个人去撞另一个人，只不过是我们每个人心里唾弃自己的一个部分。但，所有人和我们自己，总有一天，我们会心领神会的。某种东西正在被锻造，那是我们的共同良知，总有一天将产出每个人的创作和著作，那就让我们每个人凭自己的作品让人裁判吧。**没有任何无用的东西**[①]。

[①] 可视为对萨特《实在与虚无》（又译《存在与虚无》）结束语的回答："人是一股无用的激情。"

点评《为〈反抗者〉辩护》

《为〈反抗者〉辩护》是在《反抗者》发表一年之后，于1952年完成的手稿，但加缪一直压着未发表，又可以说是未定稿。直到1963年，加缪车祸仙逝两年之后，才收入加利马出版的一个加缪专辑之中，标题为《〈反抗者〉附言》，但手稿的原标题是《虚无主义对抗悖逆》。最后由著名编者罗杰·基约定名《为〈反抗者〉辩护》，收入《加缪散论集》，由加利马出版。

加缪着手写《反抗者》正逢1947年9月美国著名政论家沃尔特·李普曼出版题为《冷战》的小册子，即冷战初期。著名记者、作家（文学艺术家）加缪无所适从于西方两大对抗阵营，硬是不肯选边站。他认为基督教道德观、资产阶级道德观、西方马克思主义（即彼时斯大林主义）道德观都给不出令人信服和让人接受的道德观。那么，先进的知识分子如何处世？加缪经过四年左右呕心沥血的思考和创作，于1951年11月发表《反抗者》。

一石激起千层浪，大出加缪本人意外，《反抗者》的出版得到法国右派舆论的赞扬，却遭到以法国共产党所控制的舆论围攻：想当年，法共，作为西方马克思主义（即晚期斯大林主义）最强势的代表，甚至诸多法共政治同路人，以及其他左派人士，他们一边倒地谴责作者。其中最具代表性的，杀伤性最强的，是加缪的战友兼师兄萨特，他指使《现代》编辑弗朗西斯·让松（1922—2009）评论《反抗者》。于是，1952年5月号《现代》发表让松的评论，题为《阿尔贝·加缪或反抗的灵魂》，开门见山第一句就把《反抗者》给否了："首先，这是一本失败的书，社会反响强烈意味着糟糕的征兆，他的唯一成功之处是文学性。加缪是个唯美主义者，胸怀高洁，却是个业余行家。他不是面对历史，而是教化历史。他的思想止步于一种'泛泛的人道主义'"等等，可以说竭尽贬损之能事。

加缪大为震惊，备感挫伤，一气之下，不向让松抗议，直接给《现代》主编萨特写了一封长信（参见附件），劈头称呼萨特"主编先生"，公然拉开朋友距离，摆出一副论战的架势，责难他应对让松无厘头文章负责。萨特立刻下令把加缪的责问信发表于《现代》8月号，下令让松反驳加缪之外，亲自著文《答阿尔贝·加缪》，两篇长文同时发表，讨伐加缪。萨特摆出老大哥架势把加缪狠狠训斥一通，毫不留情，将其驳得体无完肤：尽管一而再肯定和赞扬加缪的政治表现和文学成就，但毅然决然与其断绝兄弟情谊，直到加缪遇难亡命，萨特才著文高度赞赏加缪（参见拙编拙译《萨特文集》第七卷《阿尔贝·加缪》，人民文学出版社）。在此期间法国不少左翼人士也多持批判态度，尤其值得一提的是梅洛-庞蒂和雷蒙·阿隆这两位萨特的巴黎高等师范学院的同学，可以说是大师级学问家和著作家，都著文批评加缪，尽管他们俩与萨特持有不同政见，但绝对是君子之交。这使好面子的加缪很下不了台，尤其他们正确指出加缪的哲理论述很不专业，自相矛盾，缺乏自知之明。艺术家气质的加缪一气之下，隐居地中海沿岸。

经过一年左右离群索居，心情平静下来，虽然深思熟虑之后，仍坚持己见，企图重新简要论证自己的观点，但明显看得出，不是一气呵成的，心有余而力不足矣，缺乏应有的自信了，最终将其束之高阁。要不然按照他的反抗性格，比如他说过"我肯定一切存在于界限之内的东西，又肯定我们身上存在某种拒绝耻辱的东西，是不可任其打压太久的"，特别后来他获得诺贝尔文学奖之后大红大紫，为什么不翻出来修改再发表呢？我们无从知晓，但可以猜测有两种可能：

其一，他对自己影射萨特的那段话缺乏自信："一些冒失的马克思主义者认为可以把他们的学说与弗洛伊德精神分析学调和一致。然而，弗洛伊德是异端思想家，'小资产者'，因为他揭示了无意识，赋予无意识至少同样多的现实和超我，或社会的我工于算计的缘由。"萨特确实一直声称他赞成马克思有关历史唯物主义和辩证唯物主义的论述，但他并不同意人家称他为马克思主义者，因为马克思主义需要补充弗洛伊德精神分析学，才是完整的，而他，萨特，努力把两者融合在一起。如果人们称这就是萨特式存在主义，他可以承认。幸亏加缪生前未发表这篇《辩护》，否则对他不利。

其二，加缪在文中不服气的辩护词依然溢于言表，不妨引一小段话："别人的恨对我们也有益处嘛。每个对手，不管他有多么令人作呕，也是我们内心声音之一种，是我们很想让其闭嘴的，但又是我们必须洗耳恭听的。同样，把我们内心的话语表达出来的东西，别人的内心也是不乐意听到的。但总有一天会产生共同的良知，让每个人的创作和著作，即让每个人凭自己的作品，任人去裁判吧……没有任何无用的东西。"这句结束语可视为回应萨特《实在与虚无》（又译《存在与虚无》）的结束语："人是一股无用的激情。"大概因为萨特在《答阿尔贝·加缪》中指责加缪"没有读过黑格尔和我的书"。可谓针锋相对，尖针对麦芒，表明加缪至死不服输，但求和解，孰是孰非，谁高谁低，自有后来人盖棺定论。

如今六七十年过去了，我们以为这场争论早有定论：没有输赢，双方打了个平手，分不出高下，各有所长，各有所短。如果说加缪荒诞存在哲学、道德观和历史观在理论表述上比较笨拙，矛盾多多，但在他的文学作品（小说、叙事散文、剧本等）中却得到充分而完美的体现，甚至可以说，他用人物艺术形象（包括神话）表达他的荒诞存在思想则是高手，比如西西弗、普罗米修斯、希斯克利夫，尤其陀思妥耶夫斯基笔下的人

反抗者 | 417

物,等等,这些人物好像是按照他的荒诞存在世界观和历史观塑造的,所以我们说加缪不愧为杰出的文学艺术家或文学美学家。

沈志明

二〇一七年仲秋于上海

寄语《现代》主编

——一九五二年六月三十日于巴黎

主编先生：

既然贵刊以冷嘲热讽的标题①发表针对我的文章，我便借助此文向贵刊读者谨呈几点意见，涉及该文的思想方法和写作态度。我敢肯定，这种态度，您是不会拒绝支持的，故而比文章本身更使我感兴趣，因为该文之蹩脚令我吃惊。可是又不得不总要引证此文，这么做，是因为我不把它视为探讨性文章，更恰当地说将其作为研究的对象，我想说一种征兆，所以才有言在先。还要指出，我的文章将跟您的文章一样冗长，很抱歉。不过，我将尽力讲得更加清楚。

我首先要指明您的合作者可能会有怎样的真实意图，因为他断章取义，歪曲拙著论题后妄加批评，并给作者杜撰了一篇假想的传记。一个只在表面上次要的问题已经可以为我们导向一种判读。这种判读与拙著受到右派热烈欢迎联系起来。事情本身倒不见得使我受到多大伤害。人们决定思想的真理性，不是根据它在右派一边，或是在左派一边，更不是根据右派和左

---

① 《阿尔贝·加缪或反抗的灵魂》，作者是弗朗西斯·让松，刊于《现代》一九五二年五月号。

反抗者 | 419

派共同决定把什么变成什么。要是这样的话,笛卡儿可能成为斯大林主义者,而贝玑就会祝福皮内先生①。说到底,假如我觉得真理在左派一边,那我就加入右派。换言之,在这个问题上,我不赞同你们的担忧,也不赞同《精神》②的担忧。更何况,我认为这些担忧为时过早。那么所谓右派报刊的态度到底怎样呢?举个例子,有一份肯定算不上政治类别的报纸,名为《里瓦罗尔》③,我很荣幸被骂得够呛。传统右派一边的《圆桌》登载克洛德·莫里亚克④署名文章,无论对拙著,还是对其品位的高度,都有重大的保留。您还记得那篇无耻的文章吧,就是登在同一个克洛德·莫里亚克主编的《精神自由》上的,我真的从来没有签过名字。即使我不慎署名了,有鉴于我的高傲,我也会马上公开道歉的。《精神自由》恰恰也没善待过我,尽管真的算不上典型的右派刊物,这回只不过同意不再影射我呼吸系统的假设状况,以便从中得益。至少以上三例足以削弱您的合作者所套用的论点。除此之外,拙著有时受到所谓资产阶级报刊文学专栏的赞扬。提及此事,甚感无地自容。但同样是这些报刊毕竟也经常赞赏《现代》的作者们哪,怎么别人没有责备他们跟维利埃先生共进早餐呀。在我们大家生活的

---

① 昂图万·皮内(1891—1994),法国左翼政治家。
② 思想月刊,创刊于一九三二年十月,属右派刊物,直到八十年代才转向社会学和政治学。
③ 以十八世纪法国作家里瓦罗尔(1753—1801)为报名。
④ 克洛德·莫里亚克(1914—1996),法国作家,是著名作家、诺贝尔文学奖获得者(1952)弗朗索瓦·莫里亚克之子。

社会里，在报刊目前的状况下，我的任何作品永远不可能得到您合作者的认同，除非得到一连串的臭骂，抑或同仇敌忾的谴责，恐怕是如此吧。老实说，如此对付我的事发生了，在下恭候如今的审查官拍案叫绝哩。

您的合作者怜悯我得到不合时宜的称赞便会轻飘飘起来，是吗？不会的，因为这种态度本身就意味深长。事实上，他情不自禁地认为在右派人物和教条马克思主义之间不存在确切的界线。按他的说法，他们至少在某个方面是联系在一起的，连接之处便发生险恶的混同。谁明目张胆或卑鄙无耻地走向右派或坚守右派，谁就不是马克思主义者，这就是他的思想方法首要的前提，有意也罢，无意也罢，反正是他那篇文章的主题。这样一个公理不可能将就《反抗者》对马克思主义所采取的明确立场，而这正是您的合作者首先针对拙著之处。因此必须贬损我的立场，说什么按照公认的原则，我的立场通向反动的人间地狱，即便不是来自反动的人间地狱。由于您的合作者，特别是《现代》的编辑们，不好意思当面对我讲，他们已经开始打听我的经常性交往，乃至敷衍性交往。

我的判断要是正确的话，那就可以理解大作多半的内容了。即使实在不能把我列为右派，至少可以通过审视我的风格或研究拙著来表明我的态度是不真实的，反历史的，无效力的。然后他们使用专横的方法指出，按照黑格尔和马克思的原理，我的态度客观地为反动派服务，我认为这种方法会使自由作家们义愤填膺。您的合作者所做的论证压根儿既违背拙著又反对作者本人，所以他竟大胆地重撰我的书和我的传记。附带说一下，由于如今很难在我公开的态度中找到有利于其论断的证据，他只好退守未来，彻头彻尾给我捏造一个未来，以求总有一天证明是他说得对，也想封住我的嘴。不妨试试一步步领会这种有趣的方法吧。

首先是风格。大作太过宽宏地看出"几乎完美的成功"，但笔锋一转马上表示惋惜。《精神》对我的风格已经表示过哀怜，大胆暗示《反抗者》能够凭节奏的"运气"吸引右派才子。我稍微点出一些冒犯进步作家们的影射：什么讲究文笔是右派的事情，而左派人士凭着革命的美德，写些大老粗的话和不规范的话是责无旁贷的。我要优先指出，完全不同意您合作者的意见。至于我自己，倒并不确信《反抗者》写得很好，但窃以为写得不错。甚至敢说，即使我的思想确有前后不一贯之处，那也有同样多的地方写得好的，总算限制败笔了吧。这不，请设想一下，要读的东西倘若风格是令人沮丧的混乱思想，那还不把读者给赶跑了。

面对大作，必须重写和重申的真相是拙著并不否定历史（否定是毫无意义的），而只是批评这种态度旨在把历史变成一种绝对。所以，被抛弃的不是历史，而是对历史的一种思想观点；不是现实，而是例如你们的批评，以及您合作者的论断。况且,后者承认我的某些文章与其论断相悖。他只是寻思我的文章捣了些什么鬼,丝毫没有改变他的信念。这确实是个奇迹。人们将对其涉及的范围作出评价,明知不但两三篇文章改变不了他不可动摇的信念,而且拙著全书非但动摇不了他的信念,也改变不了他的推理方式和他的各种分析,甚至动摇不了他深切的激情,为此我得罪了黑格尔,特此向他道歉。这不,人家还一本正经为我背书似的列出三页内心世界的缺陷哩。不管怎么说,不要挖空心思虚设论断,请用有洞察力的、光明正大的批评来直面对抗我真正的论断。我的论断就是,历史为自身服务导致虚无主义。即便有人竭力论证历史可以只向自身提供一些价值,而不是唯一力量的价值,抑或企图证明人们可以在历史中有所作为,而不需要诉求任何价值。我不相信这些轻而易举的论证。然而,我告诫自己,不要以为上述论证不可能实现,兴许比我更过硬的有识之士能完成。哪怕至少试上一试也会使我们有所进步,说实话,我对你们不无期望。但我错了。您的合作者偏偏乐意把历史从其现实性中剔除。但运作起来并不容易,他不得不采用一种扭曲的方法,这与我身体力行的有品格写作的想法很不相容。一言以蔽之,不妨给您举个此法定位性的例子。你们的评论硬说我认为存在主义正如共产主义是历史的囚徒,于是不费吹灰之力地旗开得胜,同时用陈词滥调打击我,说什么我们大家,包括我自己,都是历史的囚徒,进而该不该由我摆出无拘无束的模样。或许吧,不过说到这些事情，也许我比他知道得更清楚。事实上，我写了什么呢？我提及存在主义时写过："目前它也屈从于历史主义及其自身的矛盾。"大作在此，如同对待全部拙著，把历史主义偷换成历史，这样确实足以把拙著搞颠倒了，并把作者改头换面成为不知悔改的唯心主义者。我只是让您评论一下这样一种方法的严肃性和庄重性。

话说至此，我对有些事情就不太在乎了，比如你们审查我某些次要的论证时，其方法实在无聊，或不屑置辩，或逗乐把玩，居然没有意识到再次把我的论断拿去反对假想的论断，正是您的合作者业已批判的那个假想论断。他的活计干完了，我被审判了，但我的判官也被审判了。他居然判决我说教是为了摆脱历史，为了无所事事，为了苟且无为。于是乎将印度支那人、阿尔及利亚人、马达加斯加人以及井下矿工的苦水一股脑儿泼到我的脸上，居然得出结论说袖手旁观的立场是维持不住的，但我从来就没采取过这种立场哪。由此可见，他只要把不利于所谓公平论证的最后障碍清除，就足以重撰我的传记，以致对他的论断更加有利，也足以举例解释我长久生活在惬意安乐之中，那种地中海沙滩有点儿云雾弥漫的惬意安乐；还可以说什么抵抗运动（对我的情况必须提出证据来说明）为我揭示了历史，但能使我承担历史的唯一条件是把历史净化之后，小剂量地让我吞食，因为历史要是太急剧，会使我精致的生活结构受不了的，在这种情况下，我会立即调动天生固有的表面功夫来金蝉脱壳，以隐退为由伺机未来，权充艺术之友和动物之伴。您的合作者流露出殖民地问题让他睡不着觉，那他不一定知道这些问题在二十年前就制止我被太阳晒得晕头转向。他靠写有关阿尔及利亚人的文章混口饭吃，而我的阿尔及利亚同志们一直与我并肩战斗到第二次世界大战爆发，我的斗争决非舒舒服服的。他也不一定理解抵抗运动（我在其中只起到次要的作用）对我来说永远不是幸喜的形式，也不是历史的轻松形式，与在抵抗运动中真正受煎熬的每个人相比，并非更为幸喜和轻松，甚至与在抵抗运动中杀戮的人，抑或死亡的人相比，也不算幸喜和轻松。然而也许应当对您说清楚，如果我不是真的准备平安隐退专事艺术赋闲，那么隐退专事艺术的态度以及从事其他事情的态度倒是真的对我有所推动。但，我会直截了当说出来，而不至于写出四百页来为我辩护。只有直接的方法值得我尊敬，说到底，我对大作是瞧不起的，您已经明白了吧。大作对我既无宽宏又不正直，我看得一清二楚，只是一味拒绝任何深入的讨论，只是枉费心机歪曲我的立场，使我匪夷所思，无法很快投入真正的辩论。

沈志明　译

《现代》，一九五二年八月号，加利马出版社出版

图书在版编目(CIP)数据

反抗者/(法)加缪(Albert Camus)著;沈志明译.
—上海:上海译文出版社,2018.11(2025.5重印)
(译文经典)
ISBN 978-7-5327-7728-0

Ⅰ.①反… Ⅱ.①加… ②沈… Ⅲ.①随笔-作品集
-法国-现代 Ⅳ.①I565.65
中国版本图书馆CIP数据核字(2017)第331503号

Albert Camus
L'HOMME REVOLTE
Simplified Chinese edition copyright:
2018 SHANGHAI TRANSLATION PUBLISHING HOUSE (STPH)
All rights reserved.

反抗者

[法]加缪 著 沈志明 译
策划/冯涛 责任编辑/黄雅琴 装帧设计/张志全工作室

上海译文出版社有限公司出版、发行
网址:www.yiwen.com.cn
201101 上海市闵行区号景路159弄B座
山东韵杰文化科技有限公司印刷

开本 787×1092 1/32 印张 15.25 插页 6 字数 259,000
2018年11月第1版 2025年5月第10次印刷
印数:31,001—34,000册

ISBN 978-7-5327-7728-0
定价:58.00元

本书中文简体字专有出版权归本社独家所有,非经本社同意不得转载、摘编或复制
如有质量问题,请与承印厂质量科联系。T:0533-8510898